U0485503

"十三五"国家重点出版物出版规划项目

小说

舒群全集

第三卷

北方联合出版传媒（集团）股份有限公司
春风文艺出版社
·沈阳·

图书在版编目（CIP）数据

舒群全集. 第三卷，小说卷/舒群著；周景雷，胡哲主编. —沈阳：春风文艺出版社，2023.7
ISBN 978－7－5313－5875－6

Ⅰ. ①舒… Ⅱ. ①舒… ②周… ③胡… Ⅲ. ①中国文学—现代文学—作品综合集 ②小说集—中国—现代 Ⅳ. ①I216.2

中国版本图书馆CIP数据核字（2020）第206987号

目 录

归 来 者

一位长者，沿着一条逶迤的小路，蹒跚而行。

他，头披鬅鬙长发，垂到后颈，垂并前须。斑白的、密匝匝的毛毛，遮盖不住脸颊的瘦削、下颏的翘出。明亮的眼睛，隐藏于深陷的眼窝，胜似发光的珍珠，隐藏于深谷的宝窟。目光闪闪，闪烁着一种正派的仪容、高尚的品德、革命的风度。

他，年近六旬。然而衰弱而疲惫的肢体，拖不垮正在旺盛的精神；枯寂而郁闷的面容，按捺不住振奋的神色，迈不开的脚步硬要迈开，且要加快、加快。向往的翅膀已张开，飞喽。

太阳向西，他向东，背道而驰，各奔各的行程、归宿。他与太阳一样，不敢稍停。

时入初秋，仍值伏天。群山连绵漫延，勾起一圈儿曲线，把天地分为上下两半。峰峦重叠，环抱四野，远如陈翠而暗，近似新玉而明，明暗徐徐交替，新陈也渐渐更迭。尚多器乐声乐之美。在山围的瀑噪间息，松涛暂隐之后的肃静之中，芦哨和鹿笛之音，鸟语和蝉吟、虫啾和蛙呱、雉咯和雁唳、羊咩和牛哞、渔唱和牧歌之声，或远或近，时起时伏，相互交叉地组成一种大自然的、富有田园旋律的狂想曲，以诱彩蝶、素蜓、诸色蜂类同舞，并与遍野的颤颤山花，取悦于这位孤独的过客，像要使他接受天地之间无私的隆厚情意的欢送似的，几乎一日景象千万。

他穿着一身破旧的干部服，背着行军式的背包，背着阳光、暑热，热透心坎儿，汗遍全身，把他化为水与火的化身。身前甩出长长的行影，有如匍匐的力士的彪形，拽他行进。手持一根枝干，木质优良坚韧不摧，随他触地，使用摆弄，全适他的意，称他的力，多么可心、惬情。可以说，它压倒了一切神话仙杖、幻术魔棒，以及阔佬文明棍儿、军阀二人夺、洋奴司提克。凭着它，他敢闯天外、走天险。昔日，他这个放牛娃——红军小鬼，跟随的那位老首长不是仅仅凭着一根同类的手杖走到二万五千里的尽头吗？何况他此刻即入郊区。在云烟弥漫的前方，已经出现了工矿的外景、城市的轮廓——预见了他这区区的短途的尽头。

小路并入公路。他爬个坡，最后一步没落利索，扑在地上，索性一坐，路边歇歇。往年，历次战争的急行军，不是也都休息过吗？

路面龟裂，凸出破顶，凹陷成穴，沥青剥皮，满路都是，显然，是因年久失修所致。汽车、马车、手推车和自行车弯弯曲曲地、颠颠簸簸地行进。行人们一脚深一脚浅，绊脚地来来去去。

他凝视着路，生疏而又熟悉，模糊而又明晰，隔膜而又亲切。那么多年了他没走这条路，而这之前倒是没少走的。在三十年前，是党命他这个共产党员、指挥员率领部队，解放的这座城市；是他给这条通到市内的大路命的名——“解放路”。今天，他从这条路上归来，却是自己一个人。他站起身来，继续走这条路，还是自己一个人。

路两侧，菜畦罗列。适值蔬菜旺季；而茄柿棵子，歪斜倾倒；更是土垄然溻、蒿草繁茂。青年男女社员们聚拢埂头在听《红灯记》。

他止步。当听到“穷人的孩子早当家”的时候，他开了口：“青年同志们，你们都是成年的劳动者，更该‘当家’了吧?!”

那个唱《红灯记》的姑娘住了嘴，把辫子一甩，冲他做个顽皮的鬼脸儿，纵身蹦开；大伙儿也跟着她散掉，各干各的活儿去。

他再走。

一旁，摆着一溜电线、电柱。两伙儿电工，坐在两辆大汽车背阴地方，在打扑克牌。

他又止步。当听到“大王”“小二”的时候，他插了话：“同志们，是不是工作的时间?”

“你管不着!”

一个年轻工人甩掉扑克牌，跳起身，挥起拳头，摆出一副武斗的架势。而老工人们和老队长把他挡住，并且认出这位长者。

“噢，老首长，老首长!”

这城市刚一解放，省委就把城市大权暂时赋予他一人：市委书记、市长、卫戍司令员；后期，他一直是市委书记之一兼钢铁公司党委书记，的确，他称得起“老首长”。但他抱歉地摆着手，不让他们这么称呼。

“咱们都是老朋友、老同志，你们叫我——汪百峰，或是老汪。”

“老首长，人家斗你，我们也没改过口，还是叫你——老首长。哎呀，一晃好多年了吧?!”

“是。”

“这从哪里来?”

“冯家沟。”

“拘留所吧?!”

“是。”

“好长的年月啊，都是在那里过的吗?”

“是。”

“怪不得，把老首长作践成这个样了……唉，叫人看着真难受……呜，呜……”

“你们不要哭，你们要革命，要工作!”

他们此际听到他的话，还像彼时听到他的指示一样，立刻工作去，并与他握手告别。可是，老队长握住他的手，久久不放。

“老首长，你往哪里去?”

“回家。”

“我叫汽车送你回家!”

“不，不，个人甘苦事小，生死事小，工作优劣事大，革命成败事大。”

他拼出一身所有的力，从阶级友爱、同志道义的手臂的围裹、拉拉扯扯中挣出来，紧接着一股劲儿地奔波，终于感到精疲力竭，近于解体了。于是，他瘫痪在地，解下背包，托肘垫上，以便手撑腮帮子，而身侧歪着，腿蜷蜷着，稍微舒散舒散。末了，他还是解不了乏。怎么好?他索性不顾观瞻，敞开胸怀，挺开腰背，仰面朝天一躺，把头往背包上一搁，胳膊腿儿一挓挲——四肢拉叉：管他这个那个，管他个屁嘛。

一位过路的贫下中农的老太太走近他身旁，一见他这样横躺竖卧的僵姿，吓一哆嗦：抱路倒?她便喊道：“喂!”看他睁开光溜溜的眼睛，她按按心口窝，使吊起来的心，落了底儿：哎呀，我的老天爷。她接着走她的路。他呢，照样躺他的。

“喂，喂！”

他听到这个声，再睁开眼，扭过头去，只见路基下边一溜围墙门外，站着一个可爱的小姑娘，约莫十三四岁，穿着粉色的短袖小褂，花格的打褶短裙，小脸儿秀丽，小眼睛机灵，而神态那样庄重，心性那样深沉。她还向他招手。小手儿柔软的，一扇呼一扇呼的。

“咦？！”

“大伯，大伯！”

“咦？！”

“您病了？”

“没。”

“您走累了？”

“是。”

“请您到我家歇歇吧！”

“谢谢！”

“大伯，不用客气。我家就像您家一样！”

他受她好言好语的安抚、促动，只得到她家去了。

院内充满着牲口粪尿的气味。她的家原来是牲口房隔开的两间小屋，摆着盘碗，盛着切好的蔬菜和肉类，还有几个鸡蛋，只待一磕；一顿丰盛的晚餐完全满妥。里屋，挤满炕床桌凳，狭狭窄窄，窝窝憋憋，十分不方便，只能蹩脚、蹑脚走，挨挨蹭蹭走。然而，新擦的玻璃窗，明光夺目；新采的当归花，绿叶三瓣，花似莳萝浅紫，尤其其名异常诱人；床炕满铺新洗的褥单，条条褶叠棱缝，立立整整，使人望而却步。看得出，这是她家待迎旧情初识或久别重逢的新朋或故亲——亲密而敬重的人。

他看着，向镜一照，连自己在内，对比之下，怎能相称？他满身旧破，挂满灰尘——邋里邋遢，满脸浑画，一塌糊涂——尽是汗水搅和泥土浸印的混杂的痕痕。他，是个十足的风尘仆仆的人。

她用窳瘪的脸盆换上新水，放下新毛巾。

“洗洗脸吧。”

“不，谢谢。”

“躺躺吧。”

“不，谢谢。你忙着吧。你忙着什么喜事吗？”

“喜事？喜事！我妈妈回家……”

是她家迎候她的妈妈，亲爱的妈妈呢。而他家，恰恰是迎候他——爸爸呢。亲爱的爸爸呢！

一个谜，使他陷进意马心猿之境。他既深感双重的局促，坐卧不适；又发觉悬念倍增的紧急的催促，不容滞留。因而，他便遗憾地告辞而走。

“再见。希望咱们再有见面的机会。”

“大伯，您往哪儿走？”

“回家。”

长少二人同行。长者在前，往家走。少者在后跟着，拎着背包送别。当走上公路的时候，他们停了下来。她帮他背上背包，又反复地瞧瞧，是不是背得舒坦；他帮她把她的脸儿摆正，给他仔细地郑重地看看，是不是能够记得牢。末后，他们握过手，他往前走，不住地反顾她；她停着，呆痴地盯着他的背影。

相逢本是萍水，相别何必那般爱怜，那般流连依依。

他走着，回头看她，渐渐地剩下一个影儿、印儿、点儿了，灭掉了。

但是，他还在想着她。而且，他联想到自己的小女儿——红妞，她的妈妈——黄茜，她的哥哥——立田。

十年前。一个明朗的午间。一个欣慰的家。秋海棠迎着秋阳，红光闪闪。红卫兵、革命群众打着红旗，敲打锣鼓，意气风发，游行、示威、查封、抄家、挂牌、戴高帽、游街、示众、揪斗、批判，并且贴大字报，高呼口号。红妞摇着哥哥——立田的红领巾，也学着样儿，学着喊口号。

她正在要闹，嬉皮、挤眉、弄眼、亮相——丑八怪脸儿的天真的幼年。在爸爸——汪百峰（市委书记之一兼钢铁公司党委书记）、妈妈——黄茜（市委宣传部部长）被批判回来的时候，她便欢天喜地地迎上前去。

“‘文化大革命’好不好？”

“好！”

“批判好不好？”

“好！”

于是，她更摇着立田的红领巾，更学着样儿，学着喊口号。

“打倒党内当权走资派！打倒刘少奇！打倒汪百峰！打倒黄茜……”

立田比她年岁大得多，比她懂的道理多得多，用手捅了她一下；不捅还罢，一捅反而激怒她的童心，炸了。

“打倒立田！打倒红妞、红妞妞……”

她一亮相，做个丑八怪脸儿，逗得大家哈哈大笑起来。

一家合欢，恰似处于普天同庆之中。

但是，这之后，大相径庭。一个恐怖的夜，一个恐怖的家。刮风下雨，黯然无光。嘈杂混乱，嗷嗷号跳。是天塌地陷吗？是人寰末日的到来吗？

黑白不分，真假不辨，真理谬误不明，总之，颠倒颠倒，乱七八糟，暴行横行，通行无阻；痛哉，一场浩劫。

这是汪百峰被绑架的片刻，红妞正在要闹、嬉皮、挤眉、弄眼、亮相——丑怪脸儿的幼年，由于这意外不幸的遭遇，她竟变成一个小狂人。

“不要绑我爸爸……不要打我爸爸……”

黄茜只能把红妞紧紧地搂抱在怀。

“别哭，别哭！”

“……爸爸，我想您……爸爸，您多会儿回家，您多会儿回家……”

红妞在痛哭失声中，浑身抽搐，昏厥过去，奄奄一息……

黄茜抽搭起来。她一边呼唤红妞，一边劝慰汪百峰。

“红妞，醒醒，醒吧……百峰，走，走吧；你回来时候，一定能看到红妞……醒醒，醒吧……走，走吧；一定能看到红妞，还有立田和我……醒吧……走吧……”

立田始终直挺挺地立着，一声不吭，近乎麻木不仁，甚至是个泥塑的身、木雕的人。居然，他一动，把雨衣——袖有弹孔的军用雨衣给爸爸披上，目送被绑被迫的爸爸，不亢不卑地从从容容地走去。

他这一走，近十年了。唉，疚心巴啦呢。痛定思痛，记忆更新。红妞活着吗？活着，一定活着！跟这个可爱的小姑娘差不多大小了吧？立田呢？黄茜呢？你，你，你，看吧，爸爸回家了，百峰回家了。人家有人家的喜事，咱家有咱家的喜事。让咱们全家人皆大欢喜地度过今个的这一夜，抵消那一年恐怖的那一夜。那一夜，滚，滚，滚蛋。

他想着，走着，拽着他的长影，更长更长，而更淡更淡了。

淡薄的白云之下，五光十色的彩霞之间，暮日将尽。暮日还有明天的朝阳，暮年可有再度的青春？所以，他力争分分秒秒，射出箭步。本来，归心似箭。

飞速，箭中目的。院墙还是当年的木栅栏，只是板条条显得有点儿陈旧。院门还是当年的铁皮扇，两扇大开，好像正为他的归来而开开。他有意狂欢，却由于无力而难于狂放。不过，他仍以出自肺腑的幸喜的动人的声音发出呼唤。

“红妞……立田……黄茜……”

结果，他不见一人出迎，而只见墙上贴的双喜字，院内停的轿车；只闻风中飘过宴席的浓厚的香味；只听屋里传出欢乐的笑语和笑声。懵然，他不知所措，只得进院找到青年司机问问话。

“哦，这是谁家？”

“胖菩萨——施子成家呗！”

“谁？”

“市委第一书记，市革命委员会主任家呗！”

“哦。汪百峰家呢？”

“听说早搬了。”

“搬哪去了？”

“不知道。”

完了。他大失所望了。

一声霹雳轰响。风在刮起，云在涌现。

又一辆轿车开进院，车上下来老司机、两个干部。汪百峰认识他们，都是原来市委和钢铁公司的老熟人。老司机依旧保持工人的本色，他对汪百峰尊敬地亲热地打了招呼。两个干部，头发修剪毕肖，相等于理发店镶框悬挂的新式发型；衣服着身笔挺，简直是服装店展览于大玻璃窗内的、时髦的标准的样品。他们且携多样礼品，连挟带拎，趋奉得舒舒服服，迎合得不亦乐乎。而他们一见汪百峰，一个把头一扭，一个把手一摆，都为了避嫌而狼狈走开。然后，他们陪来一个有优越感的优哉游哉的胖老头，脸只显出一团肉，像个肉球，要把脸皮撑破似的；身只腆腆一个肚，像个大肉包，要把干部服挣裂似的。他就是施子成，笑眯眯地一踱一踱地鸭式地凑到汪百峰面前。

“听说你来，请到屋吧。”

“不。”

汪百峰后退一步。施子成凑上一步。

“恰好赶上我儿子结婚，进屋喝杯喜酒。”

“不，不。”

汪百峰又后退一步。施子成又凑上一步。

“你到屋里坐坐，你我叙谈叙谈……”

“不，不，不!”

汪百峰再后退一步。施子成再凑上一步。

“告诉你说吧，今天你们夫妻的团聚，你们全家的团聚，还不是由于我的签字嘛!”

“我们夫妻的离散，全家的离散，不也是由于你这个后台的命令嘛!”

“你不要搞分裂!”

“我要划清界限!”

干脆，一刀两断。两绝绝，两诀诀。分道扬镳：你走你的，我走我的，拉球倒。

施子成碰一鼻子灰，灰溜溜。这个胖家伙一气一鼓大肚肚儿，鼓掉肚脐上一个衣纽扣。倒霉，别扭。这个气炸了肚的庞然大物一走，带起一阵风。好神气，好威风。“扭头”“摆手”两个干部，紧跟他的屁股、他的风——跟人跑、随风飘，一脑袋瓜儿保命哲学。谁说世上还有臊，还有羞答答?

汪百峰瞄准儿他们的表演，恍惚间仿佛观看一场滑稽木偶剧。痛快，痛快。他痛痛快快走出门。

这是黄昏的时候，他正巧碰上一辆自行车，响着“唰唰”的声音，从他眼前飞轮驰过；隔一小会儿，又一架担架发着气喘声和汗腥味儿，从他眼前飞脚冲过，差一点点儿把他撞个趔趄，闹得他一愣：咦，谁，病危?

天色渐暗。疾风突袭，黑云凝聚，电光闪闪，一串串一串串的滚雷，轰隆隆轰隆隆地响过暗空，预示暴雨即落。

往哪儿去?家在哪儿?汪百峰还在门前徘徊着，迟疑着。

院内开出一辆轿车，停在他的跟前。那位可敬的老司机打开车门，伸出头来。

“汪书记，要下大雨，上车吧！”

“不，你忙你的事去。”

“反正我回库，没事，走，送你回家！”

“我还不知道……”

“我帮你找呗，还怕找不到你家？汪书记，上车吧！”

“我这种处境，坐你的车回家，好吗?！对你会不会有什么影响？”

“汪书记，你别顾虑我。我跟你一个脾气，不跟人家屁股后头溜沟子。让一头角的、一身刺儿的，来吧，抢吧，打吧，砸吧，砸我的家，砸我的骨头，保证邦邦硬，呱呱叫，我怕啥？”

“老同志，不愧工人阶级呀！”

“再说，我看这车又快归你坐了，不是吗？哼，我看胖菩萨也快胖到头了，不是吗？哼，哼，胖菩萨？我看是妈拉巴的泥菩萨，等不到过江，只要一阵大雨，他就自身难保！不是吗？呀，掉雨点儿，大雨来了。汪书记，快上车，快上车吧！”

一瞬，暴雨猛下，像飞瀑从空而降，像天海从云而坠。让这无限量的雨水把胖菩萨——泥菩萨浇成一摊泥、一堆土末末，把整个宇宙藏垢纳污的腌臜渊源冲洗得干干净净。

淋浴的轿车轮渡似的前进，进进停停，停停闪闪，绕市内兜个圈子，又转了回头路，到了郊区。结果，汪百峰的家，就是他已经到过的那个可爱的小姑娘的家。咳，悔吗？

院内还是充满着牲口粪尿的气味，或许经雨滤着减轻了些。牲口房隔开的两间小屋，在黑夜的雨中隐形遁迹，凭借屋内透出的光亮，多少才见影影绰绰的暗影。外屋除去多添了的摆放着的自行车、竖立着的担架以外，比起白日，没有什么两样；只是盘碗肉菜早已做熟；几个鸡蛋磕到碗里，只待煎炒，而蛋壳子，在地上还挂着蛋白丝儿，瘸瘪的脸盆，还盛着新水，还放着新毛巾。仿佛一霎，人事全非了。

好心的老司机抢先两步，跑进屋里报了信。只听到悲喜交集的“呀”的一声，一个声泪俱下的青年冲了出来，向前一扑，抱住汪百峰。

“爸爸！”

“立田！”

“快十年……”

“孩儿，长成人，不该哭了。”

“是的，我已是下乡知识青年……”

立田还是立田。不过，他那般俊的憨憨的脸儿，却怎么变了相？熟悉的孩儿，却怎么变为陌生人？

里屋还是里屋。不过，屋内充塞着乌涂涂的气息。明光的玻璃窗，堵上夜黑，诱人的当归花，萎下枝腰；棱缝立整的褥单，现出皱巴褶褶，躺上一息奄奄的两个人：黄茜、红妞。汪百峰与她们面对着面，互为咫尺隔，而彼此竟然相距那么远——天涯地角之遥；其间感情的纽带、理智的桥梁，一概从中断掉；而今，只落得双双茫然。唉，揪心巴啦呢。

然而，面对她们的汪百峰，拿手绢揉揉眼睛。他历经多年的折磨、苦难，脑汁耗枯，骨髓熬干，眼泪流尽；而余的是血，流着，燃着。他揉的不是泪，而是火，让火把目光照得亮亮，以作别是一番滋味的投视、透视。人生途上，是攀登的暂缓，还是弥留的延宕？

黄茜，天赋的丽质，憔悴已极，衰老不堪。她的眼半睁着，嘴半张开着，像是还要看看什么似的。

红妞，照样是那个可爱的小姑娘，那般眉眼儿，那般模样。眼儿嘴儿都闭得紧紧的，拳头也攥得紧紧的；有一个拳头，还攥着一张纸。爸爸掰她这个拳头，掰也掰不开，仿佛是天生的这样的畸形似的。毕竟，算了。掰开掰不开怎么的，看不看又怎么的；横竖，立田不是还活着吗？

活着，活着。

自从汪百峰被绑架于前，黄茜被抓走后，随之，立田和红妞兄妹便被撵到此地；他们依靠贫下中农的帮助，依靠自己的劳动，在千辛万苦、义愤填胸、深思远虑、夜以继日的盼望中，日复一日、月复一月、年复一年地活着。

忽于昨晚，立田意外地接到一个通知，没有提到汪百峰，只说黄茜“解放”，注有“病重”二字；事实是，她受了迫害，危乎致死。今天，立田和几个友好的下乡知识青年，以一辆自行车在前引路，一副担架在后紧追，险些撞倒一个路人，冒着阵阵暴雨，接回他的母亲。经过多次风雨的、遭过种种迫害的母亲回来，终于回来。她一脸的老相和病容，依稀辨得出她当年的勇武气概的遗风，英俊眉目的旧观。红妞见着母亲，便甩掉蛋壳，掉下泪，赶快给她换过干爽衣裳，让她躺在炕上，歇歇息息。而母亲却一反往常，不安地惶惊地到处张望着，寻觅着。

“……你爸爸呢？”立田和红妞都愣住。母亲拉住他俩手：“妈妈能见到孩儿就好……你们好好学习，好好革命……孩儿，革命不易呀，而今迈步从头越……你爸爸呢？没回来吗？”

“没回来呀！”

“妈，您怎么知道我爸爸回来？”

“一个好人偷着跟我说的……怎么还没回来？……我跟他是一生的老同志、老战友、老夫妻，总得见一面，说一句话……怎么还没回来？……是不是……”母亲有气无力地说着，两眼淌下来一滴泪，而另一滴泪停滞眼角，淌也淌不下来，“……是不是…”

“妈，妈，您说什么是不是？”红妞聪明，预感要发生什么不幸似的，由呜咽流涕而呜呜大哭，泪水成串成串地滚落下来，她跟母亲脸儿贴脸儿，把泪落到母亲的眼里，再淌下来，以弥补母亲的欠情和缺憾——淌也淌不下来的那滴泪似的。“您说是不是，是个什么意思？”

“……没……”母亲运尽气，使尽力。“没，没，什，么……”母亲的青筋显露的瘦手，缓缓地移到怀里，摸着，摸着，摸出来刚刚从湿衣移过来的，一块叠皱了的、揣皱了的、又湿透了的纸，塞给红妞，“你，你……一，见，你，爸……就，就，给，他……给，他……给，他……”

母亲没说完话，便闭上眼睛，闭上嘴；闭了又开，开了又闭，最终，落得这个样儿——半开半闭。是的，人的嘴眼，是难闭的呀。

红妞在痛哭失声中，浑身抽搐，昏厥过去，就像父亲被绑架那时昏厥过去一样，一息奄奄……

豪雨已过，淅沥之声渐轻，滴溅之音渐停。闹人的雨夜，转晴入静。而屋里，依旧阴沉，有声——立田的说话声。

侃侃而谈的立田，不仅活着，而且健全地活着，豪壮豪气地活着。

但汪百峰担忧的她们母女呢？

“我回来之前，你打算怎么办？”

“知识青年们另在赶做一副担架，也好同时送她们进医院去……”

恰好此时，青年们做好担架送来。而可亲的老司机，另做了结论。

“有车，干吗用担架!”

“为了我们，你出了问题呢?”

“汪书记，为了救命，我不怕胖菩萨把我开除，拿我坐牢!”

“向老战友致谢，致敬!”

担架无用。他们的劳动、热情白费了。可是，他们——社会主义、共产主义青年们之间的友爱、互助、团结与公德，一旦兴起而恢复社会之风，将是世世代代之幸。

汪百峰从背包找出当初立田给他披过的雨衣，给老司机披上；而老司机又把它留给黄茜，才感觉心安理得。趁势，汪百峰忽然发现雨衣袖上的弹孔，记起黄茜在战争中负的伤，立即卷起她的衣袖一看：旧疤还是那么一疙瘩，而周围啊，遍臂新伤……

雨停。顿然，天上出现朦胧的月光，地上积起一片汪洋。

众人抬着母女上轿车去。她俩默默地挺着，听着，任着，任着月的圆缺、潮的涨落，人间的是非、正反、善恶……

汪百峰接连地跑前跑后，在指点他们的路径，在照顾她俩的安全，别磕，别碰，别蹾荡……一句话，归来的人，要全力以赴地掌握自己敬爱的人的命运。

在她俩进了医院之后，医生们、护士们尽以全力进行抢救。红妞得救，活了；而黄茜归终无效，死了。对汪百峰来说，甚似坠落冰井、冰谷、冰渊，是谁忽然献给他一朵难见的奇异的鲜花。

打倒“四人帮”，国务院、省委派来工作组，改组了市委与市革委会。上级负责同志找过汪百峰谈话。在谈话中，他谈到“文化大革命”，而后又谈到个人；他认为，个人遭受“四人帮”的迫害，已成过去，不必多说，唯有黄茜的牺牲，使他痛心。如果实话实说，那么就是：如同骨鲠在喉……最后，他感谢党给他和她都做了实事求是的正确的结论。沉浮于海已久、已久，忽悠着于一望无垠的阳光普照的绿草原，一株撑天树，是他的把手。

汪百峰庆幸自己从少年为之献身而几近终生的无产阶级的革命大业，重现光明。他复了职，带儿女迁回故居，立田在准备投考大学，红妞在继续学习，并先后入了党、团。

在全市召开揭批“四人帮”的群众大会上，老司机、老队长、工人们和知识青年们等等都出席了，揪出了胖菩萨、“扭头”和“摆手”黑干将，以及打、砸、抢头头等。立田怕妹妹犯病，陪她上了台。在台上，红妞横眉立目地声嘶力竭地控诉“四人帮”与施子成的罪行，为母亲——黄茜声冤；而且，她高高地举着母亲给她的那块纸——血书遗言：“江青遗臭，烈士不朽”。

黄茜呢，市委为她平反昭雪，召开追悼大会，骨灰移入烈士陵园；让青山陪她常在，绿水伴她常流，让葱茏松柏、素净花圈，象征她的雄姿，凭吊她的英魂吧。

凡在革命假日的晨昏，汪百峰、立田和红妞，相偕而至墓前，献花、敬礼、致哀。而后，父与儿女，同坐长石凳，屈腰、盘头、暗泣，默念：好妻、良母、烈士以及她的音容和笑貌、雅性和憨态、柔情和善感、壮语和英气、扬眉和怒发。

但是，他们一步跨回学习、工作岗位，便继承好妻、良母、烈士的遗志，日日夜夜，朝朝暮暮，为落实、实现新时期的总任务而加倍努力奋斗！

《哈尔滨文艺》1979年第6期

延安童话

——毛主席故事之十·纪念毛主席八十五诞辰·献给建国三十周年

豌豆花开结荚荚，
如今受苦人坐天下。
八月谷穗生金黄，
毛主席恩情永不忘。

——陕北信天游

一

是，雄关漫道真如铁；不到长城非好汉！而，何时缚住苍龙？

平型关大捷、《论持久战》巨著震惊国内外后四年——一九四一年，蒋介石经过挑衅摩擦、皖南事变，拿胡宗南这个铁箍，把陕甘宁边区箍得紧紧，连风也不透。他幻想着一统江山。龙袍颂词、桂冠赞歌，唠个不亦乐乎。事实，岂可妄自尊大而忘情于今昔——西安事变的近辛、黄粱梦的古训。难道不是逃命时险些呜呼哀哉吗？难道不是醒来一风吹、一扫光、空空如也吗？

边区首府——延安，曾称肤施，昔之战场，殷周旧域，秦汉故土，唐宋古郡，见之于史书以及《水浒传》，并听之于《杨家将》民间传说。据说，横跨清凉山残存的石阶，杨家岭山麓与延河岸边之间倾圮的石碑、石马、石人，全是杨家的遗迹；“杨家岭”名，也由此出。而今，是陕甘宁边区和其他各个边区、抗日根据地的神经中枢，毛主席为首的党中央的所在地。

天色初明。空中一些星光、窑里一些灯火，还在遥相戏弄。看去，只见城围的轮廓、宝塔的暗影、延河的冰痕，模糊、混沌、难辨，仿佛都在裹着一层层的罩纱，都曾遭过水浸的一幅幅的墨笔画似的。

时在初冬。陕北高原，空气干爽，吸着颇有甘美而畅快之感。夜寒未消，有点儿侵人肌肤；而使那些跟随、学习毛主席通宵达旦劳作的同志们，头脑清新、锐敏、深沉、宁静、静思……

那么静。听，河水中流的潺潺声，河边冰碴的断裂声，阵风“飕飕”声中拌和着扬起的沙雪之音。特别是郊野的军号声，一声高过一声，一声声在追赶着分秒，在催促着黎明呢。

一轮围裹辉光的红轮，从东山背后、云霞之间冉冉升起。光明，光明逐增、倍增。本来，延安流行着太阳成双的谚语。

路上，行人渐多，有军有民，有男女老少；开往前方的络绎不绝的八路军，解回后方长长的日本俘虏的队列，部队通信员，骑着马飞奔，裹羊肚子毛巾老乡，赶红脑缨驴驮子吆喝着快走。孩子们在捡粪，仨仨俩俩，走走停停，唱《兰花花》《东方红》……

从东走来一位妇女，牵着一匹驴，驴上坐着人，头上蒙着褥子。从西开来一辆汽车，是延安唯一的汽车；大概不少人知道，给它起的绰号，多呢。

红格登登的太阳，蓝格淡淡的天。远处，飘浮着单薄的云雾；大地，洒满阳光。那瘩那瘩阳呱呱，这瘩这瘩背呱呱，片片雪迹，埋没了山间的艾蒿、马兰草；斑斑秋色，衬饰着野地的马茹茹、山丹丹的枯枝；挺立其间的小松、老柏，葱葱苍苍，疏疏落落；这类天生的白、黄、绿三色，加以自然交错掺杂的天工，似乎胜过人工所制的颜料、所绘的种种的舞台饰景。

牵驴的妇女，中年以上，农民装扮，劳动体质，壮壮实实，面容清秀，白格生生；而神情阴郁，忧心忡忡；不管眼前啥个景物、踪影，一满不瞭，她总是扭头瞭着驴上的人——掌上的明珠。骑驴的人，从褥缝间露出一溜少年的、黄瘦的小脸；看来，是长辈在带着病的孩子。她走着夹于河山之间的平川。路上稀薄的积雪，经过脚踩蹄踏，与沙土混合，已经变了颜色。

汽车行驶着。是辆救护车，绿色车厢上漆着大红十字，并有“野战病院”和“纽约中国洗衣店同盟赠”的字样。车行的路，半是田垄，半是行人道，右侧沿水，左侧近山。

水，是仅有的这条延河水。两岸结着细薄的冰溜儿和冰碴儿。中流浮动着一层隐约的寒气——圣洁的气息、革命的气氛，顺流而去，流到黄河、渤海、太平洋去，散发到全国、全世界去。

山，却是重重的山，望不尽的山。山，山，凤凰山、清凉山、宝塔山、吕梁山、太行山、五台山、泰山、大别山、桐柏山、茅山、五指山、长白山……山，山，山，凤凰山、清凉山、宝塔山、六盘山、岷山、大雪山、娄山、闽山、白云山、武夷山、井冈山、岳麓山、韶山。韶山，地灵之峦，人杰之巅。

毛主席坐着汽车，在批阅文件。他整夜工作，目未交睫，今早仅仅打个盹，便急速登车，去白求恩国际和平医院，一面做报告，一面看望伤病员同志、续范亭同志。

医院在柳树甸。从毛主席、党中央所在的杨家岭到柳树甸，要经过朱总司令、中央军委驻地王家坪近乎天然的沙土的小广场、中央印刷厂、《解放日报》地址——清凉山下开阔的盆地——稍稍加工填平的飞机场、鲁艺学院院址桥儿沟的狭窄街道和宽绰田野，全程约近二十里。

沿途，多半不怎么好走。车呢，由于经常颠簸也不怎么灵活好用。而司机和警卫员同是非常称职的好同志，一贯在意识着自己置身的岗位的光荣，肩负的责任的艰巨，需要以安全所系为重、以民族命运、阶级命运所系为重，全神倾注，全力以赴。司机同志老练沉着。任凭行程怎样崎岖、凸凹，他竟能用自己的经验和机智把它拉直补平，而实现一种人造的理想的轨道，让车按照轨范行驶着。警卫员敏感机警。一片飞叶、一个雀影，或一阵风吹、一声音响，都会引起他的视听的警惕。他强过一切负有重大使命的流动的哨兵。透过车窗，他向外望着，间或无意地一瞥熟悉的景色。

一座依山傍水的、被日寇轰炸而成为废墟的古城，又一座屹立于山顶的古塔，渐渐地出现，又渐渐地退开、歪移过去。汽车往北转了弯儿。向前一望，正是展开视野的飞机场，可是，汽车停住，出了故障。

司机和警卫员下了车。司机要检查车，警卫员准备做助手。

“什么问题?”

“主席，没问题。”

“……”

“……”

二

毛主席下了车，满面神思。戴着蓝色双耳的棉军帽，穿着同色的兜插新疆长手套的棉大衣、褪了色的打了补丁的灰棉裤、旧的破绽的黑棉鞋。由于长期工作的劳苦，长期睡眠的不足，脸显消瘦；而一振肩、一抖身，气势轩昂，纵目眺望。

山，山，一座座的山，一围围的山。山腰镶嵌一层层一排排的窑洞，几乎所有窗门都从窗棂构成各自独异的五角星，有的双钩飞白，有的单条红染，有的填实别色，有的空空洞洞（做个通气孔），格外招人醒目。这种额外的点缀、共有的标志、革命的美术的图案，美化了整个延安、整个陕甘宁边区，并且普及到晋绥的晋西北、大青山等地，晋察冀的北岳、冀中、冀热辽等地，晋冀鲁豫的太行、太岳、冀鲁豫、冀南等地，山东的胶东、渤海、鲁中、鲁南、滨海等地，华中的苏北、淮北、鄂豫皖、苏中、淮南、苏南、皖中、浙东等地，以及华南抗日纵队与东北抗日联军等的解放区、根据地和游击区。山，山，山，敌视而怀恨，熟悉而亲昵。这山夜里行过军，边行边睡，最怕掉队——掉到收容队；忽听身后猛的一声“跟上”，摸着黑撒腿往前急追。那山白昼打过仗，冒着敌人的火力冲锋，打枪甩手榴弹，直到占领；为着阻击而守，不怕牺牲。指导员背连长上担架，负伤的小号兵用机智吹冲锋号，吓退冲锋的敌人。反复占领撤退、撤退占领，最后终归我有，插上红旗，红遍万山。山，山，山，多少年，多少年战斗以它们为凭依。而它们凭依毛主席，凭依革命烈士、劳动人民变为良田、林场、矿源。

毛主席走到司机和警卫员身后，挪动脚步，倾身俯视，有意要挤进去动动手似的。但终未挤进去，索性转身，瞟了瞟身临之境。

人们来了。哪来的这么多人呢？路上行人停住。附近居民出迎。中央印刷厂工人和《解放日报》工作人员从山上赶下来。霎时间，涌起人流，集中汇合，形同潮水，势如飞瀑，波涛翻腾，箭水直溅，一浪逐一浪，滚滚而来。说着，呼喊着。这欢乐声，不是广播，而超过广播，不是宣传，而赛过宣传。

“毛主席！”

“毛主席好！”

在这冷清清的季节中，骤然燃起一种诱人的热力，使人眉开眼笑，脸色发红，好像这冬季的气象为之一变，换了季，着了春色；同时这冰雪的山区也为之一变，处处开满了映山红。呵，原来一年四季，不是春夏秋冬，而是夏秋冬春。

“小鬼们好，老乡们好，同志们好！”

毛主席爽朗高呼，缓缓转身，瞩目而视，视遍视透人围。他们，生自不同的地方，操着不同的乡音；而他们同是战士、农民、工人和知识分子，减租减息，背枪打仗，抬担架，运粮草，做向导……总之，他们同是体力脑力的劳动者、革命者。熟识的面型，亲爱的仪表，一意革命，何惧粉身。好多年，好多年，他生活在他们中间。自然，他们也都在他的周围获得了新生。基于谦恭和朴实的劳动人民的本色，他与群众会面，总是显得惬当，安适，兴高采烈。一旦，他畅所欲言，启开语言的宝库，自有取之不尽的珠玑，用之不竭的玉华，发着巨光丰彩的早慧和机智，往往巧发奇中，并给人以独创的新颖的幽默感——高尚的深刻的启示和乐趣，禁不住极以称快的掌声和欢声。而他听之，视之，任之，并借以分享其乐——后人之乐而乐。但是，他对于这猝然来自群众的掌声和呼声，似感非分，便用阻止的手势，使之消停下去。他沿着人围走着，笑着，注视着，不停地挥手、打招呼。稍停，他握住一个工人的手。

“你这个上海同志，现在吃惯了陕北的小米吗？”

“老早吃惯了。”

“还说不说它是‘上海的雀食’？”

“老早老早不说了，老早在支部会上做过检讨呢！”

又稍停，他与一个主编握手。

“你——大知识分子，你的‘豆芽菜’多些了吗？”

“群众来稿多些了。”

“那你们就要做好‘理发员’的工作。你还记得‘理发员’这个词吗？”

“记得。主席用这个词专门指示过我们的工作。”

再稍停，挤进人群，伸出胳膊，拉过来一个吆驴驮子的老乡的手，握住、握紧。

“老郝——变工队队长，驮的什么东西？”

“日本鬼子的炸弹片片。”

“原来日本帝国主义还是老运输队长的学徒……你又往哪里送？”

“迩刻送给工厂。打镰刀，造手榴弹。”他抽身挤回来，刚刚要走，恰好面前是几个部队的同志，便止住步，同他们一一握手。

“你——小通信员，往哪里送信?”

“报告主席，总政。”

“你，哪个部队，留守兵团吗?”

“三五九旅。”

“你们呢?”

“前方的、晋察冀的。”

“聂荣臻同志好吗? 同志们好吗?”

“好，都好!”

“什么任务回来的?”

“送日本俘虏回来的，马上回前方去。”

“再回来，什么时候?”

“打败日本帝国主义的时候。不，主席命令什么时候回来，就什么时候再回来。”

“我的命令……什么命令?”

“戒备蒋介石……”

突然，一妇一娃的争吵，冲断他们的谈话，并把人们的意趣引移过去，连毛主席也是。

然而，这一妇一娃是谁呢?

三

延安最老的一辈人，叙起妇娃的身世，可以溯到溥仪退位、孙文任大总统、袁世凯称帝，及至陕西都督陈树藩拥袁、旅长冯玉祥继陈、国民党陕西人于右任反陈、陕北镇守使井岳秀叛陈的前前后后，她和他这一家，世世代代，子子孙孙，辈辈都是给地主家揽长工——长工娃、长工汉，为牛为马，从被压迫被剥削下，从死去活来的生活中挣扎过来的、延续下来的。现在，这妇娃——母子，是住在南关后身的孤寡农户、烈士家属。

儿子小名铁娃，大名李重人，年长十四岁，眉浓眼亮，心灵口清，就是有个小脾气。父亲是个老雇农、老红军，是位闻名陕北的刘志丹的老战友，在打白军曹俊章的战斗中壮烈牺牲的烈士。烈士的鲜血红流，染红陕北一片土地。烈士的骸骨不朽，给贫雇农架起翻身的天梯。烈士为阶级为民族而战的耿耿忠心，与铁娃的纯真童心，心心相印，骨血交流。铁娃发誓：誓承父志，他，堪称愚公后代。更是他在母亲的怀里、膝下和肩背上，在母亲学习毛主席著作的熏陶、诱导和感召中，他在自己的梦幻和思想间，升起念念不忘的、可敬可颂的、岿然巨人的形象——毛主席。因而，他上学不久，描绘毛主席像，相当逼真，天天放学回家，掳柴捡粪，放牛拦羊，以及每每假日参加各种的义务劳动，他差不多顶个成年人。他在娃子们当中，最受推举，被推为儿童团团长，他持红缨枪，带头站岗放哨，做到纪律严明，反正没有路条的，一个也不放过；日久天长，早早晚晚都这样。由此，娃子们更加尊重他，不再叫他铁娃，而称他李重人了。最近，他得病，急坏他的妈妈。

妈妈，冯氏女，名家芳。猛格啦喳，她年纪轻轻，摆供献、纸香盘，跪灵牌，哭夫丧，可是她不肯再穿上马鞋，宁愿把个命蛋蛋，挨饥荒，挺年馑，吃杏叶、老麻叶、荞麦花花，还在山疙垓上挑苦菜菜。母子双双，莫缩头，莫淌泪，莫惧地主老财阎王相、判官生死簿（租债账），常言说（剥削者漂言）：父债子还。是吗？屁！母子一瘩，手拖手，身贴身，相亲而相偎，同熬凄惶的日月；盼哪，盼共产党打胜仗，把穷人的天下夺到手。自从一九三六年底毛主席指挥红军解放延安，并于一九三七年初进驻延安以来，她深切地感到“地主政权既被打翻，族权、神权、夫权，便一概跟着动摇起来”，深切地感到“妇女抬头的机会已到”，便把布鞋换草鞋，围头巾换粗凉帽，红五星衲在挎包儿，裤腿儿卷在大腿弯儿，拢起鬓穗，剪掉疙瘩髻，留下个短毛盖。自此，她参加互助组、变工队劳动，参加政治、抗日活动，参加扫盲、文娱学习，参加了共产党。几年来，她先后成为耕二余一的劳动英雄、积极工作的妇救会委员、学习毛主席著作的村公所代表、群众拥护的边区参议员。为着准备出席将要召开的参议会，她一连着打夜作，赶写发言稿。她为革命把家务烂——误了铁娃看病的日期。可是，年近四十岁，她只有这么一个铁娃——心上的命根子、眼中的宝贝疙瘩，谁都知道，孤寡相依，同甘共苦，互为一命；本来，按《书》的所谓“五行”，一个“土命”，一个“水命”，理该合起捏作一个人。她想不到他一病病得这么久，又这么重，发热头痛，神志昏沉，胡说乱道，不思吃喝。怎办呢？只得搁下发言稿，尽先给铁娃看病去。别惊着村舍父老、乡邻姑嫂，她悄悄地借来一匹驴，扶他上去，蒙上褥子，牵起驴去寻医。一路上，她打听着，丢开这些灰先生，要寻那位扬声名的老医生。半道上，她忽听人家传言，毛主席在此；多么奇遇、幸遇。她便拽住毛驴，竟忘记驴上的病儿子。而铁娃呢，竟忘记自己的病，挺起腰肢，揭开褥子，跳了下来。他这一跳，把她从沉迷、陶醉中惊醒：一怕他影响众人，二怕他受了风寒，加重他的病呢；所以娘俩闹起麻搭，搅扰了大伙，还有毛主席。而结果，却引起大伙的同情，毛主席的关心。

当毛主席一发现她俩，便拨开人围，快步走过去，亲热地殷切地握手，再握手。

“噢，原来是你——冯家芳同志，参议员同志。”

“主席还记得我?”

“记得!”

“真个?”

“记得，到你家拉过话嘛。”

“就是。”

就是另一个冬季的星期天，雪天，毛主席来了。一路上，他兴致勃勃，遇上娃儿们玩耍的冰道，也跟着打个滑刺溜，但打得不怎么熟练，惹得大伙儿哈哈笑；赶上行路的老乡们也凑上去一块儿走，问问年景问题，征购粮问题，但一到岔路口再两下分手。他有目的的“与娃同娱乐”“与民相交心”，是在充分利用时间，而提高时间观念和时间价值。正是，一万年太久，只争朝夕。他头顶着雪天，足踏着雪地，戴着雪帽，穿着雪披肩、雪鞋，冒着雪粉、雪花、雪片片、鹅毛大雪、雪的迷离的幕帐来了。他不忘他的战友，不忘他的烈士，走访烈属走到她的家。他身后跟着一群群的娃子，像滚雪球似的，越滚越大。他进屋了，警卫员停在门口，混天星们留在院内。他们不甘于这样无聊的停留，便拥到窗前，像摄影者的急迫的心情，不能放过这个难得的镜头，竟用手指捅破窗纸，要瞭个仔细，而严实的纸窗，蓦地变为筛网，一个个的闪动的小眼珠，填满一个个的透明的小窟窿。冯家芳一边跟毛主席拉话，一边偷巧儿瞥瞥：窗纸破了，不大要紧；吹进来的冷风冻了毛主席，怎么搞呢?她只好用褥单把破窗子挡上，又让铁娃想个法儿，把捣蒜鬼们都弄走吧。

因而，铁娃马上弄个花招，用玩惯的好玩的游戏，把赖娃娃们统统集合起来。他和班辈亲近的伙伴周童、牛子亥带头，叫大家伙儿掏出随身带着的红、白、黄三色布条条，绑胳膊上，分别站好三个队；铁娃——李重人红队、周童白队、牛子亥黄队，分别代表八路军、国民党军、白伪军；凡是没有布条的，都排在红队后头。而小尕们，一满不要，只许瞭热闹。一哄，他们散开，抢占观战的优等席位——树杈杈、窑脑畔；他们不怕风，不怕寒，不怕老鸹子大嘴呱呱叫、黄鼠狼子快腿雪上飞、毗怪子猫眼眼瞭。瞭吧，战争开始，各自占领阵地；然后，互相开战，撇雪球，甩冰块块，捎带土疙瘩，接着，彼此用桃黍秆和胡麻秸、木荆三八式和布裹八音子，冲起锋来，呼喊杀杀，交手肉搏，混战一团，滚一身雪，撩起一阵阵的雪烟，搞得一溜土疙瘩墙外畔、一条蹚马子大路、一片谷场碾场瞭不见人。他们闹到处处丢下鞋——扯烂鞋屁股，闹到胜的胜，败的败，逃的逃，一个战役才算完了。

逃的是黄布条，撒开兔子腿。败的是白布条，双膝跪下，央求饶命。胜的是红布条，一股劲儿数着俘虏——丧胆伪哭鼻子、武士道倭翘尾巴。八路军不搜你腰包——莜面窝窝、糜子馍馍、软米子糕；可不许你动，动一动，拿枪揭你的天灵盖——不过是枉费心机，白磨嘴皮子罢了。

在口哨响起胜利的军号中，铁娃听见了毛主席的掌声、笑声、话声。

“铁娃，你胜?”

“我胜，八路胜!”

“你胜，你的人多嘛。”

“咋个多?”

“你有那么多不带布条条的嘛。”

“他们不是八路。他们是担架队，民夫，也就是老百姓、人民。不都说嘛，八路军是人民的军队，打的是人民战争。八路是鱼，人民是水，鱼靠水呗!”

“谁这样说的?”

“你说的呗!”

妈妈立刻替儿子作了更正：“主席的教导。”

毛主席用双手捧住铁娃满头大汗的小脸，缜密地观赏。

“你，小诸葛、小神童。”

深思熟虑的教诲，高瞻远瞩的期待，真情实感的示意，玉洁冰清的言辞。铁娃听着，听在耳边，记在心上，留在记忆的声带之上。铁娃听着，时时刻刻听着；今日、明日、日日、月月、年年地振荡在耳边、在心上；仿佛不是在往日、往月、往年听过；而是在今年、今月、今日正在听着，仿佛一直没有离开过，一直在跟着，听着毛主席的语音。而且，现时铁娃还在听着毛主席的金玉般的声音。

“病了，跟你妈寻医去吗？不必，随我走吧。好不好？”

“跟毛主席走，好！”

于是，警卫员委托近邻代送毛驴之后，毛主席带着母子俩坐上修好的汽车，往和平医院去。

四

医院重视毛主席的吩咐，接收小病号住院，亲自负责处理的是内科主任黄大夫。

黄大夫是一个旧医学院毕业的学生，党和毛主席培养起来的新型的红色医生。身穿一套灰色棉军服，外套半身的白罩衣，头顶上，卡着一顶紧紧的小白帽。体质不怎么壮，肺部也不怎么好，以致他的面孔显得干巴瘦，脸色呈现晦暗，全副容貌给人一种憔悴的印象。他，温雅蕴藉，彬彬有礼，品质道义、造诣修养俱高，早已忘开自己所患，而总在想着所有患者所累。他牢牢记住“白求恩同志毫不利己专门利人的精神，表现在他对工作的极端负责任，对同志对人民的极端的热忱”，牢牢记住“我们需要的是热烈而镇定的情绪，紧张而有秩序的工作”。因此，他的为人，为人所敬重。他给党中央首长以及其他许多负责同志看过病，检查过身体，比如董老、林老、徐老、吴老、谢老等，周恩来、朱德、叶剑英、贺龙、关向应同志等，不胜枚举。从一九四七年延安撤退，无论行军陕北、晋中和冀西，无论驻军靖边县王家湾、葭县杨家沟和平山县西柏坡，他都在毛主席身边负责保健工作。自解放以至新中国成立，他又是中央保健局的负责人。简略说，凡属他的全面领导工作，甚至具体医疗任务，始终一贯负责、认真、热情、耐心。即使对于这个小病号，也是完全如此。他经过检查、化验、诊断，他害的是伤寒病，尽管危险周已过去，仍须及时注射治疗。

在注射了第一针不久，铁娃悠悠沉沉地睡去。

在他睡中，母亲要抓紧时间，赶快从随身挎包掏出《论持久战》和小本本，以便引证毛主席的教导，继续写她的发言稿。这个稿稿，可不比在变工队里表个态、妇女会上建个议，更不比在家、与邻居瞎聊、闲说话，胡诌一顿；是参议会大会的发言，可要一句句、一字字地句斟字酌的呢。

在她写稿的前后，毛主席因为连续发生的意外的事，耽误了预定的工作进程，更要争取分分秒秒，尽快快步急走，爬山坡，沿病房，看望伤病员同志、续范亭同志……在医院负责同志陪同之下，迎着高悬的他的画像和他的题词——

“救死扶伤实行革命的人道主义”，通过礼堂向鼓掌欢迎的人们招手致意；并放开步小跑似的上了讲台，他开始报告。不一会儿，他见续范亭拄着手杖，蹒跚地进前来；出自礼仪，他又匆忙地走下讲台，跟他握手交谈，并找黄大夫等嘱咐一番：“你们把续老的病治好，你们的医就学好了……”随着，再匆匆忙忙地返回讲台，他继续报告。这样忙来忙去，等到做完报告，已经快到傍晚，按理说，他该回去了。但他心上还搁着那个小病号，难于丢开，唯有看他一眼，才得安心，走得轻快。于是，他到办公室再找黄大夫，问病情、看病历；在听到看到“伤寒”二字时，引起关注，他立即要了一张马兰草纸，写了一些字，指示卫生部门，尽快组织医疗队，检查南关一带居民，进行防疫注射，他在报纸糊的信封、贴上白纸的封面上，写上“傅连障同志”，又加上“亲收”二字；并在它的左上角画上三个“十”字，以示要件急件的标记。办完这件重要的事，他随黄大夫到了病房。

母子俩一见毛主席的身影，母亲撂下笔和小本本，感动得掉下泪来；儿子睁开眼，猛地坐起来。往年的长工娃，今日却领受这样重的情分。

一个穿军装套白罩衣的护士，捧着注射器具走进来。首先，她向毛主席移出右手敬军礼，非常端正、严谨。显然，这个动作和姿态，是她有过精神准备的。跟着，她走过去，准备给小病号注射，工作程序，有条不紊。自然，这一切，都是她经常做惯而熟练了的。

因为铁娃是第一次住院，刚才又是第一次打过针，所以由于余悸而显出有点儿紧张和畏缩。

就是为这个，毛主席凑近他的床边，握起他的小手，滚热的小手。

“不是护士要给你打针，是你的病要打针。”

“啥病?”

“伤寒。”

“啥?”

“你听说过保尔·柯察金吗?”

“没有。”

“以后，你要读点文学作品。现在，我给你讲一讲他的故事……他是一位革命英雄……他的病和你的一样，都是伤寒病——传染病、瘟疫病……他能跟病做斗争，你能吗?”

“能，能!”

“那就非打针不可!”

“打多少针?”

毛主席听到铁娃的问话，便把黄大夫拉到一边低语。

“要打多少针?”

“打过一针，还要打四针。”

毛主席转身又回到铁娃床边，向铁娃摆出严肃的态度，伸出双手——十个指头。

“要打十针。”

“算不算刚才打过的一针?”

“算，一共十针。准备，准备，打针。你听话吗?”

“听，听，听毛主席的话。准备，准备；十针，十针!”

然而，打了五针，仅仅五针，明明白白五针。咋说十针呢?

几日过后，铁娃出院。在回家的路上，他跟妈妈走着，带着这个不可解的谜。他上前拖起妈妈的手，嘀咕起来。

“明是五针，毛主席咋说十针呢?”

“哟，娃子呀，让我咋个讲清这个道理呢?你想想，咱们年年种地，都要预备补种的荞麦种，才能旱涝保收。打这个比方不大稳妥吧?叫我咋个讲……”无可奈何，她又以自己发言稿引用《论持久战》的“凡事预则立、不预则废，没有事先的计划和准备，就不能获得战争的胜利”和“抗日战争是持久战，最后胜利是中国的——这就是我们的结论”联系打针问题，加了几番解释。“娃子呀，毛主席料到你怕打针，又怕你犯急性病呢。不是跟你说吗?‘准备，准备，’这就是他先给你打的准备针、思想针。娃子，你解得开吗？”

“我解开了。我一满解开了！”

好呀，好个准备针，思想针。铁娃嗷了一声，恍然大悟。

“妈，您是我的妈……”

“我不是你的妈，可是你的甚？”

“妈，您是我的妈，还是我的老师，好老师。好……”

好呀，好呀。好个崇高的思想，给你开了窍，给你受了革命的洗礼。它好比一把万能的钥匙打开莫名的锁，开天而辟地，多么离奇。它好比一颗神秘的种子落在心田，开花而结果，多么神妙。你呢，你好比一只五色的风筝，乘上劲风而直上云霄，多么轻飘飘。你好比一匹斑斓的骏马，飞奔山野而任随四蹄子，多么遥遥而无止呀。呀，呼儿咳呀，呼儿咳呀……

这样，铁娃走在妈妈前头，欢天喜地先回到家。但他蹦蹦跳跳地到了家门，又蹦蹦跳跳地过了家门——竟忘乎所以而迷失于现实世界之外去。天外一声，把他惊起悖栗才醒。原来，是周童和牛子亥在等待他，并交给他妈妈一小张油印的粉色纸——参议会开会的通知。

“铁娃，毛驴早回来，咋个你迩刻才到家？”

“幸亏五针，若是十针，迩刻还到不了家。”

“你再不回来，就误了你妈参加参议会啊。”

五

这两天，经过防疫注射的南关一带的人们，传遍陕甘宁边区召开参议会的消息，家喻户晓，喜气洋洋。

群众知道边区领导好、地方好：安定好红火，志丹（保安）好风光。陕北人民群众为此口头创作了许许多多自己的歌。

千里的雷声万里的闪，
猛格啦喳山上来了刘志丹，
红军进村好红火，
先共了安定后横山。
中央来了大发展，

欢迎二十五军打甘泉，
二十六军驻咱庄，
红旗一展天下都红遍。

盛夏的牡丹，深秋的菊，春天的黄莺，冬天的啄木鸟；阳畔的核桃，背畔的枣，遍野的谷子穗，漫山的狍子印。为了改善生活，某些伙食单位，常常于假日邀请闲人，往山野行猎，攫获野物：山鸡、野鸡、兔、狼，主要的还是狍；在这方面，首先应该介绍到郑律成，他不仅是闻名的作曲家，而且是有名的猎狍的神枪手。有名的三五九旅，能打仗，能生产；王震同志带领全旅，根据地形，按班排连编制，拉开一线，甩开镢头，齐头并进，进而把南泥湾变为好江南，荒山绣成金谷园。故朱总司令著有《游南泥湾》诗。

一九四二年七月十日，与徐特立、谢觉哉、吴玉章、续范亭四老同游南泥湾。

去年初到此，遍地皆荒草。
今辟新市场，洞房满山腰。
平川种嘉禾，水田栽新稻。
屯田仅告成，战士粗温饱。（摘录）

延长的煤油，安塞的炭；红柳沟的西吉草，清涧的石。不是“清涧石板明光光”“西吉红柳盖成房”吗？绥德的白洋布，米脂的绣花品，四十里铺的羊腥汤，甘泉的酒；定边的骡子，西河口的驴；延川的黄烟，盐池的盐。不是“要买黄烟上延川”吗？不是“盐海子驮盐洛川卖”“池海子装盐瓦窑堡（子长）卖”“苟池上装盐甘泉卖”“苟池上驮盐府里（延安）卖”吗？延安的大市场，百货俱全，熙熙攘攘，价格公道，童叟无欺；随便你是谁，讨羊脑子可以不要钱，若是你做药引子，那么天天同情，免费照送；但有一件，你须按时来取，免得给人挪去，让你空跑一趟，白遛腿；再说万一误了吃药，怎么了得？拉球倒；好家伙。延安的大学校、大剧院、大礼堂……

群众也知道参议会的会址，就在边区政府大礼堂。除了桥儿沟旧天主教堂之外，它是延安三大礼堂之一，比小砭沟军委大礼堂、杨家岭中央大礼堂别致，石基砖墙，玻窗瓦顶，灰饰圆柱，油漆大门，结构庞大，非常壮观，坐落在新市区之旁，被称为现代式的永久建筑。

那天，金色的阳光，铺满堂前的打扫净净光光的黄沙土坪；眨眼看时，好像镀了金似的。门口台阶上，圆柱间，停留着参加会议的人们，有负责同志，工作人员，最多的是参议员们：蒙三道蓝头巾、扎月白腰带、披羊皮袄的农民，戴军毡帽、穿劳动服的工人，军装整齐的军人，制服清洁的学生，长袍呼扇呼扇的开明士绅；人人身体健康，脸色红润。唯有两位老人异乎众人。一位是续范亭同志，满脸病容，一身瘦骨，依然拄着手杖。他是参加辛亥革命的长者。一九三五年，由于呼吁南京国民党当局团结全国一切爱国力量抗日而无成，他曾在中山陵剖腹自杀；遇救之后，他亲自经历西安事变，逐渐认识而倾向共产党。抗日战争爆发，他在山西组织新军配合八路军作战，并为开辟晋西北抗日根据地，尽了极大的力量；积劳成疾，肺病复发。他从一九四六年，一病不起；一九四七年，死于甘泉。在弥留之际，他曾遗书毛主席和中共中央，请求入党；从而被批准追认为中国共产党正式党员。他在生前曾给毛主席写过一首祝寿诗。

半百年华不知老，先生诞日人不晓；
黄龙痛饮炮千鸣，好与先生祝寿考。

在他死后，毛主席曾给他送过一副挽联。

为民族解放，为阶级翻身，
事业垂成，公胡遽死?!
有云水襟怀，有松柏气节，
典型顿失，人尽含悲!

另一位是李鼎铭先生，一张瘦瘦的脸，额头显露，眼窝深陷，颧骨凸出，两颊成穴，双唇收缩，下颏翘起，简直瘦得无比。两撇胡，短而稀疏，几乎可以数得出多少根数。但他眼光通亮，有一种奇光近乎在闪烁逼人。他戴着一顶水獭的旧皮帽，穿着一身新的灰色的棉军服，外套一件旧中式——长到脚面的、黑绿两色斜纹呢料的夹大衣。关于他，见于毛主席后来所写的《为人民服务》，和它的注三。

“精兵简政”这一条意见，就是党外人士李鼎铭先生提出来的；他提得好，对人民有好处，我们就采用了。

李鼎铭，陕北的开明士绅，曾被选为陕甘宁边区政府的副主席。两位老者和众人一样，欣然站立，从他们肃静的姿态上、喜悦的神色上，可以看出他们在待办一桩最庄严的大事，在等候迎接一位最尊敬的伟人。谁都看得出，这不可能是别人，只能是伟大领袖毛主席。因此，参议员们赶来，大人们和娃子们都赶来。其中，有铁娃和妈妈——冯家芳。

冯家芳的短毛盖梳得光亮，脸洗得干干净净；时过中年，并未衰了青年的好容貌。她用新婚未曾常穿的新衣裳，一如往时节日那般，打扮今天的行装，花色新鲜，使人注目。铁娃呢，也像妈妈那样，穿上一身新袄裤，戴上一顶新皮帽，身体硬棒，神气十足，比前些天病中，比以往任何一天都有劲儿，都有兴致。他不停地蹦着高，往高扔着帽子，高声唱着《东方红》，一路上在追赶妈妈。

她到了，他也赶到。两位老人跟她握握手，也跟他握握手。

“娃子是你的儿子吗?”

“是呀。”

“听说毛主席送你住过院?”

“是嘛，是住院才住好的。瞭瞭吧，迩刻我多么棒!”

“毛主席这个恩情，你怎么报答呢?”

“毛主席恩情永不忘！跟毛主席学，干革命!”

“你学到了什么?”

“……”

“你学到什么没有?”

“有，有……”

“你举个例。”

“十是五，五是十。”

这一奇言妙语，把两位老人弄愣——莫名其妙，不约而同，互为一笑，一同开了口。

“娃娃的谜语。”

“哲理大师的名言。”

冯家芳在旁边，默默地谛听着，悄悄地享乐着，饱尝着，超人的智慧酝酿的馨香，非凡的思想挥发的芬芳。

为着发表《在陕甘宁边区参议会的演说》，毛主席来到。坐的还是那辆汽车，穿的还是那身衣服，戴的还是那顶帽子。在人们不断的掌声中，毛主席微笑点头，不息地交替地挥手、鼓掌，是那般热心、诚意、谦逊，习性近人，光彩照人。在这种照耀中，人人发光，山河生辉，以至镀了金的黄沙土坪变成了金的似的。

参议员们下了石阶，鼓掌往前迎。铁娃一眼瞭见亲密的班辈周童和牛子亥，便叫他俩插进来，仿着人家的样儿，挤到最前头迎。人家迎到毛主席，反过身，跟毛主席身后走。他们仨却闹独立性，迎到他跟前，转个身，面对着他，罗罗转着，倒退着走。瞭呵，一对半猴娃子，鬼头鬼脸儿，球眉鼠眼儿，搞开怪相相，逗得大家直笑，连他也止不住笑。

“铁娃，病好了吗？”

“好了。”

“那你又来干吗？”

“谢毛主席，瞭毛主席。”

“瞭，瞭吗？”

“瞭毛主席办甚？”

“办民族大事、阶级大事、抗日大事。”

“毛主席，抗日，抗日，还要抗到啥时？还要抗多少个年头？”

毛主席停住，望望大家。额颅开阔，眉宇舒展，经常如此。在过去的安源潜行，他那长而飞的眉毛，从未皱成一团；而在未来的重庆谈判，他那隐隐的头纹，更未加深一痕。况且这个时刻、这个场所，他只能是胸襟豁朗，心境宏敞、深邃、广大，宛如无比的大庭而容纳着无限的广众，宛如海阔天空而囊括着当世正急的风险，历代未散的风云，众议纷纭，载籍浩瀚，喋喋不休，指不胜屈，轰轰然，赫赫然；其间，充满着无数的矛矛盾盾，无数的是是非非，何止铁娃一个人和铁娃一个问题。可是，铁娃跟着他的头的移动，他的眼睛的转动，无所适从……这是在瞭甚？这是在寻谁？难道是要寻那位内科主任黄大夫吗？不，不。黄大夫是最解得打针的内行。只有他，是最解得打日本鬼子的里手，最解得日本帝国主义进棺材、办丧事的日期。于是，他靠近铁娃的身边，用严肃的态度，伸出双手——十个指头。是第二次向铁娃伸出双手——十个指头。

“还要十个年头。”

“十个年头？日本鬼子比瘟疫还厉害？”

“日本帝国主义——瘟神嘛。打倒它，还要十个年头。”

“算不算今年这一年呢？”

“算。十个年头。”

铁娃顿住，天真地眨着眼睛，陷入稚气的凝思之中。他受过革命的洗礼，聪慧骤增，而今他凭着毛泽东思想所哺育的心领神会，潜移默化，嗷了一声，恍然大悟。是他第二次的恍然大悟，自觉的恍然大悟。

小小的平凡的草芥，幸逢世界之上哲学王国的朝阳的辉映，思想王国的甘露的滋润，茁壮生长，飞跃长成，而成为稀有的灵草仙草。是神话吗？是童谣吗？是传奇式的故事吗？不是。

“不是，不是十个年头。”

“是多少？”

“是五个年头！”

冯家芳快速插话拦阻。

“娃子，可不要胡言乱语！”

“本来是五个年头。”

果然，五个年头，仅仅五个年头，明明白白五个年头，一九四一年十一月二十一日（《在陕甘宁边区参议会的演说》）——一九四五年八月十五日（日本帝国主义宣布无条件投降）。

终于，以毛主席总结的中国共产党在中国革命中战胜敌人的三个重要的法宝——统一战线、武装斗争、党的建设，以《论持久战》强大的思想武器武装起来的八路军、新四军、广大民兵和革命群众，打败了日本帝国主义。

其实，在日本帝国主义投降之前，他在干部会议上已经讲了《抗日战争胜利后的时局和我们的方针》，预言了这个胜利，和胜利果实——桃子的问题，也就是“蒋介石蹲在山上一担水也不挑，现在他把手伸得老长老长地要摘桃子”的问题。

如此“摘桃”，可称新闻。而“桃兴”传统，由来久矣。例如：《诗经》桃夭、《汉书》桃花水、《风俗通》桃人、《水经注》桃原、《玄中记》桃都、《事物纪原》桃版、《荆楚岁时记》桃符、《古文观止》桃花源记、《太平广记》陈桃、《绿窗新话》茜桃、《元曲》误入桃源、《传奇》桃花扇、《醉翁谈录》桃叶渡、《敦煌变文》左伯桃、《三国演义》桃园结义、《红楼梦》重建桃花社……以及其他“桃水”“桃林”“桃陵”“桃花巷”“桃花庵”“桃花浪”“桃花汛”、《桃源春草图》《桃源忆故人》，甚至《桃园》与《桃色的云》等等。而蒋介石的“摘桃”，将叫“桃”什么呢？叫也只能叫“桃盗”“桃贼”“桃长手”之类，归终还得叫“桃鬼”（“逃究”）吧。请读《二桃杀三士》，不是多少可以供君参考吗？

六

阳婆不盛，夜游神款款而来。

是历史性的夜。毛主席为首的党中央领导抗日胜利的“八一五”纪念日，从今写在历史上。历史卷长，长年易触，请能工巧匠大师，银镌“八一”，金铸“七一”，唤起世世代代的追念与深思；而把“八一五”石刻杨家岭，记它与毛主席旧居永存于世。

是抗日胜利的夜，红火的夜，最富姿彩的光华的夜。

这个夜，不比以往一般节日的夜，军民千群，男男女女，老老少少，人们真多；有组织的队伍，自由结合的行列，王大化领队带头搞，搞得火爆。朵朵荷花、钵钵白菜彩灯队，腰鼓队，秧歌队，《兄妹开荒》《夫妻识字》《十二把镰刀》《血泪仇》和《白毛女》化装队；在火把灯笼的照耀、卷卷红绸的耍舞中，高举马克思、恩格斯、列宁、斯大林的画像，高举毛主席的画像的钢铁人流，浩浩荡荡。浩浩荡荡的火把，如同燃遍山区的野火。闪闪的灯笼，如同明遍山区煌煌的窑洞——座座层层闪光的高楼。处处居民，悬挂灯火，耀得处处的山沟透亮，条条的路径通明。来自四面八方的人们，拥挤着，赶往杨家岭。此刻，仿佛全延安的人们都出动，全延安的灯光火亮交辉，鞭炮锣鼓齐鸣，震得远近一般响，燃得天地一片红，真是恍如白昼一样。谁能不信世上果有这样明的夜，这样的不夜天。

干部们、学生们停下纺车搁下镰刀，忘形地狂喜吧。有烟的吸，有酒的饮吧。能歌的唱，能舞的跳，能疯的男女们分别地互相地搂搂抱抱、交颈贴脸儿吧。什么也不能的，什么也没有的，尤其是要“打回老家去”的同志们，撕吧，撕破仅有的一条被子，撕下来一团团的棉花；蘸吧，蘸尽供给制的留用半月的所有的灯油，似乎从此再用不着盖被，再用不着点灯，而让这个火把的光焰，照遍黑夜，燃尽寒冬，导我一步跨到无冬无夜的我的故乡——黑水白山的东南端——鸭绿江边。即使我的鼻孔窒了，照样闻得到我乡的土香，我的耳朵聋了，照样辨得出我邻的唤声；我的眼睛瞎了，照样摸得着我院的门环，我的腿断了，照样爬得进我家的老茅屋——我诞生的饱受人世忧患和灾难的血泪窝。我为革命战争、抗日战争伤残了的身躯，照样是个继续革命的健全的完人。当然，朝鲜同志们重返鸭绿江彼岸——铁蹄践踏的祖国，重唱《阿里郎》，重温故土故人，重建国家家园，其景其情，难道不是尤甚于我吗？

老乡们歇歇手歇歇腿儿，忘情地开怀吧，舒心吧。备好夜餐——泡馍、油馍、“猫耳朵”、稠米酒，搞个正月十五元宵夜吧。挂盏姜太公灯，崩两个双响子，吹阵喇叭吧。吹梅笛、拉胡琴，哼酸曲、秦腔、眉鄠调，唱抗日歌、《黄河大合唱》，唱“解放区的天，是晴朗的天”吧。从南市场到桥儿沟的商店摊贩，门口摆开盛满筐箩的红枣、柿子、桃子……吃吧、拿吧，敬赠同志，奉送同胞。不吃不行，往嘴里搁吧。不拿不行，往兜里塞吧。你上杨家岭，让你带给毛主席呢。

人们往杨家岭拥着。铁娃——李重人和他的妈妈——冯家芳，还有周童和牛子亥挤在当中。而且，李重人挎着一筐桃子挤着。慢点儿挤，慢点儿挤，挤破了桃子咋个办呢？这是送给毛主席的。

五年来，在往日忆苦思甜的生活中，冯家芳从农家妇女走上县委工作的岗位，辛勤工作，埋头学习，被奖为模范干部、荣誉烈属。五年来，她一点儿也不显老。在今夜的胜利灯火的光明中，她那副笑眯眯的脸，没有多添一丝儿纹痕，反而更加显得年轻了许多，至少年轻了五年似的，她恢复了自己逝去那多年的青春，重新添补了自己早年伤损的俊容。

五年来，李重人像周童、牛子亥一样，长大了，成人了。肩膀宽阔，胸脯隆起，身体特别结实。若只看他的个头，那么高高，像是长了十年似的，而他那跃起的眉尖，吊起的眼梢，以及整个英俊的脸型，却差不多依旧是童年的模样，不妨说是放大了的童年的留影。他，流露着满腔向党的挚情，洋溢着一心向往毛主席的敬意。五年来，他像周童、牛子亥一样，进了延安中学，入了团、入了党，在假期间，响应毛主席的号召——《组织起来》，参加集体互助的劳动组织——农业生产合作社。他主要的劳动，是在培养桃树，桃子的名声与他的名声一样出众。五年来，他像周童、牛子亥一样，怀着童年的嬉戏的乐趣，憧憬着青年的迷惘的理想；海鸥一般，那般洁白，那般天南地北地栖息、翱翔、追逐，随便哪儿是孤岛、礁石、沙滩、明灭的灯塔、无止境的航船。

“迩刻，抗日胜了，一满胜了。你们还记得吗？咱伙从前玩耍、打日本鬼子，把牛子亥打得趴在地上。”

“你还往我领子里塞雪球、冰溜溜。迩刻，脖颈子还凉飕飕的呢。”

“周童，你这个国民党，吃的亏少。迩刻，日本鬼子垮了，你要乖乖的，不要调皮捣蛋！”

“迩刻，我大了，叫我再扮国民党，我可不干。我只想当八路，打蒋介石。”

“那咱们都当兵去，等毛主席的命令，打蒋介石。”

“打完蒋介石呢？”

“我回家，回咱伙农业生产合作社。”

“不，我当一辈子兵。”

“不，我回来上咱伙延安大学、上中央党校。”

“到底怎么干好？”

“咱们谁个瞭到毛主席能不能问问呢？”

“能！”

冯家芳赶快插话拦阻。

“娃子，要是真瞭到毛主席，你可不敢随便问，可不敢胡言乱语。他咋说，你咋说。他说十，你说十。他说五，你说五。迩刻，可不比早先年，你已成个人。娃子，解不解？”

“妈妈，解下。”

“解得甚？”

“妈，您说我长大成人了，怕我犯错误，是不是？”

“就是，就是！”

“妈，毛主席的话，用到实际、用去实践，难道不能发挥、发展吗？他不就是发展了马列主义吗？妈，学毛主席，学毛泽东思想，就是要联系实际、实践，就是要发展毛泽东思想。妈，不是都说吗？知无不言，言者无罪。干革命，犯了错误，又咋样？妈，干革命，我要学我爹的样儿，豁出一条命。妈，您比不上我爹……妈，您早先做过我的老师、好老师，可是，迩刻我才认得您原来是我的半拉老师……”

“半拉老师？还半拉呢？”

“这半拉——胆小鬼。”

“咋价？”

“胆小鬼——个人主义！”

“娃，你批评得好。常言说，青出于蓝……”

人潮沸腾，声浪滚滚，汹涌着，冲激着山谷，礼堂。

礼堂，是党中央召开会议的场所，是毛主席总结全党工作的讲坛，是向全国全世界传播当代伟大马克思列宁主义、毛泽东思想的发源地。它离谷口远些，靠山腰近些。为了便于通行，从山腰窑洞到礼堂，架有一条简易的天桥。这时候，桥上的行踪，来去匆匆。礼堂里灯光通明，人影幢幢。不问可知，党中央在日本投降后，根据新的革命形势而立即准备召开紧急会议。片刻，在桥上行影之间，出现一盏马灯，照明桥径，照出后面一位魁伟的身影。一看便知，是人们欢呼着的毛主席。从此，欢呼声更高，更高，终于把毛主席从礼堂正门口欢呼出来，跟着出来的，还有他的亲密战友周副主席、朱总司令……他向挤满山谷，挤到礼堂前的鼓掌欢呼的人们招手还礼，鼓掌回敬。他闪着，炯炯目光；观察着，洞若观火。他那令人肃然起敬的仪态，隐蔽着潜伏的一种思虑、一种追忆，使人感到他在这胜利的时刻，仍在追忆为民族解放、为阶级翻身而献身的烈士吧，仍在思虑由胜利而引起国内国际的新的局势、新的问题吧？！

在冯家芳、牛子亥和周童的维护中，李重人紧紧、紧紧地搂抱他那一筐桃子，一股劲儿从人山人海里钻出一条缝儿，钻到毛主席面前，禁不住地拖住毛主席的手。

毛主席立即留神，注目：谁呢？恍惚，恍惚。但因长于惯性地摄取人们的面影，记录人们的语音，测绘人们的心迹，且有惊人的人所难有的记忆而存之久远，以便随时使往事复出，故人再现，所以他悠然地想起了这个青年——铁娃——李重人。

“噢，你，小诸葛、小神童。五个年头了，认你不得。”

“毛主席……”

趁这个机会，李重人从怀抱里、从心坎上献给毛主席一筐桃子。

毛主席表示极大的激赏，拣起一个桃子看着。

“是哪里的桃子？”

“是咱伙合作社栽的，接枝改良的。咱伙叫我带给您老人家的。”

“好桃子。原来是什么品种？”

“就是毛桃儿。就是地上的寿桃儿，天上的仙桃儿。就是毛主席的胜利桃儿。”

“胜利桃子？蒋介石正想吃这种桃子呢。”

“我们可不给蒋该死吃！”

不等毛主席再开口，李重人身旁的周童、牛子亥和另外几个青年，便兴致勃勃地逗趣地抢过来话茬儿。

“蒋该死硬要吃桃儿、摘桃儿呢？”

“今年的桃儿，给我们都快摘光了。哼，他硬要摘，给他摘一个，剩下来的，小不点儿的。”

“今年一个，明年一个，一年一个，他年年摘呢？”

“给他摘吧，吃吧，撑死他！”

“撑死他？那得多少桃儿撑死他呢？”

于是，他们嚷嚷起来。有人说一个桃儿。又有人说两个桃儿。周童说三个桃儿。牛子亥说四个桃儿。信口开河，乱说一气。末了，他们异口同声，逼着李重人说出结论。李重人知道，躲不过。

“我说，五个桃儿。”李重人眉头一皱，马上改了口，“不，不，十个，十个桃儿！”

“一个一年，这不是十年吗？”

“十年，十年！”

“算不算今年这一年呢?”

“算，算，十个年头，十个年头!”

此时，毛主席寓意隽永地发出铿锵之声。

“铁娃——李重人，你胜了。你，后起之秀。你，后生可畏。你，革命后继人，后来居上，上上。”

“共产党胜了，毛主席胜了。”李重人振臂一呼，“毛主席领导的胜利!”

冯家芳、牛子亥、周童和所有在场的人们接着李重人的尾声，继续高呼。

“毛主席领导的胜利！胜利，胜利……”

这高呼毛主席胜利的声势之大，激起风云，震撼天地。光波荡漾，秋色惶遽，枝头摇曳，草茎摆弄。于月光金波里，秋枝叶，秋沙，蓬黄澄澄。叶落、蓬飞，上下沉浮，交叉、汇合，合欢同舞起来，金箔、金针、金羽毛似的，金蛇、金龟、金蝴蝶似的，飘飘的，飘飘的。

毛主席用手势止住人们的高呼，伸出硕大的手掌，在惶遽的秋色之中，在摇曳、飞舞的枝形和叶影之间，把荡漾的光波握起，握紧，把握紧的拳头抬起、抬高，抬到膊肘与肩膀一平，便把握紧的拳头，尽快地举起、举高起来；举得那么有力、有力，有如举起了李重人，举起了冯家芳、周童和牛子亥，举起了全体人民似的。

“抗日胜利万岁！人民胜利万岁!”

多么惯于谦谦。多么长于高尚品德。多么善于化深奥为俚俗、化圣明为平平、化至理为常识、化悲痛为力量、化黑暗为光明、化精神为物质、化预言为现实、化失败为胜利、化分散“山头”为统一团结。

“中国共产党万岁!”

“毛主席万岁！万岁！万万岁!”

晴天霹雳，嘎啦啦轰鸣。李重人、冯家芳、周童、牛子亥和人们的狂呼之声，一阵阵高过一阵阵，一阵阵高越山岭，高入天际；而一阵阵的松涛般、海啸般的轰然回响，好像远远而来的全体人民迈着雄健步伐的足音、充塞着崇敬之情的心声似的。

毛主席抬手告别，走回礼堂去。

毛主席走了。李重人、冯家芳、周童、牛子亥和人们还在留意他走过的路。这路，是通礼堂的路。这路，是通井冈山的路。雪山，草地啊。大渡河，腊子口啊。重重的山岭，条条的江河啊。雷电交加，雨声淅沥，狂风呼哨，雹雪弥漫哪。季节无常，寒暑骤变，瘴气侵人，缺衣少食，跋涉不止，转战无息啊。遵义会议，留芳党史，战士同心，响应决议啊。只听一声声召唤：雄关漫道真如铁，不到长城非好汉，何时缚住苍龙？词林隽誉，诗情画意啊。豪言壮语，出师檄文啊。长缨在手，妙算在握啊。死者瞑目，英魂起舞；生者不馁，勇气更增啊。冲南闯北，声东击西，甩掉四周围追堵截的敌人，突破面前的自然天险和敌人铁壁，长征二万五千里，所向无敌啊。这路，是胜利的路。跟毛主席，从胜利走向胜利。

毛主席走了，留下了英气，巨影，留下了光明、幸福、锦绣一般的生活展望，暴风雨一般的革命前程。听吧，春雷一响；看吧，蓓蕾一开；花枝招展，五彩缤纷，社会主义在望，共产主义有期。记住吧，终生的思想改造，终生的继续革命。记住吧，散着热的英气，发着光的巨影。毛主席是李重人心中的最红的红火轮，是宇宙之间的最大的大光源。

秋夜天高，月明星繁，罩着云纱的启明星在闪耀，像是在眨眼、在窥探、在讯问。十个——五个桃子，真是十度——五度寒暑吗？

李重人停留久久，是留恋吗？是忘返吗？是伴随吗？

雄鸡鸣起，天将破晓。有一颗陨星划破了由暗渐明的天空。

嘀……嘀……嘀嘀嗒，嘀嘀嗒……军号响起，一两声，三四声，一声声，一阵阵，远远近近，起起伏伏、断断续续，喑喑扬扬，错综而复杂地组成一种联合的交响，时而如万马嘶鸣，时而如群狼嗥叫，持续地冲破着群山环抱的乡镇的寂静，冲破着四乡包围的城市的清宁。是显示着毛主席指挥的，无产阶级百万雄师的威风吗？是前方受降的严厉的命令吗？是保卫后方的紧急的召唤吗？

七

第二次世界大战，烟消云散。蒋介石伸出老长老长的手，要抢夺桃子——抗日胜利果实，贸贸然撕毁《双十协定》，挑起全国大规模的内战，并命胡宗南进攻陕甘宁边区。

冯家芳已在县委工作，负责全县组成的担架大队，无尽地拉话，无休地奔波，可不比往时田垄和会场的年月了。李重人、周童、牛子亥都早去参军，喜过挂彩披红的荣幸。在保卫延安的两年，李重人被编入卫戍部队，由战士的卓越表现，次第担任通信员、班长、文书、文化教员兼代指导员。而周童和牛子亥被派到哪个部队，他未听到消息，也未见过一面。不过，在执行值勤任务的时候，他见过他的母亲，见过续范亭、李鼎铭两位老人，见过黄大夫。

那是在柳树甸，他见过续范亭老人，可惜只见到他拐沟入口的背影：腰背越发佝偻，脚步越发踉跄。他手里拄着一支手杖，身边跟随一个姑娘，是他的女儿，还是他的保健护士？横竖是个大妞，令他觉得腼腆，按捺而中止了赶往问候请安的激情。他如果知道，这一幸会竟是诀别的一见，那么他便破除男女性别的别扭，抓住这个不得错过的机会，而不致遗憾于将来啊。在边区政府门前，他见过李鼎铭老人，给他敬过军礼。老人眼光照旧奇亮、精明，而倏忽示以懵懂。

“你是哪达战士？”

“我在边区礼堂门前见过您……”

“你给我做过报告请示？”

“我说过：十是五、五是十……”

“咋？《韩非子》寓言？《艾子》笑语？安徒生《童话》《希腊神话》？”

“……”

老了。老当益壮。李鼎铭老人，事实也是这样。而老年往往逐渐减退的脑力与听觉，有时造成错觉，发生障碍，它在青老双方交往之间，有时不是桥，而是墙。理解。抱憾。奈何。在沿城的路上，他见过带领担架队正在加油赶路的母亲。

“妈，哪达去？”

“保密！”

“跟我怕啥？”

“上火线！”

“上火线，妈行吗？”

“妈再不是胆小鬼，半拉也不是娃……兴许还有个人主义的残余……余下你一张照片，割舍不掉……”恍然，她想起了什么，从内衣兜里，珍重地掏出一件贴己的宝贝——他当年的小日记本，写有“凡事预则立，不预则废”几个字，挟着他一张童年的小照片。她抽出照片再揣回原处的时候，有意识地翻了一个个儿——分别一下它的倒歪，它的背面——让它头朝上，它面向着她……而她把小日记本给了他，明白得很，她的意思是在鼓励他学习，并留个纪念，也不枉一次稀有的邂逅吧。

“妈，把相片也给我吧……”

“不能给……”

“给我瞭一下……”

“娃，我公事要紧！”

“妈。”

“娃，迩刻，咱不得盛，不得拉话……我走我的路，你走你的路！”

自母子为革命折了家以来，偶然有过两次碰面；每次分手的时候，他一贯脆脆快快，她总是黏糕黏米饭似的。但这一次分别，一满翻了个儿，她倒要嘎巴一断，他反而如胶如漆鳔着似的。

“妈，再等一下……”

“娃！”

她把他一推丢开，是要他扬长而去，不要他倒糟，不要他磨磨蹭蹭……这是什么时刻？是前方需要担架队一发千钧的时刻，不是温情，只要理性……在王家坪附近，他见过给他治过病的医生。尽管医生与病人的结识，是泛泛的结识，他仍怀着特殊的崇敬的感激之情，向医生敬军礼，久久举着手，保持着军礼的谨严的姿势；无疑，这是他在向医生致敬。

“您是黄大夫？”

“是，你呢？”

“我……黄大夫给我治过病……”

“治过病的患者有些呢……我给你治过什么病？”

“伤寒。”

“伤寒？”

“给我打过五针。”

“五针？”

“毛主席说的是……

“噢，你是铁娃——李重人。”

“近来，你见过主席吗？”

"……"

怎么说呢？见过，没见过？一言难说尽。自从毛主席迁到新址，他每每路过门前，多么渴望一次异想天开的巧遇；而他每次往返的所得，全不过是同样的大失所望的结局。无奈，他只得于门旁、墙侧站一站、停一停，或俯视门口新雪有没有大大的脚窝，或翘望院内角落有没有巍然的形影，或倾听石窑窗里有没有訇然的语声——是不是带有那般的强梗的湘音……莫非出于他的虔诚的感召吗？普通一兵居然化为天之骄子，人间的幸运儿，梦想变为现实：他，在早春的院中，雪后的地上，独自一个人，信步彳亍，头上垂着长发，肩头披着棉外套；神色凝结，心绪潜伏，也许经过繁重紧迫的脑力劳动在舒散一下疲惫的精神，也许对于刚刚发现的新的重大问题在开始酝酿某些思维活动……他趁此机遇，抢上几步，便能够实现他已久的盼头儿——汇报他这些年"读点文学作品"的情况：不仅读了《钢铁是怎样炼成的》，而且还读了《铁流》《毁灭》《母亲》《被开垦的处女地》《鼓风炉旁四十年》《震撼世界的十天》《火线上》《金钱》和海涅、涅克拉梭夫的诗、玛雅科夫斯基的诗，无产阶级的绝妙的诗呵……还读了《封神演义》《隋唐演义》《宣和遗事》《五代史平话》《说岳》《说呼全传》《万花楼》和李白、杜甫的诗，文天祥的诗呵……"人生自古谁无死，留取丹心照汗青"呵……还读了《彷徨》《呐喊》《女神》《子夜》《小小十年》，我的"小小十年"呢？……说这个事，又有啥必要？哪个事不比它重要……这个个人行动，虽说出于高尚的思慕，但是实为侥幸的追求；纵使无疵可批或给以宽宥，而自己能够优容自己吗？自己能够放任自己并以为心安理得吗？不能，不能。况且，他意识到他的责任的严重，日夜开会、会客、执笔、看电报、把电话机、观察壁挂的插小三角旗的军用地图，思考千万，谋略万千，呕心、沥血呵……意识到自己如今可不比以前的童年、少年，那么幼稚、冒失、莽撞，一想起来，臊人呢。于是，他用兴奋的晶亮闪光的眼睛望望，望而却步，步步踏雪嘎吱嘎吱离远，远，远远而复返，返而盘桓、伫立，瞭望……不料那里出现一位木无表情的机械人似的不速之客，撂下一筐赠别的土产礼品，默默惜别而去。他挽留不住，只好道谢、送出、目送……那种郑重的深沉的眷注的目光，送的是一位本地的老农，是延安的全体劳动人民。想来，胡宗南日益逼近，战局随之紧促，不是延安准备撤退吗？顿然，他两眼泛起一层泪光，涌满饱饱的泪水，迸开泪花。他的泪花，只为毛主席而迸开，为延安而迸开。辞别有日，再见何时？是当初所谓桃树十度——五度荣枯？

延安比瑞金年长，十一年。在这光辉耀眼的十一年，毛主席挥笔而就《毛泽东选集》多篇。在这风风雨雨的十一年，他住过凤凰山、杨家岭、枣园，而今住王家坪，都又将与之告别。新址哪里？远些，近些？远在天涯地角，近在咫尺之间？

有一位久住交际处的外国友人，换上与此地风俗迥异的西装革履，特来向他辞行，向延安辞行。

“再见。”

“再见。”

“哪里？”

“北平。”

“什么时候？”

“问铁娃。”

“谁？”

“李重人。”

“……”

接着，他接见司令员、政委和后勤部部长等，听了汇报，作了指示之外，又一次深入地扼要地讲解、阐述了“洗脚跟骂娘”的作风——军阀主义、官兵关系问题，“小米加步枪”的公式——战争与战略、作战与供给的问题，更着重的是，铁娃早已朴素地理解过的“鱼水之情”的真理——军民关系、群众路线的问题……

第二天——一九四七年三月十九日，他携同战友周副主席、任弼时同志等撤离延安。

山川沮丧，天地低昂。白云下落，笼绊高峰；黄沙起飞，堵塞空谷。春凛凛，路遥遥，远了，远了，足迹消，行踪渺渺。忽拉，炮声轰鸣，搞起战火纷飞；硝烟弥漫，蒙住巴望眼睛。问天问地呵，能否跟咱拉个话？迩刻可安康？今宵吃啥啥、宿哪达？哪达山旮旯儿？哪达人家家？……罢，罢，何须念念？天空任鹏翔，山深随龙跃。罢，罢罢，何须念念？地大岂可无眠处，物博何止有野餐。请、请长风传语鸿雁：此行无虑，此别暂短；但愿革命之情应常在，后会之期可预知。祝，祝，祝延安无恙。祝延安与瑞金为伴，联欢，红都与红都色不变。宝塔与白塔遥相望，延河与绵江话昔今，待来日——塔塔冲霄汉，水水作凯歌；万物改观，人间换了。踏遍青山人未老，风景这边独好——桃花开，桃花落，十度——五度度过。

不过，不渡！不过长城，不渡黄河！毛主席坚守陕北，宿于贫下中农家，工作于临时搭成的棚子，以与胡宗南十倍于我的十五个旅周旋、角逐于陕北，而便于使之就地就范——一个又一个地活捉胡宗南的旅长：愁眉苦脸的李纪云、心宽体胖的麦宗禹、一顶国民党小军帽帽遮遮颜的李昆岗，像是旧式给人相女配夫故意拿手弄刘海儿遮羞的老处女似的……

胡宗南开始到处长驱直入——快乐的大游行，稍稍一停，反倒频频地碰钉子、落陷阱，而感到头痛起来，不得不向“委座”发报告警了。

八

在人民解放军嘹亮的胜利进军的军号声中，李重人——指导员和连长按照上级的命令，指挥生龙活虎的连队，以排山倒海之势，冲锋陷阵，无往而不胜。在这当中，他立过多次战功，被野战军司令部通报嘉奖为战斗功臣。可是，在乘胜北上、收复三边失地、再折而向东进攻榆林的战斗中，连长牺牲，他也负了伤。因工作火急需要，他在医院被调转到县委，负责民运工作。故而，在毛主席亲自指挥的沙家店大胜之后，他在梁家岔听过毛主席的声音：“沙家店一战，把敌人的嚣张气焰完全打掉了，形势对我们非常有利，我们要找机会再打几个这样漂亮的胜仗，到那时候，陕北敌人，就没有立足之地了。”并且，他在路上遇到过黄大夫，拉过话。

“李重人同志……”

“黄大夫，黄主任……”

“听说你负过伤，好了吗?”

“……好了。您怎么知道?”

“你是荣誉人物嘛。”

“我这次战斗，没有坚持到底——收复榆林，是多么大的憾事。迩刻转到地方，再没有机会参加下次的战斗——收复延安……我是在母亲的怀抱，父亲的血泊，延安的摇篮长大的……我是在白求恩的医院，黄主任的病房，革命人道主义的病床长大的……我是在党中央的少年宫、青训班长大的……我是在毛主席的讲习所——学塾、塾师——导师跟前长大的。我不亲自参加收复延安，不甘心，不甘心，死也不甘心……我愧对母亲、父亲……愧对党中央、毛主席……愧对白求恩、黄大夫——黄主任……我愧对延安，延安……"

"不激动，不激动。你年轻，为革命立新功的机会还多得很，多得很。走，跟我走。"

"哪达去？"

"我给你检查检查身体……"

"不，不……咋也没咋，好好的……"

"走，走……"

"不，不……感谢您……感谢您那次在延安给我治好病，根除了我的病根，一切病根……您真是扁鹊良医……"

"什么扁鹊、秦缓！不过五针！"

"不，十针，十针！"

沙家店的大胜，在全国各个战场发生了巨大的影响，连锁的反应。北起长城，南抵长江，东自长白山，西至汉水，寥廓中原，无垠大野，蒋帮美装、四百卅万，城厢罗列、城城联防，密码代号、电报话报，战壕水渠、拉铁蒺藜，层层电网、步步地雷，暗道地堡、火力隐蔽，探照灯射、明察暗访，飞都掩护、轰炮预防，虚张声势、耀武扬威，胆小也壮、怕死也忘，好个防御、体系完备，稳如磐石、固若金汤；但是，善有善报、恶有恶报，得道多助，失道寡助，四乡包围、村村围困，总攻令下、罗网索紧，神行勇士、从天而降，炸药云梯、尖刀突破，斩钉截铁、势如破竹，追击阻击、在数难逃，收受义降、扫清战场，负隅顽抗、歼灭歼灭，胜利而归、快哉人也，往日星火、今朝燎原。在这星火燎原的广阔的野战场上，强大的人民解放军，在毛主席的英明指挥下，在辽沈、淮海、平津三大战役中，纵横驰骋，风云变色，雄师强渡，直捣南京。蒋家王朝糟踏《和平协定》完蛋了，老猩猩背抱猢狲狲们逃之夭夭了。"拿一个延安换一个全中国"。

霹雷一声，快报号外的特大喜讯，轰动、传遍了全中国、全世界。

天安门前，一片盖地的人海，一片铺天的旗林，一片绚丽的花束、花环、彩带腾空摆舞。观礼台上，拥满观礼的人们：负责干部、少数民族代表、荣誉军人、战斗英雄、劳动模范、妇青代表，以及其他各个出色的代表人物和部分外宾等等。其中，最引记者注意而拍照和访问的是，著名烈属、模范县委书记李重人和他的母亲——模范烈属、优秀干部冯家芳。

黄大夫负责一个临时组成的医疗组，正在天安门休息室附设的医疗室，继续埋头工作。白求恩式的大夫——无瑕的白衣王者、无我的无名英雄。

周童、牛子亥呢？同在准备接受毛主席和他的战友们检阅的人民解放军的队形中。但李重人不知道，正像他俩不知道他在观礼台上一样。当然，他俩可能在报纸上见到他的名字，不过那是以后，而不是今天。

今天，翻过二十五史，翻过辛亥革命史；翻开当代革命史，翻开中华人民共和国国史的第一天。

致哀：人民英雄碑、烈士纪念塔。致敬：上海、南昌、井冈山、瑞金、延安……北京。

天空、蓝宝石天、银桂云、火红太阳，金风、爽气、粉蝶、素蜓、出新秋色、空坠天花，荡目、赏心、迷人、飞魂……

东单、西单、长安街，华表、银丝沟、金水桥，铜环、朱门、赭门洞，天阙望楼、金漆山墙顶角，飞檐、翘脊、蹲兽、镶霓虹灯、黄琉璃瓦顶，汉白玉石长栏、红纱灯笼、彩饰红标，一帧巨幅毛主席彩色画像……壮哉，美哉，天安门——千万劳动者的血汗筑起的、明清帝王大殿宝座、传旨受拜、凤阁龙闱安居享乐的宫禁所在——具有悠久历史的、留有隶属延安府籍的、李自成毡笠、缥衣、乌驳马进军战绩的承天门，胜似荡然无存的、黄巢戎服、兜鍪、黄金舆昂然直入的春明门。俱往矣，数风流人物，还看今朝。

毛主席携有睿智、大勇、至公、自谦、多年革命实践、丰富斗争经验、无产阶级高超思想政治理论，携带民族、阶级的长期惨重的苦难和创伤，与乍乍解放、建国的宽慰和愉悦，偕同老战友们，遵义会议携手的周总理、井冈山会师的朱总司令……以矫健步伐、严谨威仪首次登上那返老还童、焕发童颜、改扮童装、重作童话的天安门，庄严宣告中华人民共和国的正式成立：中国人民从此站起来了……

放礼炮。奏国歌《义勇军进行曲》，军乐声雄壮、昂扬、威武；与国歌起奏的同时，五星红旗第一次升起，徐徐升起。彩色气球腾空，打起标语：全国各族人民大团结万岁、全世界人民大团结万岁、中华人民共和国万岁、中国共产党万岁、中国人民伟大领袖毛主席万岁。万众一心，众口一声，瞻望，欢呼……

从此，国旗与党旗、军旗共好，国歌与《国际歌》齐唱，天安门与牡丹峰结欢，天安门广场与独立广场、火花广场同著，毛泽东与马克思、恩格斯、列宁、斯大林并列，毛泽东思想与马列主义媲美。

众人不停地欢呼、狂欢，呼唤回来毛主席多少的往日。

往日，他身处少年困境，曾借读肖家塾，曾做湘潭米店学徒。往日，他面临辛亥革命，曾当革命军的兵，曾捣赵锡麟的衙门。往日，他倡导造反革命的反，曾为“游学客”，曾投稿谢老。往日，他参加、创建党的“七一”，曾与何胡子头顶黑云，曾趁黑夜远航。往日，他领导秋收起义，曾遭凶险，曾踏烂双脚掌。往日，他开辟井冈山而兴起瑞金苏维埃，曾睡稻草褥“金丝被”、曾吃糙米曲曲芽子。往日，他破“围剿”，曾失骄杨，曾寄送儿女。往日，长征的风寒，曾使他右臂一度失常；延安的“夜班”，曾使他长时失眠；杨家岭的“加班”，曾使他开荒、种地、劳动过度。往日，他在指挥解放战争，曾冒清阳岔暑热而越长城之侧、沙漠之垠，曾与周副主席“望杏止渴”；曾耐西柏坡严冬而度第五十五个诞辰，曾与吴老“望炉止寒”……

往日，他长年为之奋斗的革命蓝图，终于实现，如愿以偿。现在，他比以往任何时候都有权威，而他依然故我——矜矜自持素有的音容笑貌、虚怀谦辞。现在，他比以往任何时候都受尊敬，而他依然故我习惯袒胸、打赤脚。现在，他比以往任何时候都富有，而他依然故我——嗜好旧衣旧裤、一饭一菜加辣子。现在，他比以往任何时候都多有国内外新朋友，而他依然故我——珍重旧情旧德，思念功臣烈士、风雨故人。同样，他依然故我——想望铁娃——李重人，最是在此日此地——一九四九年十月一日，北平重新再称北京的天安门。

李重人和冯家芳肩并肩、手拖手，恰恰在天安门下的观礼台上，恰恰在仰望毛主席。她们母子俩侧歪着身，扭着头，踮着脚、伸长着脖颈，拔高一点儿，再拔高一点儿，让自己离他近一些些，更近一些些；并且，母子俩借用人家的望远镜，给自己清楚地细心地满足地瞭瞭他：脸、眉、眼、眼的光亮……以至犹似早年延安面面相觑的刹那，而感到脉息与心音的相呼相应。

延安，别了的延安——我的故乡、革命的故乡呵。乌格青青的宝塔塔、清格朗朗延河水水呵。杨家岭、王家坪、参议会大礼堂、柳树甸的老柳的袅娜的柔枝、救死扶伤的白求恩国际和平医院呵。南关的土窑、苦菜、盐水，南山的马茹茹花、山丹丹花，烈士的芳草如茵的坟地呵。延安，别了的延安——我的故乡、革命的故乡呵。延安的七大、大生产、大整风呵。延安的雪天：雪粉、雪花、雪片片、鹅毛大雪、雪的迷离的幕帐呵。延安的灯笼、火把、锣鼓、鞭炮、狂欢、狂呼、红火的“八一五”的夜呵。延安，别了的延安——我的故乡、革命的故乡呵。延安，延安毗怪子，延安儿嬉儿戏呵。延安，延安，延安童年，延安童话呵。

“妈……”

“娃……”

“妈，您是不是有许多年没有瞭见毛主席了?”

“从‘八一五’那个夜晚，直到昨个夜晚；迩刻，已有几个年头?”

“几个年头……十个年头里。”

“咋价，十个年头?”

“不，五个年头——五个桃儿!”

是的，一九四五年八月十五日——一九四九年十月一日，五个桃子——五个年头，仅仅五个桃子——五个年头，明明白白五个桃子——五个年头。

是的：“铁娃——李重人，你胜了。你，后起之秀。你，后生可畏。你，革命后继人，后来居上，上上。”

咱们毛主席号召：
盘龙卧虎高山顶，
万丈高楼从地起。

——陕北劳动英雄、农民诗人孙万福

雄鸡日日报晓，
曦光今比昨好；
后楼接前楼楼越高，后人继前人人越俏；
咱们听党中央号召：
开始四个现代化的新长征，

猛攀世界科学最高峰。

——佚名

一九五五年北京初稿，一九七八年牛心台定稿

附记

笔记资料全失，现凭记忆校补，倘有缺误，请予指正，为幸。十月十日。

《鸭绿江》1978年第12期

题未定的故事

——一位老战友的口述

感谢党中央，在粉碎“四人帮”之后，我被调到省委重新分配工作。多年来，我做过种种工作，而主要的是宣传和工业两个部门。这次省委经过反复考虑，最后决定我负责报社的工作。我服从组织的分配，但请求给一个参观学习的机会，了解一下关于实现“四个现代化”的客观情况。

因为长期遭受迫害，我以老年残腿困居远乡穷社，连四个马力小拖拉机也没见过。除了力所能及的劳动之外，朝朝暮暮，我埋头于学习革命文献与“革命现状”之间，有如拽犁劳作于山野田垄之中，那无休无止的别番滋味，难描难绘。待到“帮”令一下，命我迁返，但又不许进城，便把我这渴望远航却被当作破漏的老船，搁在城乡中间的河床上。我所见的，也唯有一百马力拖拉机与重型卡车竞赛运输而已。此外，还见过什么“现代化”呢?

我重访了别来多年的全省工矿区：煤矿的液压支架；铁矿的牙轮钻；百二十吨的大汽车；钢厂开始引进的国外技术——改装电子计算机操作，铁厂新辟工地，兴建具有世界水平的容积为四千立方米以上的高炉，安装工业电视……

现在，我准备写社论和通讯报道。当然，我还能提供一篇小说材料。题目叫什么呢？不妨暂名曰《题未定的故事》。

招待所的小汽车把我送到铁厂，径行离去。我披着晚秋的朝阳，迎着扑面的清风和黄叶，跨进久违的大门。这一别二十五年，光阴流逝得真快啊，仿佛在恍然之间，我的须发白了。而今我却自信，为革命老当益壮。

多么不巧，全体干部都在礼堂开会，据说在传达一个中央负责同志在国务院务虚会上的报告。借此机遇，我索性冲着烟气和煤屑，踏着铺沙的院场，信步徜徉，任意浏览，处处都给我一种变化多端、新旧错杂、熟悉与陌生相混的强烈感觉。先前满院架空的纵横交错的电线、煤气管道等等所形成的网络，今天完全改了线路，让开一片光天化日。那边有新建的办公大楼、工人休息室、闻名全国的最大的容积为二千五百立方米的三号高炉；这边依旧是原有的一、二号高炉，原有的办公平房。但房门挂起“托儿所”的牌子，我不由自主地走进去，看看我当年作为党委书记的办公室：摆满小床，挂满尿布，散发着母哺的淡淡乳味和童尿的微微腥气……

我这番偶然的巡礼，竟忘乎所以，忘情于往事的回忆与向往之中，以致头脑发涨发热；我汗流浃背，并不是我这大模大样的不速之客引得婴儿们目瞪口呆和保姆们呈现出莫名其妙的怪相使然，而是由于我较早穿上夹大衣、与提前供给托儿所的暖气所致。故而，我不禁感到幸福，我的后代比我更幸福。

在我凝思的刹那间，忽然有人玩笑地从背后把我一把抱住。我想他是个顽童，但臂力极强，像铁箍一样，把我箍得紧紧的，并且嬉笑地喊着“老书记”。因此，我猜他必定是我当初的老同志，现在的老来少。

“你——谁？”

“小马，小马！”

可是，他松开手，给我一露面，却是个老头：一头卷发，两道浓眉，多半脸连鬓胡须，简直像个毛毛球；一双明亮有神的眼睛真像洋娃娃脸上嵌着的光溜溜的玻璃珠似的。我只好拨开他的毛毛，抹开他的皱纹，才认出他原来是秃头司机——小马，马海龙。

“你还开车吗？”

“老书记，我开了一辈子车，开老了。组织上照顾我，让我玩玩吧，给我新买了一个‘玩具’。”他指了指停在大门边的北京吉普，“老书记，您没怎么老……”

“这么多年，你还记得我？”

“别说记得，连这么多年您的情况，我也清楚。您在农村，住的是蔡家堡。”

“你怎么知道的？”

“我支农那会儿，还给您送过东西……”

“礼品——井管！”

八年前，一个春日的黄昏，大队会计通知，有一辆大汽车扔下一副井管，说是铁厂送给我的。究竟是铁厂的谁呢？

我被“四人帮”遣送下乡半年多，最困难的是吃水问题。一家四口：大儿子出民工，小姑娘只七岁，老婆害心脏病，我左腿半残，谁担水呢？只有我和老婆轮换着跟小姑娘抬水。去年冬天，路又远又滑，小姑娘一跤跌倒。多半桶水都洒到她身上。这一冻，冻坏了她的手脚，指甲全部脱落，我的心仿佛整个落在井下一样。从此，贫下中农们和下乡知识青年们自动帮助挑水。今日，想不到来了井管，这在我家该是多么大的喜事呀。我想，人不能仅仅为自己的生活打算，而且应该常常替别人打算，便把井址设在十字路口拐角，当作公用井，而没有设在自己家里。每逢我走出家门，碰到有人挑水，都要向我道谢。其实，我受之有愧。那么，该谢谁呢？

“井管，是你送的，是你给的吗？”

“不是！”

“是谁？”

“不知道……”

“你怎么能不知道！”

“我的老书记，好书记！那时候正在打、砸、抢……什么……什么都乱套了，我……我还顾……顾得上……谁是谁呢……”

他支支吾吾，终于戛然而止，皱紧着眉头。我知道，在他走过的人生道路上，几乎没有碰过钉子，打过趔趄。可以说，他掌握自己的命运，有如掌握自己的车辆一样，真是一路安全，一顺百顺。我也了解他的性格，像老乐天派那般快活和坦率，老乐天派纵有忧虑、隐私，难道他会有愁绪、谎言吗？在我一再追逼之下，他实在无路可逃了。

“那您问问厂长吧。”

“哪位厂长？”

“激光——厂长！”

“激光——现代化，是应用激光检查下料——进行技术革新的那位厂长吗？”

“正是。说真话，要不是他背着一个不该背的包袱，他早该是公司副经理呢。”

“恰好我要访他。他叫什么名字？”

“呀，我的老书记呀！叫您把我弄糊涂了。他，他就是您喜欢的小刘呗。”

“哪个小刘?”

“青年炉长——刘文钊!”

我悠然想起了刘文钊。

他从小受着淳朴的农民家风的熏陶，又得到良好的革命传统的教育，培养起勤劳奋勉、忠诚无私的品德，在高炉多次挖潜、革新、改造中，得到充分的验证。在处理高炉结瘤的问题上，他的合理化建议，表现出科学家的才华，达到引人注目的攀登高峰的新起点，使全厂工人为之折服，并博得领导的好评和美誉。

在赞歌声中，他不陶醉，不骄傲。他，温情而火性，自信而谦虚；宽以待人，严以律己，作自我批评多于批评。他处逆境不屈不挠；但是，他一旦被诬，竟不顾一切地孤注一掷——宁为玉碎，不为瓦全，这是他的美中不足。

他那美中不足的面貌，仅仅是下颊翘些，颧骨高些；而他的眉梢竖竖着，眼角吊吊着，显示着一种英豪的气概。当然，这是我记忆中的刘文钊的速写像，如果用之对照二十五年后的他，那恐怕就要似是而非了。果然，在马海龙把他从礼堂找来以后，我看到他穿着一身油垢的劳动服，一头稀疏的灰白发，一副消瘦的面孔，两腮收缩，皱纹累累，以致颧骨与下颏突出显著的棱角；竖眉梢与吊眼角落下来，但目光灼灼，神采炽热，甚至大大超过他青年时代的燎人之势。他一望见我，撒腿就跑了过来，脚下带起一缕沙尘，像一股火焰向我奔着，烤着；他这一路的踞脚却有点像我的跛腿似的。他把我搂起，一倾积愫，泪水汪汪了。

“……我……我——小刘……没有想到今天……能见到您……您——李书记……”

“我倒是早该来学习你应用激光……”

“您是听了夸大的宣传，实际是不值得一看的。”

“不。这是我来的目的，一定参观!”

“您一定要看，等过一两个月，您看代替卷扬机的自动化输送带；或者，等过一两年，您看新的完全现代化的高炉……”

“不，不。现在是现在，将来是将来。”

他又借故激光设备在高处，要爬上爬下，而且他和我的腿都有残疾……可是，马海龙从旁开口，说得好——

“我看您两位的腿一样，都是‘四人帮’造成的残疾，都是孙膑的腿，慢点儿走呗！”

刘文钊毕竟执拗不过我的顽固，以及马海龙的怂恿，不得不引我观看一番激光。最后，他要马海龙陪我走走看看，他要继续参加会去；会后，他还要跟我喝一场重逢的酒。我没有让他走，一把拉住他的手，热乎乎的手。

“我来的目的，达到一个，还有一个呢。”

“李书记，您说吧。”

“井管，是谁给我的？”

“咦！井管……谁给您的……我不知道……您怎么问起我这个？”

“是小马——老马要我问你的。”

“老马——小马，你怎么这样，这样无知……”

我非常理解他的为人。他像海洋那般开阔，海洋纵有岸界，难道他高尚的人格也有局限、也有狭隘之处吗？他像太阳那般光明，太阳纵有黑点，难道他可贵的品质也有乌斑、也有黯然无光的东西吗？

我提的问题，引起他们的不快不睦，一个现出羞面，一个露出怒容，我呢，摆出的是一副窘态。结果，幸而刘文钊思想明快，转怒为喜，一手搁在马海龙的肩上，一手握紧我的手，结束了这种尴尬的局面。

“李书记，想过去，看将来吧。我们要有同志的友谊、革命的道义；我们要有新长征、现代化，要有自动化输送带、四千立方米以上的高炉，我们要有社会主义、共产主义。”

傍午，礼堂散会。人们一出来，这个“小”，那个“小”，“小山东”“小蛮子”……就把我包围起来，扯东拉西，说南道北，真是海阔天空啊。他们言之无心，而我问之有意，终究，我达到了未曾达到的目的。

我担任铁厂党委书记那个阶段，迎来“三反”——伟大的革命运动；结论：成绩是主要的。

但刘文钊青年炉长是怎样陷入其中的？因为从前他支撑祖辈遗留的倾斜的草房，在厂内废品堆买过两根铁管，而收款单据丢失，所以在抓“大老虎”的会上波及到他。他始终不肯接受“套购”“巧取”“盗窃”之词。有人动手打他，他还了一脚，踢空了，却落个罪名——“破坏运动”。据此，办公室建议给他以处分："按旧补款""撤职""党内警告"，而在处分决定上，我竟签了字！过后，我被调离工作，走远了；而他就近投河，被马海龙救起来。他从失迷中苏醒，再生，再做炉前工。由于他工作积极，加之合理化建议和技术革新的贡献，一年后恢复了他炉长的职务，再两年后任命他为副厂长。"文化大革命"中，打、砸、抢之时，故意以他的"前科"罗织罪名："贪污分子""盗窃分子""政治骗子"等等，挂牌游街，逼供迫害，以致一腿半残，强制下乡。他下乡比我迟半年多，早已听说我在乡下吃水的困难……因此，他撤下支撑老房的铁管交给马海龙，似乎小声地说了句话，还掉了泪。他比我早一年，被从乡下调回工作；他找马海龙一起去看他的旧居，只剩下一堆残砖碎草的土堆，凡是房梁、椽子、门扇、窗框的一切木料都不见了。马海龙生气，骂起娘来。他说："小马，你不该这么骂。房主人不在，谁都可以拿去用。木料扔着，年久不是朽坏了吗？这叫废物利用！"现在他没有房子住，住在办公室。他的家，还在乡下呢。

马海龙拿他的"玩具"，送我回招待所去。

"为什么，你不告诉我呢？"

"我跟人家订了'攻守同盟'呀！"

"怕什么，怕招灾惹祸吗？"

"不是！"

"怕沽名钓誉吗？"

"哎呀，好个文明词——'沽名钓誉'，不是！"

"那怕什么？小马，说个通俗词！"

"老书记，怕只怕你难过，难过……"

难过吗？不。难过事小，觉悟事大；个人事小，革命事大。

这一夜，我没有入睡，连一点睡意都没有。在招待所的院内，依窗伫立而遥望月明的夜空，或沿墙边漫步于花坛之间的曲径，我不知所措，无所适从……

渐渐地、渐渐地夜静。夜静使我沉入回忆的深思、憧憬的追求……

点、挑、横、竖、撇、捺。我在童年最初跟私塾老先生这样学字，学会写字。而后年长转入学堂——小学、中学、大学，学会联句、作文，学会论述。我再后参加革命，参加党，在党的培养下，走上领导岗位，学会报告、结论，学会签字。这么多年，我签了多少字呵！对他说，仅仅是其中的一个签字，使他遭受不幸，使党遭受损失，更为严重的是，给“四人帮”以“前科”的借口……我对同志对党负有责任，应该实事求是地补上一份我的检讨，并为他请求更正，而消除他神经末梢的伤痕，让他更加康复、清新、轻快地踏着现代化新长征的征途……至于我，我跟他的遭遇也有相似之处，而我的领导同志呢？……我要向他学习：

“……想过去，看将来吧。我们要有同志的友谊、革命的道义；我们要有新长征、现代化，要有自动化输送带、四千立方米以上的高炉；我们要有社会主义、共产主义！”

《人民文学》1979年第2期

思 忆

先说他——老陈，老童子，老革命家；但说他的党龄，已近五十年了。那么多年来，从白区地下到解放区根据地，从地方到中央，从国内到国外，他做过不少负责的工作；这之间，他也做过新闻工作，主要的是特邀记者。在这个岗位上，他有过重大的特殊的贡献。

他，高身量略微有点点儿驼背，而使宽肩膀稍向前倾，秃头顶和阔脑门儿难以划界，反正合起一片滑溜溜的光亮；两道匕首式横眉，当然有助于突出一双令人敬畏的竖目；半个脸连鬓大胡子，却，确又遮盖不住一颗赤子之心。他敢作敢为，一旦义不容辞，便无所思虑、踌躇、反顾。

在粉碎“四人帮”之后，正式分配工作以前，他从学习《提高整个中华民族的科学文化水平》开始，继之增强某些科技方面的研究，除开阅读科技报刊，也前往工厂参观，有时还去有关部门访友拜师。

有一天，雪刚停，他乘小汽车驰过初冬的雪路来到省科研所。所长老冯是他曾在晋察冀边区相识的，一直从事科研工作的老战友。虽说多年未曾相见，但他一下车，恰巧碰上老冯——正在送别客人们，说了句：“难得送往迎来。”

趁机，老陈注目一瞥。看来，客人们是一家人——父母和女儿。母女二人，极其相像：面皮白嫩，眉眼清秀，一副机敏的样子。女儿有二十几岁，母亲呢，年近半百。父亲，却是一头银丝的、满面红光的矮胖人，举止文雅，彬彬有礼，像似自谦甚而自卑，友善近于乞怜。总之，他有某种学者的气质。他与主人久久地握过手，再把精明的目光投向老陈这位陌生人，用有力的大幅度的手势，打了个引人神往的招呼之后，随着家眷上小汽车走了。

但，老陈因未来得及向那位陌生人还礼而感有疚意，多少显出点儿窘样儿，直至同主人到了办公室，才恢复了常态。

不过，当老冯介绍该所的科研项目和生产品种的时候，他又陷入另种困境，一会儿苦得抓耳挠腮，一会儿憋得目瞪口呆；一句话，横竖或多或少像个半科盲。

“铌钛线……”

“什么?”

“铌钛线，就是超导线，或者称为铌钛超导线……”

“什么?”

于是，这位可亲的所长引着他这位无知的学徒，走出办公室，经过一片雪场，走进铌钛线车间。他们一进厂房，首先挡住视野的是，一座巍然耸立的巨大却又精致的炉体。他们踏过炉梯，登上炉台。师傅让学徒引颈翘望，仔细地看一看炉上的明显的标记。

“你看，这叫电子轰击炉。你看，这是我国制造的第一台电子轰击炉……”

“电子轰击炉”? 似乎，他是听过的。的确，他是听过的。尽管它使他依稀感觉茫茫然，懵懵然；但它却唤醒了他的梦魂，他的思忆。

是一九五七年“反右”之后的秋天，周总理在北京接见一批下基层负责报道工作的记者，其中也有老陈。

老陈更有幸，与周总理有较久的相识。在抗日年代的太原、武汉、重庆八路军办事处与延安红都，在新中国成立以后的沈阳宾馆与北京中南海怀仁堂等处，他曾向他汇报，请示，也曾向他倾诉，谈心。那么多年，多年，他始终在思忆之中悬着一幅影像：浮腾英气的眉端，闪动睿智的目光；加以见于衣着的不奢不华，形于步履姿态的果敢决断，证于言行身教的无我无私；特别是敢比天日的无产阶级战士的高风，博得当世与后代的爱戴。

爱戴的人，而今竟出现众人面前。他的殷切的招待，诚恳的话语，多么动人感人。最后，他向与会者一一告别。在他与老陈告别之间，握手，握手，再握手。

“你下到什么地方去?”

“工业区。”

“你的身体还行吗?”

“还行，还行。”

“那么，请你注意，社会主义工业现代化的问题。”

老陈记住，牢牢记住他这个严肃的嘱咐，走了。而再见要在几月几年之后呢？

他前往工业区路经省城之际，应几位延安老战友的挽留，稍稍小歇，借以重叙故谊。这当中，他听了省公安厅长的建议，借此机会体验一番非常的生活，接触了公检法以及看守所和监狱，访问了一些犯罪分子。

监狱长委派秘书引导他走进接待室。可是，室内已经有人在座；那是一位中年妇女和一个三几岁女孩儿。妇女与女孩儿的脸型同样，同样娇嫩的容颜，同样清秀的眉眼，同样节日那般的打扮；而且，女孩儿的两根小辫上，扎着一双红蝴蝶，要飞似的。想来，她俩是母女二人，像在等待着什么。然而，母亲的神情，格外沉重，阴郁，当然，女儿终归还是孩儿，照样还是天真活泼，甚至嬉笑顽皮。在她一见老陈的时候，便不由自主地本能地扑着他，呼喊起来。

“爸爸……”

母亲把她挡住，拉住，用自己的脸贴住她的脸。

“小芹，小芹，这是客人——叔叔，不是爸爸……”

“妈，这是客人——叔叔，不是爸爸。”

秘书怜恤地抚弄小芹小辫的红蝴蝶，故意矫正它的翅膀，想要它飞起来似的。同时，他对小芹的妈妈更加谦恭，客客气气：“对不起，对不起……”

“什么事？请您说吧。”

“对不起，临时措施，请您行个方便，暂时出去，回避回避……”

“我们的会面，是经监狱长批准的，难道有什么变动吗？”

“没有，没有。保证您的会面。”

“先生，同志，我们可是极不平常的会面哪……”

“保证，一定保证……”

随着，在秘书的陪伴下，她领着小芹静悄悄地移步，移出接待室。

现在，只剩下老陈一个人。他坐在充满明媚秋阳的接待室，翻阅他借用的档案，不久，他听见从门外走廊传来由远而近的脚镣的响声，哗啦啦，哗啦啦，以及夹杂着的女人号啕大哭的声音，哎呀呀，哎呀呀……

门开以后，他看见在看守员监视之下的这个人——矮瘦子。他穿着一身褐色囚服，戴有手铐的双手提着一条系在脚镣之间的绳索，双脚撑到脚镣的极限，成八字形似的走进来，带进来一股丧气的气息，一溜死亡的阴影，阴森森，吓杀人。但紧追他而被挡在门外的，不住哭着的二人，恰恰是刚刚所见的母女俩。她俩终于被秘书劝说走开，但依旧可以听到喊叫“好之”和“爸爸”的声音。室内的犯人在听着，在听着……“好之”也好，“爸爸”也好，世上所有动人的字眼，在他都无动于衷了。即使他若有所思，但也是木无表情……

他的头发长长，胡子也长长，这就表明了加强了他现有的身份和特征。他细溜的眼睛所流露的机智的聪敏的神色，特别是他面貌的清癯，身体的枯瘪，完全证实着旧知识分子的脆弱的体质；而他的强颜镇静，挺胸拔腰，旁若无人的大模大样，充分显示着矫揉做作。乍一看，大约他跟老陈的年岁仿佛，总在四十以上吧。

当他侧目窥视老陈的时候，被老陈的神态的磊落，人品的光明正大所触动而有动于衷，骤然愣住，眼里闪过泪光，脸上透出愧色，像是怀有内疚无以自解而羞于见人似的。

在老陈让看守员给他打开手铐之后，他以庄严的姿态，略微鞠躬；随后，在要他坐茶几一侧的沙发时，他又以庄严的姿态，略微鞠躬。在这时刻间，他所表现出来的神采和动作，可以说明他是有礼仪的、有教养的某类专家。

也许就是这个缘故，他给老陈以意想不到的好感，影响到他固有的对于犯人的憎恨的态度，而造成了一种复杂的矛盾的心绪。在这种心绪下，老陈跟他谈起话来。

“你叫邹好之吗？”

“是。”

“你是工程师吗？”

“是。”

“你是在解放前后，趁机盗卖过国家大批军工设备、航空器材吗？”

“是。”

“省法院判处了你的死刑吗？”

“是，是！”

“你不向最高法院上诉吗？”

他的愧色逐渐从脸上消褪下去，堂皇地理所当然地昂起头来，敢于正视老陈，犹如敢于正视自己的罪行，唯愿承受一切的恶果。

“不，不！”

“为什么?”

“罪有应得，死有余辜。”

“你既知如此，何必当初……”

停了停，他起始观察老陈；他那锐利的敏感的眼光，好像在透视老陈一样。他对他一有识别，意无所忌讳而大言不惭了。

“我不敢比您。大概您和我一样，同是知识分子。但是，您我环境不同，经历不同，思想意识也不同，奋斗目标更不同。我呢，出身资产阶级家庭，受国内外资产阶级教育，长期住在国民党地区，始终所见，抢劫盗窃，贪赃枉法，到处横行，司空见惯，所以我也与之同流合污，一直延续到解放初期。后来我被揭发出来；经过两年调查研究，我犯法事实，人证物证，完全确凿。今天，我甘心服罪……”

“悔吗?”

“悔，悔之晚矣……可惜我这一生所学，我这一技所长，再不能献给社会主义的祖国了……”

他的眼睛湿了，闭了，掉了泪。泪，是激情之峰的明珠。泪，是心海泛滥溅出的血滴，是肝胆俱裂迸发的苦汁。泪，撞开紧闭的眼缝而撞出，涌破灵魂的密封而涌出。泪，揭晓了他近年隐痛的复发，长期的沉醉的初醒和迷途的乍返。悔啊，恨哪。恨旧的社会，旧的家庭，恨可杀的我……但……于是，他抬起头，扬开面，用囚服的长袖头抹干净面上肮脏的泪痕，复又自持起来。

老陈悄悄地垂下头去，禁不住有感于犯人的悔悟，爽直，直言不讳，和自己所牢记的“社会主义工业现代化的问题”，以至使他复杂矛盾的心绪单一化，化为设法使这种人为革命而有所用的想法，而不是割舍或丢弃。

“你的一生所学、一技之长是什么呢?”

“您懂宇航工业吗?”

“不懂。”

“宇航工业，是今日世界最先进的工业。我能为宇航工业有所贡献……”

接着他两手交替地揉了揉长时戴过手铐的手腕，要过老陈的笔和笔记本，快速地熟练地勾出简图：电子轰击炉，真空自耗炉……纵然，他一再解说，而老陈依然懵懂如故。

“我是个外行。不过，我能知道你所学所长的可贵……”

“假如我的死刑缓刑半年，我就能为社会主义祖国完成主要的图纸设计。然后，虽死，我死而无憾了……”

老陈没有立刻回答。他默默地望着窗外飞旋的落叶，忽上忽下，忽远忽近，飘飘无定所。但他的回答，已经拿定主意，也可以说成竹在胸了，不过，当时，他不便实说罢了。

“你谈的是重大问题。我无权表态……”

“我死刑执行的期限，恰好还有一旬。在这期间，您假如能帮我转达周总理，这将对国家有幸，个人有幸；请你释念，不论在何时——生前死后，我绝不会把暂时的幸运误为对个人罪过的宽恕……”

突然，嘎巴一声——玻璃窗的破碎声，把他震惊。他扭头一看，看见从窗框伸进来的他妻子被玻璃划破的头额，和她背在肩背上的女孩儿的小脸；他清楚听见她们的哭声和喊话声。

“好之听着，好之听着……我们母女俩宁愿……”

他凝视着他的妻，他的女，无言以对。

老陈呢？

老陈为了贯彻执行周总理当初的指示，中止了预定的行程，返回北京；他写好书面汇报，准备面呈周总理。

然而，他在那个秋凉和落叶满地的日子，找遍了总理的住宅、国务院等处，都没有找到。无奈，他在傍晚又赶到国务院的收发室，见到一位负责的老收发同志，当面交递书面汇报，又按延安惯例，在信封右上角画上三个十字，以示急要件之意，而引起老收发同志的诧异与注意。这种异常的神情，使老陈相信他必然忠于自己的职守与人家的嘱托，负责到底。果然，他趁夜乘车赶到老陈住的招待所，把他从睡中唤醒，是周总理唤他来国务院。

明月与明星形成一片光天，院与街的明灯相映，映出处处光地。长安街的车辆，昼夜不停。国务院的工作，通宵达旦。老陈一下车，便感到夜深院静，而国家的心脏不停地在跳动，国家的首脑不停地在活动。而且，他嗅到一种奇异的味香——一种沁入肺腑的浩然之气在腾起、袭来；从而他思忆的幻象在会议室外石阶上再现了形迹：严整，挺拔，拔萃，美观……他越走近他，越显出他异常的仪表、形色，越显出他独特的目波，与灯光、与月光星光交辉，有如闪闪的光流，夺眶而出，引人视线随之动荡，飞逐……终于，他以淮安与沈阳相融合的语调，和五湖四海各地方言相掺杂的话音呼唤着他。他尽快抢步上前，致以敬意。

“感谢总理的等候。”

“感谢你一路辛苦，感谢你为社会主义工业现代化、为现代宇航工业建设所献出的力量。对不起，我正在开会，不能招待。但我要见见你，见见你。你给我的汇报，非常重要；而你提出的建议，稍嫌简单，简单。作为个人，我不可能立即作出任何决定，这要请示主席，并与有关的副总理商议，最后还要通过法律手续……总之一句，结论是：一定使你不虚此行……”

话到此，老陈可以走了。走也方便，他乘来的小汽车一直等在他的身旁，说走就走；而他说他要徒步回去，趁这夜凉冷静冷静几日来发热发涨的头脑。但事实完全相反，他一出国务院的大门，便被人拦住；通过夜街的辉煌灯火，他看清楚拦他的人——母女俩。

“好先生，好同志……”我们母女俩一路跟着您，跟着您……刚刚，您一定见过总理……他对您怎么说的？一定要请您告诉我们母女俩——可怜可怜母女俩！

老陈听着，沉默着。

在夜幕笼罩之中，仿佛两颗明珠，从老陈眼中涌现而又消没。他周身不由自主地抖动起来，终于他说了：“我告诉您……”

“我国爆炸的第一颗原子弹，发射的第一个人造卫星，便是使用这个炉的产品——超导线，铌钛超导线。你明白了吗？”

老陈听老冯这么一说，明白了——不是科学技术的原理，而是党的路线政策的胜利。

现在，该轮到老陈问老冯了。

“你知道电子轰击炉是谁设计的吗？”

“有名的邹工程师，就是你刚才见过我送走的那位客人……”

“就是他？”

“就是他。他带着家眷，路经此地，顺便下车检查一下他设计的电子轰击炉……”

“他的名字呢？”

“他的名字倒没听说过。只听说过他是当初被判过死刑，而后逐渐减刑、假释、特赦的犯人，现时他是一级工程师。还听说过他家里的工作室，像是周总理的祠堂，满屋都摆着花圈、花环、花束，还摆着他特意精装的《天安门诗抄》呢……”

所答非所问吗？不是。答的深刻些，高尚些，更深刻些，更高尚些。难道不是吗？

雪，又在落着，落着。

《人民文学》1979年第7期

别

我住进来十多天了。他呢?

北京——无蝇的城、不夜的城。一九七九年，夏秋雨季，偶然出现一个稀有的响晴的黄昏，一种少见的昼夜更替之间的时霎——美的色的幻化。

天安门广场挂的五星国旗，落下来了；今夕暂降，明旦再升起；照样反复，日复一日，其他各国使馆的国旗升降，也一一如是，同属国际通例。

全市影院，剧场（话剧、歌剧、舞剧、歌舞、相声、曲艺、杂技、音乐、朗诵、京剧、评剧、越剧、曲剧、昆曲、河北梆子，更加全国省市庆祝中华人民共和国成立三十周年献礼演出)，文化宫，体育馆（第四届全运会预选赛，中外球类赛)，公园晚会和电视节目，在开始或连续入场，开演。好，好一番闲步、享坐、悦目、赏心的美妙时刻。

此刻，长安街——赛车跑道进入整日车赛决赛的最高潮，汽车和自行车正在分别互相超越飞驰，仿佛都要以最快的车速抢到终点，方可达到甩掉夜头而追上日脚的目的。此刻，时值时义是最贵最高的似的。

市空内外，广旷寰宇，远远近近，高高低低，点缀着一群群一群群的燕的、形影毕真的飞姿、影影绰绰的漂痕。它们也许掠过故宫金顶，景山松柏和北海水波，也许绕过建筑工地座座移动着的起重机和首都钢铁厂冒着青烟的烟筒，翱翔于这似明似暗的半朦胧的天空。天空……海阔……海阔天空……长城万里……万里……任着翅膀，飞着旋着，旋着飞着……飘飘然地，晕晕乎地，优哉游哉地……它们习性的乐趣，在于此际饱尝遨游的一览一醉。

市区稠密的窗亮、门光、路灯、车灯、楼上装饰灯、店铺字号霓虹灯、橱窗展览和街头广告、标语太阳灯，骤然燃起，爆开一片榴火，在漫衍的暑气和蒸汽中，隐约地腾起桃粉色的、杏黄色的晕气，随着光华的余辉乍尽、苍茫的暮色渐浓而渐明——在喷发熔岩的红焰。同时，从地下悄悄地升着一盏橘式灯笼，愈高而愈显光色——在加强亮度而扩大染域，尽可能地染上黄、镀上金，把天容修饰、打扮、美化起来。

隔着乳白色的薄松松的波纹状的云罩儿，霁色的天，渐渐地在变，变为类乎蓝色，再变为近于蓝靛色了；而它的云罩儿呢，在不察觉中，也改了什么形或染了什么色似的，不住地模糊下去，仅见雨后朗朗的霁月四外，闪着疏疏散散的若明若灭的相同樱珠一般的风烛之光，与其上端，展开数片绣金的云锦、开放几朵银灰色的云花，鲜明，美观，使人快感，倾化。

我住在这儿，是在落实政策之后，被从外省调来在等待重新分配工作。他呢?

一条单行线胡同，西通东风市场、王府井大街、人民英雄纪念碑和人民大会堂，以及地下铁道。一处深院高楼，是介于北京、新侨饭店与前门、远东饭店当中的中外宾馆；一进门，敞开一所大厅，有如通过夹谷转进开阔地，感觉心旷神怡，也要展翅飞旋起来。

灯，亮着，亮着。台灯的反光，壁灯的折光，棚顶罩灯的柔光，加之标示电梯、厕所、盥洗室、餐厅的暗灯的红光，聚集而不匀合的光线，明暗不一，恍恍惚惚，富有神秘的幻象的气氛；一旦失神，宛然处于舞台的灯光下，甚而梦游月宫的奇境中。

安谧，幽雅。

高龄的老干部大概都趁早回来，艳装的外国妇女可能都赶晚出去了。通行的人，寥寥可数。

外币兑换处和手工艺品小卖部停止营业。总服务台和邮电代办所还在办公。另有一位值班的老服务员，时隐时现。老服务员的隐现，同样无声。

无声，寂寥。

每当老服务员的影子从花花地毡上消逝，像被电风扇吹开了，或被洗涤器洗掉了以后，在这大厅的一角——摆满沙发作为会客和休息的地方，往往只剩下我和他。我来这儿十多天，除一个晚上冒雨看话剧《大风歌》外，每当黄昏，或坐或站，或任意辗转逍遥而自遣，横竖多半是这样，只剩下我和他。现在，又是这样，只剩下我和他。

我因为等待工作而感到焦急，无奈……他呢?我握着时光，一天一天地捱过去。过去人们常说“光阴似箭”“日月如梭”之类的话；而今我的实感完全相反，却是“度日如年”。特别是在黄昏，如同是在昼夜两大悬崖中间的悬索，硬要一把一把地倒着过。因此，我但愿闷坐这光怪陆离的角落，犹如置身幻乡而忘我于实况之外，把倒索的熬煎和伤损减轻一些；挨到夜来了，我回房去学习，睡眠……总归一句话：革命者只有工作，才有生活的意义。他呢？难道他也与我有着相同的命运、相同的感怀吗？

然而，他是外国人：一头黄发，两鬓斑白，秃了半个顶；一双蓝眼睛，眼窝深陷，眼角皱纹累累；一脸雪肤，突出高鼻，呈露刮净连鬓胡的发青的面颊，明显得很，他是一个标准的白种人。而他穿的一身衣履，却是中国式的打扮：一件白衬衣，一条蓝裤子，一双黑布鞋……几天来，他这个奇特的怪样，不由得引起我早年一度写作职业的惯性活动：观察，思考，分析……借以消磨无谓的黄昏。他是哪国人？哪国商人、旅游者、某个访华团的成员？哪国被邀的学者、负责现代化的专家？哪国探亲访友的人、留华的工作人员？……其实，老服务员根据宾馆登记簿明了所有旅客的情况，只要我问一问，便可真相大白了。不过，我要保持自己应有的矜持，也要尊重老服务员所惯有的严谨。故而，我闷了这些个黄昏。想不到，他从昨天用亲切的眼光打量我开始，到现时他又向我投以笑容，使我不自主地移近他的身旁坐下，打破双方多时的沉默。

“先生，您好。”

“老同志，您好，您好。”

我说的是一句结结巴巴的英语，而他的回答竟是娴熟的中国话。由这儿，我们便攀谈起来。

“您精通中文，久居中国吗？您是哪国人？……您是什么专家？……”

“我不敢当什么‘家’。我不像您，您是作家。我昨天听老服务员谈过您，而且我在二十年前读过您的文章。关于我，老服务员对您谈过吗？”

“没有，一点儿也没有。”

“那么，您一点儿也不了解我。那么，我做自我介绍，供您做素材……”

他是美国费城人。今年五十一岁。他姓霍华德，后来以此改为中国的姓名。在美国有许多“霍华德”，而经济地位、政治地位各自悬殊；他家的地位，不论在哪方面都是最低下的，也可以说是没有地位的。他的一家，只有相依为

命的孤儿寡母

“我曾发誓，永远不能忘情于我的母亲。她相像一位中国的母亲……”

“她是一位良母。”

她在农场做工，养他、供他上学读书，念到高中毕业，再供不起他继续上大学了；而他不甘心跟她去劳动，倒反拉着她跑纽约去了。那年，他十八岁。他从小听说，有多少冒险家都闯了大运，发了大财……他倒倒了大霉，到处奔波，到处碰壁。他参加失业行列，游行示威，也无效果，反正找不到固定的职业，只能做临时杂工。干了一年，他竟养活不了他的母亲。觉得走投无路，他才应募当了兵。出乎意料，发生战争，莫名其妙地把他开到朝鲜战场。从此，他别了他的难忘的母亲。在第三战役，他当了俘虏。停战协定签字，他拒绝遣返，情愿留在中国了。他这么想：一、中国可以保证他的饭碗子；二、他的母亲在美国会受到社会的救济或政府的抚恤。据此，他们母子的生活，不是都有了着落吗？

“老同志，您会笑我那时候思想落后、个人主义吗？”

“不。我能够理解您那时候的境遇。”

他在中国二十多年，做翻译，教英文，还在人民大学学习了四年。他认为在中国的工作和学习，最有收获，使他懂得了中国，懂得了马列主义、毛泽东思想，懂得了社会发展规律，必然实现共产主义……他一再说明，这是思想觉悟，而不是“洗脑筋”。但“四人帮”的年代，伤了他的身心。

因此，中美建交以后，他通过中国红十字会帮他和他的母亲取得通信的联系。母亲说自己年迈了，不便到中国来，而要他回去，陪她度过最后的有限的晚年。她尤其郑重地说，她立即给他找到了职业……他答应了，且已得到了中国政府的批准和美国驻中国大使馆的签证。

“我决心回去，是为的实践我当初的誓言。老同志，我这么做妥当吗？”

“怎么不妥当呢？我祝贺你们母子的团聚！”

可是，他还有他的伤心事呢。他曾经在中国结了婚，生了一儿一女。妻子是小学模范教师，温和善良，通情达理多为了双方的方便，她同意离婚，并经法院办了手续，至于儿女的去留，听个人的自愿。儿子是工人，全省有名的劳模。女儿始终没有工作，所谓待业知识青年。兄妹二人通过日夜酝酿，倾心商酌，一致同意：哥哥留家，照顾母亲；妹妹到美国去，一则陪伴父亲，二则寻找职业，实际是后者为主的。因为父亲应允负责解决她的职业问题，事实是祖母许下了的诺言……

“唉……不论怎么办，也没有好办法，达不到理想的善终的结局。我只能毁掉中国的家庭，造成一家人的不幸；就用他们的不幸，去换我美国的团圆，不幸的团圆……唉！自作的孽我首当自食其苦……唉……这是家庭的悲剧，也是时代的悲剧。这个悲剧叫作‘别’。幸而，我还有个女儿随着我，我是我母亲的宝贝，我的女儿是我的宝贝……”

他叙述自己的身世和经历，那样萎靡而颓丧，像个粉刷徒工笨拙地用刷子涂了几道道粗线条。但是，他一说到他的宝贝的时候，立刻精神抖擞，生龙活虎一般，眉开眼笑，手舞足蹈起来，像个名演员得意地尽情地在表演，一言一语，慢条斯理，超过工笔画家的细腻，而声调音节，抑扬顿挫，胜于朗诵诗人的娓娓动听。于无形中，不知怎么，他给我一种这样的感觉：他仅仅是一具躯壳，而他的宝贝才是他的真实的灵魂；倘若他失了她，便失了他的所有，包括他的后半生的幸福和希望，甚至于他的生的意趣……

“……而今，我的女儿决心随我走了……飞机票已经拿到手，后天就走了。一个矛盾，又一个矛盾……错综复杂的矛盾，把她困恼住，束缚住，前怕狼后怕虎，左右为难……她这个决心是多么不容易下的……她经过反复的考虑，才下了这个决心……如果不是为着谋求职业，她是不会跟我走的……老同志，您能理解。虽说我是她的父亲，非常有感情的父亲，但是，我毕竟是美国父亲，又跟我到美国去……她要离开她的母亲和哥哥，要离开她的祖国和故乡……老同志，您能理解：当代世界，国别，种别，再加上民族传统的篱笆……把人与人隔离，隔离……各有各的嗜好，偏爱，风俗，民情，习惯，道德，伦理观念，宗教信仰，思想意识，政治制度，社会风气……如果不是为着谋求职业，她是不会跟我走的呀……如果异想天开……她有机会走向工作岗位，那么她及早会跟我告别；虽然这告别对于她也是极为痛苦的，痛苦的……”

一位中国老太太去拍电报，一些东南亚青年们来住宿。

“……而今，我的女儿决心跟我走了……飞机票已经拿到手，后天就走了，不过，她向我提出约法三章，我都同感地同情地接受了。

“她说：‘第一，我要保留中国的国籍。’

“我说：‘我钦佩我姑娘的民族气节和爱国主义！不管他是谁，他拿什么，

即使他拿一个美国换我一个爱女，我也绝不同他签字！’

“她说：‘第二，我要保留拥护中国共产党和学习马列主义、毛泽东思想的权利。’

“我说：‘我赞成我姑娘的主张！对于你的主张，我敢和你联合发表公开宣言；因为在朝鲜战场上，中国人民志愿军给过我第二次生命！’

“她说：‘第三，我要保留从事高尚职业的志愿。我宁做白求恩式战士的胯下乌骓、脚下泥娃娃，也绝不做洋阔佬的掌上明珠、头上圣玛利亚。’

“我说：‘我尊敬我姑娘的高尚人格！为保护你的高尚人格——纯洁品质，我不惜时时刻刻准备做出作为父亲的最后牺牲！’

“……老同志，您听我一个人独白，有意思吗？”

“有意思，很有意思……好父亲，好女儿，好个有骨气的女儿，好个令人敬重的女儿……我怎么从来还没见过您的这个好女儿？”

“走，请您去看看她。”

我怀着极大的兴致，跟他到了他的房间。可是，室内空无一人。我只见桌上摆着飞机票，墙上用按钉按着一溜小字报。我又仔细地看一看，飞机票果然是两张；小字报题——《公开信》，目分：一、一个待业的女知识青年；二、我为什么告别祖国、母亲；三、我为广大待业青年男女向政府呼吁。最末署名——霍小霞。不必再阅读文字，我是可以完全设想它的内容的。

“霍小霞是您的女儿吧?!”

“是。”

“搞小字报干吗，往哪儿贴呢?”

“贴，西单民主墙。”

多年来，我被迫到基层，工厂，矿山，农村；被认定是一颗不合格的种子，轻易遭到一举手、一投足掷于封闭的石砟之下，尽管历经雨露，却无土生根，苟延残喘，孤陋寡闻，这次重回北京，所见市容的改建和新建，大改旧观，一切都让我感到新异，却又生疏，连一些口头流行的时髦的新名词，也都要从头学起。

“哪儿?”

“西单民主墙。”

是的，我想起来了，听说粉碎“四人帮”出现了民主首都，西单民主墙或许就是它的象征之一?!但那里，我还一次也没有去过；而在这里，霍小霞的小字报倒是多少给我补了这个知识的不足。

“怎么不去贴呢?”

“她说她临上飞机之前把它贴上。”

“为什么呢?”

“老同志，我的女儿，是聪明的女儿……”

“现在，她呢?”

“对不起，老同志，我把您骗来了。她再一次回家拜别妈妈、哥哥去……明天回来……”他看了看手表，“恰巧，明天这个时候，我在火车站就接到她了，就接到她了……四十四次列车，二十点五十四分到。本来，我请您来看的是……”

是她的彩色的相片：赤金般的头发，闪着光，梳着两条短辫，辫梢垂到双肩，青玉般的眼睛，水汪汪的亮，注满强烈的神色。她的全副貌容，俏丽，鲜艳，光润，现出风度翩翩，义气凛凛，而在其中，仍在潜伏着某些少小的天真的稚气。看她样儿，约略不满二十岁吧。

贸贸然，门一开，霍小霞姗姗现身；恍然间，她仿佛是从她的彩色相片幻术般地蜕化而出似的。的确，她同她的彩色相片一模一样；所不同的是，半身换了全身，上衣改了花色，并添了一条孔雀蓝的裤子，和一双天鹅色的半高跟的凉鞋。无可怀疑，确确实实，她是霍小霞的本人、真人。

多么意外，霍华德愕然一愣，愀然作色，额角青筋暴露出来；猛然，他纵身一跃，疯了似的奔到她的身前，两臂一张一合，把她牢牢抱住，像是失落海上抱住救生圈一样。随后，我只能看到他的背影，看到他的头发梢和肩膀头的微微的颤抖，颤抖——抑制不住的骨肉的激情在震动吧。

她呢，脸贴着他的脸，面向着我。我几乎可以看到她的完整的脸，怪特的脸：腮上酒窝儿笑盈盈，长睫毛湿浸浸，眼里、嘴里含着什么深沉的隐情……这是什么样儿的笑呢？我见过多种多样的笑：微笑，大笑，狂笑，冷笑，憨笑，巧笑，谄笑，狞笑，奸笑……而我没见过这样儿的笑。是赔笑吗？是，又不是。是苦笑吗？是，又不是。是啼笑吗？不是，又是。是她把笑搁在颊上，泪呢？噎下去了。

“小霞，你怎么提前一天回来了?”

“我怕您明天去火车站接我……我还怕您今天夜里惦念我，睡不好觉……”

“唉……小霞，从你走后，我夜夜睡不好觉，天天傍晚坐在大厅想念你，等待你……”

“今天夜里您可以好好睡觉了……”

“是，好好睡觉……你妈妈、哥哥舍得你早一天回来吗?”

“……”

“他们知道你跟我后天坐飞机走吗?”

“……”

“知道你上飞机前还要到西单民主墙贴小字报吗？他们有没有意见?”

“……”

霍华德所问，简而易明；而霍小霞所答呢，唯唯诺诺，含含糊糊，有气无力，有声无言罢了。

我处于旁观者的地位，便于发现霍小霞的疑影异相——故作镇静的惶惶心绪。于是，凭着写作的经验，我敢给她作结论：自有苦处，苦衷，苦言……但到底什么苦？是个谜。

这幕特殊的悲欢离合的场面，大大地开拓了我的生活的视野，而使我没有虚度这个无聊的空虚的黄昏。遗憾的是，影响了我夜间的学习，睡眠。而且，我刚睡不久，又被敲门声唤醒；只好穿上宾馆的睡衣，打开门。原来，是老服务员送霍小霞来了。结果，他走开去，把她丢给我，丢给我个谜底，激动心灵的谜底。

“老同志，老伯伯，对不起，太晚了，打搅您了。我来向您求援、求助……”

我要她坐，不要拘束，有什么话就说什么话，只要我能帮她的，我都愿意帮她。

“老伯伯，关于我的情况，您都了解了……可是，目前，我的情况变了，我不跟我父亲到美国去了……”

她对我说的话，自然出自她的亲口，但又怕我听见，连自己在内也怕听见，犹如有谁宣布尊者的噩耗，更兼处决（比方张志新烈士）；是以她受了惊，吓得周身打战战，忽地站起，急遽后退；顷之一顿，她用柔韧的双拳头敲打自己的头，而白净净的面孔呆痴，麻木，长睫毛竖起，青玉般眼睛瞪大，瞪大，无异于瞥然发见被肢解的肢体，骨肉骨肉，零零碎碎……你判决者，你执行者，杀人犯，刽子手，多么无情，多么残酷……你为什么，你为什么？

因为，《北京日报》《人民日报》这些天连续登载本市和全国成立各种集体经济组织，解决待业知识青年问题的消息，比如一股电闪，照见她茫茫前途的展望的招引，一声雷鸣，唤住她漂洋过海的飞魂的返回、附体——恢复了正常的具有真情实感的人——她意识到自己将会有了久久求之不得的职业。既然如此，她又何必舍掉母亲和哥哥、祖国和故乡，而远走他乡异国呢？况且，是为四化而献身啊。

我相信自己能够充分领悟她的这种思想情感，难道我不是也在“待业”吗？纵然我的“待业”与她的待业，有着性质的区别，年岁的差距，究竟也有相似的烦恼，苦闷；不然，我怎么日日难于度过黄昏呢？同为革命，我吝惜我的蒙蒙暮年，莫非她不珍贵她的灿烂青春吗？

“最难最难的是，我的父亲，敬爱的父亲，可怜的父亲，他……他必定伤感……我更难过，难过……”

她的眼睛闪开了泪花……她以她的衷情复原不了、抚慰不了他心上的伤疤，伤口，疮痍……三十年来，别了母亲，又别了妻子和儿子，最终幸运地获得了一个宝贝花朵似的女儿，也无非是昙花一现……崎岖的途程，坎坷的命运，甘甜太少，快乐渺渺，而疑虑重重，忧心忡忡……多半生了，究有几多可唱的歌？稀剌剌……

“我的母亲、哥哥，怕我的父亲伤透了心，嘱咐我请人从中说合说合……”

“明白，明白了。可是，你要我怎么说合呢？”

“老伯伯，不会难为您。所谓‘说合说合’，实质就是安慰安慰我的父亲，拯救拯救我的父亲……”

在一度似梦非梦中，我重复阅历了人生各式各样的别：暂别，阔别，诀别，永别，死别，留别，惜别，送别，拜别，话别，醉别，哭别……而她和他将是什么式样的别，以至我该准备说些什么……暂短的似睡非睡的我，根本没有睡好睡足，睡眼惺忪，而睡意正浓……

但在第二天，我还是按霍小霞约定的上午九时走进她的房间。当时，我疑心是不是误入别人宿舍；否则，怎么甚过八宝山墓地的肃清，地下宫殿的晦暝，等于地狱一般，黑咕隆咚。谢谢，老服务员随我后尾进来，拉开窗帘，打开窗子，才算瞧瞧清楚。一切衣服物品，随便抛掷搁置，乱七八糟，一塌糊涂。看来，清清楚楚，一路同行的父女，亲亲密密的父女，彼此反而双双狠心揪断互相所系的血肉的情肠纽带，动手分家，准备分道扬镳了。

父女无可奈何，相背而立，木无表情，既无生存的憧憬，又无生活的氛围，也一点儿生气也无，真是僵化人、石化人了。

老服务员下夜班不多时，又换上棱褶笔挺的白衣和蓝裤，自动加班，介入她和他的纠葛中，不但无能为力，空自抱愧，并且留也留不得，去又去不得，同个老燕儿似的，枉在挓挲扑腾膀子……唉，岂不自投罗网吗？

窗口阵风，吹飘着他们脚下的一些碎纸。他的一边是碎了的飞机票，她的一边是碎了的小字报。

望望桌上剩下的一张飞机票，墙上余下的一个按钉，我是为践约而来，但我还能说什么呢？

后来，我有一次下班的时候，因探望久别的老战友，并邀他看话剧《撩开你的面纱》，又来到宾馆。他住的恰恰又是霍家父女曾经住过的房间。我还看到墙上的那个按钉，多余的按钉；而桌上的那张飞机票没了，没了。老服务员说，霍小霞第一个月的工资，寄给她的父亲了；霍华德给他的女儿寄来照相机和录音机，另有一大笔路费，叮咛她把全家人的声容时时邮递给他，并于她方便的日月，往美国一行，瞧看他，瞧看他……我想，假使真能这般实现，那么便有可能弥补些微天涯海角的现实的缺憾、幻想的怅惘，以互念互慰而自慰吧。

《当代杂志》1979年第3期

少年chén女

——根据老战友老孙日记整理而成

一

一九八一年一月一日（农历庚申年十一月二十六日），星期四。

晨起，我忽然想起儿时的记忆，所谓“一元复始”和“天增岁月人增寿”的“嘏辞”之类横批和对联。不过，那指的是阴历（农历）正旦（春节），而在通用的阳历（公历）新年的今日，不妨还可以说“日新月异”和“又是一年春草绿”吧。不管阴历还是阳历吧，算起来，我进医院，住在这整洁安谧的铺地毯的高级单间病房里，整整一个月了。每日照例试试体温、脉搏，吃吃病号饭、维生素，每周量量体重、血压，间或点滴（滴流、吊针、输液）注射某些什么，挺着僵直的肢体，仰卧手摇式三折病床，眼巴巴、直勾勾地盯住天棚，消磨几个小时，一般都是如此规律化的单调而无聊的医疗生活而已。我的整个身体，通过内科负责全面认真地检查，特别是最近引入先进的CT医疗器械设备的检查，会诊诊断的结论，并未发现什么新的异常症状，而不过还是旧疾慢性病。说到慢性病，都与癌症等有相似的顽强性。凡是无法治疗的病症——不可知的医学王国的秘密魔窟，都有待于世界专家不断地实践、研究和探索——发掘突破，而造福人类。目前，我根本不相信有什么灵丹妙药能够治疗老年的动脉硬化、神经官能症等等，与我从来不相信有什么符箓图谶能够驱除童年的梦魇、夜游症等等一样。所以，我只有争取早日出院，回家欢度春节了。

我正在读着《人民日报》社论《在安定团结的基础上，实现国民经济调整的巨大任务》，老伴儿和小女儿来看我。但她俩都带着各自暗藏的懊恼，以皮笑肉不笑的笑脸，气呼呼地跟我说，昨天已经搬完家——从西四的宾馆搬到东郊的新居，楼房高级，设备齐全……不过，老伴儿上下班不便，好在有面包车接送（按司局干部说，她应有这个待遇），并无问题；而问题在小女儿，转学要等到放寒假，继续上学路远，怎么办？玉芝要买一辆新自行车，而老伴儿认为这是浪费，因为家里还有一辆旧的，可以对付着骑，何必还要买新的呢？看来，她们在家业已经过几番争论，现在一谈起来，彼此还在强词夺理，辩驳不休。我只得模拟着足球裁判员，首先给小女儿摆摆手掌——示出“黄牌”，发以警告；可她只是住嘴片刻，却又舌战起来；不得已，我再度仿效法庭审判长，晃晃拳头——摇响“警铃”，加以制止；而她以原告人的身份，不肯诚服，依旧顽固地气冲冲地大告特告妈妈的状。我拿这个小愣头儿青没办法，只好让她上诉吧。

小女儿理直气壮地说：“爸爸，这不算浪费。因为，我要转去的学校，是重点高中，离家也不近，肯定还得骑车。咱家那辆破车，挺不到时候了；骑上去，稀里哗啦，要零碎了；有一回，把人差点儿吓掉魂儿！妈妈和爸爸坐惯了汽车，不懂得骑车的难处啊……现在不同过去，现在有需要了，也有条件了，为啥不给我买？”

我一听她讲得有理，头头是道，便跟老伴儿说：“自从‘文化大革命’之初，我遭不白之冤，直到打倒‘四人帮’之后，这些年来，她从小跟着咱们到处颠沛流离，从北京到省、县，从省、县到工矿、农村，停课辍学，插队劳动，从未消停过。我常常暗自慨叹，玉芝简直成了一个chén女……一个chén女……前年落实政策，两个大儿子都被留在省里分配了工作，幸而还有她这一个孩子跟咱们重新返回北京。她是咱们难得的伴儿——心上的明珠。她买一辆自行车，只要咱们每月工资的结余就够了，何况在银行还存着那么大一笔补发工资。你没见北京有多少青年男女都在骑摩托车吗？咱们的chén女仅仅要买一辆脚踏车，还不够节约吗？漫说自行车是必需品，即使是手风琴娱乐品、电动火车玩具，也不能说是浪费吧？难道咱们的孩儿还不该快乐快乐吗？唉，多少年的灾难，使她在风里雨里挣扎，多小岁数就吃了不少苦，受了不少罪；当然，也磨炼了她的倔强性格，还是斗争着长大起来了。可是，我多少可怜她——咱们的chén女……”我被一种作为父亲的责任感所驱使，眼里涌满了泪水。

老伴儿纳闷儿地问："什么chén女？什么chén？"

我慢条斯理地解释说："是'仆仆风尘，和'一尘不染'的'尘'；或是'新陈代谢'和'推陈出新'的'陈'；或是'沉冤昭雪'和'英华沉浮'的'沉'……都行。"

虽说老伴儿是节约过分的人，但通情达理，易于接受劝说，也陪着我抹起眼泪来，最后欣然表示同意了。小女儿天真地拍起手，蹦跳起来，仿佛在击剑比赛中，她取得了一场大胜利。

小小年纪，小小胸臆的chén女，除开忧悒、忧患和忧愤之外，她曾经经过什么探求、追慕和迷恋的倾倒而如愿以偿、受宠若惊呢？于是她把脑袋一晃，舌头一伸，加上一挤眉一弄眼儿，便做出个幼儿的惹人笑的丑八怪的鬼脸儿。

我说："我的小闺女——玉芝，将来说不定是个舞台演员苗子、银幕影星坯子。"

老伴儿说："现在说这些话，都言之过早。常言说：女大十八变呢。"

二

一月十八日（农历十二月十三日），星期日。

后天大寒——一年二十四节气中最末的一个，冬季临近收尾了。

住院病人的星期天与平日几乎没有两样，挨着窗外射进的阳光的磨蹭。病房慢性病患者必须自己把握住时钟的进程，如若听其自流，那就难于望到它无意义的终点了。但这个星期天我的心情却格外轻松，因为主治大夫终于答应了我的请求，今天就要出院了。正好玉芝利用假日，前来接我。我的出院，对于家庭成员来说，是一件开心的大事。小女儿一路迎来，像一朵笑面花似的向我开放……而老伴儿则一路去奔稻香村、义利食品厂、侨汇商店、东单菜场，争购北京最好的中西糕点和副食品。我一迈出医院的门槛，便不想再迈进门槛半步，但愿与它诀别，而把自身永久投给光天化日普照、欣欣向荣的生气勃勃的天地之间的太空熏陶……与送别的医护同志们（心目中的救死扶伤的白衣圣者们）含泪道谢而别，登上了本单位的小汽车。

给我开专车的司机小王，是个漂亮的小伙子，和我很熟识，很亲密。玉芝跟我附耳悄声地说，他快结婚了。于是，我问起他来。

“小王，什么时候结婚?”

“过了春节。”

“哪一天?”

“初二。”

“为什么不在初一呢?”

“她家留她多住一宿——度过最后一个春节。”

我想，人之常情应该如此吧？父母之心，是人人都可以理解的。如果玉芝轮到这一日，也许我要把它推迟到初三、初四、初五……即便我于情于理要冒天下之大不韪——悖谬至极……又何所惧哉。

一下汽车，我便被玉芝拉住，先看她在楼梯底下停放的那辆新的凤凰牌自行车，后观她在场院的车技表演——急转弯和划小圈圈。车电镀部分真亮，与朝阳交辉，与人互放骄矜的异彩。人在青春，车在崭新，堪称双美。

老伴儿争购回来，控制我回家的兴奋情绪，督促我按时睡午觉。我往软床上一躺，便掉进鸭绒驼绒天鹅绒混絮的窝，使全部骨骼和每个关节随之软化、松懈，比在病床上舒服得多、睡得快，快快活活地神仙似的沉入逍遥的梦乡了。

午睡之后，玉芝领我来往于新居一带，沿途观光。

这是首都新建的大规模的住宅区。楼房，小部分是红砖砌的，大部分是预制件拼装的。塔式的，峰式的，盒式的……各式各样。绿色的，黄色的，粉色的，灰色的……多颜多色，百色竞艳；又镶以乳白色、雪青色、绛紫色、鹅黄色、鸭蛋青色的杠杠、块块，更显得色鲜质丽，美不胜收。层层家家的外门口，设有上置顶盖的阳台，特意涂以别种漆色，相当于画龙点睛，而呈现强调的异样风格。白日远眺，苑如花叶彩饰的平地崛起的桂林石林状的高峰；夜晚来观，想必又会像灯火辉明的重叠山间的延安式的窑洞。十层以上的，装有电梯。全部建筑，都有水道、暖气、瓦斯、卫生等设备，并设现代化的垃圾通道，从最高一层自动漏到底层的通道口，既便于住户的弃废，又利于人们的捡拾。据说，某些废物，对于市郊困难户还有所补益呢。一条条水泥路面的通行道，纵横交叉，四通八达。路旁新植的一道道松围，院场初移的一株株树苗树棵，不久就会翠翠绿绿，绿荫如盖，势作烟萝吧。粮站、副食部、百货商店、饭馆、理发馆、浴池、学校、电影院、书店、医药公司、邮电局、储蓄所、银行、旅馆、临时交通线路……差不多应有尽有；还有木铁综合服务部、附设快修部的自行车修理社……全市一样，重兴了个体商业活动：理发的、磨刀剪的、补锅盆的、崩苞米花的、卖糖葫芦的、卖香油豆腐的、收旧报纸破衣鞋的、敲镗锣、吹铜号、拨铁弓子、打铁呱嗒板儿，发出各种怪腔怪调的叫卖声，沸沸扬扬，终日不断。离此不远的地方，还开辟了一个极大的农贸市场（自由市场），供应种类繁多的主副食品：大米小米、大豆小豆、花生瓜子、鸡鸭鱼肉、家鸽野兔……样样应时的蔬菜；沙发衣柜、桌几箱橱，集合陈列，把边儿垄断了一角，气派威风，不下于独占鳌头的拔尖尖儿；最有趣的是，还有人捎带摆出早年庙会所见的、彩绘红兜肚的泥娃娃、黄布缝制的墨描黑斑的小老虎、木架上打秋千的上下前后活动的猴儿等旧式的有农村风味的儿童玩物。他们有的以此为业，赖以谋生；有的利用业余、星期日、假期及至无事可做的闲时，作为临时的职业或半职业。他们和她们都是些什么人呢？不外是郊区社员、家庭妇女、待业青年，乃至在校读书的学生……玉芝暂停，给我指着，说着。

“爸爸，您看那几个小姑娘，戴口罩头巾的，只露两个发亮眼睛的，像咱们在农村、矿山看见的穷学生一样……”

“在哪儿？在哪儿？……”

“您往左边看，就在那儿，那儿！”

“噢，噢……”

顺着她指的方向，我看见她们一律雪白的口罩，而头巾各式各色：藕荷色、桃红色、杏黄色……都是褪了色的；我也看懂她们羞于自己所从事的这类个体职业，才用那么大的大头巾和大口罩把自己隐蔽起来，宁可做了防止被人所识的“蒙面人”。

“她们的年纪，跟我不相上下吧？”

“噢，噢……”

“爸爸，若是您还没落实政策，说不定我也跟她们一样跑小买卖呢……”

“孩子，干吗提起……”

“真格的，说不定我也跟人家一样，在垃圾通道口捡破烂呢……爸爸，我跟您说，真格的，为您、为咱全家，就是到处挨门讨饭求帮，不戴大头巾、大口罩，我也绝不怕丢丑……”

我堵住她的嘴，不许她再说下去。我怕早已沉淀下去的恶心的渣滓，俄顷被她搅起，浮上心头，而唤回那惨淡的潜影，并加重我思虑于当今部分青少年的遭遇的疾苦。

我闷闷地回到家里。从老伴儿那儿得知，这里的住户，全是近几个月迁来的。从中央到市和区的各系统、各部门的，从部长级的到一般的干部都有，包括汽车司机在内，例如小王。由于本单位车库不足，为了便于接送负责同志，也都暂把汽车停留在露天的场院，例如小王开的小汽车。（他也像某些青年一样，另有一着儿业余的好手艺——天生的木匠。他们自设作坊、自备木料、自制家具，比起国营门市部凭票凭证供应的一切木器，式样新奇，工艺精美，造价低廉；这种兴起多年的妆奁自给自足的畸形发展，现已成为遍及全城、全国街巷角落合理合法的而令人有所思考的缩影之一。）其中有相当一部分，是落实政策后从外省调回，而长时间住在宾馆和招待所的老干部以及他们的家属，例如我这样的情况。

医生来电话，再一次说，为疗养我这老年病，必须坚持锻炼身体，且要注意，最好在早晨。医生逗哏地说，“一日之计在于晨”，应改为“一日之美在于晨”。而我自嘲地回答，“一年之计在于春”应改为“一年之美在于春”，或“一生之美在于少年”；“寸金难买寸光阴”，应改为“寸金难买寸少年”，或“尺金丈金、千金万金难买美少年”。

（是的，自古以来，帝王后妃、王孙公子、达官显宦、阔佬富翁、贵夫人、女财阀，挥金如土如粪，有谁买过半点青春华年、韶容少相的留步暂驻或去而复返？）

虽说，我久已失去了一去难返的、一生仅有的美少年的时光；但是，我并未失去连续而来的一年年的“美”、一日日的“美”。为着革命、社会主义的四化（五千多年的古国还是这么寒碜），我更要珍惜自己的老年——老年的一言一行，胜过少年的所作所为多少倍。我时时刻刻都在想着为他们、她们尽到自己作为一个老共产党员所能尽到的力。特别是按医生的嘱咐，我要练我的拳，散我的步。在早晨，在早晨。

晨，晨，晨，……我与你即将联结在一起，你属于我，我属于你，彼此该是统一体。晨，晨，晨……我与你即将一见如故，一往情深，深悉铁杵磨绣针的功，深究奇崛的文采、奥妙的哲理之峰。

晨，晨，晨……天上有晨星，地上有晨鹊，海里有晨鲉，水陆有晨凫；人呢，可有“晨人”？

三

二月四日（农历十二月三十日），星期三。

今日立春（“春打六九头”）。初春乍到，已经催来这预感的春色理想；春雨春流春潮在召唤着绿草茵茵，绿苔茸茸，青春葱葱茏茏、火火红红。而轻风薄寒，却仍引起对那冷酷现实的回想；冰天雪地之中的寒夜的噩魇，别了，滚了！与这儿风沙停息的晴和季节的同时，东北地区还在飘大雪、结厚冰，公园正建冰清玉洁的水晶宫殿，展出各种奇妙的冰雕艺术品：冰桥、冰牌楼、冰狮子、冰宝塔、冰飞女、冰嫦娥奔月、冰天女散花——冰花悬空，不与雪花同坠，但待冰灯入夜，大放五光十色，加以照耀渲染，而显其丰姿多彩，凛冽清馨，迎面而扑鼻，或使游人赏鉴流连，步入痴乡，失态忘返，彻夜卧冰抱冰以眠吧；但东南边疆（台湾在内）早已吐绿喷红，鲜花上市，花束花篮和盆花儿一齐怒放，竞艳赛美，橱窗展示、街头招揽，更是长廓宽敞，便你选购，纵令巾帼也难以无视这个花摊花店花街花市、这个花的世界。地处亚洲广大国土而介乎其间的世界古都名城——北京，东濒运河、渤海之滨，北临居庸关、长城之险，西、南囊括一望无际、一马平川的辽阔的原野，有幽深断层峡谷围绕的宽旷的高原与以耸立峻峭峰峦环抱的空廓的盆地，富有谷仓、鱼米之乡，恰恰又是调和全国寒热两极气候适中的新颖俏式的天使。她——多好，好，好……天下哪儿比得了？她的天——青，她的土——香，她的水——甜，她的冰——软，她的雪——暖，她的风——骚，她的情——深……暂且拭目以待她的春——笑。她笑吧，愈笑春意愈浓、愈浓，浓到发热发酵，去糟存精，酿成碧波琼浆——“醇液”，注予露天之下的杨柳榆槐、草坪草丛，而使之酒兴勃发，开怀豪饮，并且随饮随变，达到激化，直至彻底完全碧化。她笑着，笑着，笑着：新扮盛装，姿色艳丽，榆钱盖地，柳絮铺天，气温渗透关山，桃花开满园林，映遍湖海，染尽街面市容，俨如猴头丢面，鹤顶落丹，琥珀开颜，珊瑚施色，赤胆投影、朱唇飞吻，艳艳的痕儿印儿，斑斑嫣然；酷似红旗招展，红领巾拂拂，红绸舞打旋儿，起有色风——胭脂风醉了、疯了绯鞋儿绛髻儿粉脸蛋儿火性子儿、血气方刚的舞绸女；销、销了我的魂，净化、醇化、美化了我的魂——向上、向高，向高、向上。

十多天来，我照例每日凌晨准时从房间下楼，走到院中，都是在夜障中摸着黑，蹚着走；而在刮着轻风、飞着雪糁儿的今晨为最甚。当轻风扑到、雪糁儿沾到脸上的时候，仍同从前的感觉一模一样，凉飕飕的，冷丝丝的。而瞪得大大的双眼呢，却如盲人所见、儿时捉迷藏所感，简直处处进入的都是地道、煤井。然而，这并无碍于我的练拳，不论一招一式，依旧同样随心应手，动作自如，而且自感优哉游哉，优哉游哉——张望，张望……往西看，是市内灯火映起的腾空的彩焰——一缕金黄陪衬一溜红紫、一溜红紫烘托一股棕褐，而喷起一片冲天的迷漫的赭色的氛围。反过来瞧，是郊野遮着的层层暗幕，幕底徐徐呈露慢慢拱起的天光萌芽——隐约发白的弧面。仰望上去，是被前后高楼隔断的狭长而铅黑的天面，闪着点点的星光。月呢？在这些天的凌晨，我习惯性地在揽月并“印月”，把它“印”入我的“心潭”；以至我的心中也有天上的月，它那个什么样儿，我这个也什么样儿。可是，月呢？……是，今晨是朔月的前兆——天上无月。而我心中却有，凭借集邮之称，名曰“集月”：像圆圆的橙、椭圆的柠檬、半圆的橘瓣瓣，一钩钩、一弯弯、一弓弓的黄鼬尾、金丝猴眉、雄狮鬣毛毛，辉映地发射出近乎水晶体的折光。其幽明之象——娇艳妩媚，醉心迷人，在示我以冬泳冷浴的遐想。而那淡淡的、冷冷的月晕，又在诱我凝神注目、倾心沉思。我一边在想，一边在练拳。天色随着我的招式的变化而变化。彩焰淡了，灭了，只余一团团浓重的烟雾。逐渐鲜明起来的鱼肚白色的弧面在扩张，在冉冉上升，外围出现散着的鞭毛状。皎洁的星星在失色、减光，仿佛斑斑玻璃纸屑；而它们周围的天面，由铅黑色逐渐地改为一派深深浅浅的、灰白透蓝的混合色。我置身的所在，也逐渐地蒙蒙亮了。

我的朦胧的眼睛，慢慢地辨认出模糊的人影。在我的左侧一边，有个人在舞剑，嚓嚓之声，是他箭步的足音；在我的对面楼房垃圾通道口的旁边，有两个人在捡废品。唰啦唰啦之声，是收集废纸的响音，而喳喳之声，是互相低语的话音。

“小chén！”

“嗯……”

“麻袋满了，绑在车上吧。”是年岁大的妇女有的沙哑的嗓音，带着一股急巴巴的气吁吁的喘息，或是劳累过度的偶然征候。不过，她的言辞、声调，显出性格的和蔼、优雅，以至她为人所具有的令人肃然起敬的风度、德行。

“妈，您歇歇，我一个人可以绑上去……”是少年清脆的语声，口齿伶俐，口气柔和，而低低的尾音拖得那么长，多少有些异常……是自怜吗？是怜人吗？还是二者合一呢？

无疑的，是母女俩，相亲相爱的母女俩。我被她俩之间的情感所吸引，往前凑上几步，以不影响人家的交谈为限度。

“你先回家吧。快开学了，抢时间，把寒假作业尽早做完……”

“作业……做不做怎么的……”

“小chén，你怎么说？”

“作业……做也没什么意思……”

“你说什么？”

“作业，作业，做也没什么意思！”

“作业怎么没意思？”

“妈，连活着都没意思……没意思……”

我禁不住打了个战栗，牵动一阵心绞痛，好像看到有那么一个少年，对生的失望、绝望，突然在我眼前发生一种可怖的预兆，有那么一个少年悬着身子，引颈投缳，窒住气息……有那么一个少年站在悬崖，纵身跳进深谷，粉身碎骨……有那么一个少年用自己的赤胆，放开自己生命的洪流，把自己淹没在自己的血海中……试问何故，历来众所周知的胜于千钧万贯那般贵重的生命，而在她视之这等轻于鸿毛、残于败絮呢？

“呀，小chén，你怎么能说起这可怕的……我坚信不疑，党、国家将会一天比一天光明起来，咱家也会一天比一天好起来……现在，林彪、江青反革命集团受到了审判，你爸爸的问题也做了结论，终归一定能够完全落实政策……小chén，先回家去做作业……”

“不，不。妈，全校都知道您是一位好教师……可这儿是垃圾堆，不是教室，不是会场，更不是教堂，您不该讲课，不该宣读，更不该布道……妈，全校都知道我是一个好学生，可我真不想上学了……”

我感受的是，相依为命的母女，双方原来思想有隔阂、情绪有抵触，只能独自思考，各持己见，而互以同志式的关系坦白表态、直爽交心，她们同是老老实实的正派人。

所谓一时某种时代思潮，某种社会现象，如果可以比作蜂起、鱼汛、海啸、松涛，那么小chén便是无数蜂群中的一只幼工蜂，无数鱼群中的一条小鱼苗儿，滚滚浪头之间所激起的一丁点儿小飞沫儿，阵阵风暴之中所掀起的松林的一股小哨音儿。诚然，也不是绝对不可能由“幼”“小”蜕变而到膨大——大霉菌，大害虫，大罪人……

听来，女儿所有柔情的反驳，都是无理的冲撞；酸枣可食，玫瑰好看，而茎秆却挨不得碰不得，棘手刺人呢。但颇有高瞻远瞩之见的母亲，酷肖劲松挺立，从不折腰屈从啊。她不过不想立刻加以责怪、批评，而致使在这个陌生的地方造成不良的影响。并且我想，不管是谁，在你批评她之前，又必得反躬自问：历代迄今，曾经何时，有过谁是无绽儿的完美无缺的、类乎严格遵守清规戒律的小尼姑似的少大圣人？连你自己算在内又如何？

“小chén，那你干什么去？”

“捡破烂呗，当小贩呗！”

“还当小贩呢……你哥哥就是当小贩学坏了的……我可不能再看你……快把麻袋绑好吧，先回家去做作业……听妈的话。”

她们一面说话，一面把塞满废纸的饱饱的麻袋搁到自行车的后架上，用绳子拦住，绑住。

“好吧，我先回家去做作业，不跟他俩争桌子……妈，你放心吧……可是，天还没大亮，只我一个人走路，若是碰上个坏小子……”

“你骑上车，哪个坏小子敢堵你？”

“这辆破车，压上这个麻袋，再禁不住骑了。”

她们给我留下的印象，一个是温情、乖戾、软弱的女儿，才气喷香而袭人诱人的女少年；另一个是值得尊敬的母亲、女教师同志。

母亲似乎叹了半口气，另半口气噎下去了。她一躬身，背起自己那没有装满的麻袋；女儿推起驮着麻袋的自行车，跟她一块儿走了。她们蹒跚地踉跄地走着，自行车嘎吱吱、嘎吱吱地滚着、响着，像是要解体、散架子似的。但她们发着强烈的磁性，把我牢牢地吸住——不由自主地跟随她们起了步。在她们通过楼里外射的灯光下的顷刻间，我看清楚了她们背影的轮廓，女儿比母亲高些，可能与玉芝的个子相仿，总有一米七上下。玉芝十六岁，她，她呢？她的身板儿极为单薄，纸糊的似的，大不如玉芝的体质壮实……如果她与玉芝同龄，那么她与玉芝也是相等相似的少年吧。在她们这个年岁，还不大懂得天高地厚与水深火热，还不大懂得山遥遥与路迢迢；说明白也明白，说糊涂也糊涂；成熟中又幼稚，幼稚中又成熟；有客观理性，有主观盲动性；勇而弱，弱而勇……笼统地说，这正是她们所处现阶段的半开化半成人的共同特点吧?!她们无忧无虑（或说少忧少虑）的生活，接近结束，而有忧有虑（或说多忧多虑）的生活将要开始了。玉芝的忧虑是什么？是投考大专院校的问题、待业分配工作的问题——有关人生行止的、决定性转折性的、命运关卡的问题。她，她，她呢？是她方才所说的吗？当今生活还是那样阴暗、恐怖而令人毛骨悚然吗？恰巧此刻，玉芝的声音把我喊住。她说，程老师约定她今天到校，按照她转学测验的成绩，是否合格，决定她能不能入校……虽说她经过、见过动乱风暴、浩劫世面，死亡深渊；但她受幼龄所限，固有茅塞并未通开，少年毕竟还是少年，小心眼儿兀自搁不下那么一个有关终身的大闷葫芦；她急得火烧眉毛似的，昨夜根本没有睡踏实，今儿这么一大早就蹦出来。

“爸爸，我走了!”她骑上车，车轮转开了。

“你何必这么早……”

“我要早去等候老师……”急性子人，表现了高度的积极性、冲动性。

“天还不太亮，你一个人……”

“我怕什么，怕什么?”她吹冲锋号似的喊，喊得那么响。

我再转过身来，只见那母女二人的影儿远了，影影绰绰了。但是，当我走近楼群——市区边缘，横跨“北京市第三开关厂”厂址的指向牌（相等北京东城区城乡的分界标志），沿着公路一排高大的、凋零的、而枝头挂着一些赭黑色残叶的钻天杨走去，走进郊区，走进院落的时候，一晃不见她们了。在雄鸡声声报晓，村犬汪汪号叫，拖拉机轧轧突突作响的现代田园交响乐的迎奏中，我继续往前走着。这一带是属社队社员的农舍，每家都有一条小胡同，拐进去才能走入向南的前门；靠路的一面，尽是向北的房背后，一般有后窗的很少。我在一家最寒碜的、最简易的、用碎砖头堆砌小矮房有小雨搭的后窗，隔着挂满寒霜的、毛头纸糊的和碎玻璃条拼嵌的窗棂站住，听见两个女孩儿吵嘴的声音；不问可知，是小姊妹间各自为了学习而抢占仅有的一张桌子而起的。（真的是“几度耐寒窗，朝朝争苦读”呀。）我以往散步经过此地，大概听过了两次，今晨又是这样。而且我联想起来，至少有过一次吧，在我散步往回走去经过此处的时候，碰见了她们背着、拖着装满的麻袋的娘儿俩；不错，不错，她俩就是拐入这条胡同、进了这个寒门贫家的。应该说，我与她们这不是初次相逢，而是又一次邂逅。当然，还是不问可知，这是个困难户。是农村社员，还是城市居民（据说这儿住的也有个别城市户口暂租的临时住所）？难道是小chén的家吗？是吧？那么她们全家人都是生产队的社员，而她们母女两人则是公社社立学校的师生吧？但女儿叫“chén”，是姓，还是名？是哪个chén字？“陈”“尘”“沉”……

午饭时，玉芝从学校回来。她不住地称道程老师好，好，好，说她考试的成绩，转重点高中不够格；但程老师同情我所受的迫害和她所遭的不幸，破格收她入学，插入文科班，并且介绍一位学习最好的同学，帮助她补课……我说，再见到这位老师、这位同学，要转达我对她们的谢意。的确，革命的同心、同感、同情最为贵……

四

二月五日（农历辛酉年正月初一），星期四。

今日春节。

昨夜，烟火（烟花）随处开花。花炮、筒花、起花（钻天猴）哧地吱地嘭地响起腾起，直上云霄，迸发火星的火箭，各种红红紫紫黄黄绿绿的火球——粲粲光芒四射，时时地连续不断地把黯然一色的夜空照得亮亮白白淡淡，分割形成一块块巨型的天公所用的调色板，而即刻准备绘出一幅人间欢庆春节胜夜图。同时，四面八方都在演奏重音乐，为之助兴不已。大小爆竹响了多半宿，天不亮又响起来。（要比去年住在市内宾馆噼里啪啦、嘣吧轰隆得多，多到几倍以上。）这种鞭炮烟火盛行之风，犹如早年旧历除夕的风气一样，或者甚之；但其迷信设置：红玉烛，金锭香，供果，神纸，佛龛，偶像，几乎扫除干净了。不过，我家与一些别家相同，因循传统习惯而守岁，间或看看彩色电视，间或以扑克代替老式麻将、纸牌、宝盒、散子、升官图等赌具，耍笑逗乐。所谓守岁，以我看也不过是合家同欢之意。所谓打扑克，二十多年已未搞这个玩意儿，我连“都拉克”都忘记了；但我须照顾到她们的兴趣，要学会怎样叫输，怎样叫赢，一句话说，又要从头学起，等于孩提年代学走路那般。所谓看电视，平时我许多节目都不想看，只喜好《体坛巡礼》《体育之窗》和

《体育欣赏》；每一画面，都会使我沉迷，陶醉。它的剑眉、箭步、雄姿、神魄，它的彩凤蛟龙勤奋辛苦、持久苦练、竞技高超、壮志凌云，堪与云天比高，与日月争辉；其朝气和曦光、活力和能量、媚质和美感把我与她们、他们同化，融为他们、她们青春灿烂的风华正茂的化身。我年轻了，年少了。我热爱我自己，我更热爱青少年；让我和他们、她们携手同行，齐步并进，同心协力，先后承当绿化祖国、“四化”祖国（三十多年的新中国还是这么一幅图）的常春藤、长征人，永将灵感的晨星与朝霞、早潮与晓、春雷与初雨，滋补着、润饰着共产主义的理想，革命现实的青翠、正气、真实……我在观看体育运动之际，基于与疾病做斗争的必胜信心，每每使我产生一种强烈无比的激动而想入非非——对于老年慢性病大有医疗的效果，理应成为“精神理疗”，而与水疗、蜡疗、电疗、化疗的价值并列，甚而可以说，有过之而无不及……我间断地看了一些庆祝节目：《春天的童话》《春节前夕首都街头见闻》《百花迎春晚会》《迎春歌舞》……在歇息间，我又翻阅了些克涅采夫等的《回忆列宁》、彼·尼·波斯别洛夫等的《列宁传》、娜·康·克鲁普斯卡娅的《列宁回忆录》和《论列宁》……反正坚持到了子时，才算收尾。桌上摆开夜餐：陈酿、新肴、三鲜饺子，并把电灯罩上宫灯式灯笼，以祝老两口和女儿的辞旧迎新（含有女儿辞旧校迎新校之意）的互相交流的快意。故此，老伴儿从橱柜深处拿出视之如宝的对虾，却偏偏搞成一对半，分我两个，玉芝一个。她自己呢？两手空空，连一根虾须子也无。从抗日根据地、解放区、妇救会会员的她——一个农村的姑娘，跟我结婚到如今，几十年来，为人依旧这样保留着农民妇女屈己待人的传统本色，吃苦全吃，享受不受，在她并非有意以某种美德而炫耀于人，却相反自认为此类区区小事乃是理所当然。今夜我要打倒她这个习以为常的顽固的谬论，非送给她一个虾不可；但我们两个人推来推去，交手几个回合，才被她掰掉个虾尾巴；而玉芝给她撅掉的虾脑袋，终被她归还了原主。

“够了，够了。在前几年，尽吃‘忆苦饭’，连块虾皮子也嚼不着呢！”今昔对比，见景生情，她竟感慨起来。

“妈呀，我小时候吃过对虾没有，见过对虾没有？”

“你也见过，也吃过；就是年头太久了，你早忘得一干二净。从前，你的好日子太短了，太短了……”

“从前，我没有想过会吃对虾，更没有想过会有今天……在最困难的时节，我倒想过‘死’……可是，我宁做小张志新，绝不做小范熊熊……”玉芝也有自己的感慨，居然掉下了泪。

这之际，我听着收音机播放的爵士乐，即兴自斟自饮，有如偶然独自存身于外宾消夜的酒吧间。她们母女俩乘闲的清谈，于无形中把这个家庭客厅猝然易以从未出现过的洋式沙龙了。但是，原本一年一度的新春佳节，任性赏玩、品茗、赏新、畅饮，随意抒情、舒心、享乐、思甜，不曾想到意外一变而为怀旧、伤心、愤世、忆苦了。

我失眠了。清晨，她们还在呼呼酣睡：是沉陷于昨夜的噩梦，是在追寻明天的憧憬？

我比往日起床迟些，但仍按惯例，在微风雪糁儿的清晨练拳、散步。我回来的时候，太白星遁逝，天色大亮，一切景象，已经清晰、明朗，与往时也近似。但大不相同的是，地上存着爆竹爆破的断头残节，红白纸屑，碎麻批儿和烟熏火燎多样痕迹，空气里还散着硝烟气味；耸立起重机的工地都已歇工，货栈大门紧闭而门口红纱灯笼还在亮着；交通干线凄凄清清，350路城乡公共汽车乘客也极少，骑自行车、徒步的行人稀稀拉拉，连街头跑步锻炼身体的踪影更不多见了。也许就是由于这个缘故吧，才引致我留意到这般的情形：在路边边，丢着一辆黢黑黢黑的一星星发白发亮全无的破旧自行车，连车锁都没有(因为根本用不着担心小偷的歹意)，车后架驮着两个饱满的补着蓝补丁、白补丁的布口袋；在冷落的路沿上，独有一个单身的伶仃的孤女坐着，撅着两根短辫辫，抄着手，搁在拱着腿的膝盖上，而把低下的头偎入肘腕里，在轻声地暗泣……顷刻之间，她极度神经质地敏感到了我的停步，猛地抬起头来，机警地观察我、我的露面亮相。但我所见的她那头巾和口罩围裹的面孔，仅仅是露着的眉眼——蹙起皱褶儿的眉头，沾着泪珠儿的眼角。大概她发现我脸上的表情是发自内在善意的怜悯和爱惜，不等我问话，便抽搭两声，抑制住喉咙的哽咽先开口了。

“老……伯伯……春节……您好……”

她有礼貌地站起身来，用两手揩了揩两眼的泪水。顺便，我看见她从裂开棉花的袖头露出瘦溜溜的双手腕，绷紧绷紧地箍着一对新式环形的、五色线拧成艳丽绳绳的手镯，是这个少女迎接佳节唯一的点缀、打扮。但是，与她差不多的同龄女，本市披发的多而梳小辫儿的少，逢年遇节穿新衣裳的多而扎彩线手镯的就更少更少了；那她是不是外地的、郊区的？

“小同志，春节你也好。可不可以告诉我，你有什么困难、苦恼……”

“……老伯伯，您看……车后轮儿煞气了，圈弯了，条断了……要是打饱了，还能将就推着走……老伯伯，附近有修车的地方吗？”

叫人纳闷儿，口袋怎的那样重，装的什么，什么呢？

“有是有的。今天春节是不是休假？即便营业，现在也不一定到营业的时间吧？走，我领你去看看……”

她一听，便勃然兴起，不禁拍手称快，致使一对五色线手镯恍如缤缤朵朵花环双双起舞了。

我在前引路，她跟在后边，推着车子，嘎吱吱、嘎吱吱地响着。很近，拐个小弯儿就到了，但自行车修理社紧闭着门，门上贴着通知：“春节半休，营业时间，上午九—十二时。”她败兴了。

“完了……”

天真少年的灰心失意，使我这平静的心髓而觉得动荡不安起来……

“走，跟我走。”

我引她到了我的家门口。我上楼拿下来玉芝新买的气管子，让她给车后轮儿打气。她眉开眼笑，兴高采烈地打着气；但她打了许久工夫，轮儿始终瘪着。

“完了，完了……胎破了，胎破了……”

象征着成败、利害攸关的纽带断了，断了；终久，她完完全全大失所望了，一蹶不振了。好比幼年时用细管筒吹出去串串透明的迎光变色的肥皂水球儿，个个飘浮，轻盈潇洒；然而啊，好景无常，留存极为短暂，只有一刹那、一刹那便成泡影了。骤然，她全身搐动一下，打个寒战，随之怆然啜泣，出现了愁眉苦眼——眉儿乎拧成鬏鬏，眼尽是泪水汪汪。这令人怜爱之情，不知不觉地撼动了我的心。

默默地，默默地，我从家里取来车钥匙，把小女儿的新自行车从楼梯底下推到门外，以解她的燃眉之急，而对这一蓦然的慷慨的友爱之举，她按捺不住少年善感的一阵激情冲动，而使心波澎湃，思潮汹涌，血流滔滔，淹没了那满腹烦恼、苦衷、悲戚，且汇成巨川洪流，泛滥起在难以言喻的、经受不了的幸遇和优容之时才会看到的动人肺腑的惊涛、狂澜、飞瀑；于是，她笑——大笑了，她哭——痛哭了。她怎么可以设想偶尔的路人相识而能轻易地相亲相信呢？莫非这不是社会主义社会的人与人之间应有的关系吗？

“……老伯，老伯……亲爱的老伯，尊敬的老伯……这，这不可以……不可以，不可以……”

她一摆头，二摆手，姿势果决，断乎不可，仿佛贪财贪嘴贪便宜、受骗受辱受调戏的断乎不可一样。听将起来，她话语的锵锵之音与淳淳之情，坦率、清白，同朝露、甘泉、神池一样地清，海鸥、天鹅、仙鹤一样地白；纵使流失地层，坠落埃尘，她也不肯玷污一星一点儿自个儿的洁质、美名。

“这怎么不可以？”

“这怎么可以……怎么可以……”

“小同志，这怎么不可以？”

“是新的，全新的。是新买的吧？”

“是，是新买的。新买的也没关系，没关系。”

她限于自己的年少，见识也少，脑筋简单，目光短浅——识别力极低，只能认识车是新的、全新的，而不能认识人也有新的，甚至于是全新全新的，比新车更新更新的。（请你注意，这儿的“新人”“全新的”，是指社会主义化的人，有血有肉的人，也会有七情六欲，也会有缺点错误；而不是那些人所谓的百分之百的布尔什维克、百分之百的完人；“百分之百的”是没有的，过去没有过，现在也没有，将来也不会有；除非你把自己想象的自造的真空人物、有功的显著的革命家、文学家推崇到神祇、偶像的地位——重修庙宇，再塑金身……那又当别论。）

“老伯，这怎么可以……怎么可以……”

“可以，完全可以。”

“老伯，咱们素不相识，素不相识呀！”

她呀，她呀，她是在认真地竭力地跟我较量拔河赛；而我老头儿可不愿意、吃力地无必要地陪她小不点儿、玩儿这个来回走浪木的游戏。因而，我马上把平和的说服的口吻，改为训诫的命令的厉声厉气了。

“没关系，没关系。咱们都是同志，谁都难免有为难遭灾的时候。纯粹是小小不言的事，你——年轻人，必须听我的话。”

“……”

“不必见外、多心……你——少年人、小同志，骑走吧，快快骑走吧……”

我的热力和说服力，把她的冰墙铁垒、雪线金盾液化为水滴滴及其残渣粉末末了。

“那我……我……我感谢老伯的好意，骑走，骑走……可是，可是回来呢……我怎么还车呢？”

“放在门外，锁上就行。”

“钥匙呢？”

“放座套底下。”

“行吗？丢了呢？”

“丢不了。”

“嗯……我的车也放在这儿。锁早坏了，不锁没关系，这破车没人稀罕。”

在我的帮助下，她把两个饱饱的补着蓝补丁、白补丁的布口袋从旧车移到新车，拢好扎好了；而我也并未想借这个机会，去试一试、摸一摸口袋装的究竟是什么。显见，它装的什么，与我又有什么关系？她是她，我是我，彼此不过同是偶于陌路相逢的路人罢了……可是呢，她脉脉含情地手足无措地停着，停着；手扶着车把，足稳着车身，欲跪不便，欲叩不得，她只得向我深深地鞠了一躬。

“老伯，我得怎么感谢您呀？”

“小事一桩，不必感谢，你骑上车走吧，快快走吧！”

口罩上垂挂两道泪痕，头巾下展开一双眉梢，她上车走了。我目送着她的背影，飞飘的头巾穗儿，摇摇摆摆的短辫梢儿。

其实，假如说我帮助了她、感动了她，倒不如说我被她所感动、所帮助。经过长期的浩劫、迫害，我久已冷却的思想感情，如今又由她使之沸腾起来，又在恢复当年的革命道义、阶级友爱——同志与同志之间所应当有的正常的相互关系。因此，我把她的旧车推去修理，亏得凑巧，是自行车修理社的半营业时间；但别扭呀、别扭，一个青年修理工却视之如敝屣，不屑一顾。

“这样的破车子，早该扔了——扔了也没人捡！”

我说了不少好话，该修什么就修什么，该付多少款就付多少款；但，只不过请他帮忙罢了，快修罢了。

他表白了他这个人并不想敲竹杠之后，便封住口，不搭理我了。旁边有位修车的老工人住了手，梗棱梗棱脖子，替我搭了腔，敲起边鼓。

“咱们是干活儿的，来啥活儿，接啥儿活，哪能挑肥拣瘦的……”

这一家伙，可不敢当成耳旁风，青年修理工抽巴了，蔫巴了，耷拉了脑袋瓜儿，才算收了这个糟心活儿。在我将走时，他却还要屁溜溜地瞎捣蛋——送我一句疙瘩话。

“我只能治治它的病，救不了它的命！”

结果，他还是好小子，信守诺言，按时修完了车。

“胎补了两个洞，圈添了三根条，轴换了四个滚珠，一共一块五毛钱。公平合理！”

我付了款，并道了谢；推车回来，放在原处。悠然之间，我多少感到一点点儿心安理得的助人为乐的宽慰。然而，我与老伴儿和玉芝从头到尾谈了这桩事时，她们都表示了异议。老伴儿担忧小女儿的新车有去无还；玉芝害怕她的新车碰掉漆，碰出坑坑疤疤。我给她们一一打了保票，总算完结。事实证明，我的保票样样兑现，人家下午就送回新车，放在楼底下靠墙的一侧，钥匙掖在座套的下面，一切都按预先约定的承诺，毫无半点差错，而只把旧车换走了。遗憾的是，我和她没有再见一面；本来，我既未在门外候她，她又不知我住的房间号数，怎么相见呢？

奇巧呵、奇巧！相逢本无由，相别倒有憾了。人生一世，到老来还偶有童幼时玩览万花筒的稀奇古怪、变幻莫测之感吗？老来少，从来不失赤子之心。

下午，我乘车去机关给假期值班同志们拜年，途中给我小女儿买到新上市的可口可乐，乘兴再遛个弯弯儿。街街巷巷充塞春节之气，男男女女洋溢着陶醉称快的心潮的飞溅四射。只见天安门广场，在节日气象中，首都人们仍在保存由来已久的民间风俗、竞相表演：放风筝，踢毽子，抖嗡子，遛鸟儿，还有吹糖人儿，捏江米人儿……广漠蓝天浮动着团团的白云，时淡时浓，淡如轻烟袅袅，浓似高潮巨浪滔滔。杂型多彩风筝，各自好强逞能，争相竞技，拔高夺魁。天安门楼头，琉璃瓦浮光作波形流荡，并呈星状辐射线闪耀。偶有群鸽群鸦翱翔其间所映衬的翩跹的飞影，或静态滑旋，或振翅冲刺，同样顿增银幕动画感的幻觉梦想，而促发漫游宇宙的豪放的情趣……一群一群的外国黑白人们，欣赏异国佳节景色，风土人情；他们当中有人央求、再三央求要买高空飘腾的巨型节肢的蜈蚣……一伙一伙的归国游览的各地华侨们、港澳同胞们，与北京居民们春节联欢，共贺鸡年，临时邀请少年儿童们合影拍照，留个纪念……

人，贵有自知之明。我现临老耄之年，成了不受欢迎的人，已该把人生的火炽舞台，让给如花似锦的后代跳动、飞跃、腾空而起……而我自己呢，甘于靠边站，禁受来自四面八方的面对面的白眼冷遇，以及冲着后脑勺的指手画脚——此乃世代的常理，又何必私自惴惴？相反地，相反地，我目睹他们和她们手舞足蹈的觊幸、狂喜，也足以饱饱眼福、偿偿心愿了。人，岂可贪而无厌呢。一言以蔽之。我与后代，只该无争而有让。

五

二月六日（农历正月初二），星期五。

我住的单元门口，像几日来其他某些单元门口一样，也贴上了大红“喜”字，候迎披红挂绿的彩车到来。今天，是小王做新郎，全家喜气洋洋。新娘的双亲，以骨肉的衷肠，留下她在家多过了一天，意味着多过了一个春节；延期到今天举行婚礼。新娘昨晚掰开两半儿的心，此刻重聚复合，又凑到一块儿，把整个儿心搁进了新房。

我怎么办呢。送礼吗？是违反规定的。干脆作罢吗？如同素昧平生是太不近人情的。我想来想去，去自由市场买了葵花子，叫玉芝送去。（当我曾徘徊于市场的时候，买些什么东西为宜，做过种种考虑：野鸡、山兔？花生、松子儿？末后决定还是买了葵花子；因为这是经过加料炮制的五香的、别有滋味的、极适于配搭闲磕打牙儿的零嘴儿的。）她刚要走，又停了下来。

“爸爸，我送去，连去买学习本，快开学了。”

我把买葵花子剩下的钱，从兜里掏出来都给了她。

“去买吧。”

“这是多少钱？”

“两块六毛。”

她数了数钱，自鸣得意地、意想之外地、天幸地喜得嗷了一声，蹦了个高儿。

“四块六毛，四块六毛……”

奇怪哟，奇奇怪怪……明明白白的嘛，葵花子每斤八角，三斤共两元四角；我付给一张五元的人民币，应找回二元六角，为什么是四元六角呢？必定找错了，多给我找了两元整。糊涂的小贩子，马马虎虎的少年人啊，你，你舍弃了春节的娱乐和游玩，辛苦半天能赚上两元吗？这不是赔了本钱吗？再说我这个从井冈山开始、到北京为止，曾经久久仰仗惯了供给制度、而今荒疏理财之道的老头子，为什么不当时数一数就揣兜走了呢……当机立断，不容迟缓，我立即披上夹大衣，拿了两元钞票送回去，送回去。

自由市场，在两垛墙之间的垛口，留作大门通道的顶端伸入墙垛凿置两道偌大的粗木横梁，人说是曾为高悬毛主席和华国锋的两帧巨幅画像而设，时至今日，已毫无作用。墙垛两侧行人道，各有一段指定的拢起绳围的存车处，自行车一辆挨着一辆，挤得满满登登。通过出入的人流，我跟着蹭着、随波逐流地涌了进去。在扩大的围场里，一排排的床子，一个个的摊子，一行行的羊肠小道，涨起混杂的对流的人头浪，拥拥挤挤、熙熙攘攘。我从中荡来荡去，打漩涡涡、溜溜转圈圈地流着。流到哪儿才算达到目的呢？今早一吃完饭，便跑到此处买了小王新婚的礼品；来去一趟，急急忙忙，当时我一见一溜儿布口袋装着葵花子，未容挑选，连对卖者也未及正视一眼，随意一指便买，只想买了就走，走了就完，谁知道完了又折回……经过许久，好不容易才寻到那一伙儿卖葵花子的小妞儿。她们都像蒙面人似的戴着雪白的大口罩，蒙着褪了色的头巾：藕荷色的，桃红色的，杏黄色的……而我已认不准卖给我葵花子的是哪一个了；只好手里攥着两元钱，准备一个一个地挨个儿去问……但是，实不相瞒，凡是主动接触年轻人（无论男女），我一向提防某些对方对于老年人往往有着一种嫌弃的心理的活动、厌恶的本能的发作——给你抹一鼻子灰，把你脸弄个大发讪，因之首先必须留意自己言行的谦恭严谨，使其无懈可击，无机可乘，而可避其锋——龇牙咧嘴、挓挲毛儿、翘尾巴。我抱着这个态度，就便先走到藕荷头巾跟前。

“小同志，我想问问你……”

“……”

“小同志，今天早晨，我是不是买过你的三斤葵花子？”

“……”

“若是买过你的，那你多找给了我两块钱。”

“……怎么……多找给你两块钱？”她慧黠地搭讪着。

“是呀，是呀。”

她把眉儿往上一纵，眼儿向侧一瞟，并不想再瞧我这个唐突的人。你……去吧，去吧。

“……是不是你……到底有没有多找给了我两块钱……你说话呀，说话呀……”

“没有……没有……我压根儿没有卖过三斤呀……”她，灵感地、灵感地一机灵，横心地一皱眉，冷言冷语便脱口而出了。

怕碰钉子，我不敢再多啰唆；只得还照这个样儿，一个挨一个往下问，我问桃红头巾，问杏黄头巾……她们都说“没有，没有，我压根儿没有卖过三斤呀”之类。定然，我找错了，接续再找，找到中午，也没有找到失主。无奈，我败兴地忐忑不安地走回头的路。出大门口的时候，我又碰见戴大口罩的、围头巾的、卖完葵花子的她们，从存车处推出自己的自行车，各自在车后架夹上两个空布口袋；不由得我一眼注视到藕荷头巾的自行车后架夹折叠起的空布口袋上补着的，补着的蓝补丁、白补丁；车呢，是黢黑黢黑的，而车后轮单单有三根车条是新的，新新的，在阳光下新得溜光锃亮的……

……是的，她话语的锵锵之音与淳淳之情，坦率，清白，同朝露、甘泉、神池一样地清，海鸥、天鹅、仙鹤一样地白；纵使流失地层、坠落埃尘，她也不肯玷污一星点儿自个儿的洁质、美名。

于是，我释然了，释然了。她把我耍着玩儿吗？不，不……她原来并不是拿我打尜尜儿、捻捻转儿，不，不……多么渺小的少年人，而灵魂又多么高尚，纯洁，正如老话所说：半夜不怕鬼叫门——无愧于人。并且，她自作伪装、假象掩盖、抹杀自己的光明磊落的德行；她如此深刻的多思，对比自己这般小小的少年，十分不相符不相称，而可能是个早熟早成的超人吧。然而，我这个自命不凡的而愚昧的老资格，自以为助人为乐的而蠢笨的老家伙，倒负了人家的债，施予者一变而为负债者兼负疚者了。我一失神，在残存的冰雪和开化的泥水处，滑了一跤——闹个狗吃屎，摔掉帽（红军、八路军、解放军式帽，或称列宁式帽），颧骨上和鼻梁侧溅上冰雪渣儿和泥水点儿；我整个的心，揪揪起，颤抖起，痉挛起，形骸雷同犯了羊角风、体位性低血压病……这不是跌得伤重，更不是什么癫痫、心脏什么病症。但是，惹得街头男女路人个个惊悸而发疑：是无子女的老绝后、暴发病的抱路倒？还是旧戏迷的跳加官、卖艺人的耍把式？他们和她们的观后感，认为通通不是；互相交换了一下意见，统一了一句结语：可能是轻微的精神病患者，无大问题，便一个一个地散开，继续赶自己的路去；只剩下孩童们围拢一圈，莫名其妙、见怪见笑罢了。莫非我这个老瘪三——一把老瘦骨头赶不上老秃鹫的式子、老猩猩的作态、老熊猫的憨相吗？

六

二月十九日（农历正月十五日），星期四。

今日旧称元宵节（灯节）。

早晨，老伴儿上班，让面包车给小女儿捎个脚儿，到半道王府井下车，去百货大楼买个北京时髦的人造革的新式书包。

我吃了蜂皇精，是遵医嘱的例行公事。撇开毒药，我对一般药品，一向采取否定态度；唯蜂皇精，服用一年多，使我十分信赖，甚至于有些达到盲从的程度。至于其他北京流行的老年养生之道所用的诸方，打拳、散步除外，比如艾灸、气功、银耳、枸杞、桂圆、参茸、红茶菌、蛤蟆油等等，我一概未曾试过，也不知道疗效究竟怎么样。

在悠然的自得其乐中，我骤然定神一听，是不是有些什么动静？屋里悄悄然，一点儿动静也没有；自认为这是老年人的耳鸣错觉，往往在捉弄自己的幽情。而紧接着，我确实听到有人叫门——娇嫩的、柔婉的、悦耳的鸟儿语，伴奏着轻音乐敲打节奏的“嘭嘭”声。

“孙玉芝，孙玉芝……”

我预料又是玉芝的西四老同学，为了表示惜别而来与她一叙；春节期间，她接受过多次这种动人的少年情谊。我把门一开，展开一种扎彩（“扎彩”本该使用“工艺”为妥。但六十多年前，我在童年时代做过扎彩铺的学徒，与自称朽木的老师傅，自搭草棚以贮寿帽寿靴寿衣寿材的老病魔，自制创新的袖珍的盆景式的松竹梅兰、金童玉女、青牛白马以备时刻所料及的升天归西的老鳏夫，曾有风雨携行、血泪交流、情理延续之亲，迄今仍在眷眷难舍而顾名思义；实则确系旧传统举办丧礼迷信之一、师徒从事手工劳动的仪品，早被新社会淘汰其业、新词典废弃其词了。）美术品——一朵初绽的迎春花苞、一只乍出的小银狐——一个细高的窈窕的婉娴的女同学。她穿着旧翠绿色的罩衣，打补丁的品蓝罩裤，破绽的却洗得很干净的白底儿黑棉鞋。她有着别致的俏皮的头颅，前额高高隆起，像扣上一小牙牙儿葫芦瓢儿、半个大贝壳壳，与早年民间描绘的寿星佬儿的头盖差不多，这正是流行口头语所说的典型的贝儿颅，或贝儿颅头。它与陡峭的娇憨的小鼻子、噘噘的工巧的小嘴儿、上翘的尖尖的小下巴颏儿相对称、相媲美。面孔瘦削、清癯，皮肤细嫩、煞白，是一副娃娃样儿的脸型、体弱近于病态的贫血相。而她的幼女仪容、少年风度所表现的迹象是，微露兰的雅趣，深藏菊的矜持、傲气，忽隐忽现水仙的冷漠、凄婉与洁身自好。我端详端详，意识到没有见过她；但是，顿时我对她产生了一种极其喜爱的感觉。

不过，她又给我留下另种异样的观感。首先，她怵见我，一瞥我、我的露面亮相，仿佛梦里奇遇，与混种的神魔的奇遇，猝不及防，懵懂一惊，打起怵来；继而使她这只自由翱翔于天地、山林间的小翠鸟儿，近乎神经质地忘乎所以，率然窘住，倏地化石。怎么意外投身于缧绁，动弹不得？怎么恰巧误入了无形的网？飞吗？飞不得。留吗？留不得。究竟怎么得了……随后，她坠落迷惘之中，表示唯有听任自个儿的聪慧和机智了。岂非是个小精灵鬼儿？

“是孙玉芝家吗？”

“是的。你是孙玉芝的老同学吗？西四老同学吗？”

“不是。是她的新同学，本区的新同学。”

“是她新转的学校的新同学吗？”

“是！”

我连忙引她往屋走。她跟着我蹑手蹑脚地，同我的影儿似的随我飘了进来。我让她坐，给她拿过些小王送来的喜糖，招待她——唯恐长者稍有怠慢了后生之处。她呢，没吃，也没坐，只是另眼见外地、忸怩地、多少有点儿拘礼地局促地站着；也许觉得尴尬吧，她用纤纤而发皴的手指，不怎么自然却聊以自适地、不拾闲儿地揉搓着自个儿的衣襟角角，而以锐敏的羡慕的眼光，谨慎小心地环顾四周：书架，书桌，台灯，菱形镜，小电子计算机，维纳斯石膏像，插着皱纹纸牡丹的花瓶，米黄色尼龙套的皮软椅，品绿色淡漆闪亮架的弹簧床，漂白的精印芍药花叶的床单，床头立着的一座金属的电镀的挂衣柱，墙角摆放的塑料贴面的扇形高脚桌上的电视机（为学英语而特意购置），墙上挂着一只刷银粉的凸印昆明湖玉带桥图景的圆盘寒暑表，一搭以女跳水运动员陈肖霞和女排运动员郎平为二月份画面的挂历，一幅玉芝的镶有雕花图案乌木框的彩色胸像……每一件家具、物品的色调、式样，都加以在独特审美观念指导下进行一番精心综合的配备，和协调的布局，这些似乎都在挑逗她观感上少小见异思迁的倾向和不可遏抑的心驰神往。

“这是孙玉芝的房间……老伯，是吗？”

“是的，是的。”

“多好的家庭环境……这次她转到我们重点高中，又是多好的学习环境……明天开学，程老师叫我来通知她，八点钟以前到校……老伯伯，您是她的父亲吧？”

“是的，是的。”

“她回来时，请您转告她……我要走了……”

她的口齿伶俐，语气柔和。我一听她的言谈，更加惹我惜爱她，挽留她等一等玉芝。在她去留不定的踌躇的神色中，闪出一股魅力，招引我的视线集中到她的眉眼。这眉，细溜溜长而弯弯，密丛丛浓而翩翩；这眼，黑白两色，格外分明，黑眼珠儿比黑水晶还黑还亮，在顾盼间闪耀一晃一晃的光焰；眼白比白玉石更白更润，更湿漉漉更水灵灵，致使眼圈圈的一侧边缘，仿佛渗出些碧蓝的水印儿，以炫示青春的醇美的彩绘、童贞的圣洁的色素，但微扁而梢飞，内外眼角略略呈斜线，恰恰是俗传的蛾眉凤眼吧？如是，她的眉眼就同古画的工笔一模一样；但，是她脱胎于古画，还是古画玄想于她呢？再仔细打量打量，眉是皱皱巴巴，紧紧的，紧紧的，像锁住那样，并且没有钥匙可以把它打开似的。眼呢，长睫毛遮拦着的眼光和偶尔一泛的眼波，光灿灿，水漾漾，掺和着一种什么苦汁，一种什么毒液，同时敷着一层稀薄的若有若无的幻变的愁云，晦气……赫然，我记起了见过这样的眉眼，尚不在早年而在近时。但是，老年人的特征，凡是越早的记得越牢，而越近的忘得越快；早年宛然乍逝，而近时反若隔世。毕竟，我在哪儿见过这样的眉眼呢？是在宾馆见过的旅客吗？是在医院见过的护士吗……猛然之间，我想起来了……我们今日的重霄之会，不是初初的萍水相逢，也不是仅仅的风雪邂逅，而是一次又一次频仍的、河上独木桥上走碰头、空中交缠风筝强谋面、儿童（或与返老还童一起）七巧板式重聚首……我想起来了，而且我的脑中再现了于无意中保存着的一沓儿“蒙面人”的影集眉眼的映象：蹙起皱褶的眉头，沾着泪珠儿的眼角；眉几乎拧成鬏鬃，眼尽是泪水汪汪；口罩上垂挂两道泪痕，头巾下展开一双眉梢；眉儿往上一纵，眼儿向侧一瞟……而她的精巧的五色线手镯呢？不见了。可见她只喜它刹那的新鲜劲儿……

“咱们是不是见过面？”

“……”

“咱们是不是见过面？”

“老伯，您说什么？”

“我说，咱们见过面吧？!”

她一听，为之愣然。她一愣神儿，在她那煞白的贫血的脸，掠过一抹浅显的红晕；她隐秘地狡狯地眨一眨眼，扭一扭头，避开我，避开我正面的、X光似的、铁钉钢针似的视线，从而庶乎易于隐藏自己内心矛盾的复杂的疑虑、惶恐和惭愧；继而灵机一动，她便寓热望、谢忱于无情的初春的冰面之下，掖真挚、纯正于虚拟的追忆冥想之中了。此时她的眸子经过少许的胡乱滚转之后，已经避嫌地无所适投地而把视觉投向窗外，却被窗上仍未完全融化的霜花隔断而注定，凝住；紧接着，她移动一下脚，不知不觉地拿起脚尖儿，轻轻儿飘飘儿地往前蹭着，蹭着，就同踩水皮儿往前漂着，漂到窗前的墙根才不得不停住；而她还有一只脚尖儿不停地踝着地皮儿，踝得不止，像是可以踝出一条路、一条缝儿似的。遽然，她的双唇欠开一条缝儿，嗫嚅地、羞涩地、怯声怯气地、喃喃地念着央儿。

“……见，见过面？”

“是的，见过面……”

“……见，见过面？”她慧黠地搭讪着。

“见过面，见过面。你想想看，在什么地方？”

“在什么地方？在什么地方……什么地方？……”她，灵感地、灵感地一机灵，横心地一皱眉，冷言冷语便脱口而出了，“在什么地方，也没有见过面!”

“在自行车修理社拐角那边的路上？”

“……没有。”她难为情地摇着头，甩着两根短辫。

“在自由市场？”

“没有。”

“在葵花子摊上？”

“没有，没有！没有，没有！”

她说话的态度镇定，神志湛然。然而，那小嘴巴儿噘噘着，噘得那般高高，好似平地突出一根木桩桩，倘若给农民瞧见，就要逗着玩儿说它能够拴上一头小毛驴儿。那双片片小粉嘴唇儿的一开一闭，那两排排小白牙儿的一张一合，同样那般倔强而有力，发出话儿嘁里咔嚓的铮铮之声，假如给工人听到，就要称赞它是锤錾和砧子相磕相碰的斩钉截铁，爽快利落，果断确凿。但所有这一切，却让我这个老当兵的亲眼所见、亲耳听听，那我偏要讲，她前者噘噘着的是，她架起的机关枪、火箭炮，而她后者一开闭一张合的是，她发枪发炮连发的双重轰击。而且在轰击的同时，她还在不断地接连地摇着头，摇着头，把两根短辫辫儿甩得像是手摇的拨浪鼓槌儿、风摆的锦旗穗儿、海军帽儿飘带儿——似乎显示着一种在逞强在施威在压服人的尚武精神、决斗气魄。

由于她的肯定的坚决的表态，我反倒觉得心虚而自怨自咎起来，因为，老年人记忆力退化和神经衰弱症以及疑心病的诸种缺陷，往往会闹出张冠李戴的笑柄来。随着，我便改了口。

“小同志，你叫什么名字？”

她好比一潭死水，被我投下一块石子，怎么未起一圈圈一丝丝的波纹？

“小同志，你叫什么名字？”

她好比一堆儿灰烬，被我一把扇儿扇着，怎么未起一些些一点点的灰粉？

“小同志，我在问你的名字，你为什么不回答？”

本来，她是静止的无声的琴弦。我不肯袖手的手指硬要把它弄响；料想不到，它却响起缕缕的哀音，使她揭掉笑貌的面具，而暴露出本相的愁容、苦脸儿、一派充满着隐约而疾厉潜色的——反感的、敌意的、叛逆女性的精神状态。

“我叫李chén！”

“哪个chén？”

“随便哪个chén。”她一努嘴儿，愀然而答，叫人值得玩味、深思。

“咦，小同志，这是什么意思？”

“没什么意思……”

“不。有，有……这是什么意思？”我不肯放松，定要执拗地追到水落石出的地步。

她，低声地、自言自语地、冷冷地一笑，不知道在笑谁，是笑我呢还是笑她自己。然后，她快速地藏起一口银光闪烁的排列整齐的小白牙，把小嘴头儿紧紧地狠狠地一撇，越发显眼的两片唇，歪扭得更小更薄，更凸凸，像剑刃似的，像箭头似的。它，似乎既有锋利讽世的意味，又是尖锐自嘲的念头。出乎我所料，她带着一股娃娃气地忘我地从破边的袖口，给自个儿伸出右手——白皙的尖尖的手指头肚儿，凹型的粉吐噜的手掌心，是在玩赏、品评螺纹的斗簸，交叉纹缕儿的横竖，以及它们的起点和走向究竟合乎什么旧传说的妈妈论儿；又是作为女性随身携带的小镜子，随时随地随意照照自个儿的面庞、面容，面颜的美否、俏否、健否；而她面部表情的反映，却茫茫然——无视自己外在的美、美在哪儿，也不知自己内心的美、美的什么……再是当作一种拟人对象，彼此在默语似的，忽地改变了口型、手势，她一个一个地屈起了拇、食、中、无四个指头，单单留下独个小拇指头竖着，让淡红的嘴唇，略微抿一抿，咂一咂，亲一亲，却模拟地咬掉它一星点儿笋芽似的指尖尖，吐出去，不，唾出去，呸出去。她不含沙射影，不闪烁其词；只是明明白白的、而生古得带有罗曼蒂克色彩的暗示（或许潜有孤芳自赏的意趣）：她这个小尕巴豆儿、小萝卜头儿，无非蝼蚁、螟蛉、蜉蝣所属，以致这个名字，是微不足道的，无足轻重的，可有可无的。何必要问“哪个chén呢？哪个chén还不都是一个样儿，横竖都是拉丁化的一个音儿。何必刨根儿问底儿、串死胡同儿、钻牛犄角尖儿呢？而我却是怀疑她有什么隐情、讳言，有意在匿名、藏踪、遮丑；趁早，我顺便结束了话题。

“好了，我以后就叫你——小chén吧。”

她走了。她从我的家屋走了，走了一位春的使者。不，她从我的心窝飞了，飞了一只画眉，绣眼儿，蓝靛颏儿……她走了，走了。她从我的眼前走了，走了一位春的女神。不，不，她从我的心田失掉了，失掉了一棵兰花，茉莉，金桂……不知怎么的，我察觉眼前我的家屋，我的心窝心田，顿失春色、春歌、春的欢乐；而是那般馨香无余，寂静无声，空落落，冷冰冰……她走了，走了，走了，虚飘飘地，羞惭惭地，匆匆惶惶地……虽然，她迈一步停一步地一再转身地缠绵地嘱托道“甭忘了转告孙玉芝开学时间……谢谢，老伯……”，终以恭谨的姿态，敬重地道了句“再见”；停在楼梯中间，欲跪不便，欲叩不得，她再向我深深地鞠了一躬；但是，一般这等小事情，哪儿值得一再絮叨地叮咛、腻烦地道谢施礼？是不是还有言外之意的恋恋不舍、感激不尽？同时，她的自相矛盾的言行，和临别频频的回顾，脉脉地透露着压抑的伤感，笼罩煞气的苦笑，留给了我意想不到的、过多的虚幻、空想、猜测、探究、推理……归结说，一个未曾猜破了的似是似非的谜儿，给我留下了过多的困厄、惑乱、忧心忡忡、精疲力竭、倦怠不堪……噫嘻，是似水流年不饶人，还是世事沧桑催人老呢？

玉芝回家。我特意找她到我的房间说话，以便于我一面躺着一面谈着。

“李chén来过……”

“她就是我新学校的新同学……”

“是她，她的chén是哪个字，你知道吗？”

“我还能不知道吗？她就是程老师给我介绍的学习最好的同学、帮助我补课的同学。她的名字，就是早晨的‘晨’。”

在《同音字典》的“chén”音中，我认为“晨”最好最好，比“陈”“沉”“尘”更清雅，更有意义。是的，她就是“晨”“晨”“晨”……她就是“晨人”……是的，她就是早晨的人，朝阳朝晖的人，披挂满身新春的晨光而金化了的人；但她却生自黄昏、黑夜、污泥浊水、苦难重重之中……

我把与李晨的谈话，统统地仔仔细细地给她复述了一遍；没想到，她倒有了意见。

“那天，我跟李晨见过面……她是我们班的班长，全校模范学生……跟我同年，跟我一般高，可她身体比我瘦得多，弱得多……我一眼就看出她生活苦，为人腼腆……爸爸，您这不是伤了她的自尊心吗？爸爸，您还残留着当年红军小鬼的简单化、粗野、鲁莽；尽管说，您是个老雷锋，一贯忠于革命事业、人民群众，您的思想水平、文化水平提高了，大提高特提高了……”

玉芝的话启发了我。我明白了她俩同校、同班、同学，两家同处市郊，相距咫尺，却确是判若云泥，天悬地隔——摩天阁和地窨子。我更明白了李晨是有自尊心的，有自尊心的……但是，我悔，悔也悔不及了。

因而，我在心中给自己记下一句结语：莫以老大自封，自误，自绝于人，切切要向小女儿学习，向少年人学习。

而我当年在她的今夕，又曾如何？在浑噩的记忆中，除去片断的愚昧儿戏——恶作剧之外，我只残存着点滴的号称灯节期间无上权威的“灯官老爷”

和“灯官娘子”、院内竖起“太公在此”的灯笼杆、大门口“送财神”的乞丐和吗啡鬼的呼喊声之类的遗风陈迹，与此有关的大致还多少可以见于话本《宣和遗事》《志诚张主管》《灰骨匣》（《杨思温燕山逢故人》）吧。后来，或说早年和近年，我在瑞金望过彩灯焰火的夜景，在延安赏过闹秧歌、赶毛驴、搞抬阁（抬芯子），在桓仁看过踩高跷、推小车、跑旱船，在本溪（牛心台）见过斗狮子、耍龙灯，在沈阳观过灯——都集中于太原街；现在北京呢，我知道一年到头都有元宵吃（记得今夕是元宵节、灯节），但那赏灯观景的古俗恐已不复存在了吧！而在我的家屋、我的心室，却挂满着少年绚丽的新春华灯，闪闪烁烁的，永远永远的。我愿为少年建起世世代代精神少年宫的新灯节——新元宵节。

我忽然又想起今日是雨水了。果不其然，天气非常阴霾。天气预报说“傍晚有零星小雪”，又有人说“去年八月十五云遮月，今年正月十五雪打灯”，二者异曲同工，如同一辙——都是今日有雪的证明。可惜啊，不是大雪。北京去冬只下过两场小雪，雪粉铺地，薄薄一层，不及一片银箔。郊区社员们盼望这次下一场大雪，厚的，厚厚的，胜过厚厚的棉絮温暖大地，有利于即将到来的春耕。可我不曾想到，没有等到“傍晚”，中午一过，便下起雪，大、中、小雪接连地下着，下在地上达到铝合金锭的厚度。并且，有些地方随时消融，化为一汪汪的雨露了。完全可以想象到社员们如何皆大欢喜，如何喜见空中飘白，地上盈水，必然聚集露天之下，互相传统地习惯地祝贺道：“瑞雪兆丰年！”而个别的二流子调皮鬼要贫嘴道：“咦，土包子，土老帽儿，还文绉绉地咬文——转文呢……”“鸭子还有三踱，何况人乎？”大家打诨逗哏，笑个不停。但是，雪下到傍晚、下到天安门一带节日灯火刚刚通明的时候，却只剩下稀稀拉拉的几朵雪花、几粒雪糁子，最后截然停住。这个脆快利索劲儿，不是故意跟气象台的科学预测和节气令儿的谚语——“傍晚”挑衅吗？而我的不合乎令儿的不科学的猜谜儿，不会造成什么恶果、什么孽吧？

七

二月二十日（农历正月十六日），星期五。

天晴。天上的月光、楼窗的灯光和地上白雪映出夜色的明亮，与日食的白昼相仿。我在这半明半暗的氛围中练拳，忽而飘来老伴儿的慌张的黑影，把我喊住。听来，这是发生了什么特殊的事故。

“……程老师来了，把我和玉芝都喊醒……”

“这么早，什么事?”

“还有程老师的女儿也来了……病了……说是前来求援……”

“前来求援？病了？程老师的女儿……”

“是呀，是呀。程老师的女儿，就是李晨。”

程老师——母亲？李晨——女儿？懂了，懂了。她们原来是师生的母女，患难的母女。尽快地，尽快地，我同老伴儿从人行道绕向我们的楼门口走去。我远远地看出幢幢的人影，和我熟识的那辆只有三根新车条在发光闪亮的旧自行车。蒙着头坐在车上的，必是李晨。她身旁的两个女少年，一个扶着她，一个把着车。想来她俩是她的一双妹妹、相争一张学习桌位而吵嘴的一双妹妹。她的母亲——程老师急速向我迎上来；看来，是她认为双方都有了某些直接和间接的了解，才能在夜色里，放得开这样无所停滞的坦荡之行的脚步的。

“实在对不起……正好是早睡的时候，搅扰了您一家人……我听小晨说过，您家有辆新自行车，借给她过；我想再借一借，送她到医院去，可以吗？我家这辆破车，怕坏在路上……唉，今天是开学的第一天，偏巧就在今天出了问题……”

她的嗓音有点儿沙哑，带着一股急巴巴的气吁吁的喘息，好像身体不怎么健康，或过度劳累的偶然征象。而她的言辞音调和蔼优雅，是一位有修养的彬彬有礼的女教师。理所当然，她会关心到学校开学的第一日，联系着自己的教学、学生的学习，况且又是自己的女儿，还有插班的新生孙玉芝……

玉芝已经把她的车推出来，等待帮助李晨坐上去。老伴儿伸手摸着车，追昔抚今地慨然地独自言语：“这辆车子，买得好，买得好，买得有价值……”她素有扶危济困的精神，不下于任何富有同情心的人。但我另有考虑，让程老师不必急于换车。

“李晨害了什么病?”

“头痛，算不了什么病……她常常头痛，吃吃止痛片……”

“既是头痛，怎么闹得这样严重呢?”

“唉，这次她吃错了药，发烧了，昏迷了，真吓人呢……”

楼影遮住少年患者，还有大毛巾蒙住她的头。我想观察一下，也见不着她的面目；我还记得昨天她给我留下的深刻印象，一个个性多么乖僻的，天赋多么颖异的，举止多么娉婷、娴静而活生生的少年才女……但今日突变为徒余一具任人任意摆弄而人人唉声叹气的，死板的，空虚的躯壳了。她善于苦心做作地搪塞、蒙混、瞒哄、糊弄，一概消失无存了。她还是不是那么别致的俏皮的贝儿颅？……怆然，我掀开些大毛巾，趁着一缕浮动的灯影，透过那被风吹飘的鬓发，与庭院樱桃树棵的颤动的枯干枝杈的线条影儿，重叠地交错地给她编织起来西欧女性的乌色面网罩——多多孔隙之间，见到她一副凛凛的白森森的冰脸儿——房侧背阴角落一片片未曾融化的雪面、一层白蜡皮、一页连史纸，涂了两条森然的黑道道——松开的眉毛、合拢的睫毛，那沉入迷梦睡熟了的模样儿，类同小刺猬、小青蛙、小蜗牛仍在蛰伏、潜居而偎冬儿——冬眠呢。我拨了拨她的眼皮，隐约可见欠开的眼角，依然蕴含着那般超脱俗世凡尘的胎室的纯净、天国的奥秘；所以可以肯定说，她该是童话与神话所共有的理想人物。我从毛巾下伸进手去，摸了摸她的贝儿颅，依然那样鼓鼓溜溜，光光滑滑，有点儿像她家后窗的小雨搭似的；却滚热烫手，高烧熏人，又有些相似早年多半是贵妇人搁在手笼内的、取暖烘手的、铜质椭圆扁盒形的小手炉，或现代北方一般老幼放入被窝里的、铜铝陶瓷龟状的、小小热水鳖。她这两只纤弱的手攥着，有力地攥着，攥得那般紧，如同小鹰爪儿扑握了什么那般紧；我试着掰一掰她的小拳头，连一个指头也没有掰得开。我反复试探、观察，百呼千唤“李晨”，而她懵懵然，木无表情，连哼也不哼一声。我之所为，一概徒劳，枉费。

奇怪，难以理解，多么聪明绝顶的少年，何至于这等蠢材，竟会吃错了药……问题多么乌涂，多么乌涂。究竟吃错了什么药？母亲和两个妹妹又都说不清、道不明，加以本人有一种难于捉摸的类乎歇斯底里性的性情，而易于引起人家的神经过敏……有见于李晨的安危问题，我提高了警觉性，回房取了一笔钱，准备代付住院押金；并惊扰了小王蜜月的好梦，我要他备妥停放在露天的小汽车。又出于我的意见，程老师留下一个小姑娘照顾李晨，叫另个小姑娘推那辆破车回家去。我带着玉芝陪着她们上车，往医院去。

在车上，我与玉芝挤坐前座，程老师带两个女儿坐后座。她让李晨贴身侧歪着，搂抱在怀里，像是老袋鼠让它的崽进入育儿囊中似的；母女的骨肉连筋之相，从她们静默的亲昵的姿影空隙中间，无限地悄悄地倾泻出来。为了消除程老师的忧思和惶惶不安，我引她跟我谈起话来。

“程老师，我感谢您……”

“您感谢我什么?”

“我感谢您破格录取孙玉芝入学，并安排李晨给她补课。当然，我也感谢李晨……”

“其实是，我们母女和我们全家人，都应该感谢您的。小晨跟我说过，您帮过她，不仅借过新车，而且修过破车。我们全家人终生不能忘记……唉，今天是开学的第一天，偏巧她就在今天出了问题……”

她那么乖，蒙着大毛巾，一直无语地蔫乎乎地乖乖地歪歪着头，沉溺在程老师的怀抱里，犹如幸福地优越感地沉睡在襁褓中的独生女，在尽量充分地饱享着自个儿所专有的伟大的母爱。

“您全家人，只有您和三个姑娘吗?”

“是。不，她们还有一个哥哥，在劳改队呢。”

“怎么搞到劳改队去的?”

“他——待业青年，无事可干，跟人家游手好闲，打架斗殴；跟人家投机倒把，走私贩卖……无法无天，无人管教……

“您甭再说修过破车，使我惭愧，还欠了债……

“现在，您又用小汽车送我们到医院去。对您的感谢……”

她这位老实忠厚的人、积极工作的人民女教师，不是随便应酬、敷衍了事，而是对知心人倾吐自己郁积已久的衷肠。

“她们的父亲呢?”

她在忍气吞声……但妹妹忍耐不住，哇的一声，恸哭起来。于是，我感觉到紧挨着我的玉芝的胳膊肘也抽搐地打起战战，而我始终注视着程老师。

“在世吗?”

“一言难尽……我和他一样，都是多半生的教师。在‘文化大革命’中，我们全家人掉进了火坑，他被迫致残致死……我真为他难过，难过极了……我私心也真恨他、恨他，怎么那样不坚强，自己，自己竟……竟……”

在小汽车冲越着的灰白晨色和清冷春寒的气流中，我眼前仿佛在断断续续地浮现出审判林彪、江青反革命集团的电视录像。往日利用、嗾使耀武扬威的虾兵蟹将、龟孙兔爷和泥鳅鳖鱼后台、猢狲狗熊头头儿溃散了，迩来只余下光秃秃的赤裸裸的她们和他们。有的精神颓丧了，有的面孔苍老了，有的头发半白、全白了；白发可以染黑，而黑心能够染红吗？早先修饰过、装点过、涂过红的红手指甲，日久之后，必然逐日脱落而渐复本色；但当年丑化过、伪装过、沾过血的血手，即使尽毕生之力能够洗得复原、洗得一干二净、洗得十全十美吗？红与黑、真与伪——行与色各自的两极，永无相调协、相交替、相混淆而造成奇迹的可能性。法庭可以毫不含糊地证明这个真理。并且证明：他们和她们这伙子诈富诈贵的政治骗子（美其名曰风云人物、“文革”大人老爷）归根结底属为双响（两响、高升、二踢脚）一类——第一响崩上了天，第二响又崩下了地，崩到法庭可耻的被告席的小栅栏里，一堆儿不可闻的狗尿苔、一节儿有火药味儿的狗屎橛儿似的。她们和他们，一个个罪大恶极的凶残的篡党夺权的主犯，搞了多少人家家破人亡、妻离子散，包括李晨一家在内的大悲剧；而今神圣的庄严的法庭，已在执行法律，伸张正义、至理，以雪千万万的万万千的、包括李晨一家在内的深仇、大恨、奇冤。

“怎么死的？”

“……遍体鳞伤，左腿骨折；最后，最后，他喝了……他吃了……喝了吃了……”

“喝了、吃了什么？”

“敌敌畏，安眠药……敌敌畏，安眠药……”

敌敌畏、安眠药——毒，毒，毒，毒噬何异于鲸吞。

“这对他个人是最大的不幸，对您和孩子们带来的痛苦和影响更是不言而喻的。”

“唉，一言难尽……从那时起，我们的头顶被按上了什么‘反革命分子’，什么‘反革命家属’，也就像我们全家人的体内都被注入了什么霍乱菌、什么鼠疫菌，成了瘟病的传染者——时代的危险人物。紧接着，我们全家人就被从城里赶到农村，五口人挤到八平米的一间小房儿，也就相同画地为牢，把我们全家人锁在这个孤立的禁区，而与人们隔离开来，并且遭着歧视、鄙弃、唾骂……日子真难过。更难过的是，不久我也被以‘反属’的罪名开除公职，去当社员。没有了工资，四个孩子没有一个够劳动力的，挣不了多少工分，欠了队里的钱……难哪，难哪……队里还是关心，给开了证，批准了我家捡破烂儿、拾废纸……说说也有意思，那时候也不考虑顾不顾什么脸面，我和孩子们都忘了什么叫害羞……”

“现在的生活情况呢?”

“我早已落实政策，恢复工作两年多了，每月四十九元的工资，糊口勉勉强强。可是三个女孩子年级都一年年升高了，年龄也都一年年增大了，差不多每月月底都要到处借钱。好则旧证还在，每天早起还可以捡破烂儿、拾废纸，加上节假日卖个瓜子儿什么的。但与过去不同了，现在干这个营生，连我自己也有点儿怕见人，就甭说几个姑娘了；只有小晨懂事多些，任劳任怨，硬着头皮挺着……可是，她最面嫩，最怕人家知道她跑市场、捡破烂儿；若是一见到熟人，她就臊得满脸通红，巴不得找条地缝儿钻……不过这样的日子也不会太长，她们的爸爸已经重新做了结论，正在落实政策，听说只差研究发给抚恤金和归还旧宅的问题了……我想，不久就可以解决的。可是……”

可是，温情、软弱而乖戾的李晨，吃错了药、喝错了药。一到医院，我便目送她被小王背进了抢救的急诊室，相当于被武士掷入了怪异的迷魂阵；而我也随着她的顿失，陷在穷途的困境，只见门窗毛玻璃浮着幻灯感的剪纸图片——浓淡、大小、高低、正斜的倒戴桶状小平顶帽儿的活动头影，忽隐忽现，似真似虚；此外，什么也看不着了。而程老师仍在呆呆伫立，守着，盯着，奢望望穿过去，瞄一瞄可怜的少年患者的形象、状况……我呢，不知所措，溜边徘徊；但怀着一个痴想，想听一听，从窗缝门缝透过来医护同志间的交谈之声的抑扬顿挫——是安详的、平顺的，还是惊异的、绝望的，以至哪管尾音的韵味——长短、高低、缓急，哪管句尾应注的标点符号——？、！、？！……

程老师一只手搭在妹妹的肩头，让她给妈妈做个扶手或手杖。而小女儿紧跟在我的身后，干脆成了我的尾巴。

有一个年轻轻的护士，冷不防地从室内跳出来，拿脚尖儿起跑，不知道往哪儿跑下去；过一小会儿，她还是拿脚尖儿气咻咻地小跑回来，也不知道她从哪儿推回来一个带轱辘的大氧气筒，推进了室内去。要用它给谁进行万分火急的抢救呢？讨厌的窗门的毛玻璃割断了视线。但难以遗忘的有，她这一去一回的一溜烟儿的小跑，却是不平常的小跑；飘飘的、飘飘的白衣后襟扇起一股可怖的威力强大的精神冲击波袭击过我，压倒过我，吞没过我……

没有多久，从门里又出来一位老成持重的女医生，匆匆忙忙地赴战一般的往发号施令的办公室走。立时断然甩掉我身后的尾巴，我于形形色色患者的穿梭间，以士卒的敬畏心情，觐见这位主宰生死命运的女王于征尘；而她竟以庶民自居，与民同祸福、共存亡的虔心诚意，暂予驻跸。恕我有幸，亲聆面谕。

“什么事？请您说吧，快快说吧，时间紧迫！”

“大夫同志，她喝错了……吃错了什么药？”

“您是她什么人？”她盯着我，审察着我。

“我是她家长的好友。她喝错了、吃错了什么药？”

“喝错了什么药？吃错了什么药？您暂时都不要告诉她的家长。可以吗？”

她已开金口，赐予心领神会。我愿为私谊为公德而拜受意旨，深切崇敬地双手抱拳高拱，躬身行作揖礼：预先万分感激她对我的信任——即将向我宣泄机密要闻。

“我一定遵守大夫同志的忠告。”

“那我告诉您，她吃了安眠药，喝了敌敌畏！”

突兀，突兀。天有不测的风云，人有旦夕的祸福吗？女医生这无情的猛的一棒，几乎震撼了我生的根基，使我自感脑海枯竭，泪泉干涸，自然而然守口如瓶，哑口无言了。默默地，默默地饮尽这杯黄连浆、胆囊汁、陈年鸩酒，我当场没有告诉程老师，没有告诉玉芝，直到家连老伴也没有告诉。相反地说，即使感伤霍然冲动，我这个老天真老简单化也不敢再冒失，再捅个娄子怎么办呢……我分秒不停地想着李晨，想着“吃了安眠药，喝了敌敌畏”……人的谋生、求生之道，是多多的，高尚的，清正的，卑鄙的，龌龊的，而她单单选中了这一条走不通的绝路。且由她联想到上月《人民日报》发表“欲寻短见”“绝路逢生”的河南省西峡县蛇尾公社庞晓燕，恰恰也是女少年，与李晨同年——十六岁。我们国家有多少十六岁的女少年呢？其中又有多少同一命运的呢？应该有个调查、研究、分析、结论，将有益于家庭、学校、社会关怀和教育女少年的成长——革命后继人的飞腾，务望有关单位注意及此。我想（可能有说风凉话、唱高调的嫌疑），当代女少年们，谁不愿嚼着泡泡糖而玩弄，饱尝未消的稚气甜滋？谁不愿趁着春兴而春游，游遍向往的绿水青山？谁不愿孜孜不倦而苦读，尽全力投考向往的大专院校？谁不愿自个儿以妙龄的英俊豪壮，与众夺新争艳，而唱赞美歌、胜利进行曲？谁不愿自个儿高举心灵的火把，闪射理想的火花，而希望无穷、追求无止境？谁不愿自个儿健康成长，长大成人——革命接班者，而让献身精力紧跟今日时刻运行的腿脚，把幸运之梦寄于明日、明日前进的步履之中？可是，她，她为什么？人生多么暂短，多少人梦寐以求长生不老的诀窍，而她却翻然单求一瞬便了——一了百了……她，她，她为什么？竟闯进丰都城、踏上黄泉路……她，她，她为什么？竟把冥府置于人间之上……至于，对于李晨，理解较深，我个人根据她的蛛丝马迹的线索，大可以给她填填多类调查的表格，并附我的意见和检讨，以及她的生理的、神经的、精神的、更是思想表现的细节……同样十六岁的她，她也该有"绝路逢生"的机缘吧……夜里，我又失眠了，上床，下地，躺下，站起，轮番折腾；完了，我只得半坐半卧地落到躺椅上了。老了，个人的睡眠，愈老愈少，少到不及少年人的一半；老了，个人的喜怒哀乐、好恶爱憎，愈老愈多，多以少年人的喜怒为喜怒、哀乐为哀乐，多以少年人的好恶为好恶、爱憎为爱憎了……夜里，我又失眠了，思前想后，我由自觉不自觉的思维到意识的活动，思念到小小年纪，小小胸臆，所经历的骇人的恐怖：邪恶，迫害，冤死，犯罪；所忍受的难以喘息的压迫：悲愤，贫困，吵闹，无望，无意义……形成精神枷锁，牢笼，绞索……枷锁——重负加着重负，牢笼——铁栏接连铁栏，绞索——一股拧住一股，甚于虎豹之威，豺狼之暴……也许她一霎时曾展望过自家的美好的前程，试问世外哪儿有桃源？天外哪儿有圣土？如同昙花的影、海市蜃楼的象，如同流星曳光的一晃、黄粱梦境的一现一闪，投水捞月，望风扑影一场空空……她本是暴风雨中的芽儿苗儿、雏儿崽儿；她的茁萎荣枯、生死存亡，与日月星辰、天干地支、万古乾坤、世代主宰、古迹胜地、名山大川、民主法律、宗教迷信、伦理纲常、节烈品德何妨何干思想的矛盾、悲观、愤世，激化到了难以容忍的极限；在回肠九转、身试五刑中，下了狠心，索性自愿卡紧，拘紧，勒紧……叹，叹金蝉脱壳的诡计而仿燕雀处堂的故态，怜，怜蜻蜓点水的浮年而效灯蛾扑火的特性——用毒热、毒火、自焚其身……（她的短见、夭亡具有客观的主观的逻辑性、必然性。）（反而易于招致人家的非议："天堂有路尔不走，地狱无门尔自投！"）……问题在于是不是我伤了她的自尊而引燃了她的自爆的导火线呢？

夜长漫漫，夜深沉沉，夜风飒飒，入梦却不成；天可无情，地可无情虑，而人能无心吗？尽管日月有食，地有陷缺，唯心不得少亏。

但我非唯心论者。我是唯物论者、无神论者，不跪庙殿、教堂、寺院，不拜佛祖、上帝、真主，不参加任何宗教仪式与活动；而我的夙志夙愿、我的良能良心，使我向《佛经》《圣经》《可兰经》学习研究，以丰富、扩大哲学思想、理性知识的领域，向少年人弥留之际英魂英灵、缄口虔心祈求，无声无量盼祷，以寄托苦恼的思想情感，而给惶惑无定的神魂以短暂的归宿……你，你——少年人，可爱的少年人，告你莫闻魔鬼给你奏的麻痹之音的勾魂曲，而妄想当鬼雄；劝你只听我给你唱的苏醒之声的安身立命歌，而一心为人杰。并且，我自信女王——女医生有妙手，必然拉你回归……归吧，归吧。恰是春二月三更夜，皎皎明月正旺，让光华生花之笔，绘出你乌金的影，陪你轻盈的身、妖娆的姿；让白底黑帮而绽线的旧棉鞋，避串东罗圈、西堂子、南竹竿、北河沿小巷小胡同，而甩开肩头，横着膀子，豪放地迅捷地踏着满地水般云般银辉的南北朝阳门大街、东西长安大街，做一次没有对手的马拉松竞走——归吧，归吧……勿徜徉，勿踟蹰，勿徘徊，归心似箭地归吧，喜归荣归地归吧……我在等着你，你的母亲、妹妹、同学——孙玉芝在等着你，你的春夜春月春色梦在等着你……唉，岂非说我是卢生、克理空式的人物，在过美梦的瘾吗？在说空话解心疑、解解闷儿吗？岂非说你从今后只能在我的睛里瞳里、月里水里、梦里魂里露露你的姣容、现现你的纤身吗？岂非说我从今后只能在你的“姣”里“日”里、“大”里“土”里——

“土”里“文”里、“土”里“冢”里窥窥你的“姣”容、瞧瞧你的“仙”身吗……总之，纵使我不停地絮絮叨叨，却也说不尽心里的千言万语，也不敢拼出你的那个音——“S”“I”，也不敢凑合你的那个字——“一”“夕”“匕”……一辈子的老战斗英雄到今夜反是个懦夫——胆小鬼……

八

二月二十二日（农历正月十八日），星期日。

昨日昨夜，前日前夜，生死未卜者苦了我，给我突增了精神负重，犹之乎科学发明、文学创作精神劳动——甘于自我宣判无期徒刑；每当全神全力贯注而纵横驰骋于意境领域的烟尘重重、云雾茫茫的荒原大野，更其逾越山险而攀登独秀之巅之际，人不人、鬼不鬼，餐不食，眠不寐，若痴非痴、若癫非癫，无时无刻、无尽无休，埋头于X，Y，Z——不可知者的潜移默化、心领神会之中；有目不识——权位与山清水秀、有耳不闻——富有与笙歌管乐、有鼻不嗅——花香与山珍海味、有亲而忘亲、有情而忘情——异性与性灵、恋人情侣与家室老小，呕心——心欲碎、沥血——血将罄，伤神于虚无，失魂于枯窘，丧我亡我于悬崖绝壁——给理论付实践、让精神作物质、集日常生活成典型生活、变自然王国为自由王国，掷有限的生命于无限的穷究、死求——求假以见真，起死而回生，生，生……破旧而创新、新、新……

玉芝伴随程老师在医院守了李晨两夜。而那两个白天，她都是单独一个人奔波于三角形的三个点——医院、学校、家庭；从未叹一口气，叫一声苦。确实，她膀阔腰圆，大腿有房梁那么粗，整个儿身躯倍儿棒，倍儿棒。她拍拍凸起的胸脯，扬起跃势的眉尖，竖起立柱般的大拇哥，自诩自豪，自称“绝对健将王牌”。（不管她还是别些少女少男——chén女chén男是“牌”是“棒”，也不管我还是我们有什么看法有什么意见，她们和他们势必都将从我和我们手中接过革命场上的记分牌和接力棒……）确确实实，她有金骆驼跋涉荒漠的持续力，梅花鹿驰骋绿野的草上飞的捷蹄，及有褐色黑斑猫头鹰的夜哨般的、守望的目光炯炯。今天，她在阴沉的天色中一清早回到家。我一点儿也没发现她煎熬劳累的疲顿，颓靡，还是往常那样红润的面色，振奋抖擞的神情，秀丽的眼神儿却横楞横楞地发着犷悍的、野蛮的、好斗的、箭镞的芒刺；归总，还是往常那样有超女性感的壮士武夫，俨然体育场上的天下无敌的击剑女运动员。而她生来却好与人为善，一向以诚待人，一旦到必要时，她简直可以把自个儿的心掏出来。我不为我的闺女夸口，吹嘘，但我的闺女却是“chén女”——“忱女”；纵然，无论如何，她也不会接受我给她的这个光荣的爱称。

“爸爸，李晨活过来了，活过来了。她在完全苏醒过来一见我坐在她床头时，就呜呜地哭起来，抓住我的手，抓得可紧了……她说她那天到咱家来，被您认出来她是捡破烂儿的、拾废纸的、卖葵花子儿的，就觉得再也没有脸面来找我了。特别是她看过我房间的种种，想到我们俩都是一样的人嘛，可我们俩的生活天地相差，倒不如死了的好，所以就……”

归齐，李晨的受难果然与我有关！有关！惊然赧然，怅怅然，木木然，我一句话也说不出来了……但是，她毕竟是回归了，回归了。是归心似箭地归、喜归荣归地归吗？反正她是回归了，回归了。我等到了她，她的母亲、妹妹、同学——孙玉芝等到了她，她的春夜春月春色梦等到了她。我没有说空话、解心疑；而她还是她的“纤身”，还是她的“姣容”。前夜要给她拼而不敢拼的那个音——“S”“I”，要给她凑而不敢凑的那个字——“一”“夕”“匕”，全是无中生有、无理取闹，简直庸人自扰。自捣自的鬼、自要自的魂儿；今朝，我只在想象着她快要与我重新的相见、相握、相欢，欢天喜地，地久天长，长相知、长相记，你我，我你，少老，老少，同志、同志……跟着，我又感到有一股疏浚活血的暖流浸入淤塞的心头，舒张松解了紧绷绷的麻酥酥的筋觉，要说话一时还说不完。

“爸爸，您还记得我的血型是O型的吧?！为了抢救她，我给她输了400CC血。当时，她不知道；将来，也不让她知道。爸爸，也甭告诉我妈……”

这是为着瞒过她的正在一旁倾听的母亲，她跟我咬耳朵说的悄没声儿“私话”。她理解我对于她的“私”是有“正”“负”或“圈”“叉”之分的。

她急急躁躁地说完以后，又毛手毛脚地交出她给我带回的程老师写着“……李晨的错误行为，应当受到批评教育（‘教育’与‘处分’经过两番的更动才改定)”“我作为家长和教师也负有责任”的明信片和李晨的一封信。李晨的信是用医院带有一股酒精味儿的粉色卫生纸包裹的，拿扎发辫花丝绸条条束起打了一个蝴蝶结，一个大大的蝴蝶结，象征着她要依据信鸽而开创“信蝶”似的传递这庆幸庆幸、祝颂祝颂——吉祥平安、安然无恙的喜讯佳音。

老伯、老伯、老伯：

我已重生，正巧我家也好了，发了抚恤金，归还了旧宅。

您用小汽车抢了时间，挽回了一场悲剧的发生。

我惩罚了自己的肉体，做了自己的刽子手；而您拯救了我的心灵，成了我的保护人、救命人。投师胜于“择邻”、一命之恩胜于“一饭之恩”万万倍，我认您为我的老恩师。我为有您这样一位老恩师而感到毕生喜幸。都说，路原来是人走出来的；那么说，幸福应该是人创造出来的。以老恩师的荣誉名义，我将活下去，为创造人的幸福而活下去。待我出院后，检讨我对您的可笑的矫饰和对己的可耻的妄为，并去给您下跪、叩头，向您致敬。

晚辈　李晨敬礼

二〇六六年

二月二十二日晨

这一番自述声、一封知心信，动了我的幸福的情，定住了我的淤水的眼睛，仿佛是一把特种的科学发明的医疗熨斗，熨开熨平了我的精神的心理的皱巴疙瘩。

她以绣笔织了锦字。透过放大镜，我赏识了工整的蝇头小楷，个个玲珑，娟秀，隽永，望之屹然跃然，听之发有珑璁的潜音，每个字都以旺盛的生气、生命力、生的意志，在我的眼下活起，蹦蹦跳跳，无休无止；每个字每个字，都是无价的、粒粒的、块块的珠宝翠钻。这绘影绘声的生趣盎然的字，描画出、表现出她现有的精神状态，使我格外感到琳琅满目地心满意足。我想，她在这人生的烂漫年华的旅程，迤逦而行，行无所向，误入歧途，及至脱险复返，尽快给我写信，定规心旷神怡，自得其乐，直抒真情衷曲于病房之外、远达海阔天空的碧波白云之间，浮荡，升腾，旋绕萦回；而她享以热泪畅流的片刻，也卒卒偿足自己生来的坎坷厄运、愁苦的岁月日夜了，她的滞涩的发丝、乌杂的尘腻的黏结的短辫梢，该挥发出生理机能分泌的发蜡似的光亮和馥郁芬芳之气了。她的情怀散尽伤感、苦笑，她的双颊浅浅的显不出来的酒窝，也该加深地着实地从贫血的病态的面色中浮上红润的新颜，而显露出心血来潮、神采飞奕的所谓沉鱼落雁之容、闭月羞花之貌的笑靥了。归结起来，她这个鬼丫头更该掉以硬妞妞，而脸型，仍该保持童女式、娃娃样儿，尤其是稀罕的可爱的美丽的贝儿颅头、蛾眉凤眼……值得自慰、自是的是，我这一贯赤诚的心肠终究换得了她那相等相照的肝胆。（倘若孽儿恶少也不是不可以醒悟、而服帖于你的、实事求是的、说理的、大义的感召与忠言。牢牢想着“浪子回头金不换”“真金不怕火、怕火不真金”的警语，想着劳改队、教养院的青少年男女，连李晨的哥哥还在当中……）不过，她说我保护了她、拯救了她，是吗？不，不完全是；我拯救的是同志道义，保护的是革命真理。更甚者，她的信中有两处差误。一、“向您致敬”理当改为“向医务工作同志们致敬、向党致敬”，因我、有五十年党龄的老共产党员的我，是党培养的；不然，怎么能够建立起我与她今天新型的友爱关系呢？而她这样写，则是由于无心的幼稚的疏失，及其狭隘的偏颇的理解所致。二、“二〇六六年”，距今尚有八十五载，岂不荒唐？是她笔误吗？细想不是，不会是。是为什么呢？为的是她今年十六岁，再加上八十五载，以表明她要活到百年之后的决心，同时借之祝我延年益寿。这相同她将再用自己的血，谱自己斗志的曲，以代替她曾用自己的血，录自己的夭殇的歌，而添补自己的生命的空白；又相同她让我从今从她遥遥预见自己的跨世纪、超时代的未来的长生。的的确确，这是出自她有意识并经过深思熟虑而献出的智慧的寓言。它，离开《庄子寓言》《伊索寓言》远了，远远了；而如果引以为例，那么也不妨称它曰：《当代寓言》《李chén寓言》。本当写成《李晨寓言》又为何写了《李chén寓言》呢？因为这个“chén”，不仅是“晨”，而且包含着潜意识的同音：“陈”“尘”“沉”；迩刻，应当再加个“鹑儿新嘤”的“鹑”……总而言之，她还叫“晨”，还是春天的人，早晨的人——黄花女儿，妹妹“晨人”。

当时，小女儿又告诉我和老伴儿说，已与程老师商定，她明天接李晨出院。我叫她候我给李晨写去一封回信。首先，我庆贺她以新生、新貌、新理想，努力学习，勇攀科学高峰。我预祝，预祝她作为我们多民族社会主义“四化”的祖国的第一个女宇航员——到那个时候，完全可能——在苍茫太空的航行中，再不见祖国大地的商店、饭店排的长龙，妇幼童叟的行乞求食，物价多种多样的上涨，住房过于的短缺，生活水平的低下，天南地北的夫妻，上访露宿的草垫子，青年待业的烦恼，少年自杀的惨剧……而她将负着祖国的光荣、民族的骄傲，向太阳请安问好，向月亮亲吻紧抱，游银河，觅鹊桥七月七原址，访隔河相望而痴情的牛郎织女，并向所有星球高声报到：“我来了！”同时光射斗牛，气吞长虹，风驰电掣地眄目飞跃于宇宙科学运动场，与世界先进国家代表争夺冠军。彼时，承她寓言的托福，我一旦苟活幸存，仍将同少年们一起，矫捷地真率地登峰之巅——西山鬼见愁，翘首、仰望、瞩目于她这革命女英雄所特有的缥缈难解而神秘莫测的历史性的航踪，为她鼓掌、喝彩、欢呼，并将永志于我的日记：“好chén儿，好晨儿——安琪儿，天的骄女，从此天门为君开，天宫为君设，天花为君纷纷坠下来，真乃壮哉人也，快哉人也！”且说，我有感而发，有意对她有所教化。我积七十年的阅历、考察、体会，凡有动物，都由幼到老到死，由美到丑到恶；而人类唯一区别于它们者，则在于劳力、脑力、思想、品质、道义、文明的完全相异，由幼稚到成熟到老练，由低级到高级到极限，由自私到少私到无私（比如我这以阶级论者、无产阶级专政——人民民主专政为本的当权的高级干部，是否经常意识着“私”的考验、“党性”“党纪”的检查，是否经常意识着“普通一兵”与“特殊老爷”的分界线、“理论联系实际”与“党群关系”“鱼水关系”的含义……），我热望她学习做到“为创造人的幸福而活下去”，学习做到这样无私的为人民而献身的人。

否则，即使你已经尊大起来，但仍有可能由尊大到大谬到大害；这样，纵活百岁，又有何用？于你，于人。难道世上果真没有种种例外的老妖精、老母夜叉、老痴婆（以《痴婆传》而称之）、老牛蹄筋、老糊涂虫、老白吃饱、老吹鼓手、老投机、老官僚、老两面派、老变色龙、老混世魔王、老人面兽心者吗？（任凭你是盖世无双的什么老权威、老势力、老顽固，有谁能够把社会的现实和历史永久抱住，抱到火化的尽头或化木乃伊的后首？）……其次，我在信中附入两份剪报（近日《人民日报》）“武汉市十二中学教师白铭欣教书又教人、教育学生热爱党”，和“中央书记处召开中小学幼儿园教师座谈会”，并未加什么说明；听凭着小银狐的脑筋、视力和嗅觉的诡秘、机警和灵敏，也是会察觉到它们挥散着迎春花苞的香气的。这等于我作为大夫已经号清她的脉象，给她立下的脉案——第二次新生的处方，虽无牛黄和犀角、羚羊角和麝香，但有“思路”和“感悟”“甘心”和“苦斗”等贵味珍品；我认为对症下药，当有疗效。最后，我把信封上，让小女儿好好地揣入兜里。

吃罢早饭，小女儿和老伴儿分头各自忙碌一番。

“妈妈，我先走吧？”

“往哪去？”

“上学……”

“晚上呢？”

“在医院再住一宿，明天陪李晨出院，妈妈，我先走了……”

“等一等……”老伴儿从挎包里掏出一张十元的钞票，给了小女儿，“你给李晨买些水果罐头……”

接老伴儿上班的面包车已到，她倒先走了。

小女儿拿着钞票，要给我丢过来。

“改日再给李晨买水果罐头也不迟……”

我伸手一拦，便把她挡住。

“明天你们回来，不要再用小王的汽车；你可以搞一辆出租小汽车，由你付车费。”

“不，我们俩都骑自行车。”

“李晨还骑她那辆破车吗？”

“不，不。我们俩换车骑，保险她安全。”

“她那辆破车还能禁得住你骑吗?”

“不要紧，要是她那辆破车禁不住我骑，我推着它跑!”

“注意，你的路长，你输的血也过多呢。小心，小心头晕跌倒……”

“爸爸，您长征都不怕，还怕我短跑吗?”

“昔是昔，今是今；我是我，你是你，是不大相同、根本不相同的……”

“什么今昔今昔，什么你我你我，都不怕，都不怕！跌倒了，我爬起来，重新再跑，再跑……”

我，我受到了助人与自助的良知的启示；它，不只出于玉芝的回答，且将来自李晨的自白，她们同代人的心声。

我，我把自己的夙愿与潜热投给少女少男——chén女chén男，投给后代，投给未来；我，我，我与chén女chén男、后代、未来是东方一条不可分割的、不可斩断的长河水，千秋万代地、天长地久地、向东向光明流着，流着，流着……

附记

一、日记原作，是草书的，是丝绣的，语文别具风格；因有若干文句，难于变作白话，故姑存旧笔，留予后人，盖可窥其遗墨的真迹吧。

二、本文于一九八一年《人民文学》四月号发表。同年《小说月报》第七期转载。根据郑祥安《一幅崭新的社会关系图》(上海《文学报》一九八一年第十一期)、孙犁《读作品记》(天津《新港》一九八一年第六期)、陇生《读近期一些短篇小说的思索》(北京《文艺报》一九八一年第十七期)、江南《论舒群短篇小说的艺术风格》(哈尔滨《北方文学》一九八二年第一期）等评论，以及热心的读者（内有天津某干部四川某社员等读后所感联系个人冤由屈情的陈诉与求助）和友人的意见和启示，作为深入学习研究文学创作，经过长时间的加工修正，是谓二稿。

《人民文学》1981年第4期

《小说月报》1981年第7期

杨家岭夜话

天长地久，人事何存。回忆任正真同志，想起毛主席。

是人生最美好的青春焕然、才华方兴的黄金时光。一副英俊、庄重而惟妙惟肖的金面，披着满头乌金似的金灿灿的长发、横着两道漆雕似的密匝匝的浓眉，压不住犀利的飞灵的眼睛；戴着时髦的银白边框的轻度近视眼镜，遮不住、笼罩不住昂然流泻的神采奕飞的眼波——贴在任正真大学文学系毕业证书上一张肖像。刚刚，他领到这证书，便爆发了七七事变抗日战争。

冒着生命危险，他以大无畏的勇气，徒步闯过胡宗南的封锁线，类乎灯蛾扑火的甘于牺牲的气概，扑进自己早已景仰的共产党所在的圣地——延安。

在延安抗大毕业后的几年来，他轮番于几个院校讲课，从助教被提拔为教员。而在他，始终竭尽全力在标榜、效法毛主席的勤奋苦干——当代延安革命精神，毫不计较个人报酬、待遇、名誉、地位，仅以有限的小米饭稀菜汤而足，让无限的无昼无夜的劳作为乐。埋头于桌边、枕边的本地所产的熏人的延长煤油捻儿灯下，他在业余不断地学习、写作，经常根据灯油的供给量坚持到三更四更，或直到五更天明。由于他努力阅读马列主义经典著作、积极写作，写作范围急骤扩大，除了文学创作和理论——《革命进军颂》《南泥湾记》《陕北之春》《关于文学现实主义》等等之外，遍及社会科学各个领域，例如：《论〈资本论〉通俗化问题》《论国共合作问题》《论边区财政改革问题》等等。出于同志们的哄传，他引起毛主席的注意、关心，而与之结识了。

于是，凡有所著，他都携往杨家岭，一一呈递毛主席，以候批示，或亲聆教言。但久了，在不知不觉中，他逐渐高傲起来。随着，有人给他起了个绰号“老子第六”——除马、恩、列、斯、毛之谓。当然，根据他的作品——有的“左”些，有的“右”些，有的自由主义些，毛主席早已识破他思想混乱，更为重要的是缺乏生活斗争的锻炼经历，并对他不止一次有所启示，诱导，加之规劝，可谓仁至义尽。他当面倾听，频频点头；而他一转脸，便等于耳旁风，置若罔闻。毛主席洞悉，深知，染有这种流行疫者，何止一个；他之外，若干作家、编辑，也莫不如此，或有过之而无不及；结论，问题在于拟以“对症下药”的药方。

因此，他向党中央汇报，与博古同志取得一致意见，于一九四一年初，实行《解放日报》的改版——“由不完全的党报变成完全的党报”，《文艺》副刊刊头撤销，改第四版为综合性专刊，仍以文学艺术为主。同时，他联系到文艺界——中国文抗分会、边区文协、鲁艺、部艺、青艺、中央研究院文研室、军直文艺室等单位，及其所编《文艺突击》《大众文艺》《谷雨》《草叶》《文艺月报》《部队文艺》《诗刊》等刊物，随时加以审阅，批注，并且陆续邀请有关的知名作家交谈，进行深入调查研究，特别与朱德、陈云、凯丰等负责同志，屡屡交换意见，在酝酿《在延安文艺座谈会上的讲话》提纲……

翌年春天，《在延安文艺座谈会上的讲话》的前夕，夕阳西下，在余晖的返照中，延安周围群山显得格外黄老，绿新，映山红旺盛、明丽。

任正真戴着半旧的列宁式帽，穿着一身褪色的灰制服，挎着手工做的挎包，一路上迎着彩霞走来，绕过杨家岭中央大礼堂，爬上那后山经过草鞋底儿踏实磨滑的陡径，通过那苔藓疏落草芽儿丛生的矮土围的豁口，踱过那溜平的闪光的黄锦缎铺地、金砖砌地似的山腰土坪，一进连史纸窗门的窑洞，依旧顿然发暗，而银框眼镜也即时消失熠熠的折光、镀金。照例，他首先从挎包掏出马兰草纸稿件搁在桌旁，而准备道别时，才开口请教请示之类云云。

大凡一到客人，尤其是农民、战士、青年、基层干部，毛主席便立刻卸下肩头所担的难以估量的重负，轻松从容上前，以亲切的笑颜相迎。生来如此，他惯于平易近人、热诚待人、神采照人，加之他的慧心善于夺人耳目、魂魄，使人忘我地解除自身的紧张、尴尬、隔膜、疏远、顾忌，甚至心灵深处的严防的戒备状态，而与之平等平辈地相知相处，犹如雀鸟儿飞翔、栖息、演唱，享乐于蓝天碧野之间的山林，无拘无束，自由自在。接着，忙着，他忙着施礼、握手、让座、斟茶、递烟、划火燃着……

已到掌灯时分，警卫员送到一盏红底座黄商标的美孚灯。毛主席要他告诉炊事员增加一个好菜、一瓶好酒。形似天涯邂逅之会，他陪客人一边欢饮，一边畅谈，有说有笑。客人呢，昂然上座，有问必答，而且有答必问。谈话一停的当儿，客人叼起一支烟，为了省下一根火柴，对着灯罩口的火苗燃力引着；但他未加小心，烧了短髭。

“呀……”

“这叫引火自焚…”

“也叫真金不怕火烧……”

“好，好，好个真金不怕火烧！烧！”

毛主席幽默地笑了，关注了、赞赏了客人的节约精神和机智的才气、平生的骨气。客人觉着坦然，受之无愧，并记起备问的一个题。

“主席，几时召开‘座谈会’？”

“几时？我要跟大家商量商量，方可以定。”

“大约呢？”

“大约吗？这个月开不成了，下个月吧！”

“……那就是到了五月……主席……我可以参加吗？”

“可以，可以。”

“我怎么参加？也就是说，我怎么知道召开的日期？”

“要发请帖嘛。”

“是的。主席很忙，能想着我吗？”

“能，能。”

酒足饭饱，解答满意。按理说，客人也该告辞了；但他依然坐着，安安稳稳坐着；想必是，他还有千言万语，必须以一吐为快。

毛主席一贯气宇轩昂，胸襟开阔，历来忍人所不能忍而优容、谅察无数人、无限事；何尝他一个人、一些些事。

“你还有话要跟我说吧？！”

“有，有。主席，还有时间吗？”

“今晚，我倒要忙些，忙些……”是的，诸事繁多：整理《整顿党的作风》《反对党八股》讲话记录；补充、修改“文艺座谈会”讲话提纲；拟定发给周恩来、聂荣臻同志的电稿。是的，周恩来负责的重庆八路军办事处，是国共合作、统一战线的政治中心；聂荣臻领导的晋察冀边区，是华北最大的抗日根据地，在他心怀全国抗战地图的星罗棋布大大小小的点点圈圈的幅员轮廓中，占有显著的重要地位；至于客人，并不关联任何战地性的标记，无非一个一般的革命知识分子个人而已。然而，他却不把这个眼前映在拱壁的无足轻重的干巴瘦影儿随意抹掉；相反地，他始终尊重影儿在这座空无第三者的小小窑洞所占的一席。“你有话就说吧！”

“……主席……我想入党，可以吗？”

“党会欢迎你，欢迎你。不过，这必须经过你所在的那个党支部讨论通过；通过以后，就要给戴上一个牢牢的紧箍，你能不能受得了？”

客人不答不问了，因为他要认真地负责地思考。

“你还有什么话，就赶快说说嘛！”

“……我……我们……想办个刊物……”

“何种刊物？可得耳闻乎？”

毛主席变了腔，变了样儿。而客人却似乎鬼迷心窍，晕晕乎，忘乎所以。

“……文艺……文艺刊物……”

他慢慢吞吞、吞吞吐吐地咬牙说出来，像是榨油榨出来，喷香喷出来似的，仿佛有意津津有味地让这般美味以造福人类而享芸芸众生吧。

然而，毛主席听来，却大不以为然，摇头了，摇头了。本来，他有他的诗人本色、他的赤子之心，一旦必要，他便开诚布公，肝胆相照，推心置腹，实话实说，不带虚套子，不掺半点假，爽快，干脆，纯真。

“办个文艺刊物？延安已经有了那么多文艺刊物，还不够吗？还要办文艺刊物？请问，发表什么？……什么奇奇怪怪，什么忧忧伤伤，什么牢牢骚骚，什么卿卿我我，什么好比一朵花、好比一朵花，什么什么……岂不难免以假乱真、仿旧冒新、粗制滥造、写写抄抄、滥竽充数、欺世盗名吗？”

“……”客人倾听着，领教着。

“难道天下文章就是一大怪一大伤一大骚一大恋、一大编一大抄吗？”

“……”客人发愣了。

“我再问你，你了解边区财经情况吗？”无疑地，毛主席又投出一镖。

“……”客人蒙住了。

“有位李鼎铭先生，你知道他是陕北开明士绅、边区政府副主席；我们为什么赞成他提出的‘精兵简政’政策？你了解吗？有个南汉宸，你知道吗？过去他是杨虎城的朋友、秘书长，现在他是我们边区政府财政厅长。昨天，就是昨天，他提醒我说，库存现金，仅仅余下五元，而且是他自己印的‘伍角’流通券十张。你用过‘伍角’票子吗？”

“用过，用过。”恍然，客人清醒过来。

“日本帝国主义要消灭我们，蒋委员长要困死我们。我们呢，只得自己靠自己，发展生产，丰衣足食。同时，我们发行流通券，宣布说，为便于找零，实际是为弥补收支的赤字。赤字，你懂吗？”

“懂，懂。”

“懂，这就好说话了。你想想，老大的边区、老大的金库，只剩下十张‘伍角’流通券，哪里能够给你买纸张、付印刷费呢？”

“？？”

“文艺刊物，他办一个，你办一个，你办一个，他办一个，一个一个办不停……你可以说，繁荣创作，多多益善；我倒要说，饿瘪肚皮，多多成灾，亡党、亡国、亡头，包括你的头在内！”

“主席……那我……那我们的稿子……怎么办？……怎么办？……”

客人感到绝望，爆发了抑制不住的强烈的激情；并且，毛主席被他所触动，大吼一声。

“烧！”

“！！！”

这猛地当头一棒，出乎意料，震惊了客人——手足无措了，窘了，傻了，怵迷迷了；明明白白，他只不过是个没有见过世面、没有经过风雨的书呆子，怎么经得住晴天霹雳呢？但毛主席呢，必然急了，气了，火了。他既是伟大的人，又是普通的人，他也有他的七情六欲，也有他的五官百感，也有他的喜、怒、哀、乐；而大不相同的是，他对这位书生不仅怒了，而且有意识夸大了自己的怒容，故意显示了自己的怒容。为什么？作为党中央最高的负责同志，自然会有的放矢，会有明确、无私而有助于人的目的。事实是，唯有如此这般，这个魔症者方能完全降服，而开通人性的灵窍——抱起方才搁在桌旁的稿件就逃，却被毛主席挡住。

“哪里去？”

“回……去……”

“回去干吗？”

“烧……烧……”

“烧，就在这里烧，就在我眼前烧！”

接着，他从窗台上、书架夹缝里、案头寻出这位作者屡次送来的批有“梦中呓语”“空空如也”“立场哪里去了”等等的、一打打的、一摞摞的文稿，统统甩到窑洞门外去，连一盒火柴，又一盒火柴……

失魂人划燃火柴，放起火——不是焚稿，而是自焚：高热、痉挛、绞痛……

夜阑人静，只见杨家岭山腰一片土坪燃着熊熊烈火，冲着星斗苍穹，映红着毛主席、任正真的脸，照明着防火的警卫员，手举自己捆扎的枯干波斯菊枝根的扫帚在灭飞散的火舌、火花、火星星……

过几天，毛主席约了两位作家，草拟一份参加座谈《在延安文艺座谈会上的讲话》的初步名单；然后，他又补充了自己所惦记的一些名字，这当中有“任正真”。届时，办公厅给他发出了一张粉红色油光纸油印的请帖。

> 为着交换对于目前文艺运动各方面问题的意见起见，特定于五月二日下午一时半在杨家岭办公厅楼下会议室内开座谈会，敬希届时出席为盼。
>
> 此致
>
> 任正真同志
>
> 毛泽东
>
> 凯　丰
>
> 四月二十七日

但是，在座谈会的那日，任正真没有参加；听说他在这之前，决心投入火热斗争——往晋察冀边区抗日前线去了。“八一五”日本帝国主义投降的前后，毛主席接过他捎来的一封信，说了一大篇，说到自己参加党、参加部队，说到自己立功，由连指导员当到团政委的过程。此后，他再也没有得到这位团政委的消息。直到一九五〇年春天，他同周总理去签订《中苏友好互助同盟条约》从莫斯科归国，路经沈阳暂停，审阅一批当地厂矿的总结报告，从其中写作最佳的一份上，才发现执笔的厂长——“任正真”这个名字。于是，他要秘书邀请任正真参加东北局举办的欢迎晚会。当一位受人敬重的人走进灯火辉煌大厅的时候，他一见银边眼镜就认出他——任正真。照旧，他忙着施礼、握手、让座、斟茶、递烟，但正要划火之间，被任正真谦恭地婉谢了。

“主席，我有火柴。”

“我知道你发了财，把我都忘记了。”

“谁能忘记主席……”

“那你怎么不主动地来看我呢?”

“您现在已是一国之首了……”

“你也是一厂之长了，而且我拜读了你的佳作；你现在若是拿起笔，就是名副其实的真正作家了……”

“这要感谢主席在延安的教导，但抱恨的是，辜负了主席给我《在延安文艺座谈会上的讲话》的请帖……”

在语句中，他有意重复地放慢拖长了“延安”两个字，特别加上了感召韵味的抚今追昔的重音，于“请帖”尾音徐徐落下。顷刻，他自己划着自己的火柴，点燃着烟；这一霎的一闪，引起毛主席半风趣半认真的意味深长的注目，凝视。

“还是，还是我的那盒延安火柴吗?”

在有问必答、有答必问、叙旧谈新之前，任正真严肃起来，又笑起来……

附记

原文本属《毛泽东故事》短篇小说专集之一，写于一九五八年前；其后，除去发表的《藕藕》《延安童话》两篇外，其他底稿三十万字，均于浩劫时，被抄无存。而今事过境迁已久，真情实感失之殆尽，本篇乃在可敬编者同志的督促之下，重新执笔所写，也不过类似一种草草片断的回忆录式文而已。尚望读者指正。(一九八二·四·四)

《人民文学》1982年第7期

醒

——根据一个青年口述整理而成

“再见，再见!”曲广林习惯而郑重地说。

“再见，再见?!”罗长德酬报地答，迟疑地答。

同是青年，一个送行的管教，一个拿释放证回家的人，互相告别，谁能设想日后的“再见”呢?

在一声汽笛长鸣伴随一缕白气，一溜白蒙蒙的气流带起一阵轰隆隆声的互感的声色之间，有一列普通客车像一条发出啸音的、显出墨绿鳞体的火龙，乘着初夏朦胧夜色，沿着轨道蠕蠕而动，当它逐渐急驰之后，轮下轧轧作响，车尾放开一股沙尘的烟幕，把一个濒海火车站、一座铁蒺藜院围、一湾大渔港的灯火遮蔽了，甩远了。

罗长德有一副赤铁矿掌面似的方脸膛儿，呈现一双溜圆的清泉似的眼睛，漾着明澈的光波、归心的笑意。回头的浪子，通身全部水晶体，光明，坚实，贵重；仿佛他富有社会所有的新容新颜，文明，礼貌，清爽整洁，规规矩矩……

但是，一路上，直到上车，他给人的印象，却像残废的独臂人。凡有作为，他都依赖于右上肢：右肩挂着挎包，右腋挟着小行李卷，右手忙着握别、抓车梯把手……而左手插入裤袋，等于一只假肢，完全无能为力。他穿着一套赵殿喜所赠的新蓝咔叽衣裤，却遮盖不住自己浑身的腥气；他走到哪里，哪里的旅客们就掩住鼻子躲着，躲着。于是，他索性避到空无一人的车门口，撂下随身携带的东西，舒展舒展身体，伸伸懒腰，让背往后一靠，靠着绿色的硬邦邦的凉丝丝的车壁；恍然如同靠着自己故乡山村的青石崖，他望见蓝天碧野，闻到野花散布的芬芳、河流挥发的爽气、谷口喷出的米香，而返回自己少年成长的过程：上学下地，拾粪砍柴……批斗抄家，串联接见，游手好闲，抽烟喝酒，撒村骂人，打架斗殴，摸兜掏包，小绺扒手——旧时黑话所谓“双夹”行伙……“四人帮”垮台，他被捕劳改，与鱼虾为伍，浸透一身腥气，一晃梦般三年了。当他今天在劳改队辞别的时候，一一握手，当然他更要跟赵殿喜握手；可这一握呀，被按进手掌心一个阄儿，他便不得不以曾经为非作歹而羞愧的诡秘手法，倒到左手——从此废了。而现在他已经自由，清醒地意识这个攥紧而棘手的牵动心弦的闷葫芦籽儿了。

……他走进了厕所——曾经惯于掏光钱票而丢掉空皮夹儿的地方、永将内疚于心之处。他摊开阄儿——纸条写着：

“你沈阳站候我三日”。把纸条撕掉了，他又回归原位。而这突然的一声闷雷，萦绕耳界的余音不息，怎么得了。等吗？枉然，徒劳。最终，他逃不脱警戒的高架的探照灯、岗哨的神枪手，难道他还没有受过教训吗？即使侥幸，他逃脱成功，又怎么逾越各地严密的法网？又怎么正大光明地为人？不等吗？抱愧，负疚。当初不是自己把他引出山村而投入了苦海吗？目前不是正在他一发千钧之际而需要自己相助一臂之力吗？

“你在这儿站得太久了，怎么不进去呢？”一个女列车员路过时说。

“不，快到了，沈阳站。”他决定中途停留，干脆地说。

和煦晨光照耀的沈阳车站，以及附近的高大绿色圆顶的旧式建筑，依然保持着壮观的俄罗斯遗风。它无日无夜地不停地吞吐着成千上万的旅客们，熙熙攘攘，出出入入，而罗长德仅仅是其中的一个，额外多增的一个。

在宽敞的候车室、站前开阔的广场，他夜以继日地专心致志地寻视着，追踪着。当然，这一时那一时，他也遛着，无心地无精打采地遛着，遇着，遛到繁华的太原街，一趟，两趟，三趟；就是这样等着，等着，等到火烧火燎、火冒三丈，一天，两天，三天，等到时限极限，等到绝望——曾经一度的预想，归齐还是现实。这对于他，既沉重而又轻松，而终于感到最疲乏，最疲乏。在候车室冷僻的灯光暗淡的角落，他找到长椅躺下，枕上小行李卷，安稳地睡一夜吧，明早重买车票，重上火车，继续赶完回家的行程。

“喂，喂，醒醒，醒醒……你乘哪列车？别误了上车……”一个铁路民警停步，例行公事地高声喊叫。

“噢……噢……”罗长德呼噜地应着声。

民警喊叫不醒沉睡的旅客，只得走开，他还有他的巡逻任务。

“喂，喂，醒醒，醒醒……”一个青年站住，隐秘而低声地呼唤。

“噢……噢……”罗长德呼噜地应着声。

这个青年没有把人家呼唤醒，而自己反倒露了发茶相儿，打起哈欠，眯起眼睛，背一佝偻，腿一屈曲，便解体地瘫到长椅上，不知不觉地逍遥梦乡去了。

不过，罗长德一抖猛醒，因为有一股熟悉的强烈的难闻的腥气味儿把他熏醒，呛醒；不，不，把他诱醒，诱醒……他机灵地坐起，飞灵的眼光注视到自己脚底下歪侧着一个酣睡的混杂鼾声、呓语着“喂，喂，醒醒，醒醒”的梦中人：一身满是泥土的劳动服，类似田垄底下爬出来的地盲鼠；两道剑眉竖竖着青春的豪气，两个深眼窝陷着闭紧的眼睑、浓重的睡意，大嘴咧着，淌着，耷拉着口水；额上遗留着一点儿子弹轻微擦过的伤痕，因为他是总队第一名劳动模范，才被神枪手饶了他初次越轨的罪行，只给他印上一枚小小的纪念章。而这第二次亡命，他毕竟实现了自己的愿望，仅有右手碰破一块皮，凝结一点儿血迹。所以，罗长德不由得欣然喜悦而激动起来。然而，他始终弄不醒这个聋哑症者。

是的，是的，赵殿喜这场惊心动魄的出生入死的潜逃，的确筋疲力尽，困惫不堪；他刚才一见罗长德的面，认为已经达到目的，即刻感到再也支撑不住，便晕晕忘我于一切之外；纵然被管教的枪口逼住他的脑壳，他也不会闪一闪，躲一躲，唯有、唯有死心塌地等候就擒，或死、死得其所是了。

没办法，罗长德扒拉他，抻他，掐他，拧他，总算把他搞起来。在强拉硬拽中，他把这个睡眼惺忪的打盹儿的睡魔，从候车室拖到站外昼夜不停营业的饭馆；好家伙、好兄弟，好个累赘百倍于自己的小行李卷。从烟酒气味强烈、人声嘈杂与人影幢幢中，挤到靠边边的一张桌边，他俩喝起酒来；这之间，一个在断续地低语，一个在间歇地假寐。

“……别打瞌睡了……”

“……醒了，醒了……”

“……你有什么打算？”

“打算？还拿不定主意……”

“你总要拿定一个主意呀！”

“……暂时留在沈阳。”

“怎么生活？”

赵殿喜大半醒了，出去了；没有多大工夫，他回来，带回来一卷掺杂尘土的人民币；按他的黑话说，取自“储蓄所的存款”——当初在车站一带什么旮旯儿窝藏的赃财。顺手，他抽出几张塞到罗长德的衣袋里去。

“你留着用。”

“不，我还要给你用。”

“我有。”

“花光了呢？还走老路吗？”

“不，再不干亏心勾当了。”

“那你怎么办？”

“我有劳动力，干活去呗！”

“哼，你往哪儿去？到处等你的都是痛苦、灾难、耻辱……”

“那你帮我做个主张吧！”

罗长德举杯，跟赵殿喜碰一杯酒；他一饮而尽，感谢这可贵的信赖的友爱。

“回去，回去！”罗长德亮开了嗓门儿。

“跟你一起回家去吗？”

“醒醒吧，你还说梦话吗？”

“那我回哪儿去？”

“你从哪儿来，回哪儿去！”

“不！”赵殿喜无所顾忌地嗷了一声。

“你回去，回去；只有回去，你才会有一辈子幸福！”

随着，罗长德外出一趟；他拿回一张车票，摆在桌上。

赵殿喜一见，便把它撕成两半，丢到地下。

“不，不！”

“撕吧，撕吧！”

紧接着，罗长德又掏出两张车票，叭叭地摔在桌上。

赵殿喜受了一大惊，一大惊，从叭叭的坚定的友爱声中惊醒，惊醒……

“……我服了……我服了你的主张……留一张，退一张……”赵殿喜落泪了。

“不退。我送你回去。”罗长德也掉了泪。

“不用你送，我保证回去。”

“我相信你。可是，凭你我的交情，我要送……”罗长德还没说完，被插断了话。

“好朋友，好同志，送与不送都好。”曲广林忽地出现，笑着说着。

《人民日报》1982年4月19日第7版

枣园之宴

一九四二年初，延安《解放日报》实行改版——“由不完全的党报变成完全的党报”。《文艺》副刊刊头撤销，改第四版为各种综合性专刊。因丁玲同志辞职，中宣部部长凯丰同志派大舒同志担任第四版的主编。编辑室内，先有陈企霞、黎辛同志在职，后有陈学昭、白朗同志参加工作，除黎辛外，他们都比大舒年长些、编写经验也多些，而大舒是年轻作家，正值毛头小伙子之时，马列主义修养贫弱，缺乏应有根基，负此重任，大有力不胜任之感。但他有幸，有毛主席直接关心指导，凡有转载，均经毛主席亲笔批示，例如郭沫若《甲申三百年祭》、徐悲鸿《古元木刻》等等；倘有社长博古同志审而难定的稿件，例如谢老《一得书》篇章、萧老某某诗文等等，他即携之面呈毛主席——先期徒步杨家岭，后期骑奔枣园。当然，也屡屡被召以赴，有所受命，例如有关《在延安文艺座谈会上的讲话》前后、草拟出席者的名单和走访不同意见，以及其他诸种事宜，也有偶因漫画问题而作为陪客前往会见，例如蔡若虹、张仃、华君武、张谔诸多同志；总之，他亲聆毛主席教言，以及创造性的俗语新词儿——“豆芽菜”“理发员”“亡党”“亡头”“屙屎”“屙尿”（系指作品的肮脏、龌龊之处）等等，久矣多矣。

最为重要的是，时至今日，中央档案馆仍旧完好地保存着毛主席给凯丰同志的一封信和他亲笔所写的一份名单。

信，末署“九月十五日”；档案馆注“一九四二年”，即《在延安文艺座谈会上的讲话》四个月之后。信中所示诸项殊多，其一有语如下：“解放（日报）第四版缺乏稿件，且偏于文艺，我已替大舒约了十几个人帮忙征稿……”所以联系到那份征稿名单。毛主席约大舒商拟名单，仅隔一二日，前后两次，一在窑内，一在院中，共写两份，而以第二份为定——档案馆所保存者，其时当在其信的前后。名单题为“解放日报第四版征稿办法”；并有首语：“解放日报第四版稿件缺乏，且偏于文艺，除已定专刊及由编辑部直接征得之稿件外，现请下列各同志负责征稿。”在所列各同志姓名之下，都注明各自征稿类别和每月具体字数。除范文澜、邓发、彭真、冯文彬、艾思奇、陈伯达、蔡畅、董纯才、吴老等九位外，另有文艺界七位——中有三位作家，其一是老柯，名下注明“以大众文艺及文化为主，其他附之，每月12,000字”。随后，中央办公厅按名单发出了毛主席枣园之宴的通知。

那一日，天色晴朗，秋高而气闷。陕甘宁边区的延安首府地处陕北黄土高原，依然感到盛夏那般的昼热。

《解放日报》社所在的与宝塔山西东对峙的清凉山，也并不清凉。它距枣园约有三十里，一般骑行也须一个半钟头以上。博古、大舒作为有关的当事者——社长、主编，理当提前赴约为是。于是，午饭过后不久，博古便偕大舒启程，经山腰马棚牵过饲养员备妥的马匹，下到山脚底下。大舒往周围环视一番，却止步不前。

“博古同志，我已与老柯约好同行，是不是应该等一等他呢？”

博古知道大舒与老柯的关系，一近而立之年，一逾不惑之岁，年差一轮，前者以小弟自居，后者以老兄自称。他们性格相近，意气相投，同属热心肠、好酒贪杯的刘伶后代——后来居上者，往往酒气熏天，醉态逼地；而可爱的是，从不惹祸，出丑，贻笑于人，落个“醉鬼”恶名。

“好，好。你等一等他吧。我先走了……快来，快来，毛主席备有好酒等着你们……快来，快来，你们痛痛快快过番酒瘾吧！”

话音未落，他的脚刚一沾镫，便纵身上马，快速而利落、轻灵而飘逸——帅！他，多半生的多年来，饱经历尽革命戎马生活、坎坷苦难的途程，上上下下，下下上上，沉浮断断续续，观感触动不已；对敌地下的武装的频繁接连的残酷斗争，不停的党内斗争，秘密活动与公开搜捕，烽火与烽火，批评与自我批评，交织合组火网，把他整个身心牢牢地紧紧地罩住裹住，使他由一个文质彬彬的大知识分子而与工农兵合伙成群，锻炼成骑士、一心向党的党的高级领导者、十足的乐天派、才子派——脑似电动，口笔同若悬河，风格别致，潇潇洒洒，令人兴叹，心悦诚服。

老柯呢，比博古年长二三岁，也是革命老资格，老诗人，老作家，早年蓄须，长须垂胸，临风之际，赛过红缨枪缨穗的飘飘然。而他为少壮派所不齿，指他后脑勺儿，小声儿叫他“大胡子”。在作家中，除大后方的丰子恺先生外，他可能是唯一的美髯公。他好诗，好作诗，好朗诵诗，即使孤身独处，也会放声吟咏，在于自得其乐。与朋友相处，他常常寡言少语；而在众人间、会议上，他一开口，便像水库开了闸门，喷射而出，一泻不止，其势则如巨洪暴发，凌空而下，汹涌澎湃，滔滔然，轰轰然；一旦兴致勃勃，他则手舞之，足蹈之，以致如痴如狂，几乎语无伦次，忘乎所以。他为人不拘小节，不爬高，不傲气，不摆派头，不拉架势，不抬轿子，不吹喇叭，不抱人大腿，不跟风跑；他正派无邪而少私，烈性，虔心，笃信，刚直，狂热，连头发丝都有燃烧力似的；尤其浪漫起来，他有如顽童、稚子一般，真正是个老来少、老来小。现在，他是一个剧团的领导人、《在延安文艺座谈会上的讲话》所号召面向工农兵方向的宠儿，一直一年四季——月月年年下乡、入村、进窑，向农民学习，为农民演出；《十二把镰刀》一剧，轰动陕北，家喻户晓。他，剧团打头示范的他，由于经常长途跋涉，风餐露宿，雪浸雨淋，加之狂飙冲击，烈日曝晒，晒得他、磨炼得他满面红光，周身结结实实，似乎敢于赶超赤铜赤铁矿。

延安人，没有见谁戴过手表，一向不知准确时刻；大舒等着，大约等了半个钟头吧，只见从南门外而来、绕过宝塔山的老柯人马影儿，并且听到他的呼喊声——锵锵之声，贯穿深谷。

“老兄迟到，小弟恕罪!”

等他到来，大舒上马结伴而行。或时而向西，或时而转北；或沿山麓曲径，或渡浅水沙滩；或并辔缓进，或单骑奔驰；或谈笑风生，蜓蝶情浓；或呼声震山，回音助兴。一路上，他们踏着刘志丹烈士的故土旧战场，听着远远近近、起起落落的信天游调、抗战歌曲，闻着、观看着延河、溪水交替出没、渐远渐近的一色清澈粼粼碧波，山谷川地、遍地谷田、谷黄穗饱到垂头曲腰，处处充满、飘浮一种诱人的浓厚的气味——谷香扑鼻而渗透肺腑；真乃幸遇、幸运，无愧终生吉日良辰之行了。

他们在马上一瞥，枣园在望。所谓枣园，据说原是一片平川之地、一望无际的果实累累的枣林，盛产名枣，个大、色红、皮薄、核小、肉厚、味甜，远销四面八方。后来，为国民党部队一度所据之间而吃光、砍光、烧光，也可名之曰“三光政策”吧。而今，“枣”与“园”俱亡，不过仅存其名罢了。当他们到达枣园区的时候，远望可见一围牢固的旧式院墙，想必是当年大地主的深宅大院吧；近见有一小黑角门，向东、向车马交通大道，大敞大开，想必是当今主人早已准备便于客人长驱直入吧。他们在院外木桩上拴好马匹之后，径直走进小黑角门去；只见北面一排石窑、南边半趟简舍之间，敞开一片宽阔的院场，西南一角的老树荫下，置一遗有污痕的赭色的旧方桌，毛主席和王若飞、博古还有另一同志在玩牌，他的两岁小女儿，打扮得像陕北农家典型的小土包子在围边溜溜转。他和博古一见老柯、大舒，便起身让了座。因而，无意中留下一种礼节仪式——先客让后客；这样让来让去，客人们愈到愈多了。

太阳西沉，树荫向东延伸。在这阴凉的院心，一东一西摆好两张大圆桌面，碟筷、酒杯、酒瓶。客人们都入了席。毛主席坐东桌，面对西桌；他的右左两侧是博古、大舒，他的正面是老柯。他与博古肩挨肩，因要事低语一时已毕，而后立起，还是那么风趣地安逸地立起。他没有领袖的派头，也没有伟大人物的仪表。他的硕大的体态，还是穿着那么一套肥大的、显得有些过分宽绰的、膝盖落补丁的灰衣服，那么一双半旧的黑布鞋，那么一双粗糙的白线袜。他的开阔的额顶，还是披着那么一头长发，于阵阵掠过的轻风中拂动，而两鬓的发丝，不住地飘起飘落，起时纷纷贴到颧骨，落时乱乱糟糟、支支棱棱。他的脸较为丰满、光润，四十九岁的人了，还是那么面少，只有声色俱厉或笑颜顿开而为之动容时，才见于眉间竖立起两道明显的折痕，或眼角辐射出几条浅显的皱纹；但满面神色，因常年熬夜劳作所致，略见苍黄，憔悴。看得出，他要在这宴前有所叙说。大家都爱听他的讲话，必然还是往常那么才智四溢，扬眉吐气，激昂青云；必然还是往常那么思想迸发火花、火把、火龙，声波珑璁，话锋犀利，幽默耸听，雅趣横生，严肃而生动，深刻而通俗。

“……诸公驾到，非常感谢……今在枣园摆宴，必有所求……”他宣读一遍“解放日报第四版征稿办法”及其具体内容。“……俗语说，吃人口短，吃人一口，报人一斗……吃亏只这一回，但不许哪个口上抹石灰……办好党报，党内同志人人有责，责无旁贷……我想，诸位专家、学者，必然乐于为第四版负责……当仁不让，有求必应，全力赴之，取之不尽，用之不竭……”

他向大家敬酒，高高举起一杯，用的却是左手，兹因井冈山与长征的多年的艰苦折磨，借住茅棚草舍，安身野林荒丘，投宿山窟岩洞，露营雪山草地，右手右臂患有严重风湿症，动作十分不便；每于吃饭时，右肘弯总是固定在一定的角度，有时站起向前大限度弯腰倾身，笨拙出筷取菜；而向高向前伸直肘弯敬酒之举，只得暂让左手左臂了。

他坐下以后，除了博古默默而写以外，众声纷起，或高谈阔论，或窃窃私语；或南腔北调，混为一谈；或俚语方言，交错杂会；或斯文风雅，不动声色；或诙谐有哏，捧腹大笑。其涉及之广，遍及社会科学和自然科学以及哲学各个领域；古今中外，世界大势；抗日战争，统一战线；党工妇青，兵农学商；群众生活，干部待遇；经史子集，琴棋书画；天地宇宙，理化原子；五行八作，三教九流；五官十界，七情六欲……人才荟萃，济济一院。人人健谈……凝望……个个畅饮……饱食……真的是：天涯海角之会——枣园之宴，虽无山珍海味——新笋银耳、鱼虾参翅；但有禽兽家蔬——葱韭柿椒、雉鸠狍兔，享足野餐眼福、漫山秋光媚，尝尽湘厨口福，满桌辣味香。

宴上，唯一例外，舌剑唇枪的雄辩家博古，默默无言，目不转睛，一边大吃大喝，一边奋笔疾书，忙个不亦乐乎。但他究竟在忙什么？在写什么呢？

另有那个小土包子，桌前桌后，跑来跑去，天真烂漫，稚气扬扬。

黄昏美景，满天桃色云，好像天外桃园特地为枣园开放，以祝枣园之宴的胜利散场。继之，夕阳西没，秋热下沉，上弦月从东山渐渐升起，而照明单人匹马的归途。

客人们渐渐走空了，连小土包子也不见影了。最后，剩下一位——老柯，照样吃吃喝喝，没完没了。博古呢，不仅酒足饭饱，而他所写的也写罢——原先出于毛主席低语所嘱的一篇《社论》，已经提前三日交了卷——确有“请日试万言，倚马可待”之才之概。然后，他与毛主席握手告别；并按了按大舒肩头，等于是说：你陪着老柯，等着老柯吧！

老柯见博古一走，便移往博古原先的座位。毛主席起身，向老柯招手，迎之落座。他，极其敏感，卓有预见，超群出众，深情厚谊而独到的动人之处，令人永生不忘。他，精力特旺，遍结深交广众，博览精读群书；且记忆力殊强，对人对事都是，对诗文更是，引经据典，采风拾谚，雅俗共赏，亦庄亦谐，信笔活用，脱口而出。他经常保持正常生活，苦干精神，清醒头脑；但必要时，也不妨偶一兴之所至——饮酒，赋诗，哼唱，吟咏，甚至作舞，一抒胸怀情愫——伟大的思想家，都是情感丰富的有情人啊。现在，他把分散的纷纭心绪集中起来投于枣园之宴的尾声余兴。随着让风帆涨满，任凭团结的友爱之舟于涨满的江湖河海之流顺流而下吧——他叫警卫员送来三个碗；他给老柯、大舒酌满碗酒，也给自己的碗酌得照样满。

“喝吧，老柯、大舒，‘酒逢知己千杯少……’”

“‘话不投机半句多！’”

湖南乡音与云南土味，一说一和；同声相应，同气相求，胜于天衣无缝的浑然一体。

“‘兰陵美酒郁金香，玉碗盛来琥珀光……’”

“‘但使主人能醉客，不知何处是他乡！’”

一诗同韵，二口异声，对接如流，合璧如绘——恰似漫天金星撒满目、一河秋水流过心头。党中央主席与剧团负责人，一在上上与一在下下，执掌全局与率领全团，天地之差与龙蛇之别；而共产主义者与共产主义者，战友与战友，同志与同志，诗人与诗人，赤子与赤子，心心相印，脉脉相通，同仇敌忾，同心同德，同舟共济；一言以蔽之，其亲其爱之情，情同手足，甚于手足。看啊，看将起来，人生啊，人生啊！人生难得最相知、最相知。

“老柯，你带个剧团，常年奔波‘他乡’，辛苦了。喝吧，这是慰劳酒、慰劳酒！”

“感谢您，是您——毛主席批给我四十块钱，让我搞起这个剧团……”

“让你去受苦受难……”

“过惯了，我愿意跟老百姓在一起……”

“你听老百姓说过哪些意见，对共产党的意见？”

“他们都说共产党的好话，说您的好话。特别是今年，一开群众大会，就喊‘毛主席万岁’……”

“那是今年二十万担公粮，减到十六万担嘛！”

本来，减少人民上缴公粮，他作为人民的领袖，自然应有如释重负之感；而他的话语与声调，却带有一种深沉的慨然的口气：半是自谦，半是自嘲——作为人民的领袖，为什么不能更多更多地减轻人民负担，为什么不能更多更多地为人民造福呢？纵然，人民是听话的人民，是老实朴素的、但求一饱的人民……

“我懂得，这是出自群众的肺腑之言……”

明月未圆，晚风未凉；而天上地下的幽光盈满，爽气之流荡漾而逐波四散。

“……肺腑之言，天宫之光……老柯，今夜好，皓月当空明如昼……”

“这是主席秋夜宴枣园，胜过‘春夜宴桃李园’的夜宴嘛!”

“‘夜宴’?‘夜宴’‘夜宴’……‘夫天地者，万物之逆旅……’”

“‘光阴者，百代之过客……’”

一是湘腔，一是滇调，一起一和，合声吟咏，彼此相配，丝丝入扣，仿佛使人感到昔日士家子弟于私塾学馆在背诵古人诗文的抑扬顿挫、情不自禁、蕴藉着无限豪情壮志的朗朗之声，尾音颤颤，绵绵不绝而萦绕耳界。

大舒自知负有责任，不仅望见月亮渐高，夜色已浓，而且了解老柯并没有毛主席酒量之大；因此，他悄悄地给老柯写了“毛主席还在陪着，咱们快快喝罢走吧”的一页纸条。接着，他又悄悄地把它从毛主席的腰背后递给老柯去；然而，接它的却是出乎意料的毛主席背过来的右手，患有严重风湿症而敏感的飞快的右手。糟了……毛主席连看也没有看一眼，而其目其心如明镜，洞若观火，只稍稍向左扭扭身——避开老柯；倒向大舒伸出双手捏着的纸条，以笑示意，便心照不宣地把它撕掉了。完了……

“老柯，喝吧!”

“咱们三人一起喝吧!”

“老柯，喝吧!”

“咱们三人一起喝吧!”

老柯喝到不能再喝的时候，才算散席。毛主席送客到角门口，站着，望着老柯、大舒的背影，远些，远些……

他们走到木桩，解下经过喂饱的马匹，但老柯两次上马，没有成功；最后，大舒搁着，搁着，才算把老柯搁上马去。他让老柯前走，自己上马跟后；他只见马上老柯左右摇晃，前后俯仰，像个软了咕叽的面人儿似的。没走多远，老柯咕咚一家伙，一头从马上栽到地上，栽个仰八叉。大舒连忙下马去扶老柯，但扶不起来……

“摔重了吗?”

“小弟放心！老兄——共产党人，钢筋铁骨嘛……随遇而安嘛……”

说着，说着，老柯呼噜呼噜地进入了梦乡。紧跟着，大舒也就地睡着了。

没睡多久，他俩被人拉起唤醒，抬头一瞧，身边有两个警卫员，迎面是毛主席，还有延安唯一的华侨所赠的那辆汽车。老柯兴高采烈地手舞足蹈起来，又拉住毛主席，拉起话。

“我说您——主席，能掐会算，神仙一般……”

“事后诸葛亮……”

“亡羊补牢，犹未晚也……”

“未雨绸缪，防患于未然，始未晚也……”

两匹马失踪了。

两个警卫员去寻马，寻了一阵子，回来报告没有寻着。

“你们的马，几岁口？”毛主席问。

“不知道。”老柯答。

“不知道。”大舒答。

“老马，小马？”

“老马，老马！”老柯、大舒同声答。

毛主席瞩望向前，一片朦胧的茫茫的夜色；而其目其心明如镜，洞若观火，犹如马已在望，猝然指之曰：

“在前面！”

一行五人上了汽车，开车前行。行不远，他们果然发现那两匹老马在归途上走着。车停，毛主席留下一个警卫员，自己带上一个警卫员，下车上马。于是，马与车背道而去了。

这一刻，坐在车上，老柯像是乘在大气球下，那样轻轻飘飘，逍逍遥遥，似醉非醉地自鸣得意地硬要缠着大舒拉拉话。

“……小弟听嘛，老兄说这是‘塞翁失马’……”

“我问你——老兄，毛主席怎么知道马——‘在前面’？”

“‘老马识途’嘛！”

“那你怎么不早说呢？”

“老兄老了，还是个老书蠹虫、老菜籽……”

“毛主席比你更老呀！”

“老兄怎敢比毛主席。毛主席愈老愈精，愈老愈灵，人之灵，人之杰……”

“再老呢？”

“‘老谋深算’！”

“再再老呢？”

“‘老当益壮’！”

“再再再老呢？”

“……”

老柯答不上了，或不想答了，或不便答了。于是，他笑嘻嘻地要把戏似的抓住大舒的手，向上碰到车篷，向下触到车底，是问天问地呢？还是指上指下、在高在低、有起有落、有浮有沉呢？

附记

原文本属《毛泽东故事》短篇小说专集之一，写于一九五八年前；其后，除发表的《藕藕》《延安童话》两篇外，其他底稿全部三十万字，均于浩劫时，被抄无存。本篇乃在可敬编者同志的督促与启示之下，重新所写。而事过境迁已久，真情实感失之殆尽，故名之曰“纪事小说”。尚望读者指正。

《新观察》1982年第14期

美女陈情

——人与雨的故事

昔有话本《丑女报恩》《李焕生五阵雨记》，今作小说《美女陈情》，或名《人与雨的故事》，谁曰不宜。

出乎意料而合乎情理，一九八二年春节前一天，即所谓旧历除夕——三十儿的当日当午，老卢来了。她带来一份农村贵重的礼品——一瓶纸儿包纸儿裹的香油。她一撂下香油瓶，还没来得及喘口气，首先开口就问：熊熊呢？鹂鹂呢？熊熊在海军任职，一年到头不一定回家一趟；鹂鹂在大学读研究生，每个星期六晚上可能到家住一宿，春节放假，听说从明日起。她这样突如其来的寻访，上哪儿能看得到他和她呢……从一九五八年我被错划反党分子之后第二年那日，到我被确实落实政策改正之后第四年的今天，我们与她竟有二十三年未见面了。而从当初她来到我家，到最后她离开我家之间，为我家辛勤佣工，足足有八年之久。我家的一儿一女——熊熊、鹂鹂，都是她从小抚育到大。她该算我家的功臣、他俩的恩人。他俩先喊她“卢妈”，后叫她“卢姨”，我们夫妻前呼她“小卢”，后唤她“大卢”，现在理当称她“老卢”，大约她年奔六十岁了吧？当初，她是北京市辖通县的邻县——三河县农村姑娘，嫁了一个区干部，生了一个女儿，名唤荷荷；这一小户三口人，被誉为美满家庭。可是，“三反”一起来，她丈夫的经济与政治问题被揭发了，被夸大了，被判刑而送进了监狱。在这打击和羞辱之下，她一气便把荷荷撂在奶奶怀里，而自己沿袭当地已久的传统习俗（评剧初期“落子”年代最著名的节目《老妈开嗙》，即取自该县该类题材），投奔北京的亲戚关系，经人介绍到了我家，做了用人。她为人勤劳、淳厚、善良，与我家长期和睦相处，非常亲密，荷荷也在我家住过，吃过，玩过，简直是一家人似的。然而，世事多变，好事无多，我大难临头，全家被下放到外省的基层去；而她也不得不从我家辞工，重返故里去了。起初，双方保持通信联系，听说她丈夫刑满释放，一家团聚，并产了第二胎莲莲——天生美女，比荷荷更美；由于莲莲的“天美”，弥补了她“有子万事足，无儿哭瞎眼”“缺少接户口簿的人”的遗憾……久而久之，彼此音讯终于断绝；直到打倒了“四人帮”，我的旧案重新做了正确结论，再度返回北京高级领导岗位，而她的地址，又早已遗失了。在工作之余，顺便谈及近郊近县情况的时候，我了解到农业政策，有了实事求是的改进。比如：通县公社基础好、工分高，仍旧坚持原有的集体劳动组织；而三河县公社底子薄、工分低，实行了包产到户责任制。因此，我和老伴常常议论到她那个穷队、那个穷家，在生活上也必定有所改善了吧？这三年来，我和老伴在工作之余，偶尔见景生情的时候，也寻过她同县的用人，打听过她的消息，也寄过她本县的邮局试投过她的信，皆以失望而告终。恰好，她今天来了，满足了已久的渴想渴望，真是使人喜出望外，不胜欢迎。“老卢，你怎么找到的？”“您找我不好找，我找您还不好找吗？您是这么大的大人物……”“那你怎么不早来呢？”“……”我们老夫妻热情招待她，喝茶，吃饭，尤其急于询问她多年的境遇的种种。十年前，荷荷到外乡结婚了。十天前，丈夫脑溢血死了。而今，剩下她和莲莲娘儿俩，怎么办呢？她说：“莲莲才十六岁，我满了五十五岁，两个人顶不上一个劳动力，怎么包产种地呢？何况那个地方，十年九旱，十年九旱……潮白河经常露出河滩，快要干了呢……”我们深深地同情她的境况，都劝她娘儿俩搬到我们家来，养活她娘儿俩完全没有问题。她毕竟还是当年的小卢——有志气、有品德的顽强的女子，谢绝了，坚决地谢绝了我们的诚意。最后她说：“我打算请帮工种上地，收就收，不收就不收吧……我靠缝纫机给人家做活，足够糊口……把莲莲送到您家，抚养抚养她，教育教育她。我可怜她从小没有上过学，没有文化……做妈的，亏心呢。现今人没有文化哪儿行？她倒是个听话孝顺的丫头、能吃苦能干活的丫头，连帮您家干干活……”“我家应当培养这个孩子、教育这个孩子，为你为国家教育这个孩子，我家也确实需要这个孩子，让她来吧！”这样，两相情愿，就讲定了。在她临走时，老伴送她四十元钱和一把电熨斗（便于裁缝所用，但忘记问她的村子有没有电），捎给莲莲一双胶靴和两套衣裤——鹂鹂穿过的，却是完好的，有九成新的。

然而，我们一等莲莲，二等莲莲，始终未见莲莲的踪影；我们以为她们娘儿两个孤寡之情难以割舍，变卦了吧？可老卢一向不是言而无信的人。那为什么呢？到四月，中央为了适应形势的发展、工作的需要，废除“终身制”传统旧例，使干部中青年化；改革体制，精简机构，防止官僚主义，提高工作效率，是正确的决定性的措施；并且开始付诸实施，初步确定了若干离休退休以及改任顾问的正副部长名单，其中也有我一个；没有二话说，年已古稀、患有体位性低血压症的我，只有服从组织决定，亦可借以自慰：革命一生，善始善终；余年何为？写回忆录。老伴属于司局级干部，尚有待处理；而她又犯了老病——严重的胃溃疡，入了医院。因而，我家急不可待地需要找个帮手，便通过邻居保姆介绍个叫金凤妹的姑娘，属于我们这一带居民区的、久已形成传统习俗势力范围的“安徽帮”（其他大城市亦同，早期话剧《娘姨》亦可能取材于此）——小安徽，人称小美人儿。

她，白净净而姣好的小脸儿，有一双小俊眼儿，一眨一眨地闪着一股灵光、激情，隐伏着一种泼辣的劲儿，莫名的引爆的燃烧力；昂然隆起着的小鼻子玉兰花苞似的初初绽开，慨然噘起着的小嘴儿樱桃似的绽开一条缝，隽永之意，耐人寻味，简言之，有独有雕琢而有的妙龄魅力的工艺美，美，美不胜收的“天生美女”。而她的谈柄话锋，有玫瑰花的刺，刺参、刺猬等类。

“你是安徽哪个县？”

“qióng县。”

“哪个qióng字？”

“‘穷山恶水’的‘穷’，‘穷棒子’的‘穷’……”

够了，够了，我明白了。虽说我不怎么熟悉安徽省的情况，但我知道省委书记不止一个垮过台；当然，是非曲直还要根据最后的正确结论。

“我问的是，你的县的县名。”

“pí县。”

“哪个pí字？痛快地说！”

“‘放屁’的‘屁’！”

她开头的浓重乡腔乡音，叫人听不大清楚，继之她强有力的朗朗之声，震破了我怀着的闷葫芦。于是，我仔细注意到她的衣着——破烂不堪，完全可以理解她说的“穷”字。但她的一身衣裤，连了又连，补了再补，却洗过浆过，整整洁洁，而一双露了大拇脚指头的劳动帆布鞋，却打上补丁，经过洗洗刷刷，干干净净，怎么可以理解她说的“脏”字——“屁”字呢？听来，这是个乖戾的姑娘——小刺儿头，挨不得、碰不得；我心里想，在她眼里的我这个“大官”，说话可要加小心。

“我问的是，正式县名。”

“wú wéi县。”

“什么县，什么字？”

“就是‘无所作为’的‘无为’。”

这个娃子，有趣儿，有知识；她用的这句成语，多么合乎她的逻辑思维。这个县名，也有意思；我没有读过该县的县志，是不是出自老子《道德经》所惯用的词汇？它在长江之北，巢湖之南，离三河县远远，与一马平川的三河县也大大不同，乃是河川交流的半水乡、丘陵起伏的半山区。

“你十几岁？”

“十七岁，大伯。”

她以尊称称我，还有文明礼貌；看样儿，是读过书的。

“有几年文化？”

“九年。”

“农村的高才生。”

“高才生、低才生有什么关系，文盲又有什么关系，横竖一样种田。”

我想讲讲文化与种田的关系，还是没敢说，而改了口。

“不是实行包产到户了吗？”

“包产到户，好是好些；好又怎样？横竖一样要靠老天爷！”

“你这是说……”

“十年九涝，十年九涝……该死的鬼地方，总是连阴天，下暴雨；裕溪河常常涨水、发水，泛滥为患，民不聊生！”

“十年九涝”与“十年九旱”、水灾与旱灾、无为县与三河县形成了鲜明的强烈的严峻的对照，但共同说明了一个道理——人与雨的关系……

自古数千年来，历代旧说：风有风伯，风神；雷有雷公，雷神。雨呢，雨有雨说，雨有雨师——龙公，龙王，龙神；另有龙忌，龙生日，龙歌节，龙灯舞，龙祠，龙王庙。俗云“云从龙”“龙行有雨”“龙归晚洞云犹湿”；“龙行一步，百草皆香，龙行百步，万物俱没”。《礼记》祭法篇“雩宗，祭水旱也”；班固《东都赋》谓“雨师泛洒，风伯清尘”；刘禹锡《陋室铭》论“水不在深，有龙则灵”；《谚海》录“三月三日晴，桑叶挂银瓶，三月三日雨，桑叶无人取”；李昉《太平广记》辑“风”“雷”“雨”“龙”各类专卷；苏轼有《祷雪张龙公祠》。张龙公者，即后汉人张路斯也，盖龙说演变以至神化、人格化、化身之传，久矣；谁知其起自天皇、盘古、有巢、燧人、伏羲、神农、轩辕、帝喾、唐尧、虞舜、商汤、夏禹、周武王等何氏？司马相如《上林赋》句：“酆镐潦潏。”张文成《游仙窟》文：“张骞古迹，十万里之波涛；伯禹遗踪，二千年之坂隧。”另，尹常等《新编五代史平话》说：“自僖宗登基后，关东连年旱干，田禾不熟，百姓饥饿，流徙四散。”笑笑生《金瓶梅词话》说：“赤日炎炎似火烧，野田禾黍半枯焦；农夫心内如汤煮，楼上王孙把扇摇。”总而言之，再用两句口头禅概括地干脆道：“雨打黄霉头，田岸变成沟。”“雨打冬丁卯，石人饿到跌跌倒。”这就是说，雨如果极其不适时、不适量，那么便要造成大苦大难——旱灾、水灾。此地农村，在炎炎的赤日之下，他们、她们如同枯焦禾黍一般，衣裤褴褛，面目泥垢，体质衰弱，精神萎靡；而人人戴着各自编制的枝叶头箍，成群结队地跟随和尚、道士、尼姑行列，沿路游行求雨。神位供品，置桌敬奉，由乞丐担之以行。幡旗蔽日，管乐喧天。吼诵经文符咒，豁然之声，震耳不绝。嘈杂呼喊号叫，哀声遍野遍山，阵阵回响。他们、她们手握瓶水，持羽醮之掸撒，以象征祈祷老天龙爷大开慈悲之心，怜我芸芸众生、草芥之命，骤降甘霖而灭绝旱火……但是，彼地农村，日日阴云密布，层层翻滚压顶，昏霾狂飙不息，卷起霹雳而雨；细雨霏霏弥漫，淫雨连绵不断，暴雨倾盆如流如注。溪涧溪流泛开，处处瀑布暴发，江河堤坝决口，洪水成片成灾，好像普天之下湖海汇集一起，一片汪洋，无垠水域，吞尽田地农舍。他们、她们可嗓子嗷嗷叫，叫天天不应，叫地地不吭。人到此时，不如禽兽，要学禽又飞不起，要学兽又浮不起，唯有“听天由命”吧。死者浮尸，随波逐流，水阔天空，任凭漂泊。生者攀树爬高，苟延残喘、暂图幸存，痴想捞到一扇门板、一块木料；但得逃命，管他何处是岸……水灾、旱灾，不独为我国之害，且它之为害具有全世界的普遍性、严重性。我国自从解放以来，加紧在进行抗旱防洪等等的兴修水利工程，已经有所改观……而旱灾的幽灵，水灾的阴魂，依然抓着农民们，抓着凤妹、莲莲。莲莲还不来，不来了，不来就不来吧；反正我有了一个人，一个能干的令人喜爱的小帮手——凤妹。

她，脑筋聪慧，唇齿伶俐，长于口才，娴于辞令，坦白暴露真情实感；丁是丁，卯是卯，负责认真，敢说敢做，敢自作主张；多思善感，心事重重，郁郁寡欢，怀有满腹各种各样的怪话妙语、错综复杂的幼稚偏激的不满情绪与悲观牢骚；天不怕，地不怕，魑魅不怕，鬼蜮不怕，死更不怕，死有什么关系呢？死喂饿狗又有什么关系呢？沟死沟埋，路死路埋，天涯尽黄土，何处不埋人？活罪难熬，死难易遭，眼睛一闭拉倒，呜呼哀哉罢了；活是叫花儿，死是乌金子；生为烈女，死为英魂——屹立高山之巅的化石女。但她有一种少年女性少有的性情的雄性烈性、劳动的积极性。她来了不到两天，跟人家街头青年服务队的活动，居委会全国人口普查调查的工作，住户代收房租杂费的事项，都发生过龃龉、争执，甚者吵到闹翻脸，一共干了三架。从这儿有人给她起个外号，叫她“小辣椒”。她究竟有多么辣，从来也没有给我尝过，相反地，倒使我时刻闻着她比海味鲜的鲜味、比山珍香的香味——她的勤奋、她的勤劳。她干起活来，心灵眼快，快手快脚，快刀斩乱麻，嘁里咔嚓，轻巧利索，有条不紊。不到一个星期的工夫，她把房间收拾得一干二净、三整四齐，连客房，连书房。因为有人错误地认为“老资格”“老革命”都是不学无术的大老粗，包括凤妹在内，所以顺便、我也亮一亮我的宝贝房——书房。向来，我有一种顽固的书癖，但一贯牢记着“玩物丧志”之训。我不置古金石、唐三彩、宋瓷器、宣德炉、现代手工艺品，也不挂书法、绘画、玉照；仅有四壁书柜存书甚多，最心爱、最宝重的珍藏也不过有四：一、唐五代宋元各类《话本》《底本》；二、明版《元曲选》；三、元版《韩昌黎全集》；四、百衲本《二十四史》。但房间大，书柜多，积尘厚，玻璃窗门与墙壁天棚污痕灰网累累，几乎不忍目睹。而她呢，连扫带洗，连刷带擦，搞得窗明几净，清清洁洁，处处一新，像是要我随处坐、随处蹲、随处打滚儿似的，像是要等中央与省市联合检查团检查卫生而举行全国性的卫生竞赛评比似的。鹂鹂一进屋，一见凤妹就欢喜起来，给凤妹买了一套新衣裤。而凤妹舍不得穿，却如我视为孤本似的把它珍藏起来。她对自己的穿戴过分省俭，一如对家庭生活同样节约。日常，她吃剩菜剩饭，习以为常。这是“穷”把她苦了、害了，恨不得骂了它一声“屁”，不然她怎么骂得出口呢？但它，唯有它养成了她高尚的宝贵而稀奇的劳动美德、节俭美德。这美德，与她的美相，嫣嫣然赫赫然媲美。至于，她的全面工作，也不是完全没有问题，本来，世上哪有十全十美的人呢？比如饭菜不合乎我地方习惯的口味、老年喜好的软和性；但久而久之，凭着她的聪明、敏感，自然而然会改过来。总之，她的长处是少年殊少的优点，而她的短处倒是少年难于避免的缺点。我家有了她，就有了难得的不可缺少的小当家人。我的家，是有幸的，极为幸运的。我的家的幸运，是凤妹带来的，全力创获的。

可是，可是，万万想不到，想不到凤妹在我家帮工出了意外的问题。介绍人是否知道她的底细呢？我怎么能知道她是随大溜从家里私自跑出来的呢？她的父亲从家乡找她来了，并且揪住她不放，务必要把她揪回家去。而她一走，便把我家搞完了，全完了。我上哪儿再找她这样治家有方、深思远虑、能劳巧手的小家伙呢？我与她萍水相逢且不忍割舍，而生她养她的家怎能割舍得了呢？我应当成全她，她合家的团聚。是，回去吧，她是该回家去的。是，再多留她住两日，等鹂鹂回家，在这个星期日领她上王府井大街，给她买些什么东西捎回家，再买些什么纪念赠品送她自己；比方“美女像”“天女散花”，锦绣的，绢织的，或工艺的。

这老头儿揪着她，缠着她，絮絮叨叨：什么油菜已经割了上千斤，早稻可能收到上万斤；什么一切庄稼长势极好，地肥土松棵苗茂盛，因为今年风调雨顺，可人心意——人要天下雨，天就下雨，人要天不下雨，天就不下雨了；什么母亲、哥哥们、嫂嫂们、姐姐们都日夜地盼望、盼望她……他说一千道一万，说来道去，无非要说服她，要叫她回家去定下那门亲——安上那根桩，拴住这匹小野马。而她反对，坚决反对到底。“宪法保障，婚姻自主；强迫包办，侵犯人权！”“我无权管你的婚事，可我有权叫你回家！”“不，不，一千个不，一万个不！”“你一辈子不回我的家？”“一辈子不回你的稻草窝！”“你一辈子不嫁汉？”“一辈子不嫁熊光蛋、鳖光蛋！”“你再不是我家的人！”“我再不跨你家的门槛！”父女这一吵闹，闹到决裂。父亲在盛怒之下，把脚一跺——一剁断了父女情肠，拔脚走了，不回头走了。但当我送他的时候，我见他落了泪；而在我回来的时候，我未见她掉一个泪疙瘩；仿佛由于某种生理病态，根本她的泪腺是痿瘪的、她的泪液是干涸的。小辣椒啊，真辣，辣乎乎、辣酥酥、麻辣麻辣地麻醉剂似的麻死人啊。她自己呢，一点儿也没有感觉到自身究竟是个什么滋味，依然如故，索然寡情，乏味无味，无动于衷……无可奈何，何必介意，烦心，苦闷……

黄昏，晚饭过后，我像接待客人似的让她隔几并坐沙发。她呆呆地低着头，两鬓的发丝垂落下来，差不多把整个脸笼罩起来——不想看见人，也不想让人看见。她不知所以地在胸前合着两只纤纤手掌搓着，搓着——捻纳鞋底儿的麻绳似的搓着，一时一刻捻不完麻批、捻不完麻绳，谁知道要捻到哪里、捻到何时，才能捻出个头儿，罢了手呢。我想开导减轻她精神上的负担、心里的闷气，自己早已解除了当初不必要的心理戒备状态，跟她亲切地谈起话来。

“今天的结局好吗？”

“不好又怎么办？大伯，您有什么看法吗？请淋漓尽致地说出来吧。”她扬起头，转向我，牢牢地瞄住我。

“我不想涉及你们的家务事，也不想评论你们父女的孰是孰非。但我想要问你一句话……不知道是不是得体……”

“什么‘dē tǐ’？”今天反过来，译音轮到了她。

“‘得体’，就是‘得当’‘合适’，是不是有‘冒昧’的意思。”

“大伯，您放开心，直言不讳，对于我——晚辈能有什么冒犯呢？”她开诚相见之意，溢于言外。

“那么我要问你一句话……”

“大伯，问吧，问吧！”

“你认为你今天说的话都对吗？”

“大伯，您认为我今天说了什么错话吗？”她这般通情达理、明察秋毫的态度，表现出自己充分理解对方出于关心的善意。

“至少有一句。”

“哪一句？”

“‘一辈子不嫁……’是你说的吧？”

“不错，是我说的，是我说的。大伯，这话没有错，没有一星点儿错！”是她真心实意说的、理直气壮说的。看得出，她的自信掌握着令人信服的真理。

“孩子——凤妹，孩子——凤妹，现在你还小，还不到婚龄时候……你还不怎么懂得，还不怎么懂得……男大当婚，女大当嫁有个大道理，大道理……这是人生大事，花红大事，甜蜜大事……”我作为异性人，说到此为止，不宜深究，不便据实地具体地说明我的理性感性。其实，她的神情的反应，已经透露出通晓我所说的用意所在。

“大伯，我尊敬您是长辈。我见识过您的书房，我知道了您是高级知识分子、高级领导干部。您经得多、见得广……”由于多日接近的关系，她对我逐渐有了认识，越来越表示了敬重、亲密之情。“不过……您不怎么懂得当今我们穷人家办喜事吧？”她既虚心，又谅察我。“我呢，我没办过，可我看过的多了。穷家的花，能有几日红？穷家的蜜，能有几口甜？一眨眼儿，红过了，甜过了，就是：穷吵——败兴悔不该，灾难——逃之夭夭……没意思，没意思……”她并不想当雄辩家，只想做说理人。不管她说的理由是否充足，而她推心置腹、肝胆相照之言，令我感觉茫然慨然……

“那你一个人一辈子怎么过下去呢？”

“不瞒大伯说，我愿意在您家干一辈子活，干一辈子活。”

“凤妹，凤妹，你是精明的少年人，怎么说起傻话！”

“不是、不是傻话；是精心话，是真心话。心啊，怎么掏不出来呢……”她不住地抓着心口窝，把那块衣服揪起个小凸肚儿，真像一颗丹心灵感地感召地现形地拱了出来似的。

“……我老了，老了……我有一天……”

“我还有鹂姐呢！在她结婚以后，我侍候她夫妻俩；在她生了孩子以后，我连给她看孩子，保证摔不着、碰不着，就像看我自己的孩子一样……”

“你把她的孩子看大了，你老了；像老卢似的，她把我的孩子看大了，她老了。可是，她还有女儿；你……你呢？你老了呢？……你呢……”

“大伯，您不是说过吗？您还要收留卢姨呢，鹂姐能不收留我吗？”

“……”

原先，我打算安抚她、宽慰她的本意，不仅没有达到目的而使她释然，而且渐渐使自己陷入逆境而感受怅然怆然。我情不自禁地故意借口把她支走了。我需要自己一个人独坐闷坐静坐，让涨满了两眼的老泪横流，直流，奔流，流成涧、流成溪、流成河；流啊，流入潮白河、潮白河；流啊，切勿流入裕溪河、裕溪河……谁愿意把衷曲挂在嘴巴上，谁愿意把心血喷在胸口上？谁愿意把胭脂抹在脚掌上？谁愿意把尿盆扣在头顶上？谁愿意拉乌幕把自己辉煌灿烂的前程之光遮住，谁愿意泼冷水把自己璀璨斑斓的青春之火浇灭？……非是游女迷途，非是逆女忘本，非是贞女轻生，非是石女死心，非是痴女麻木不仁莫名其妙，非是狂女无法无天无理取闹；本是，本是现实残酷、灾情无情……我需要悄悄地提早写下一份遗嘱，必要时，留给鹂鹂。其中内容之一：凤妹在咱家帮工，她可有自由去留的权利，而你与你后代唯有遵嘱终养的义务……虽然我相信她的前途在望的一生不会实现她预言的如愿以偿的由衷之言。

突然，突然，今天莲莲来了。不，她是昨天来北京的，是昨天跟着一个常跑北京卖鸡蛋的、同院的小姑娘小菊来的；人家急着卖鸡蛋去了，扔下了她。可是，她不识字，只手拿着我的地址纸条，打问路人，找了多半天，找到天快黑了，始终没有找到我的家；实在无奈，又转回火车站，在候车室蹲了一宿。今晨，幸亏碰到一位好心的民警，是他把她送到我家的。是的，她从小在一个小小村子里长大，连本县县城都没有进过，漫说这个大北京了。（不然，怎么会有“开嗙”呢？）与凤妹对比一下，如果凤妹是个小辣椒，一沾舌头尖儿辣丝丝的；那么她便是个小土包、小土豆儿，一嚼起来面面糊糊的。她穿着鹂鹂穿过的有九成新的鸭蛋青色的长裤子，上衣呢？不是鹂鹂的，却是小褂儿——改制的对襟的旧式男装，其父的遗产吧？是袖管宽些，是裤脚长些，还是自家做的黑靸鞋穿到跟不上脚了呢？反正看起来，有点儿邋里邋遢、窝里窝囊、拙手拙脚、笨嘴笨腮、胆小低能、懵懵懂懂、一条道儿跑到黑、一头撞到南墙上、一棒子打不出一个声儿……她乍一见到我，眼神发冷发愣，表情腼腼腆腆，木木然然；而她的心怦怦地跳着，跳得血活，震得心口窝那块儿衣布一起一伏，一伏一起……是恐惧的呢？是激动的呢？还是二者都有呢？我担心它再跳得厉害、厉害，怕要绷掉了衣襟边绽开线的那块儿小补丁，绷断了第三位磨糟了的那对儿纽襻。顿时，她贸然一倾、冲我一扑，扑得我一侧歪，放声号啕大哭起来，并夹杂着亲昵的高声呼喊的“老伯，老伯……”

我，老年的我，患体位性低血压症的我，生理功能退化，精神状态衰弱，惯于赖于自我创造的不可思议的不可告人的种种幻想幻境，以调整强化各种机能活力的正常动态、生命力；故而，我怎能禁得住她这意外的感人动人的强烈刺激性的突袭呢？我一阵晕乎，不得不倒到床上，在同情她、劝慰她。

“别哭了，别哭了……坐吧，坐吧……说说话吧，说说话吧……”

她听到我的话，果然像她妈所说的，是个听话孝顺的丫头。她抑制住哭声，抽搭着、诉说着；但她没有坐，没有想过坐，规规矩矩站着。

“……老伯，老伯……我妈嘱咐我……第一句话先说……对不住老伯……”

“为什么？”

“因为我来晚了……”

“为什么来晚了？”

“因为我要等种上地……”

“地种上了吗？”

“早种上了……是解放军帮助抗旱抢种的……”

“那你怎么不早来呢？”

“我还要等着下一场雨……”

“下过雨了吗？”

“没有……没有……”

“那你怎么来了呢？”

“……是我妈把我逼来的、撵来的……”

“你妈打没打你？”

“……”

她想说，却说不出口。显然，老卢打了她。岂有此理。等老卢再来，我要批评她：封建家庭，封建意识，所谓棍棒出孝子、恩养无义儿……

“你来了，想不想你的地？想不想你的妈？”

“想，想……都想，都想……”

理所当然，她，想，都想。她没有离开过她的地，当然想她的地；她没有离开过她的妈，当然想她的妈。在这上，她与凤妹，是无法合拢的绝对对立的两个人，两种思想，两种性格。

这一日间，她给我的举一反三的总印象、总观感，不难把她概括起来一个单线粗条的缩影。与其说她接受了新社会开创的新思想新事物新风气的宣教，毋宁说她听任旧时代遗留的旧意识旧礼仪旧习惯的熏染；主要的还是从旧式生活环境、民俗民谚、民间传说故事中，心领神会、潜移默化而深受影响。例如，生自长自历来愚昧懵懂冥顽的穷乡僻壤，她能不受到种种封建迷信落后诸说的感染吗？她能不敬神保佑怕鬼勾魂吗？她能不信六道轮回因果报应吗？她能不想阴阳二界——阴曹地府阳世三间善善恶恶吗？她能不说心不比天高、命倒比纸薄、阴地不如阳地好、好死不如赖活着、老天爷饿不死瞎家雀儿吗？在这一点上，恰恰在这一点上，她不悲叹，不寻死，安定而顽强地度着枯燥的苦生活，吞苦丸吃苦果。人靠地果腹——她要种地，人靠妈喂活——她要养妈，她与妈与地互相联系在一起、与妈与地心连心，心心相印，相依为命，心甘情愿，一心一意，种地养妈，陪妈侍妈到老到终，以尽孤女的孝道。羊有跪乳之恩，乌有反哺之义，何况人乎？与其说她妈绝后绝户，毋宁说她妈已有子嗣。试想想，岂非世上只有长须的光棍儿，而没有白发的处女吗？她可谓至孝无比，但她从未有过至孝而殉死的妄想邪念……少小髫年，稚气土气，而韶龄韶光，童女童心，未染世间秽尘污垢，性纯似白雪，情洁如明镜，她是通明透亮的晶体人。

她有一副秀丽的瘦溜的黄白净子儿的脸儿，凸出着黑黢黢的额头，加之墨眉、墨眼，以及两圈圈开放的长睫毛，好似两朵小墨菊花儿瓣瓣；而微红发粉的双颊，凹入深深的稍稍透黄的一双酒窝，好似成对的小莲花心儿，并且紧闭着两片唇的嘴儿，好似霜后的一片小枫叶，难怪她的妈从小夸她的“天美”。她与凤妹对照起来，难说谁比谁美，反正各有各的美，各有各的德美，堪称双美。从此，我家开始欣赏人间独一无二的“双美”——举办世上绝无仅有的“美展”。这不是一己的赏识，我相信凡是来我家的客人们，都会有同感、同等的鉴别力与审美标准；其中如有诗人、作曲家也许会写成一首诗、谱成一支曲：赞歌、赞美诗、抒情曲、田园交响乐。

然而，她俩经我一介绍，双方都不约而同地扭开小脸儿，各自浮出相似的尴尬的神色，眼儿眨了眨，眉儿拧起鬏鬏——两个同是可怜人，相逢反倒成了死对头。在她们走了以后，怎么接触，怎么说话，我就都不知道了。

当天晚上，莲莲悄悄地慢慢地推开门，怕把门推掉了似的；随着，她轻轻地小心翼翼地怕把地板踩塌了似的、蹑手蹑脚地飘了进来她的影子，无声无息地落到我的面前。我那么叫她坐，坐沙发她不，坐凳子她也不，一直规规矩矩地直立；显然，这是她妈告诫她的，小辈应有尊长敬老的礼貌。她垂着头，垂着眼睛，盯着自己的脚，像是要同自己穿到跟不上脚的黑靸鞋搭讪似的。我等了再等，等久了，腻了。

“莲莲，你有什么话说吧。在我面前，就像在你妈面前一样，有什么说什么，说吧，说吧。”

“……老伯，老伯……我明天回家了……”侥幸，喜形于色，她以为难得这个机会——鸟儿出笼，飞回渴念的恋恋难舍的自由自在的田园家屋、亲亲母亲眼前，甚而怀中。

“为什么?”实际上，我明白得很。

“……因为……因为老伯家有凤妹姐了……”的确，根据事实，但她肯定的夸张的语气，强调了事实——固有关照凤妹的一面，而更重要的一面是，满足自己——归心似箭。

“你小人儿，不必多心。我与你妈有过长久历史的友谊关系，对你负有培养的义务。正式告诉你，我不能让你走，不能让你走!”我这末后的坚定的一语，是要把她那止不住的跃跃欲试的念头截然卡断，卡死。

“……那……那老伯……就不要给我工钱了……”她没招了。她只能嘟嘟囔囔地说着，不停地摆着手，手背皴着的手，手掌心和手指头肚儿打茧子的手，劳动的胼胝的手。而劳动的胼胝的脚呢?赤着脚，脚趾和脚掌心在鞋里，看不见，而露在鞋口外的脚背，是风吹日晒的蹚土蹚泥的黢黑黢黑的、裂着小血口小血丝的。

“不能，不能。我给凤妹多少工钱，给你多少工钱。”

“……”无可奈何，她不知道该怎说。

“凤妹一个人又要在家做饭、打扫卫生，又要外出跑市场买菜、跑医院送饭，也实在忙不过来。等一等，我给你们俩分分工；让你们多余下一些时间，也好加强你们的学习；特别是你——莲莲，你妈交代给我，要我负责你的文化教育呢……”

当她听到“学习”二字的时候，她冷不防地不知不觉地悄默声儿地叹了一口气，唉了一声。奇怪，这有什么可发愁的可怵头的呢?难道是学过阴学扶乩学跳大神儿吗，随着，她发现我察觉了她失常的变态以后，立刻端正了正常的本相。而且，她接连不断地点着头，是点着头走的。可是，我叫了一声，把她叫回来。她怔住了，纳起闷儿来，盯住我。

“老伯，还有话吗?”

“有话，有话……”

“老伯，说吧，我听话……”她以为我还是要跟她说什么有关学习一类的话。

“你真听话吗?”

“老伯，我真听话，真听话……”

“那么，你坐下!”

“真听话”，唯命是从，她猝不及防地一坐，坐到沙发上，但她生来没有坐过这个软了咕叽的玩意儿，不由得吓了一跳，赶快拿脚撑起自己的臀尖，怕把它压破、压出个窟窿眼儿呢。

“老伯，还有话吗?”

“没了。走吧!”

她一听，恍然显出她意识到了被怂恿被命令的失礼失敬而有违母命的一场儿戏，抿一抿嘴，似笑非笑、非笑似笑、啼笑皆非皆是，是藏拙隐衷的微微的苦笑喜笑暗笑——开了一次洋荤、喝了一口加糖咖啡、一片黄连和一块红枣一口吞下……

在她刚刚走后，紧接着，凤妹就闯进屋里来了；看情形，近乎在市场排队似的去去来来呢——生意兴隆、财源茂盛，市场兴旺、经济繁荣。没等我让，她就落了座；没等我说话，她就先开口了。小姑娘、小凤妹，痛快，痛快，痛痛快快。

“大伯，我来、我有话要跟您说!”

“我知道你要来，我也知道你要说什么……”

“那我就不说了。大伯，我还真不知道怎么说才好、才妥当，请您替我说吧。”小嘴儿真乖，真巧；真的，巧女能做无米之炊。谁不信吗?

“你要离开我家，去另找工作。是不是?”

“是，是，是老话说的秀才不出门，能知天下事，何况我这么一点儿豆粒大的勾当。大伯，您说的一点儿也不错!”她应对如流，好似一江春水向东流。

“凤妹，你说过，你一辈子帮我家工，还帮鹂鹂家工吗?”我想将她一军，治治她。

“是，我说过。那时候，我说的是真心话。”她有自己的棋谱的绝招，不怕将军。

“现在呢?”

“现在，我要说的也是真心话、真心话。”

我明明知道她要说的话，是出于她的单纯的至美至善的屈己待人、让位予人的想头；但我仍想难为她一下，试试她灵活的脑力，而作为无邪的诙谐的消遣。

“那你为什么出乎尔，又反乎尔?因为你有九年文化，我才用了这样的语言。懂吗?”

“懂,懂。大伯比我懂得多得多,无论什么统统明白,明明白白,何必难为我——一个小黄毛丫头呢?当然,大伯有意拿我小人儿打趣,那又当别论——难得老人家这般的赤子之心……”

“凤妹,跟你正经地说,你还要说的话,我再不替你说,而且不同意你自己再说……”

“这不是增加您的负担?不,应该说,增加您的浪费。”

我没有困难,没有任何困难。我有那么多银行存款,除了自觉捐献严重灾区外,莫非我自己无权用于个人的帮助、救济吗?况且也不是什么帮助,更不是什么救济。

“我家人少事多、活多,都要你一个人干,天长日久,也许把你这小骨架累散了呢。我已经与莲莲谈妥了,给你们俩分分工……”我开始注视她的反应,“你们利用每天多余的时间,多多学习学习;你的学习,由我给你规划规划;另外你负责教教莲莲的文化,也有教学相长的作用、意义……”

她一听“学习”二字,不由自主地紧了紧鼻子,皱了皱眉头;当她意识到自己的怪相的时候,立刻把头扭过去,干吗呢?是不是任性地做了一个可恶的鬼脸儿呢?待她又转过头来以后,她禁不住“扑哧”地一笑,是笑我的可笑——不识时务吗?是笑她自己的可笑——时髦感流行感吗?她很快地镇静一下,又恢复了故态,可爱的、可恼的、可悯的、复杂的情愫混为单一的神态。

“感谢大伯关照的好心肠……那把我每月二十元工资,劈给莲莲一半!”

她向我伸出两只小手掌,竖起十个小手指头,纤纤的,鲜笋芽儿似的,不像农民家庭出身的劳动成长的粗而壮的手,是原来后天老生儿娇生惯养把它退化的呢?还是根本先天安琪儿得天独厚把它纤化的呢?我知道她的每一个手指头比作一元钱,十个手指头比作十元钱;可是,我更知道十指连心啊,咬哪个,哪个痛到心,好个重义轻财的妞妞、穷妞妞、苦妞妞……

“莲莲听我的,你呢,你听我的吗?”

“听!大伯,我从来不就听话吗?”

“是的,凤妹从来就是听话的。那么,你把你的十个指头收回去,攥起拳头给我看。”

于是,她收拢了十指,攥起了小拳,光滑的柔嫩的小拳头。但她没有给我看一眼，却把两个小拳头一上一下、一下一上地，不住地交错地摇动着，甩打着，击鼓似的；最后一击，击在自己的头顶上，疼在自己的脑中，自怨自艾，自恨自咎，疚心呢。

自此，我给她俩同等的工资，同等的待遇，同住一室，同样的床，同样的桌椅。她俩相安无事，相处和好，好得像一个人、一个人和自己的影子似的，或说，如影随形，如胶似漆，舍离不得；有时互相串用零钱，换穿鞋袜衣裤；有时共同商量计划生活，一起配合劳作；有时成对成双出出入入，看电影，逛公园；有时肩并肩、手牵手挤照相馆，合影留念，去展销会，买些女子需要的零星物品。当然，她俩也各有各的心思，一个关心北方的旱情，一个注意南方的雨量；再是，一个有文化，一个文盲。我曾多次提醒、劝告，甚至像北京街道挖不完修不完的管道似的挖来挖去地屡屡挖空心思强逼，一个自修兼小先生，一个当小学生，反复说明一个教、一个学——教学相长的道理、共同进步的道理。在这个厌弃学习的问题上，她俩的态度是有差别的，风妹是绝对的，莲莲是相对的，后者是以前者为模特儿的、看风转舵的，但当我面，她俩一起点头，同声诺诺；而在我背后，她俩就把我的厚意当了耳旁风，把我的好心当了驴肝肺；即使表现积极起来，她俩也不过是学习的二流子，三天打鱼两天晒网，三日莲花两日牡丹。当矛盾激化的时候，她俩相似的意见，逐渐接近到一致，一致与我正面对立起来，农家人学什么呢？学不学还不是一个样儿的劳动、一个样儿的苦命人、灾命人……她俩一闲、闲得无所事事，风妹便带头闲磕牙、瞎聊天，胡诌乱扯，怨天尤人，恶言恶语，骂骂咧咧，撒村撒气，一塌糊涂。唉，你俩这样徒托空言解恨泄愤，究竟有什么意义？若不就翻电影画报，她俩早把它翻烂了，还翻呢。唉，莫如回忆回忆吧，你俩自己的经历，不是比现有最丰富的电影内容丰富得多吗？莫如照照镜子吧，你俩自己的模样儿，不是比现有最漂亮的电影女演员漂亮得多吗？假定说，人的大脑有一立方厘米大小，在她俩的脑力活动中，如果学习文化政治，包括“振兴中华”“向往共产主义”在内，最多占其百分之零点一，那么个人各种私心杂念、混乱思想与糊涂观念作为对立面，就要占其百分之九十九点九；自然，论其严重性、危险性，风妹更甚于莲莲。唉，照这样下去，我的可亲的风妹、可厌的小调皮鬼啊，你不是要把我的可爱的纯朴的莲莲带坏了吗？我给她俩买的那些文化政治课本、农业现代化科技书籍与少年读物，都摆在桌上活动的书夹内，一律新书，排列整整齐齐，像是家庭的装饰物、书店橱窗的陈列品，供人参观似的。我过去在瑞金、延安，参加过扫盲、教文化工作，也未碰到过像她俩这样的顽固分子。由此，我失望了，大失所望了。我不能承认我瞎，但是不是生了白翳呢？说什么“双美”“双美”呢？“双美”，原来不过是双蝴蝶——一个曲牌，双头筋——两块骨头一个劲儿，双簧表演——两个人一个声一个相儿，双料包袱——加倍重、加倍重……我气急败坏，禁不住要问：你，你，你们少年人，从生到世上，吃现成食，穿现成衣，住现成房，不劳而获地享受人家劳动的成果，而你们报酬了什么、贡献了什么？当然，你们现在是自食其力了，无可非议了；而只要求你们为己（有觉悟）更为人多学习一点点、一点点，莫非是额外的不合理的劳役吗？莫非不是少年人应有的优良的品质吗？……我火了，火极了，有力地举起了手掌，要打人、要打人，到底却又无力地收了回来。我一旦给她俩一人一掌，岂不落下了虐待少年之嫌吗？况且学习乃有关思想问题；凡属思想问题，只能说服而不能压服；其实，压也是压不服的……

有一天晚上，我去检查她俩学习的时候，看见莲莲哭着，凤妹拿手绢给她揩着泪水……我猜想得到莲莲哭鼻子的理由，一定因为小菊今天来过，带过口信——家乡至今还未下雨之事……忽地一阵，我的心里好难受，仿佛心尖与刀尖相撞了一样，但我一横心，硬要挺一挺脖颈、腰杆，既不能屈从于自己的老态，又不能降服于她俩的病态。我一坐，坐定下来。

“莲莲，哭吗？泪水代替不了雨水！你就是哭成泪人儿，也浇湿不了你地上的一棵苗……凤妹，你俩那么要好，你怎么不帮她掉掉泪呢？”

“我家的雨水都代替我掉过了，掉尽了。大伯，我还能帮她吗？”

“能，能！”

“能？不能，不能！”她是一身硬骨头、硬脾气。

“能，能，能！”

“能？能？不能！不能！绝对不能！”

“能，能，能，绝对能，绝对能帮她、帮她学文化、学文化……我还要重复那句话——教学相长，你也需要学习，再学习……”

“……学习？又是学习！”凤妹想也想不到我声东击西，击中她的要害，受了伤似的低下头去，喃喃地自言自语地独白着，“……学习……学习，学得没兴头儿，没奔头儿……”

“学习，学不出劲头儿……”莲莲跟着凤妹随声附和，是跟着凤妹走下坡路了吧?!

“学习，可以提高文化；提高文化，可以掌握科学；掌握了科学，你这个人就大有作为了，大有作为了!”

“哼，作为，作为什么……”凤妹怨声怨气地说。

“真的，作为什么……”莲莲也怨声怨气地说。

“你们听说过吧？世界上最有作为的是人——人定胜天！真的好像‘人要天下雨，天就下雨，人要天不下雨，天就不下雨’一般——人定胜天!”

她俩一听我说“人定胜天”这句话不屑一听地讥之以笑，嗤之以鼻，噘之以嘴，凤妹樱桃形的嘴，撇开两瓣，歪左一瓣，扭右一瓣；莲莲枫叶式的嘴，噘起来，噘得挂油瓶、拴毛驴儿，一句话说，她俩都变相了，变丑了，变成丑八怪；而且，在她俩的眼睛里，我也减色了、掉价了，再不是值得尊敬的“大伯”，再不是理当亲爱的“老伯”了。

“呸，‘人定胜天’，顶个屁！”凤妹呸了一声，又喷出来那个“脏”字。“哼，‘人’？‘人’？有的人是人，有的人是鬼，是鬼……我们一家人饿死了，饿死了……”她悲愤已极，掉了两滴泪；泪囊痿瘪的泪液干涸的她，掉下两颗珍珠。这是她第一次呈现在我面前的宝贝。“哼，有谁替你叫苦，有谁管你死活……亏得我妈在北京给人家大官家当保姆，赶回家来，带回五斤米，煮了一锅粥才把一家人救活……可是，我们大队，叫猪羊大队，杀猪宰羊，三亲六故，高朋好友满座，陈酿美酒俱全，吞肥猪肉，灌羊杂碎，吃香喝辣，撑得直放屁、直蹿稀、直呕吐，剩下个羊头挂起来，这叫挂羊头卖狗肉！凭他们这些人还能‘胜天’吗？呸，‘人定胜天’，老话，废话，党八股……”

“哎呀，哎呀，我可不信什么‘人定胜天’……”莲莲没有喷出那个“脏”字，但她放声号啕大哭起来，正像她与我初次见面那样，“……我们油葫芦大队，煎烤烹炸，吃吃喝喝，连朋带友，加上大舅子小姨子，油脂麻花，油嘴滑舌，说得天花乱坠，人家有钱有势的人‘胜天’……我们受苦受难的人怎么‘胜天’？我跟我妈跑出老远老远，求爷爷告奶奶，挨门讨要：‘行善积德吧！给一碗半碗饭吃吧！’……我跟我妈，鸡狗都不如，算什么‘人’，还‘人定胜天’呢，旧话，瞎话，该死话……”

她俩痛感于自己乞食与饿殍之时，适值我被打倒之际，虽然我自天上沦落地下，房子越住越小，车子越坐越大，路子越走越窄越陡越险，但是我仍不失为不愁食不愁饿的“逍遥一世之上，睥睨天地之间”的、在她俩之上的上等人；而她俩在我之下，在我之下下，下到十八层地狱的可怜鬼啊……鬼叹，叹吧。鬼哭，哭吧。你大人老爷管这管那、管天管地，难道你还管得着鬼叹鬼哭吗？

凤妹的叹息不已，莲莲的眼泪不止。我与她俩的谈话中断了，隔了整整一日——由于过度的刺激、打击，触犯了加重了我的体位性低血压症，而且引起我的人事党事的千头万绪、百感交集，躺了整整一日。在这一日，她俩多次给我送茶送饭，并且换班陪伴我，安慰我。莲莲发誓说，再不敢哭，不敢撒泼，不敢胡作；而凤妹呢，不肯服一点儿软、认一点儿错。在她俩错与不错，都是无关紧要的枝梢末节，我需要自己一个人清静地安定着，冷静地思索着。

是的，“人定胜天”是句旧话、老话，出自元代刘祁所撰的《归潜志》史书；而党利用它，赋予它以新的概念、新的生命，成为一度沿用的革命的术语新词。而她俩也恰恰是在这个新的意义上予以反对、否定、咒骂——显而易见地发泄了反党情绪。党在她俩的视野里，是怎样形象？是什么地位？不问可知，她俩必然怀疑于——党、失望于——党而产生了反党情绪。对于这，我认为是出于她俩的幼稚、无知、狭隘、偏颇，更是出于她俩切身的感受、亲自经历的惨痛遭遇所致，我愿以我五十年党龄的一贯忠实于党之心、觉悟与认识，保证她俩不仅不是反党分子，而且是党团结教育的对象，还有可能成为党的后辈接班同志。至于“人定胜天”一语，过去不是，现在也不是，将来更不是废话、瞎话、该死话、党八股……

是的，古有谏院、谏书、谏鼓、谏议大夫、谏果典故，巩固封建统治地位。而历代的海瑞、左光斗、寇准、包拯、魏徵、司马迁、屈原等外史逸文，流传民间，迄今不衰。今有中纪委会，检查党纪、党规、党法、党性，维护党的生命之制；听取个人意见、申诉，改正、平反、昭雪错案冤案；同时贯彻党员守则，广开群众言路，保护言者无罪，保证处分党员大公无私——“王子犯法与民同罪”。当然，当年一度个人崇拜而置个人于集体之上、党之上，终于酿成大祸、大动乱、大浩劫。在这前后，不还是有过可敬的彭德怀元帅等的上书吗？不还是有过可歌可泣的张志新烈士等的殉党吗？至于我，倘若不被错划反党分子，仍居高官厚禄、养尊处优之位，又如之何？写回忆录，切记忠于己、忠于人民，禁忌擦胭脂抹粉，人工美容术……

是的，党？它，不是教旨神权、神明教廷，不是霸道霸权的发号施令、指挥钢鞭，不是古代所传阴阳家崇信的精灵符箓、氏族敬奉的圣灵图腾……党？人们比喻：党——“母亲”。伟大的共产主义者、伟大的诗人弗·马雅可夫斯基说：“党和列宁——一对孪生的兄弟，在母亲——历史看来，谁更宝贵？我们说——列宁，我们是指——党，我们说——党，我们是指——列宁。”这是诗，而非理论（同样，这非理论，而是小说）……党？它，是马克思列宁时代灵魂心灵孕育而诞生的、众志群情民性学习而创造的、最伟大最先进的思想化身、最新最有力的真理实体，是为阶级的翻身、民族的解放、人民的幸福而牺牲的烈士不朽的铁骨所筑成的、烈士不熄的血焰所燃着的人海照明指航的灯塔；它，从孩提之年，经历曲曲折折、血迹斑斑之路，逐渐逐渐成长、壮大、熟稔，接近成熟、老练、老成；它，超越不了人的脑力，却胜过了人的精力、魄力、威力、创造力……党？它吸收了我，我充实了它；我交心于它，它信赖于我；我拥护了它，它保护了我；我败时，它予以支持，我胜时，它使之警惕；它对我的过从轻、对我的功为重，它冤了我、为我再伸正义；我需要它的教导，人民需要它的教导，它需要我的建议监督、人民的建议监督，它的得失应该公之于众（机密在外）；它有党心，人民有民心，党心不得脱离民心，先人民之苦而苦、后人民之甘而甘；它只能前进而不得后退，只能向光明而不得向黑暗，只能拿着万能的金钥匙，继续以无畏无敌之力启开世上一切的曲室与封室、潜网与暗堡、地窨及地牢、禁笼与死角、难区与灾区的桎梏之锁，给所有的残生与病魔、屈命与冤鬼恢健还魂，重获新生；当然，它也不饶过你——伪君子、党骗子冒天下之大不韪，竟敢欺世盗名而营私，但终归幸免不了消除你的哀荣，而公布你生前所作所为的丑行罪行……党？它，在党内敌我斗争中，是受过伤的，受过多次伤的；最重的一次，是受“四人帮”伤过的。他们、她们倒是哪一类风云人物呢？倒是拉大旗作为虎皮，包着自己，去吓唬别人；小不如意，就倚势定人罪名，而且重得可怕的横暴者、篡党夺权者，今天打倒这位元帅，明天打倒那位功臣，天天打倒，打倒遍及全国老党员、新模范……她们、他们穿上大制而特制的皮鞋、皮靴，那么厚厚的底儿、厚厚的跟儿，还嫌底儿薄、跟儿低，硬要把党垫在脚底下，垫高起来，以为玉宇宫殿荒淫享乐的垫地毯，朱门金铆穷凶显贵的上马石，御膳房终日饱食仙药金丹、山珍海味而随身带的、随时憋不疴痢的马桶座连置脚榻，泰泰呵呵地，闲情逸致地，飘飘欲仙地……于是，纯洁的光辉的金质的党被沾上了粪土、被遮上了光幂、被生上了锈……于是，在暗无天日之下，官僚主义、特权关系、裙带关系、帮派关系煊赫地大摇大摆起来，斜视眼螃蟹式横行邪行通行无阻了……于是，有那么一些马子、婊子、溜湫子、乍杂子、造反起家者、打砸抢者（包括敌对分子）跟着蹂躏、亵渎、糟蹋、贬低、抹杀党的威信、荣誉，把它弃于敝履垃圾之处，甚至化为贬词、作料、反话、趣语、笑柄、嘘声、嘘典、嘲歌、催眠曲、打油诗、顺口溜；而指党员，则叫“老党”“小党”“落汤鸡”“落水狗”“卸磨驴”“卸辕马”“公子哥儿”“半掩门子”“逍遥派”“观潮派”等等。这种歪风邪气影响之大、流毒之广，影响到、毒到全国各民族的下一代、两代，影响到、毒到凤妹、莲莲……不然，为什么？为什么有人以无党无派而自居自诩？为什么有人以隐党埋员而有所回避？为什么有人以创作之名而挟邪藏淫、连抄带袭？为什么有人以驾驶之名而横冲直撞、制造车祸？为什么有人以乘客之名而劫持飞机、别有目的？为什么有人以特权之名而走私贩私、倒把投机、违法乱纪、损公利己？何况少年——凤妹、莲莲，小小不言的微乎其微的凤妹、莲莲……

……在静养休息中，在思索中，我若有所思而所思漫漫，神经兮兮，歇斯底里，非分之想，想入非非，奥奥妙妙，缥缥缈缈，神游天地哲理、是是非非、真真假假之域……我老了，离职了。但是，我并没有离开党；正相反，我与党更近更近，近到听到它的脉搏、心脏的声——社会主义现代化进程的潜音。

因此，我学李铁拐拄杖前去，把前日中断的谈话，又与她俩接连起来。

“你俩，知道不知道‘现代化’？”

“什么？”她俩同声问。

“我跟你俩简单地说一说，农业现代化的问题。比方，有关综合利用水利资源的建设，农业主要的是防洪防旱的建设，水库水电站系统，堤坝渠道系统，排灌机械设备系统，保证旱涝保收，保证年年高产丰收，这是一方面；另一方面，从种到收、到脱粒归仓，一概机械化——现代化。换一句话说，农业现代化，就是高度科学化，人只要操作、掌握各种器械、各种仪表就行了。这一切，都将需要你们少年人。现在你俩呢，一个文盲，一个科盲，将怎样适应客观的要求？所以必须学习，再学习。常言道，活到老，学到老；玉不琢，不成器；学者如禾如稻，不学者如蒿如草……你俩要有志气，要有理想；不要无望、绝望，不要哭，不要哭……你俩节省一点儿泪、留下一点儿泪吧；因为你俩将来是要大笑的，人笑到大发劲儿的时候，也还要笑出泪、笑出泪呢……”

“我俩能赶上那个好时候吗？”她俩同时兴致勃勃起来。

“我不是空想的乐观主义者，我承认我不一定赶得上了，但我保证你俩能够赶得上！若是我今天跟你俩说了假话、说了错话，那我现在当面就先立誓约——在我死后，你俩暴我的尸、鞭我的尸！”

“老伯、大伯……别说，别说……”她俩一起在制止我再说下去。

“那听我的话！”

“大伯，老伯……听您的话，听您的话……”

“听我什么话？”

“学习！”

“学习！”

按我们这里房产管理所规定，同一单元每月每户轮流负责代收房租和各种杂费；听起来，很简单，而做起来，倒也很复杂、很麻烦。举例说，每家每月房租都有固定钱数，而每家每月杂费都要按本月份水表、电表、煤气表消耗的具体数字而计算费用的多少，各家不一，各家有各家单独的统计。这一点点事，却关系到科学知识和文化程度的问题；凤妹初来时有一次跟人家之所以吵架，就是为这个缘故。当这个月份轮到我家代为收费的时候，叫谁去办呢？莲莲吗？当然不行，还得凤妹高才生，让她硬着头皮去试试吧。在十多户人家里，她都走遍了，除了闹闹摩擦之间而深感“事非经过不知难，书到用时方恨少”之外，已不了了之。最后证明她与莲莲虽有大囡与小囡、大巫与小巫之差，但也都不过是小盲与大盲之别而已。只得挨着，挨着，挨到星期六的晚上，鹂鹂回家，代劳完成了这个任务。当夜，莲莲睡着了；凤妹睡不着，在床上翻来覆去，终于哭起来，比莲莲过去哭得还厉害——悔不该不听我的话，悔不该听我的话听迟了……这是第二天一早，鹂鹂偷着告诉我的。哀哉，哀哉，凤妹怎么把珍珠当作露水珠、泔水汤和沤肥浆了呢？

地方语说，犟眼子儿棒打不回，机灵鬼儿一点就透；浪子回头金不换，书中自有黄金屋。我真实地感到这“一点”点“透”了凤妹的天灵盖，而“回头”了；同时莲莲也跟着开了窍，而走进了“黄金屋”。从此，她俩开始认真地学习；并且，通过这种学习，她俩大脑原先的百分之零点一所占的部位，由于不断地渗入“现代化”而逐渐在扩大，而相对的百分之九十九点九所占的部位，也随之逐渐在缩小。她俩每夜，甚而夜以继日，直到夜深，或废寝竟至侵晨。少年们熬熬夜，也不算什么；白天照常劳作，该做什么还做什么，不耽误一点儿活儿。只是在午饭之后，她俩张张哈欠，打打盹儿，或必要时，睡上一小觉，也就解了乏儿。不过，我担心日久天长了，有损于她俩的身体健康；说实话，她俩的体质，本来也不怎么棒，一个个瘦筋巴骨的，用她俩自个儿的话说，像麻秆、像秫秸似的；所以我又不得不常常到她俩屋去，检查她俩的学习，不，不，干涉、停止她俩的学习。

“睡吧，睡吧！”

“还早呢……”

“快到半夜了！”

“凤姐，咱们睡吧?!”

“再等一等，再学一个钟头……大伯，我们俩的学习，可是听得您的话呀！”

“是的，是的。我高兴，非常高兴看到你俩保持了经常刻苦的学习。不过，你俩还要听我的话，学习，勿忘保住你俩的健康、保住你俩的命。若是你俩累坏了、累死了，那你俩还能学习吗？还能为‘现代化’服务吗？”借此机会，我也抒抒情。“留得青山在，不怕没柴烧；留得五湖明月在，不愁无处下金钩。你俩记住，你们少年人记住，‘现代化’是你们的命根子，你们又是‘现代化’的命根子！”

日月如梭，光阴似箭。一晃儿，时进六月，天气预报广播，有两次说“天阴，有小阵雨”。的确，天是阴的，不见一线阳光；而北京市地面大，别区是不是下过雨，不知道；只知道我们的居民区，连个小雨点儿也没掉过，是在半空中被风刮跑了吗？反正莲莲像匹小马驹儿，马不停蹄似的出出进进、跳跳跃跃，空欢喜两场，两手攥空拳，没有捞到一星儿小雨星儿——小马驹儿脑袋再扬不起来，连小尾巴也耷拉下去，贴近了地皮儿，是要扫扫地试试尘土湿过没湿过吗？

有一天早晨，天气特别阴阴沉沉，阴阴沉沉。阴阴沉沉的天面下坠，坠到最低最低，几几乎低到北京高楼的楼顶，并且形成一色灰暗的、严丝合缝的巨型幕篷，非常非常的气象，似非烟霭、云翳，倒像乌亮的铝合金所铸的结晶的固体状。世传“九霄”“九重天”。《天问》谓“圜则九重”。《汉书》云“天有九重”。《程子遗书》书“最后九重便成硬壳”。《拨不断》曲“九重天，二十年，龙凤楼阁都曾见”。《琵琶记》唱“九重天上声名重”。《长生殿》曰“金门一出，如隔九天”。《天门略》译“第九重为宗动天”。《答李淑一》有“杨柳轻飏直上重霄九”。根据此时天型的形状，可否视为象征的“第九重”天象？可否称为“九重”“重霄九”翻覆、颠倒的“宗动天”“硬壳——金属天”呢？

不久，小菊来了，跟着雨也下来了；不，应该说，是她去卖鸡蛋，赶上下了雨，作践个泥猴儿似的才来的。因为她一到市场，一看天气就像有雨；接着便滴下来小雨丝儿、小雨点儿，所谓一滴一个泡，还有大雨到。果不其然，一丝丝的雨丝编成辫儿，一粒粒的雨点连成链儿，一颗颗的雨珠穿成串儿——大雨到，浇起来、淋起来了。糟糕，小菊一看卖鸡蛋卖不成，撒丫子就跑，连跑带滚，冲破了雨围；而雨跟着她、赶着她，把她赶到了我的家。她只有十五岁，却有一米六高，比凤妹、莲莲矮不了多少，也许只差二三毫米？她长得又壮又有力量，胳膊挎三百个鸡蛋筐子，仿何仙姑挎花篮儿似的。她同莲莲在我家见面，这是第三次，而比前两次都兴奋、激动，她俩嬉皮笑脸地欢天喜地地蹦着高儿，叫着号儿。

“雨，雨，你下呀，大大下呀……”

“雨，雨，你下呀，大大下呀……”

“瓢泼的大雨，泼到三河县呀、三河县呀……”

“瓢泼的大雨，泼到三河县呀、三河县呀……”

她俩忘情地忘乎所以地跑到院心，让雨浇着，浇着；伸着脖，仰着脸，张着嘴，让雨浇到灌到嘴里、嗓里、肚里，似乎是干渴到了极点，这一回可要尽量地把自个儿解解渴；等于是急于要用的蘑菇、木耳，这一回可要尽快地把它泡开胀开……我和凤妹看到她俩的衣服都浇透，浇得水淋淋的，浇得从头顶上往脚底下直流水，简直浇成一对小水鬼了。我们吆唤她俩，强制她俩进屋，换衣服。莲莲只有一身可换的东西，给小菊换上了。她自己呢？凤妹的家底儿，一件件全是一堆破烂，大窟窿小眼子的，每每临时连连补补，自己将就穿、凑合穿，怎么给人家穿呢？好吧，豁出鹂鹂给的一套新衣新裤救急吧。可是，莲莲不肯，怎么能穿她的掐她的心尖儿呢？结果，她还是抢了凤妹的破烂换上，过去不也是换穿过吗？她与小菊闹的恶作剧所带来的问题，都解决了。可是，小菊的鸡蛋呢？

“今天晚上，你住在这儿，明天再到自由市场去卖鸡蛋。”莲莲给小菊出主意。

“不，不！我今天必定赶回家，看看咱们自己家的雨，把地浇透了没有呀！”小菊的意思是，自己家的雨、自己家的地，比自己家的鸡蛋重要，重要得多得多，“明天，你替我跑趟腿，到自由市场帮我卖掉吧。行不行？行不行？”

“不行，不行！”莲莲被小菊一番话引起了同感，更甚的同感。“我今天也跟你一道回家去！是呀，是呀，看看咱们自己家的雨，把地浇透了没有呀！”她又给自己拿定了主意。

“好，好，就这样吧。你俩今天都回去，看雨看地，明天我替小菊去卖鸡蛋呗。”凤妹确有舍己为人的精神，“大伯，您有没有意见呢？”

我能有意见吗？我只有见到她们的可喜的归心，才感到自己的老心的可喜。

我跟她们仨扑在玻璃窗上，望着窗外的雨……什么时候能停一停？好让人家俩儿赶回家去！……而雨势愈来愈大，密密行行地从玻璃上往下流着，犹如玻璃液似的往下流着，流着，舞台电光映现的雨幕似的往下流着，流着。我们望得眼花缭乱，依稀可以辨识密集的大雨——排排的层层的编成辫儿的、连成链儿的、穿成串儿的，同汞链帘、白银屏、水晶壁、珍珠帐、钻石围似的，这该是莲莲和小菊的想象力?！而凤妹的感觉，却该是完全另外一种——儿童幻想世界的迷阵迷宫的不吉之兆吧?！

大雨下着，下着。马路广场地上，淤水成流，水洼洼、水泡子，片片汪汪。大雨下到晚上未止。我挽留小菊和莲莲明日一早再走不迟，凤妹的意见也是这样。

“小菊，你长这么大，还没看过电视，借这个机会，你也开开眼界呗。”

凤妹把小菊留住了。莲莲想走，当然也走不了——天黑，雨未止。

然而，电视开头国内新闻，又是水灾……几天来，荧光屏上已经数次出现过广东、福建、湖南洪水成灾的景象；令人感动的是，人民子弟兵——解放军亲上加亲，乘船搭筏，投水浮水，舍死忘生，为人为公，全力抢救国家库存物资、人民生命财产……而今晚电视的水灾镜头，录到了江西、湖北。

“……现在……又轮到了江西、湖北……这两省都是我们省的邻省……也许下一次——明天晚上……明天晚上就该轮到了我们省……我们县……我们公社……我们的家……我们的家……”在窗外淅淅沥沥的雨声间、室内半明半暗的光线中，凤妹郁闷地观看着，自己跟自己念央儿——怏怏地低声地陈诉着。

我为了抚慰她，使之安神安心，而特意地作弄她、要笑她——转移她的凄然的惶惑之情，站起来发了命令，一如我当年在战场上发了疾言厉色的命令。

“凤妹，这回又该轮到你了，放声大哭吧，放声大哭吧！莲莲，听着！你暂闭电视，打开电灯。你多多准备手绢，越多越好。你快去拿来，快去拿来吧！”

很快地，很快地，电灯放明，明光如昼。很快地，很快地莲莲把我的一摞子洗干净的手绢捧来，撞开小菊；小菊被撞得干瞪眼，不哼不哈的，不尴不尬的；没说的，莲莲与小菊从小同邻同池长大的并蒂莲，用不着给她赔礼道歉，而径直捧着手绢，捧到凤妹面前，给她的眼睛细细看，笑眯眯的，逗哏的。瞧她——小鬼头、小噱头相儿，这个小土豆再不是初出土时那么一种单调的面糊糊的味道了。小辣椒呢？也再不是初落秧时那么一股纯粹的刺激性的辣劲儿了。此刻，小辣椒可不愿意、不愿意跟小土豆混在一块儿，混炒一个没滋没味的菜；归根结底，落叶归根，她躲开小土豆、躲开手绢，丧气地，恼火地，发怒地，不屑一瞥地，躲到我的身旁，仰起脸儿让我看，让我看她的眼睛——湿润润的湿漉漉的眼圈圈，却没有汇集成泪，一滴滴半滴滴也不够；她的泪腺、泪液还是近乎痿瘪的干涸的。于是她有发言权了，忘我的，激情的，豪放不羁的，盛气凌人的。

“大伯，我要留着泪，等到将来笑、笑到大发劲儿的时候用呢！”

“说得好，好！说得对，对，对！到那时候，你就再不说qióng再不说pì了。到那时候，是你的、是你们的黄金时代、笑的时代！今天晚上，让我先给你出个简单的数学公式，请你答卷。数学公式是：（农业正确政策+农业现代化）-（官僚主义+特权关系+裙带关系+帮派关系）=?”

凤妹未加思考就回答了。

“=旱涝保收。=劳动致富。”

“莲莲，小菊，你俩能不能答一答？”

“凤姐答得对，答得好！”

她俩异口同声地答。是敲边鼓呢？是拽尾巴坐拖车呢？还是各有各不同程度的理性呢？但我还要把问题拉回来，交给凤妹。

“是的，是的。＝农必致富，＝农必享福。还有，还有=？ =??”

“还有什么？还有=？ =??”

“还有什么？还有=？ =??”

“=人定胜天。=党定胜天。”

附记

（一）病中，因有前车之鉴，避免遗笑种种纠纷，故予子女写了一份遗嘱；乘兴之所至，又予后代人写了一篇遗嘱式小说。作为东北人，流居东北各地四十余年，并念及被迫害致死于安徽的故友朱光同志，曾于东北留赠诗句“如今身是南归客，回首山川觉有情”，拟投故土冰雪编者发表。而今适经老友介绍天津日报《文艺》双月刊老同志特来约稿，遂付之刊之，尚望读者指正。(1982.9.10)

（二）本文发表之后，曾转载于《小说月报》（一九八三年第一期），并见若干评论：陈企霞《人定胜天，党定胜天》——舒群的小说《美女陈情》读后（天津日报《文艺》双月刊，一九八二年第六期），鲍昌《思想深邃，文笔旷达》——舒群短篇小说《美女陈情》读后（天津日报一九八三年一月十日），郭志刚《新的呐喊》——读《美女陈情》（中国青年报一九八三年一月十三日），张重宪《快语叠璧妙字联珠的语言艺术》——从《美女陈情》的语言特色谈及小说语言（天津日报《文艺》双月刊，一九八三年第二期）等；另接较多读者来信，除赞语之外，还指出两处差误：一是原文“大队的党支部书记”改为“区干部”，二是原文“泪囊”改为“泪腺”等，均于此致以敬意谢意。(1983.4.2)

《文艺杂志》1982年第5期

合 欢 篇

——萍水相逢情

盖“合欢”一词，括有彼此相聚而同乐之旨，故其应用甚广，《周礼》有合欢席，汉宫有合欢殿，《乐府》有合欢歌，《词谱》有合欢带，古诗有合欢被，班婕妤诗有合欢扇，萧衍诗有合欢结，宋之问诗有合欢杯，《束晰近游赋》有合欢帽，《戊辰杂抄》有合欢梁，《琅嬛记》有合欢散，《广舆记》有合欢橘，《拾遗记》有合欢草，《笋谱》有合欢竹，《植物名实图考》与《植物名实图考长编》有合欢树。

合欢树，又名合昏树。夜合树，或绒树、绒花树、马缨花树，或王孙树、黄孙树、黄昏树，或萌葛树、乌赖树、尸利洒树，见于北京园林庭院。但青少年鲜有知其名者，或有叟媪识者，则据其谐音而易以服词含义，竟讹传为“荣华树”。此树直挺扩展，繁枝扶疏曲折，夏季开花，花开期长，早期花丝茸茸，呈现抱团的线球形，晚期花缕谡谡，显出挓挲的纤维缨儿状，花有二色，下白上粉，朵朵簇簇，犹如巨型美观的彩绸伞，锦绣篷；至秋结实，成荚扁平，串串绺绺、滴里嘟噜；其叶羽状复叶，柔弱纤密，似皂荚槐而小，小叶对生，而与昼合夜开的守宫槐叶正相反，每日黄昏互抱而一，双双合欢，类乎夜合花的天然禀性。崔豹《古今注》曰：“欲忘人之忧，则赠以丹棘，丹棘一名忘忧；欲蠲人之忿，则赠以青裳，青裳合欢也。”

而《合欢篇》呢？

在一九七九年，落实政策之后，我携病老伴从外省重新返回北京，先寄宿前门远东饭店一大套间，后暂栖团结湖新居民区一单元三小间；而且请了一位女用人，收容了一对一度分离的孪生子——一双早已毕业大专院校、并于京工作数年而年超三十龄的光棍儿，但依然无处可贴他们各自所渴望的红双喜字。

实际问题，有什么办法呢？直到一九八二年秋——一九八三年夏这一年来，我屡次听到通知迁移的新址——木樨地“高级楼”，而结局被大力士挤到虎坊路“高质楼”。当然，我不惬意，颇有愤愤不平之气；虽说，我终于屈从就迁，迁就迁吧。

其实，平心而论，以我家人口迁于双单元大小七间屋，卧有卧室，餐有餐室，盥漱沐浴有卫生间，新郎新娘有新房，男女老少宾客有大客厅，岂不足够鹤立鸡群出类拔萃，而开云见日海阔天空了吗？又何必自以为是妄自尊大斤斤计较较力争脸，而以力压人踩人头顶为人所不齿不容呢？

在搬家之前，病老伴因病重入了医院，女用人为父奔丧归了故里，所以迁居重担落在家中三个人的肩上。我年老体弱，力不从心，不及半个劳动力；而二子体格，健康适龄，是劲儿十足的壮丁，还有两位志愿者投身以助，便使根本问题迎刃而解了。按照规划行动动作，快速而利落，他们利用工余的早晚时间，赶早拿笤帚墩布把新居地面打扫洗擦干净，抢晚用草帘子草绳子把旧宅家具包扎严实；接着，他们仅以半个上午两辆大汽车跑一趟，装卸皆毕，尤其所在一楼，便于出人搬运，不久便已安置就绪。

我呢，安之若素，午饭午休罢了，坐于客厅在饮茶品茗，走出厅门在观赏瞻望：一片夏空，十分晴朗，蔚蓝而壮丽：一排合欢树，一、二、三、四、五株，新花盛开，鲜艳而繁密。但是，有一溜精美的铁片铁筋结构两米上下的新栅栏，把它所在的一片场地分割为二，大部分成为人家那边的前院，连它在内，小部分属于我们这边的后院，仅有它零散的枝头、叶角、花尖在上；加之我们每一单元之间间隔横档儿，形成类似动物园的露天兽笼，或儿童游戏的围障憋死牛儿。不论兽笼还是憋死牛儿，也都未完工，现在还有忙于涂以粉色粉料弥底的三个油漆工。

这三个油漆工，一老男二少女，一师二徒吧。二徒一白一黑，一矮一高，肤色体高相差悬殊，而年龄模样倒差不多，一个十八九，一个十六七，两个都有机灵骨碌的大眼睛，也都捂着大口罩，穿着油污得五颜六色的劳动服。间在栏外工作，条件十分方便；但一师呢，也穿着同样的油污得五颜六色的劳动服，却未戴口罩，露出全副面容，瘦筋巴骨，干干瘪瘪，抬头纹深陷，眼角褶凸高，满腮胡子拉碴，一脸老气横秋，看上去，至少在五十岁以上，且在栏内干活，处境既窄，劳动量又倍增，除去栅栏正面之外。另加两端横档的侧面，拐弯抹角，碍手碍脚，加以连出带入，跑跑颠颠，马不停障，喘息不已——完成每一单元任务之后，继之逐户地从栏内通过这户客厅绕道转至下户。再通过客厅进入栏内，接续照样劳作，无尽无休，轮到我家之际。必始也将如此。但是，当他通过我家客厅的时候，我把他唤住。

“老师傅，你一个人顶好几个劳动力，真够得上：老当益壮！你也有个年岁了吧?”

“报告老首长，五十五整!”他颇有革命军人作风和礼貌，撂下粉罐子粉刷子，而伸出一只青筋暴露老茧突出的大巴掌——竖着粗粗实实的五个大手指头，随着又翻了个个儿。

“坐坐、歇歇!”我亲切地说。

“坐坐、歇歇?”萍水相逢，盛情难却，“好吧、好吧!”他说话很干脆，举止也挺洒脱，便爽性而坦然地一坐。坐在茶几之侧的沙发上。

被他的这种亲密之谊所感，我给他泡了一杯好茶、浓茶。

“爱喝吧?!”

“爱喝爱喝，爱喝得成了嗜好、浪费……”话未说完，他却倾身引颈向外吆喝起来，“喂，喂，这儿老首长，叫我坐坐、歇歇，还泡了一杯茶……我只得领这份情，享受，享受……王芝兰过来，代替我……”

于是，提粉罐子粉刷子从栏外绕道，通过客厅，走到栏内他的劳动岗位的是，白的矮的十八九的王芝兰；而仍在栏外原位抹着刷着的是，那个黑的高的十六七的徒工……

“她呵什么名字呢?”我这随便的一问，倒引起他一吐为快的衷情——有关他的身世与家庭的倾诉。

他——张廷福。是我的同乡、东北人，农民出身。当年，他于辽沈战役的尾声之中参军，经平津战役而南下，改志愿军而出国；但在抗美援朝的第三战役中，他身负重伤归国。历时年余，痊愈转业，到了市建筑工程公司，由排长转为三级工，并享有三等残废金——缓步不过踮脚，快跑便成瘸腿，为时三十余载，腿脚一贯如是。但在这期间，他升到了六级工，当了工长，同时他这个独身汉成了家，成了一大家子六口人；老伴、儿子、媳妇、孙女，还有个女儿，也就是我问的那个徒工。

她——张瑞娥，明年高中毕业。可是，她的父亲叫她提前下了学，因为在他作为工长的势力范围下，下来了临时工的指标，便让她抢先当了徒工。

“不瞒老首长说，你大人物有大权，我小人物也有小权——给我女儿找个饭碗子，不是比她往后待业好吗？不是比她往后当力工好吗？我的女儿有了工作，我就万事皆足！常言道：知足者常乐……”他停顿一下，经过一番思考，“谁说我这是自私吗？如果我们班组有困难户提出来问题，那我就马上叫我女儿把她这个岗位让给人家，就像我过去把房子让给人家一样。常言道：助人者常乐……”

“你家六口住几间房子呢？”不知怎么，我插了一句。

“嘻，几间？不瞒老首长说，当初两个人结婚住的一间，现在六口人住的还是这一间——不到你客厅的一半，不到十二平方米……”

荣誉军人的他，建筑功臣的他，这一句平常话，胜于一服灵丹妙药，一瞬间根治了我曾经郁积心头的愤懑症结，而代之以永不磨灭的金玉铭刻：知足者常乐，助人者常乐……

正在我们双方最可珍惜的言谈愈醇化与思路愈开华的交流之中，却被突如其来的诱力所引动，而转向外界屏息静听。

哪儿传来什么若断若续的窸窸窣窣的动静、什么忽隐忽现的啁啁唽唽的响儿？不是瑟瑟飒飒的风情、淅淅沥沥的雨意，不是潺潺淙淙的水吟、噼噼啪啪的火咏，不是唧唧啾啾的虫鸣、叽叽嘤嘤的鸟语，不是铿铿锵锵的金属声、玲玲琤琤的丝弦音。不是，不是，一概不是。渐渐地，渐渐地，这声这音分明是由远而近、由临街噪音中脱颖而出的女低音与女高音自相交将的混合音，拖曳着一种悲歌哭腔的韵尾，禁不住流露出女性的柔弱的习性，虔诚的真挚的乞哀告怜之情。

“……大——娘……大——婶儿……大——娘……大——婶儿……”

张师傅比我年轻十多岁，听觉灵敏，腿脚轻便，纵身跃起，飞步破门，一眨眼儿就出去了。我照旧稳坐，没动一动，只是倾听他与门外人在谈话的声音。

“你——小闺女，刚才是你说话吗？”他憨声恼气，发着一股空阔之瓮、幽深之谷震荡所起的回响之音，借以衬托他的笑容、憨态可掬吧。

“……是……我……是我”她怯声怯气地小心翼翼地嘟囔着，带着土生土长的土气、乡音、侉腔。

“你有啥事？”

“……我……讨……水……喝喝……”

“正好，正好，老首长敬一杯茶，不凉不热，你进屋去喝吧！”他这般热情、热心肠，令人可感地感到他为人本性自然而然透露的同情心。

“……大……大爷……不……不……不喝茶……喝凉水……”她久久不答——迟疑未解?！待至意识到他的隆情厚谊之时，他无以为报地而本能地报之以真心实意。

“喝凉水？水管子在那个门儿——厨房。你不忙，等等……我去给你找个空杯子……”

然而，她来也唐突，去也突兀——想必是她急不可待、直截了当地口接水管，饮了走了。结果他呢，反倒虚此一劳，多此一举——拿个空杯落个空，还给了我。

“听她的口音，是咱们同乡人吧?！”我问。

“没错，没错。”

“哪儿来的呢？”

“小力工吧?！”

“你们工程公司的吗？”

“不是。也许是电话系统工程队的吧?！在院外马路的行人道上，不是正在挖电缆的地道吗？”

“重体力劳动……她干得了吗？”

“干不了，又有啥招……若不然，我怎么能那样怜恤她呢……”

“怪不得我听她的话，有点儿可怜兮兮的……她家庭一定有困难……”

“反正她家里定没有你这样老首长的爸爸，连我这样小工长的爸爸也一定没有……”他一面若有所感地跟我说着话，一面若有所思地看着客厅之外在抹粉料的女儿——张瑞娥，“你看她，不是比当小力工享福的多吗？”兴之所至，兴高采烈，他索性跟她喊起话，“小娥，你好好学、好好干，这是你一辈子安身立命的岗位——‘荣华’树、‘富贵’树！”

“我保证听爸爸的话！”她以真纯、庄严的神色，口气，仿佛在向天地宣誓，以合欢树模拟岗位形象，乖乖地牢牢地把它接抱住。

刚才站起来，他要出去继续干活的工夫，恰好又被屋门外的唉声叹气挡住，止住步。

“……大……大爷……大……大爷……”

是她，是她去而复转的声音。显然，她以为适才初次相识的张师傅，必是房主成员之一；而我不等张师傅出去，但急忙首先开了口。

“进来，进来！”我想见她一面……

“……不……”她颤颤巍巍的声音，那么忸怩，腼腆，懦弱，畏缩……

“老首长叫你进来，你就进来！有我在座……”他身不由主地又坐了下来，“快进来吧！”

于是，门被推开一条缝，窄窄的缝，刚刚塞进她的半个头的侧面：半嘴半鼻，一耳一腮，一眉秀美而美化不了愁云腾腾，一眸双眼皮而裹不住忧翳重重，一心心事无处隐藏而形之于色、暴之无遗——一般穷乡僻壤无知无识的童女少女，具有如此髫龄稚气、天生本性，自然如此半隐半现、阴阳脸儿似的露面、亮相、表态吧。

“进来吧，进来吧。”我放低了声音，是怕吓着她呢。

“……不，不——”她拉长声，越拉越细，以至拉断而止。

“小闺女，你还想喝水吗？”他情急地接了话。

“不、不——”仍是她的长声，细声，断声。

“那你有什么事呢？”我不能不追问。

“……我……想……借条扁担……”她也只得正面回答。

“你——力工，怎么没扁担呢？”

“……啥……啥lì……gōng？”她在发愣，发蒙，发怵。

“你不是力工吗？”他性子急，急转弯，急转直下。

“……不……是……不是。”

“小闺女，那你是干啥的？”

“逃……难……难……民……”

难民，难女的声称，对照她的神态、口吻，足以证明名副其实。因而，他的怜悯之情，油然而生，情不自禁地涌现出眼中的波光。我呢，当然也有同感。

“你进来。说话方便。”我劝题着。

“小闺女进来……小闺女进来……我保准给你搞到一条扁担，老首长必定替你拿出一个主意!”他与她一见如故，推心置腹，开诚布公，侃侃而谈；但每一句话，却近乎央求地说着。

跟着，她拿小寸步挪动，一动一顿地挤开门缝，磨蹭到屋内，但就在门口那块地方钉住似的站住，让坐不坐，让近前来不近前来，自己给自己画地为牢。乍一看她，僵化的死板板的她，好似田野里的草扎人，展览馆的雕塑像，舞台上的形象道具，一身褴褛破烂的灰不溜丢白不呲咧的旁开襟短衣、长不长的短不短的半吊腿裤；这衣上这裤上，以及光着脚的脚背上、趿拉着的鞋上，挂满落满草茎、草渣、草粉……但在我们的开导下，她终于倾心倾吐了肺腑之言。

她姓jì（计、季、冀?)，十六岁，没上过学，也没有起过大名，小名叫丫，或土丫。家住黑龙江省边远的农村，一家九口，除了爹娘之外，上有三兄，下有三妹，排行第四，她位居长姊。因于重男轻女传统，家长唯求重金予子成婚，而以高价把她售给了xù（续、绪、旭?）姓残疾人；从此沿袭旧习而名为“xù门jì氏”——泼出门的水儿，嫁出门的女儿，活是xù家人，死是xù家鬼……实在无奈，走投无路，死里逃生，逃到了北京……

我与张师傅一起听过她诉苦之后，各行其是，分头并进。他高呼王芝兰去工具棚寻找土丫所借之物，终无所得；他又去找张瑞娥嘀咕了几句什么，要她再往什么地方去了。我呢，我同土丫在交谈。

“我送你上中纪委去!”

“啥……啥‘zhōng jì wěi’? 我不敢去!”

“全国妇联?”

“啥……啥‘quán guó fù lián’? 我不敢去!”

“司法机关?”

“啥……啥‘sī fǎ jī guān’? 我不敢去!”

张瑞娥送来一条扁担、新扁担，上面还标着售价的价码；张师傅接过它来，正要递给土丫之时而又停住手。

“忘记问了，你要扁担啥用?”

“挑，挑我捡的草帘子。”

显见，她所拾的草帘子，正是我家弃之于外的废物。

“你要草帘子啥用?”

“当，当铺盖。”

“你睡在哪儿?”我抢着问。

“永、永定门!”她——愚昧的小人儿，也有她的天赋的语重心长。

众所同知，这几年来，永定门还渐形成了来自全国四面八方上访者的露宿地，收容所。但她一个孤女弱女，怎么能仿《人民日报》今年所载陕西省韩文娟反抗逼婚范例，而坚持到最后胜利呢?

“你吃啥?”他争着问。

“我到饭馆子讨剩菜剩饭。”

“你得了病?”我再抢着问。

“你拿啥买药?”他再争着问。

“我、我还有条裤带……她稍微掀掀衣襟，便露出来裤带——麻绳头儿、批儿、穗儿。

“它能顶得什么……”我们二人同时争夺着说，混合重叠着说，是不约而同的双关语——“它能值得什么”“它能经得什么”，还是各有所指的单打一，前一句话或后一句话。总而言之，这一句话十分含混，暧昧，错乱；至于她怎么理解，就在她吧。

“那……那火车站还有铁道……”她根据自己的理解，回答明确、肯定、尖锐——独一无二的孤注一掷、一语道破，并以破釜沉舟之势而破涕为笑——她的冰面冻裂一丝微微的冷冷的笑纹，在皱眉的眉梢，在泪眼的眼角，在苦口的口缝。“……我……”诚然，有例可循。《中国青年报》今春报道南省蔡春花，由于婚姻问题，竟不待春花开放被迫提前做了“春游”（“鲭游”“蠢游”），难道她也唯有这般游哉优哉、优哉游哉吗?“……我……我……”

“土丫住口!”斩钉截铁，我截断她的蓄意续语，而义不容辞、当机立断，给她做了一个结论，“我暂时收留你！不过要先说明，我家目前只有一老二小——三个单身汉，连一个女的也没有。不知道你有没有顾虑……”

“老首长，这么办!”心直口快，干脆利索，痛快麻溜，嘁里咔嚓，他打断我的话头，按着就说，“让土丫住到我家！我家窄巴窝憋，免不了我和我儿子出去找宿，家里只剩我的老伴、儿媳、孙女，还有我这个闺女。”他指了指门外劳作的张瑞娥，“反正都是女的，让土丫跟她们挤去呗!”他感觉到我手碰了他的兜，掏兜看到是人民币，立即又塞给了我，“老首长，放心！我有饭吃，她就有饭吃！我说过你大人物有大权，我小人物也有小权……我兴许想办法给她搞个临时户口、临时工作呢……”

“大爷！”萍水相逢，盛情可感、可惊可叹、可歌可泣，土丫跪地，一边叩头，一边爬到他的膝前，“谢，谢你老的大恩大德！”她呜呜地哭起来。

第二天，我去全国政协报到，住进了招待所；会议经过两旬闭幕，我度过最后一宵，趁早回到了家里。这时候，老伴和女用人都已先后归来重聚，一双孪生子正在筹办结婚事宜，五株合欢树花仍在繁茂盛开，而花尖、叶角、枝头之下的长列弥上色粉料的铁栅栏，早已涂过第一遍绿漆，现在开始刷第二遍，还是同样的绿漆。我站在客厅门外望过去，只见从头埋头于劳作的一师二徒的侧影；出于抑制不住一时的激情，我贸然地喊起话来。

“张师傅！”

他扭过头来，向我施礼一笑。

“王芝兰！”

她扭过头来，向我抿嘴微一笑。

“张瑞娥！”

她像未听见一样，未扭过头来。

“张瑞娥！张瑞娥！”

她扭过头来，向我莞尔一笑；但她不是张瑞娥，而是jì土丫……

《天津日报·文艺》双月刊1983年第4期

金 缕 传

——献给抗联烈士·往事堪回首

引 话

今来古往，只有《金缕曲》《金缕衣》之称，而无《金缕传》之名。

《金缕曲》——词牌名，见《词综》等书。《金缕衣》——曲牌名，见《曲海》《曲录》《元曲》等书。

杜牧《杜秋娘》："秋持五斝醉，与唱金缕衣。"杜秋娘《金缕词》："劝君莫惜金缕衣，劝君须惜少年时。"这是流传迄今的眷眷于心的唐人绝句。

宋叶梦得词"送孤鸿，目断千山阻，谁为我、唱金缕"，与张元千词"肯儿曹，恩怨相尔汝，举大白、听金缕"，皆为词牌《贺新郎》；因其词有"金缕"之语，故亦名《金缕词》《金缕歌》，或《金缕曲》，亦即《贺新郎》别称，括有词曲二牌之义，均属同名。而同名词曲二牌，体式各异，格律迥别。

金董解元《弦索西厢》——《肖遍》"十里芬芳尽东风，丝丝柳搓金缕"，与《风吹荷叶》"云雁征袍金缕，狼皮战靴抹绿"的"金缕"，描摹景物，又当别论。

明洪昇传奇《长生殿》——《喜渔灯犯》"算只有愁泪、千行，作珍珠乱滚，又补穿成金缕，把雕盘进"，与元徐再思曲《关情》——《金字经》"歌扇泥金缕，舞裙裁缝绡"的"金缕"，美妙一词，乃是双关。

元乔梦符杂剧《扬州梦》——《青歌儿》"对酒绸缪，交错觥筹，银甲轻挡，金缕低讴"、与宋无名氏话本《钱塘佳梦》——《蝶恋花》"斜插犀梳云半吐，檀板轻敲，唱彻黄金缕"的"金缕"，盖泛指词曲双牌之意，例如《贺新郎》《金缕词》《醉娘子》《金缕衣》《双鸳鸯》《滚绣球》《鱼游春水》《雁过南楼》等等皆是，亦即《凯歌回》《金缕歌》《喜迁莺》《金缕曲》《愿成双》《普天乐》《灯月交辉》《菩萨梁州》等等亦皆是。

我不谙词曲，作词作曲两不成，而仿《话本》作话——《金缕传》(《献给抗联烈士·往事堪回首》)；其实，作话亦未成，不过姑妄言之——犹如昔时老更夫长年熬夜的梆声、今日老骆驼长途跋涉的铃声，慢词慢节奏地，慢悠悠、慢腾腾地，一声声、一声声地……人畜两种两类，而又一样一般，韶光一度，一去不返了……

你——尊敬的革命者，曾经英豪华年，曾为阶级翻身、民族解放、人民幸福——共产主义奋斗终生，鞠躬尽瘁；而今老矣，离职退休，可还有这闲情余兴听听这血溅苦涧这泪洒甘溪之流的，微波轻荡的，潺潺湲湲的，近乎二胡所发的水吟清音吗？列位听众，你们听听，是不是像拙手试拿1234567所搭配的韵味，简古的、晦涩的、幽幽的？

一

妈妈教我一支歌，
…………

话说这歌，名为《妈妈教我一支歌》，乃是杨涌作词、刘虹作曲，见于《电视周报》等报刊。近年来，经过电台、电视台屡次三番传播演唱，极为脍炙人口，受人欢迎，深入城乡，家喻户晓，流行起来。当然，可称之为一首作唱俱佳、效果良好的歌。而我此刻听着，却大大不以为然：一、这是本市的高级招待所，并住有外宾，必须保持肃静；二、天刚蒙蒙亮，住客都未起床，或多未睡醒，岂不扰人安眠，能不发怨声怨气吗？我今天之所以起得特别早，是因为我要下乡去，争取当天完成往返的全程；我倒没关系，且是常来常往的常客，可以随便给招待科和本人提意见。这几年，凡因公从北京来到本市，我都住这个招待所，熟悉全科工作同志们和全体女服务员们。不必问，我想这歌手必定是小梁、小郑——两个新接父辈班儿的小姑娘，初初走上工作岗位，兴致勃勃，而尚未受过业务训练，不怎么懂得什么文明礼貌待客规矩，随时随地，随意恣意。

一路上，一对金歌喉响来，越响越近；等到“嘎”的一声把门撞开，截然唱止，而似乎还在散发着余韵所含的一股襁褓中的乳臭味儿，欢快地走进来——果然是小梁和小郑。她俩小心翼翼地提着提盒、拿着酒杯子、抱着酒瓶子。我一见，为之愕然。

“干吗？这么隆重，小题大做，兴师动众，莫非是送我出征吗？……”

“科长昨天有指示：您今天出远门，提前给您准备好早餐——好饭、好菜，还有好酒……”

是的，今天是一九八三年日历上、几天前折起的那页纸——二月七日、春节前六日；已与科长打过招呼，准备汽车，提前吃早饭，下乡去，必定当日往返，当夜回北京，预购第二十七次列车软卧车票……但心里话没有说，我之所以这样急于归家，不仅为了全家团聚，欢庆春节；而且由于春节前夕，主持我小女儿的婚礼，共度节日喜日合一的良宵佳期。

“喏，喏，啤酒、汾酒，随您的便。”

“哪，炒肉丝、摊黄菜、丸子汤、银丝卷、金丝面。”

“呀，好一个教徒——科长，好一顿圣餐！”

她俩一听一征：什么shèng餐？

“……您说的是什么……”

“……什么银丝卷，金丝面；莫如叫它：银缕卷，金缕面！”

“……因为您七十岁了，老了，下乡去，要受苦……”

“我今天下乡，不管怎么苦，能有当年抗联苦吗？”

她俩一再听，一再挤眉，一再弄眼——一对丑八怪相儿：什么“银lǚ卷”、“金lǚ面”？什么“kàng lián苦”？乌七八糟，怪话成串儿，怪老头儿，胡诌八道……

她俩走后，随着走进来高个儿的汽车司机菊红秋。从零下二十五度以下的寒冷室外到零上二十五度以上的温暖室内，差距异常悬殊，所以她一进屋便感到难以忍耐的骤然暴热，立刻尽快地脱掉厚实棉手套，摘掉大狗皮帽子，扒掉毛烘烘的羊皮大衣，拔掉高筒的大毡靴子，拽掉新新的棉袜子。现在暴露出来的她：一身劳动服，满是油污，一头短发，黑黑发亮，一副俊脸儿，显着微微的笑容，流露着少女青春所富有的柔情与蜜意的魅力；一双大脚丫子，赤裸裸的，洁净净的，强而有力的大脚丫子，与她高高身材、健壮体质，完全相称媲美。但她怕羞、怕失礼，坐下来，掏出手绢把脚趾遮盖起来。

“真热，真热，脚丫子都冒汗了呢……”

“何必还穿棉袜子。”

“靴子太大嘛!”

我注目一瞥，原来是日军骑兵的高靿大毡靴子，足有九成新；日本投降这么多年了，怎么保存的呢?

“是谁家的稀有物?”

“是我家的。”

“那，你家有老抗联?”

“有，有，爷爷有老哥俩，一对老抗联，都牺牲了，只剩下了这双靴子——战利品、纪念品，成了我们后代的宝贝，要一代一代地传下去、传下去呢……”她不禁感慨地追忆起来。“听说‘八一五’日本投降那一天，我父亲举着它（那时候我父亲还在世），满街游行示众，轰动过全市。今早，我寡母怕我进山冻坏脚，好不容易才舍得献宝，把它拿出来，给她的孤女穿上……并且她在夜里赶快做了一双新棉袜……”

先前我只听说她是省劳动模范、市人民代表，现在我又知道了她还是革命烈士的后代，和一个寡母孤女之家。我一边听她的讲话，一边喝我的酒、吃我的饭。我这几次来市，参观工厂矿山，访问职工家属，几乎都是坐她的车，彼此相见交谈较多，互相了解渐广渐深。她与我小姑娘同龄——二十九岁。我小姑娘快结婚了，她呢?我没有问过她这码事。因为她为人冷静沉着，庄重正派，从未涉及自己的隐情衷曲，概不表现自己的败兴丧气、牢骚怪语，只是持久安于一个劲儿——埋头工作。她已有十多年的工龄，工作认真负责，驾驶成熟老练。但她终归是个女性，为什么单单派个女性完成这种繁重艰苦的任务呢?这长途行车，往返近四百里——从市内出发，经市属本溪县境，而达市直辖桓仁县地区（其间包括一溜抚顺市直辖新宾县属的形似飞驰）。解放后新建的临时性公路，基本沿旧行车道所筑，工程简陋，路面狭窄，凸凹不平，爬山越岭，尤其在此季节，冰天雪地，非常难行……

“你跑过这条路吗?”

“跑过，我送省委书记到过县城呢。”

“我问的是，冬天你跑过吗?”在“冬天”二字上，我加了重音。

“没有。”她平静地无动于衷地答。

“冬天可难了……”

“您……是不是考虑安全问题呢？”

“不是的。我知道你有一手好技术、好手艺。不过，你们车队有那么多男司机……”

“噢，这是我自己要求去的。”

“是为了锻炼吗？”

“不是。”她爽朗坦白地答。

“那为什么？”

“因为我有个私心杂念……”

我没有想到从她的口中，会说出这种语言。

“可以告诉我吗？”

“可以告诉您。就是因为您去，我才要求去的……”

“这是什么意思？”

“我要请您帮助我？您是去cài wǒ村、生产刺儿揪的cài wǒ村吗？”

“就是，就是。”

“我要买刺儿楸木料。”

刺儿楸，正名楸树，属戟科落叶乔木，皮色黄褐，干直上耸，高三丈至七八丈，高头分枝，枝梗间有大刺，叶肥大，叶柄极长，与嫩叶皆呈赤色，叶掌状裂为三、五尖，夏开黄绿色、黄褐色穗状的细长花朵，花单性，雌雄异株，花后结实成荚，尺余下垂；材质密致坚实，年轮显著美观，构成彩云式、色霞型的金缕纹图案，堪称绝妙而有隽誉。古代文人学士以其制棋具为珍品。段成式有“闲对奕楸倾一壶”，沈彬有“井里交连侧局楸”；而《史记·货殖列传》称“江南出柟（楠）梓（楸）”，并有曹植《名都篇》为证。

名都多妖女，京洛出少年。
宝剑值千金，被服丽且鲜。
斗鸡东郊道，走马长楸间。
…………

现在，城乡男婚女嫁以其做木器嫁妆为佳为荣。但其料日益罕见，市面木器厂门市部和自由市场所售，多系油漆加工的仿制品。恰恰，我所去之地，素以此特产而负盛名，所谓窗口吹喇叭，不是鸣（名）声在外吗？故而她以此是问。趁这机会，倒是便于我反问了。

“是你准备结婚吗？”

“……不是。”

“那你为何有这么大的兴致、受这么大的辛苦呢？”

“因为我寡母要做的木器早都做好，只等上刺儿楸面，多次托人都没买到手……”

这难道不是寡母为孤女准备嫁妆吗？但不宜于我再多追问下去，却只可使之心满意足而如愿以偿。

“近几年，这种木料越来越少，价格越来越高，物以稀为贵嘛。但保证没问题。因为我去的那一家，女主人是位多面手、万能手——朱阁敉，人称‘诸葛女’，或‘女诸葛’，我把你的委托交给她办，还不是易如反掌……”

“她叫什么……zhū gé nǚ？”

“是的，是的。等到她家，你就会见到她、赏识她、夸赞她……”

“您可不要忘记我这件事！”

在临行之前，她一再嘱咐了我；我呢，一再嘱咐了小梁和小郑。

“你们可不要忘记告诉科长，今天要拿到我的第二十八次列车软卧票！”

“您今天一定能赶回来吗？”

“一定，一定！”

“万一呢……”

“废话，废话！”

二

气候严寒，大概在零下三十度上下吧。天色阴沉，开始下雪了。红秋拨开雨刷器，在前风挡玻璃上摆起来。我与她并坐前座，而我向前透视之处，相似隔住毛玻璃，渐渐感觉近乎闭塞。她驾车的技术殊精，掌握的方向盘灵活而准确，使吉普车跑得平稳、快速而安全——车轮挂上防滑链。大约两个小时左右吧，她把车开出市内的商业区、市郊的工业区，通过一片片的暖棚菜畦、一起一伏的丘陵地带、县城所在的小市——一条双排高耸光秃的钻天杨相夹的雪铺沥青路面的长街而抵矿区南甸，逐渐地逐渐地即将越出本溪县境，而接近、进入桓仁县区、连连绵绵的重重叠叠的山丛岗峦、峻岭险峰的围抱——相传骇人听闻的险恶地域：八盘岭，九曲峰，十恶鬼门关……

“老同志，老伯伯，您可不要忘记……”她镇定地开着车，自言自语地念着咒。

“真的，我老了；真的，我的记性极好。我忘不了朱阁敉这位农民人杰……我忘不了八年至十三年前这条往返非凡的旅途，一进了前面的山口，就进了当年抗联的活动区域吧？”

“是，是杨靖宇西征往返的征途……”她悲愤地说。

“是，是，是抗联的一段西征路线，据说（应该让史学家说）也是清军的一段西攻路线……清军胜利了，登基坐殿，第一殿新宾（前名兴京，尚存永陵）、第二殿抚顺（一说驻跸）、第三殿沈阳、第四殿北京；而抗联失败了，走了回头路。可是，可是，杨靖宇是我们的革命英雄！敌人留下他的头，至今还泡在酒精缸里保存着……”我抑制不住悲愤之情，长叹了一声，“保存着，纪念着……”

“您同他年岁仿佛吧？”

“不，他比我大八岁。但他牺牲、为国捐躯的时候，仅有、仅有三十五岁、三十五岁，不过仅仅我的年岁之半、之半！”

蓦地，我的激情促动她的注意、重视。

“您见过他吗？”

“见过。”

“您认识他吗？”

“认识，认识。”

“您也是老抗联吗？”

“是的，是的。”

“您……您——老同志、老伯伯，”顿然，她为之一惊，车轮随之一震；然后，她的炽情油然而生，献出敬慕之心，“您和他都是同样老革命、老抗联……您和我爷爷也都是同样老革命、老抗联，他就是跟杨靖宇走这条路西征牺牲的……您也跟杨靖宇走过这条路吗？”

“……我们都走过这条路……可是，他是他走的，我是我走的……”

我……欲哭欲哭——为他哭、为自己哭，但怎么无泪呢？是不是被侵入的寒气冻结了？“……路一条，而命运两样……”

是的，我的命运，不管如何坎坷，都是微不足道的渺小之人；而杨靖宇的命运，不是众所周知的著名的伟大烈士吗？他在一九三七年——一九三八年西征失败，往返的征途，是冲过敌人的枪林弹雨的火网、徒步走过原始的山径；而我在一九七〇年——一九七六年落难下放，来去的流途，是挨过秋天的凄风苦雨的煞气，乘大卡车走过初建的简易公路。

自一九五八年，我被以莫须有的罪名错划为反党分子以后，从北京高级干部队伍中，连家被放逐到辽宁省本溪市的工厂，直到十年浩劫的第五年一九七〇年，又被遣送下乡插队落户，住到“四人帮”倒台，开始落实政策，改正了我的错案，恢复了我的原职，终于重新回到北京。而我家住在下层期间，却交结了许多的知心朋友，特别是农村的倪福德与朱阁枚夫妻二人。那么多年，他们尽全力帮助我家特多，多到近于风雨同舟；更是照顾我、同情我的遭遇，每年春节——阴历初二晚上，特设一桌酒席，专诚恭候，待我以嘉宾。而我每次赴宴，皆与我小女儿偕行。因为在动乱之际，我与她险些同归于尽而有相依为命之情；并且作为父亲，我时刻意识着对她应有的责任感——最是她的婚姻大事。主人深知我们父女的亲昵关系，而对她也格外爱之尊之。这种种的深情厚谊，令人终生难以为报。在我家迁居之后，双边始终还在保持通信联系，对方多次联名邀我旧地重游，再晤故人。在这几年里，我因公从京到市里三次，由于工作繁忙，未能成行；而这第四次，我已离职退休，身由自主，理当践约以行了。

天阴昏暗，落着白茫茫的鹅毛大雪。我不时地稍稍向她斜身，透过摆动雨刷器明晰的前挡风玻璃，略略向外望望……吉普车进入了山区，陷入了白皑皑的冰雪之域，群山起伏，蔓延连绵，遍山松林，漫处参天，悬崖峭壁，空谷深渊，或荆棘丛杂，或寸草不生。公路狭窄，坑坑洼洼，两车互遇互让，一停一行；既崎岖且曲折，缠绕周山，从下而上，环麓围腰抱顶，与从上而下，完全相反之势，总是螺旋式上上下下、下下上上，车身时而后仰高攀，时而前倾低滑，时时出现警告危险路标：“注意”“缓行”“转弯”“陡坡”“深坎”等字样；同时，每每发现沿路侧边车祸陈迹——横栽竖倒、仰置侧搁的车辆残骸。乍看起来，此路简直等于枉死路。不，不，是强行军的勇士路；不然，不然，当年抗联怎么行军、驻军？怎么坚持长久固守据点？

在风雪漫漫的路上、迷惘幻化的忆想中，我只见被风卷起来一排排、一列列的雪柱，白雪的形象有如成群结队的披有保护色的猎者行影，有如白花花白热化的、银盔银甲的抗联战士英姿，在艰苦地强行挺进，在忘我敢死地赴战、投战、备战、苦战、决战，战到底，战到底……你，你，你的一生岁岁月月、日日夜夜，也许阅历过种种的良辰美景、春花秋月，也许猎奇地寻觅、迷恋、追求过海滩美丽贝类的彩色、螺纹，萍水相逢异性的眉儿、眼儿、鼻儿、嘴儿，各种展销会场陈列的奇异衣装、新式家具、电气化设备……你可听过见过上述如彼的、亘古卓绝的、赤胆忠心的、舍己为人的壮观奇观吗？我，我百感交集，情不自禁……以前来去两次，同经此路，但车不由主，难以随心所欲；而今选定地点，倒能夙愿以偿了。

我下车纵情纵目一览：拜谒，凭吊。我在俯瞰，却见山坳山坞，区区一隅，几家小村，一片废墟，颓垣断壁，瓦砾石碾，朽木枯藤，处处凄凉悲惨，尽是当初日本侵略军实行“并屯”“三光政策”的烧杀罪证。我在仰望，但见一片金身翠面银冕的唯我独尊的占山为王的群雄松林，若干树干削皮修面，形近轴幅，状似碑林，其上早期所刻所书，依稀可辨模糊字迹：“中国共产党万岁”“打倒日本帝国主义”“抗联光荣，抗战到底”等等。

大雪纷纷之中，天地之间之寒，甚于李华《吊古战场文》——“积雪没胫，坚冰在须，鸷鸟休巢，征马踟蹰；缯纩无温，堕指裂肤。”稍停，我蹚雪没膝，走进杳无鸟影兽迹的雪林，松涛阵阵，阵阵松涛——山回响，天轰隆，冰嘎巴嘎巴裂缝，松枝咔嚓咔嚓折断，风雪唰啦嚓啦呼啸咆哮、障眼裹足阻步截路。她想挡我而未挡，反手倒搀我行；显而易见，她怕我冻成一个路倒吧？

“您抗得住吗？”

“你抗得住吗？”

“您抗得住，我能抗不住吗？”她豪爽地说，“我还年轻力壮，还穿着这双靴子……”

“我不是说现在，是说你祖父年代，假如你在抗联……”

“我祖父抗得住，我能抗不住吗？”

“我不是说你穿着这双靴子。”

“我也不是说我穿着这双靴子！”

“那你说你穿的是什么?”

“我说我是光着脚丫子，光着脚丫子!”

她这种豪情壮志、勇气十足而胜过松涛轰响的声浪，震撼了我的肺腑激荡、心潮澎湃，唤起了我的往事回首回忆……

九一八，事变哪，
民国二十年；
锦绣满洲日本来侵占哪，
小家底子眼看都得完!

（东北民歌）

万众一心奋抗，黑水白山遍起烽火。火，火星迸发，火花纷纭，火作响声，噼里啪啦。火，火有力，燃烧力，抵抗力，冲击力，力大无比，强敌也畏也惧。

火是生命，
森林是家乡。

（抗联歌）

松林森森，天然雪棚，野为室，是故乡，坦然泰然。枝叶是柴，燃火作炉，篝火熊熊，燃力烩烩，光焰烨烨，把我胸前熏暖烧热，犹似环抱火海。而背披霜雪冰锥、凛冽狂飙，酷寒奇冷，扎透肌肉骨髓，把我的脊椎冻结成柱、顶天立地柱，犹如钢铁所铸，不折不曲，傲然直竖……

火烤胸前暖，风吹背后寒。

（抗联歌）

露营歌声，惊天动地；宁肯露宿风餐，尸骨堆山，与白山并峙，拼刀肉搏，血流成河，与黑水同流。而抗日战火永炽不熄，直至胜利日——还我山河……

一停，长吁一声，不胜今昔之感，我不由得摘掉手套，握起她搀我的手，而她也立刻摘掉手套，再握住我的手，报我以赤手的赤诚、亲昵——嫩肉、热血、傲骨、握力，劲儿足足，足以降龙伏虎。虽说我未握着她赤裸裸的强而有力的大脚丫子，但我相信它足以与冰冰雪雪相抗衡相匹敌。她以她勇往直前、所向无敌的英雄气概，无愧于烈士的后代，而我也足以感到自慰自豪自信——踏遍青山人未老……天涯风俗自相亲……往事知多少？问问谁记着？……信步走去，我穿过林中绕至山腰一侧走入岩石洞——抗联高级营地，是杨靖宇住过的地方吧?！洞口有石垒灶围，而灶坑仅有残余未烬的灰炭——火心要空、人心要公，把柴烧得一干二净；必然，曾经搭锅造饭，且节约烧柴。漫山天然无主的林木，垂手伸手举手拾之取之拽之皆是柴火，而还节的什么约呢？炊事员们，你啊，你啊，你是在为全胜而富有的明日全民所有化而爱惜物力而俭省吗？但你是在为豪壮而艰苦的当日又造的什么羹什么饭呢？树叶树皮?！苞米粥窝窝头?！总之，绝对没有银丝卷金丝面，绝对没有银缕卷金缕面！洞极深，渐远渐暗，没入乌黑中。在光线所及之地，我拾了一些抗联遗弃的战利品和个人破烂，抱之而归，登车继进。

她冒着风刀雪剑交加封锁的道路、迷茫的视野开车，越开越快，驾轻就熟，履险如夷，无异于赛场冲刺一般。想来，她是在抢时间，以补暂停之失。

“老伯伯，您放心，安全，安全……”

“我相信你——头等女司机。”

“还是不如头等男司机吗？”她敏感得很呢。

“不，我说错了；应该说，你是头等司机……”

“头等二等没关系，男女可要平等……”她有意转了话题，“老伯伯，您看看，还有多远？”

“……还看不见老秃顶山呢。你知道老秃顶山吗？”

“知道。它是抗联有名的老据点。”

“我去的村子，就在它下面十多里的地方。”

“叫cài wǒ村吗？”

“就是，就是。”

“cài wǒ，cài wǒ究竟是哪两个字？”

“‘姓蔡’的‘蔡’，‘你我’的‘我’。”

“噢，原来是‘蔡我’两个字，真是个怪地名。老伯伯，您——老革命，经得多、见得广，学识渊博，您说怪不？”

"……"

蔡我村，cài"蔡"字易解，而wǒ"我"字却伤脑筋。外地写的电信，有写"窝""蜗"者，也有写"俄""鹅""娥""峨"者，而写"我"者，极其个别。投信发电者可以随便各抒己见，横竖乡村邮电员都能把电信投到此村。而县和公社的公文，以及大队的公章，统统一律用"我"，称之"蔡我大队"。那么，"我"该是公认的合法的正名无疑了。不过，"蔡我"二字原先怎么凑搭一块儿的呢？按各个地名，都有各自的来历，难道这是由"我家蔡族"——"蔡族我家"而起的名吗？然而，本村从来没有过一家姓蔡，连个光棍汉姓蔡的也没有过……当初插队落户时期的我，经过有点儿考癖的我，访叟问妪、采风拾谚，久而久之，水落石出，出了结论。这个村原来建于民初的云南移民（包括傣、彝、白、苗等少数民族在内），为了纪念辛亥革命与高举讨袁义旗的名将——云南总督蔡锷之名而命为村名。"锷"字体繁而生僻，或予谐音简化，或以讹传讹，反正"我"乃"锷"是也。最早第一代移民完全死绝，第二代也不多，多为第三代、第四代、第五代了。由于这几代人的联翩联姻，结成亲联亲、亲套亲的亲属；大队所属八个小队——四个集中本村，四个分散村头谷间，共近五百户，差不多都有嫡庶亲戚关系。原籍风俗习惯、地方口语口音，早与东北同化、异化——显出个别语言特点，与众不同。比如："吃饭"说"逮饭"，"哪儿去"说"哪儿喀"，"姓倪的"说"姓弥的"，等等。此外，除了"蔡我"，有谁还记得"蔡锷"吗？朱德同志与他因有历史渊源，故作《辛亥革命杂咏》之四诗句。

靳逃钟死人称快，
举出都督是蔡锷。

（原注：靳云鹏是当时云南督练公所总参议，起义时逃走。钟麟同是当时第十九镇统制，被击毙。一九六一年十月七日。）

但蔡锷夭亡，留有遗言："锷以短命，未能尽力民国，应行薄葬。"而小凤仙悼以留传后世的挽联。

万里南天，鹏翼直上扶摇，那堪忧患余生，萍水姻缘成一梦；

几年北地，燕支自悲沦落，赢得英雄知己，桃花颜色亦千秋。

义帅才女，谦词切切，哀思绵绵，英魂渺渺，玉貌飘飘，迄今犹在恍惚隐现于耳界视野，而萦绕蔡我之村中村外、天上人间吗？近年不断上演电影《知音》、话剧《一代风流》、京剧《蔡锷与小凤仙》等，但几时能够轮到蔡我村呢？现在，全国各省市设有统一地方标准地名的机构，有一天能够深入到蔡我村吗？我想呢，即使暂时改正过来，宣布其名——“蔡锷村”，恐怕也难于与“志丹县”“尚志县”“靖宇县”等名永世共存吧？

“到蔡我村，先到zhū gé nǚ阿姨家吗？”

“是的，是的。”

“老伯伯……”

她没有说下去；但我知道她还要说的是什么。

三

风渐软，雪渐稀；而雪片片、零零散散，好似天池稀有的白莲瓣瓣、天山少见的白桦皮皮、天园芬芳的粉蝶翅翅、天滨高贵的天鹅羽羽姗姗翩翩，靓妆而轻巧，婉娩而柔媚。

在我发觉遥遥老秃顶山的影儿以后，开始注意前进的方向；不多久，我看到前边一片开阔地仅余一角山脚的时候，要她向北拐下公路。是二岔口，右侧的小道，通向东北方向的老秃顶山，据说是杨靖宇走过的，后人都叫它——靖宇道：除此之外，全国各地农村还有群众命名的毛毛道吗？我要走的不是这条荣誉的道，而是左侧日伪时代修建铁路未成的路基之下的无名道，或杜撰名之曰“蔡锷道”，向西北方延伸十余里，方能达到目的地。

一条骡马大车道，坎坷不平，车行颠簸不已。山村雪舍，朦胧在望，寂静，寂静。那边山麓延续过去，竖着“封山育林”和“禁止烟火”的横牌；这边河沟冰雪填满，沟畔老垂柳摇曳着光秃秃的黄灿灿的纤纤的枝——金缕枝。望开去，严冬酷寒，色调单一。天空一空，燕群雁行，无影无踪。布谷、杜鹃、百灵、黄雀、翠鸟、蜡嘴、绣眼儿、蓝靛颏儿、拙老婆、树串子……失欢失散，消声敛迹，再不见再不闻百鸟赛会比美的艳羽、争鸣的妙音；唯有远近老鸹，不住聒噪。平川田地，远接山坡梯垄，玉米高粱稻谷茬儿，一概雪封。蚊蝇蛾萤，蝗蜢螟蠓，蜉蝣孑孓，一切虫类，全全绝迹。蓼髓蛾入茎，雀瓮蛾造茧，雌黄蜂营巢以御寒；水蜘蛛育子于巢内，金琵琶产卵于土中而越冬。蚂蚁闭穴，蚯蚓潜居，水鳖土遁，地鼠囤粮，各设冬防而各安其所。但是，地鼠粮囤，一旦被人察觉，即刻掘囤抄空；而地鼠呢，将何以谋生？它心灰意冷，无望绝望，走投无路，无可奈何，偷偷寻树爬之而上，觅以丫杈，卡牢喉颈，让肢体下坠倍儿直，形同悬梁自缢似的。而猬、獾、熊有天赋特质，恃其自肥蛰伏而偎冬儿。蚕眠过了，四眠过了。猫贪眠，眠于炕；野猪贪眠，眠于穴洞，而貉呢，性尤溺眠，眠于旅途，走走睡睡，睡睡走走，懈怠懒惰，郎当郎当，几几乎败退夜行军似的走着睡、睡着走，而它在光天化日之下亦如是，故此称之“睡兽”，相似俗传的“睡罗汉”一般模样；它自矜其绒独优于天下，敢敌隆冬数九、大冷奇寒，一如往常时时刻刻于冰雪路途打盹儿、打瞌睡呢；岂知往往于此时此刻乘其优哉游哉晕晕乎的不备之机，被猎人窥伺、潜踪、尾追，用暗器所活捉，投之入笼；而它此时此刻反倒不困不睡，干脆瞪着两个贼亮的大眼睛，徒自悲愤，咬牙切齿，烁烁地嗥嗥地发出怒火怒声。至于，蛙、龟、蛇，以及蜥蝎、蜗牛、蝙蝠、癞蛤蟆还都在冬眠着，冬眠着。而人、人呢，人正在活跃着，忙碌着。刚刚接近村头，我便见炊烟腾腾，且感热气蒸蒸，喜气洋洋。我屈指一算，已经到了六九，“春打六九头”——打过春，过了小年腊月二十三，今天是腊月二十五日，正在进入农村风俗为重的大年前奏序幕——“过了小年就过大年”。这之间，大家都忙于泡蘑菇、木耳、干菜，捣豆沙、磨黏米、包黏火烧，剁肉拌馅，包冻饺子，灌灌肠儿，卤鸡鸭髈蹄；买新鞋、新衣裳，贴年画、糊花灯笼，准备扭秧歌、踩高跷化装品和衣具等等。她放慢车速，缓缓进入村街；车比一只美丽的梅花鹿进街引人入胜——不是大官哪有专车呢？一霎时，沿街家户众人蹦出投视，鸡鸭鹅兔狗猪窜出漫游浏览；竟然，街为之塞。她不得不再慢再慢，且慢且停。借此行行顿顿的顷刻，我倒听到欢唱的歌声。

盼新春，盼呀正月正，
盼到包产到户五谷丰登。
家家户户呀挂红灯，

锣鼓喧天响，咚咚咚。

（东北旧调改作）

小吉普车从蜂拥夹道的人栅之间，拐弯抹角地小脚女人似的扭搭到倪家门口一停，便轰动起来，胜于挂光荣匾似的山摇地晃起来。四面八方男女老少蜂聚，人墙人壁，把车围住封牢，严丝合缝，水泄不通。我推门推不开，她也是一样。

寒冷空气温暾热化，热火朝天，发生火险火警火烧眉、火燎腚一般，朱阁敉——消防队长似的率领四个女消防员似的从屋里冲出，冲向院外，嚷嚷着，连跑带颠……据说她是傣族后裔，今年四十六岁，她的性格那般暴烈犷悍，而她面容并非那般满脸横肉，老气横秋；瓜子脸，尖下颏，贝颅额，柳叶眉，笑眯眼，一笑双颊双酒窝——窝潜道义德行、助人为乐的魅力；刀子嘴——宝剑锋刃箭镞锐尖，豆腐心——见不得杀猪宰羊勒狗割小鸡脖子，电子脑筋——脸色一沉，眉头一皱在开电钮，巧舌善辩，辩才生花，天花乱坠，花好月圆，花花世界。这半文盲贫农女却有知识分子的明快而灵机、灵机一现、无中生有，敏感而情急、情急生智、出奇制胜，天赋天机，无往而不胜；所以人家都说她是属孙悟空他娘的——一肚子猴儿（心术），而称之为“诸葛女”或“女诸葛”。当初，不知道哪个时候哪位村学究予她命名，以“敉”殿后；而此字乖僻，难免被人改以同音之“女”，正如“锷”“我”同音一样；而“诸葛”二字，却是故作谐音——借题发挥，赋以军师美名。事实也是如此，从“八一五”开头，她便爱起武装，爱起八路军。她参加过儿童团，站岗放哨，检查路条；她当过民兵、副队长，受过军事训练，立正稍息，越野跑步，一、二、三、四，实弹演习，打靶射击，养成一些军事化的习惯、作风；时至今日，作为老共产党员，老妇女主任，照样有意无意地喊起“注意”“听我口令”之类的口头语。而村人男男女女，也都惯于听从她的指挥——众望所归，心悦诚服。

“……大家注意，注意……听我口令，口令……让开一条路，一条路……”

她一声令下，顿时车门散开众人，让出一条路。在我推开车门刚一探头的时候，大家便认出我来，再没人叫我——“老反党”，而都称我——“老抗联”了。我下了车，看见止不住喜笑地迎在我面前的她——一身不干不净的衣服，一条套颈连胸扎腰的大围裙，补补连连，脏了吧唧，散发着草料气和泔水味；因为她年年养一圈猪崽子和一头老毛驴。

首先，我给她介绍了红秋。红秋以晚辈自居，尊重地向她行礼握手，示亲示敬。

“阿姨好……”

“什么‘阿姨’，咱们姊妹相称……”

紧接着，她与我定睛注视；乍一见面，彼此涌上千言万语，头绪纷繁，乱七八糟，彼此一般，乱麻两团，各自争分夺秒，以一吐心头语为快；这样各说各的、各应各的，双方语声，纠缠一起，好像电话串线的复音似的，乱麻麻批拧不成一股绳，谁也道不清听不明什么真。我与她各不相让，力争在拔河。

“……红秋要我……我来得急速……拜托你……我不想打电报招扰你家……买些刺儿楸料、刺儿楸料……你听明白了吗？……”

“……大哥，你搬走多少年了……拜托我什么……可把我一家人想坏了……噢，刺儿楸料……您怎么不先打电报……刺儿楸料越来越少了……女司机——大妹子，快进屋，暖和暖和……”

一路话声的杂音噪音，麻批捻绳似的拉过院心，一进房屋，门扇快开快闭，快快隔住寒气，快刀斩乱麻似的一刀两断，断绳两节，俩人拔河罢手，无息无声，哑口无言，守口如瓶，忍心吞声，停了广播台，断了录音带。她忙着找烟找茶……四个女消防员四扇屏似的悬挂门口——形成一面屏风，堵住外屋乱哄哄的孩子们。我默默环顾，霜窗半明，桌椅全净，满壁相片奖状，一如往时……

“他，他，他呢？”

他，当然是指的倪福德——她的丈夫。她早在姑娘时代，人品容貌，才干劳力，佼佼不群，出类拔萃……多少多少青年男儿，谁不向她垂涎三尺，飞眼儿三丈呢。可是，她万万没有想到她家把她老远地丢给了倪福德——拙嘴笨腮的熊蛋包，一锥子攮不出一疙瘩血；她心怄了，恨爹娘大不该将自己亲生的女，当了泼出门的水……岂不把一块美玉丢入苦井里，把一颗明珠投到暗窖下，把一朵玫瑰花插在牛屎上？而天长日久，她摸透了他这颗心，相中了他这个人——好人、好丈夫、好小队长。他的小队在全大队的八个小队中的生产收入，年年独占鳌头。由于她公而忘私，言而有信，劳而无怨，出人头地，深孚众望，自然而然形成一家之主，精打细算，说啥算啥；一村之头，凡有家庭邻居之争，不和稀泥，不做好好先生，唯理是问，以理服人；所以她在家在村威信无比。后来，她连着生了四个女儿——桃莲梅兰；但单单缺松柏、缺淡竹、缺钻天杨，缺株雄性的根芽——接户口簿的人。这谁怨谁呢？她可不是泼妇，胡说他种什么籽儿收什么粮；而他更不是蛮汉，硬赖她什么盐碱地生不出什么苞米棒。人家是老雇农之子，有名的老实厚道的人，根本没有怨，只有一身力、一心队。“四人帮”时，人家要撂多少次挑子，却撂不了；哑巴吃黄连，干吧，干死拉倒……

“他呀，他呀，不在家，出门了……”

“什么时候出门的?”

“昨天。”

“上哪儿去了?”

“二户屯。”

“二户屯，来回三十里，一天一个来回，怎么两天不回来?”

“还是坐小嘣嘣去的，还有于得水；他又官复原职——大队支部书记兼主任……”

“好复杂呢。什么重要事?”

“大哥呀，一言难了……”

“今天能回来吗?”

“回不来!”

“那怎么办？我今天要赶回去……”

“那哪行呢，好不容易来一趟，你总得跟你大兄弟见上一面呀……”

“我乘车到二户屯去见他一面，随后我返回市去，上火车……”

“……”

她想说什么，没有说出口，只是眨巴眨巴眼儿，琢磨琢磨鬼道道，悄没声儿地走了，并用哑语手势摘走了四扇屏。

我想她必是要留我吃顿饭，才能放我走；本来，这也是人之常情；可是，此刻过午，我需要争取时间，急购楸木料。

“你不要做饭了……我到二户屯吃……你赶快去买刺儿楸料……回头路过此地也好捎走……捎走……刺儿楸料……捎走……捎走……你听清楚没

有……”

她一声未应。我掀开门帘一望，外屋空无一人；不用问，她在搞鬼把戏。我告诉红秋去准备开车，上二户屯。我刚出房门口，而红秋跑了回来。

“坏了，后轮胎瘪了！”

“拿气管子，赶快打气！”

“气门儿盖也没有了！”

糟，糟蹋人。我赶出院外，只见梅、兰二美图贴在车门口，心花怒放，笑眯眯的，幸灾乐祸的。

“两个姐姐呢？”

“上供销社了。”

“你妈呢？”

“上大队了。”

桃莲两幅招贴画，贴到供销社去，目的所在，可以理解。而罪魁祸首跑到大队去，又要耍什么花招、什么阴谋诡计呢？

我两步并一步走，尽快赶到大队办公室。她自自在在地坐在电话机旁，嘴对话筒，手持耳机，接通电话，正在对话。农村长途电话，效果极好，两地相谈，如同同室唠嗑儿一样，句句清晰，音正。

“……福德……于主任呢……”

“……在后边呢……”

“……叫他听我口令，口令——跑步，跑步！”

“喂呀，妇女主任，我奉命报到，奉命报到……”

于得水上气不接下气地气吁吁气喘喘地喊着。他曾经是土改时的小斗霸手，而今是老支书、老主任，与阁枚年岁仿佛，但论工作辈分关系，他是她的上级前辈；不过出于当机立断泼辣脆快的口气声势，却恰恰相反，反倒她是领导长者似的。

“你听着，你俩听着！大哥冒蒙来了……”

“哪位大哥？”

“老李大哥呗，老抗联大哥呗！人家今天要赶回市里上火车呢！你俩马上回来……”

“你方才怎么说今天回不来呢？”我不该插这一句话。

“哎呀，大哥呀，你是大干部，你是大知识分子，什么不明白！这叫狗急跳墙、人急生智——要成全你们；又要成全老五保——金菜莪；还要成全……”

老五保——金菜莪是谁呢？何事呢？

“他算王八吃秤砣——铁心了，说什么也不回了……”

“我说你俩啥好呢？一对大胆瓶——摆设儿……”

“好话说了千千万，说不动他的心……我俩今天怎么回去？”

“没门儿了？”

从话筒里听不清他俩嘀嘀咕咕地商议着什么。他俩差不多都是死心眼儿、老实巴交的庄稼汉，商议一溜遭，顶不上她一眨眼儿、一机灵……

“你俩没门儿了？听我的主意！听，好好听！”

“是喽，是喽！”

我可以想象他俩必然似乎下级在接受上级指示命令，口对话筒，手持听筒，毕恭毕敬，躬身俯首，唯命是从。

“听着，好好听着：你俩告诉老五保——我的电话说：不骗他，不糊弄他，以共产党员的名义保证，实话实说。他——金菜莪，金菜莪——老抗联；老李——老大哥，老大哥——老抗联。他俩——老抗联，老战友！数九寒冬，老李大哥七十岁老人，特意远道前来看望；可是他坐的专车坏在路上，请他赶来一见，叙叙战友同志旧情、生死往事。只要你俩跟他说得一清二楚，我保证他会跟你俩坐小蹦蹦赶来。这就成全了他——天作之合，成全了你们兄弟长久难逢相见一面，成全了大哥回市里上火车返北京，这岂不是一举三得、三全其美！”

“嘻，嘻，妇女主任——二外甥媳妇！诸葛女——女诸葛！”

我，木然，木木然，呆若木鸡，叹观止矣，叹闻止矣，人之才，人之杰。但“天作之合”呢？“刺儿楸料”呢？

四

饭前，阁粹一窝雌花都不在了，见不到花容，闻不到花香，也不知被花神置于何处赛会争艳、美展助兴助乐。饭后，她安顿我和红秋去休息之处。本来，我要到大队招待所，免得麻里麻烦；她说有现成的方便空房，歇息清静。

哪儿呢？谁家呢？我难以设想，难道又是她的圈套吗？将到时，我一看，原来是我插队落户之际的库房。

“怎么腾出来了？”

“腾出一年了。这是人家老五保的房产……”

“就是你说的金莱莪——老抗联吗？”

“对了，对了……你怎么不进屋呢？”

我停在门口，踌躇起来。

“这样冬天空房，不是要把我和红秋冻坏了吗？”

她拉开了门，把我和红秋推了进去。屋里，热乎乎，热腾腾，温暖如春，如赤道闺阁、火山金屋；想来，全村农舍独此一处热和、幸福。

“……炕，烧了三天三宿了；一屋两个火盆，日夜火旺，真好比一屋两个不落的太阳……侍候这位老房主，孝敬这位老祖宗……可是，他还不回来……今天亏得沾了你的光，借了你的东风，才算大功告成……”她高高兴兴、欢欢喜喜，非同往常。

“这是你——诸葛女运筹帷幄有方，你——仙女仙风道骨、神机妙算有灵!”

“看，我大哥、大干部、大知识分子，还敲边鼓，俏皮我这个半文盲呢!”她抿着嘴笑，笑，笑得止不住；借绺子，她往灶坑里送了些柴火。

我们站在外屋谈过话之后，她让我进东屋，而拉着红秋同入西屋。这是为何？是农村风俗男女有别吗？不，不。是单独召开楸木讨论吗？是，是。

我一进屋，便发现四朵美丽的花——四盆秀媚的盆景，却原来摆在这儿鲜艳地开着，开着——忙活着，忙活着。梅、兰各自看管火盆，在烘烤两扇窗上的冰霜；桃、莲分别拿着抹布，在擦着两面玻璃水流融渣……随着，我浏览一番，屋内焕然一新。棚顶四壁，裱糊彩纸，独留正对屋门口的旧双喜字；什么意思？是怀旧纪念品吗？地面边边角角，打扫得干干净净；炕琴箱盒，地桌椅凳，以及壶碗家具物品，也都擦洗得溜光锃亮；特别是靠北地上垫着一摞子叠置整齐、经心保存的早年良材——楸木板料，令人分外留心注目；炕上铺着新炕席，席头镶着新布边，席上搁着拆洗洁净、折叠齐整的被褥枕头；也许为了便于劳作，她们把它从炕里推到炕沿边边。这时候，我才察觉出她们擦净了的两扇纸窗棂中间两块大玻璃上，有两个窟窿眼儿，辐射出去一条条一条条的裂纹。

“怎么不换上新玻璃呢?”

“不，不……妈说留着它有意义。”

“意义？为什么有意义?”

“因为是日本鬼子枪打的!”

“八一五”日本投降至今，三十八年了。

小日本儿喝凉水儿，
从头到脚凉到底儿；
横躺竖卧街头一个个，
一根根太阳底下冰棍儿棍儿。

（东北童谣）

两个窟窿眼儿保存至今，究竟有多少年了呢?

她们用剪刀剪红纸，剪成团团条条糊好两面破玻璃，糊得十分细致，精巧，生动，遽然改观，引人瞩目；乍乍一瞥，久久凝眸，像似两幅剪纸窗花——两轮红日，光芒闪烁灿灿烂烂；两圜金箔，金质华丽、辉煌耀眼；两颗赤心——红心，衷心忠心，良心慧心，虔心孝心，称心欢心迷心，春心动心醉心，诚心决心恒心，甘心苦心酸心烦心懜心，寒心忧心疚心灰心违心狠心疼心伤心，心血迸发，奔射四溅，横飞迷漫……

我到西屋，只见红秋倚着自己的羊皮大衣侧歪着，一路辛苦劳累，该她反乏了。可是，炕上铺了褥子，搁了枕头，怎么不舒舒服服地睡一觉呢？显然，我老年人有我老年人的心事，她青年人也有她青年人的心思。我想的是我小女儿，她呢？我不知道，也许是楸木料。

“女主人呢?”

“她早走了。”

“做什么去了?”

“帮我去买刺儿楸料呗……真麻烦人家、对不起人家……”

在我们正说话的时候，恰好阁敉呵哧呵哧地跑回来，没颈的半长发被风吹得挓挲起来，还落有雪花；她坐下来，用手轻轻地拍着自己的胸脯，把呼呼喘喘平息下去。红秋连忙起身，拿手绢帮她捋捋头发，擦擦雪水，连她的眉眼鼻嘴……

“阿姨，阿姨……您为我受累了，受苦了……”

“菊红秋，菊红秋，我真喜爱你这棵树、这朵花、这个杏（姓）——‘菊’；把你排在我四女行列，不是名列前茅——‘五福临门’‘五子登科’了吗？哎呀，我在老秀才老状元面前咬文嚼字——学鸭子跩，岂不叫人笑掉大牙吗？”她向我投之以笑，冷冷的臊臊的笑，悚然赧然。“小菊，咱们还是姊妹相称，以后你叫我——‘大姐’，我称你——‘大妹子’。你看，我和我大哥，论起年纪，本是两辈人，可我们还是平起平坐，平辈相处，多么相近相亲……”

“我可不敢比您——阿姨……”红秋真心实意地说。

“哎呀，我光说闹话，倒把正经事儿忘了。大妹子，我不瞒你说，跑家串户寻料求料，像寻爷爷求祖宗似的，人家说，前几年都给下乡知青和过路人买走了；人家说，过两年留给姑娘做嫁妆呀。木器加工厂呢，人家一概成品，早三几个月就卖得溜尽精光；眼下，关门大吉，老师傅带小徒弟大眼儿瞪小眼儿，三孙子似的抱蹲待料呢……这个死老五保麻烦勾当，把我捆得死死的，放不开手；若不然，让我遛遍全村，到哪儿还摸不着、抻不出你用的这么一点儿料呢……咱们不熟，我大哥摸透了我的脾气，说一不二，说话算话。一句话：‘我大妹子料，包在你大姐身上。万一这次买不到手，给我留个地址，你大姐包管把料送到我大妹子家……反正你也不是急着结婚、急着搞嫁妆，是不是？”

“是，是。感谢阿姨这一番好话好意！”

“你怎还是‘阿姨’长‘阿姨’短的……”

冷不防地，冷不丁地，雪崩了似的，天塌了似的，地陷了似的，海啸了似的涌起人浪人涛，开演大闹剧、大喜剧：“金菜莪回来了！”“老五保回来了！”“老抗联回来了！”随着，小嘣嘣车传来由西而东、由远而近的雪障难行的缓缓的响声：嘣，嘣，嘣，一声声一声声的，像昔时老更夫长年熬夜的梆声，也像今日老骆驼长途跋涉的铃声的节奏似的……

五

透过剪纸窗花图案式的碎心溅血的玻璃，我明晰地看清房外路上、人山人海的围观中停住的小嘣嘣。在它挂的拖斗车上的三个人，于得水和倪福德是我多年认识的两位领导朋友；而第三位陌生人，不问可知，当是女诸葛擒住的老孟获、老拗种。看上去，他约有六十上下岁吧。因为头戴狗皮帽扎紧帽耳子，裹住下颚，仅露一圈巴掌大的脸儿，剑眉密丛丛黑麻麻竖竖着，眉尖尖缀着一溜溜斑斑的白霜霜；银饰睫毛梢头，环绕着鹞形豹状金刚式的眼睛，熠熠炯炯，彪炳强光，熊熊烈焰，逼人袭人；高高隆起的鼻梁，倔倔撅出的鼻尖儿，谓之鹰鼻，形态勇猛凶悍；鼻下两撇八字胡儿，结着冰碴冰坠，好似两股锐利的钢叉。他穿着一身旧的黑棉袄裤，扎着一条蓝布腰带，打着一副绿色绑腿；穿的什么样儿的鞋呢？拖斗车帮挡住，看不见了。而最为突出显眼的是，他披着光皮板山羊皮大衣肩头之上，傲然直立一只铁链锁着的苍鹰，尖爪，钩嘴，双目如他的双眸，目光睽睽，视力灵敏凶狠，闪闪投视如投锋利匕首，甚而摆出攫捕决斗的姿态。而更为甚者是，它的主人拒绝下车，反抗倪福德、于得水的拉扯，拽掖，有勇士的傲骨不屈的剑拔弩张的架势，尚武的精神，蛮横的性格，撒野的怒气，气呼呼，呼着喷着一团团的白烟儿……然而，他该知道，此时此地是他陷落的尽头，他像貉，被猎人窥伺、潜踪、尾追，用暗器所活捉，投之入笼；他也像地鼠，它的粮囤，一旦被人查觉，即刻掘囤抄空，而它呢，将何以谋生？它心灰意冷，无望绝望，走投无路，无可奈何……但他绝不模拟它悬梁自缢似的；正正相反，他咬牙切齿，烁烁地嗥嗥地发出怒火怒声。

“你俩……王八羔子……兔崽子……到底把我糊弄来了……糊弄就糊弄吧……糊弄就糊弄吧……反正我再不能进这个屋……”

“这是你的家嘛……这是你的家嘛……这是你的家嘛……”于得水、倪福德和围观的众人们，你一言我一语地喊着，烂成一锅粥，一塌糊涂。

“谁说我有家？谁说我有家？”他抑制着悲愤，依然发着悲愤之声。“反正我再不能进这个屋……反正我不能再进这个屋……你俩……王八羔子……兔崽子……还有一个小娘儿们，出个臊主意……”

按照农村风俗习惯、亲族人情，大伯子与弟媳妇的交谈，理应恪守伦理纲常之风；而大姐夫与小姨子的关系，倒有擅自诙谐逗笑说奚落话之习。目前，他既已反其道而行，而阁敉也不屑于墨守成规，岂肯退让，当面迎去，拼上一拼，开展俚语的遭遇战；胜败不计，笑骂由他吧。于是，她从众人中冲到车前，身后跟着四员将帅——巾帼英雄，气昂昂，雄赳赳，敢战敢斗，不胜不罢休。

“大表兄呀，咱们兄妹还没有见过面；我今天一见你，可不是善茬，像是恶魔……我也不得不说两句，说深了说浅了，请大表兄多包涵……”

“我早听说了——你这个小娘儿们，嘴巴子像把杀猪刀……你来吧，你先捅我，拿我开刀……”

“我跟你好话好说，你怎么出口不逊呢？你当过老抗联，难道你还吃过了枪药吗？”她的话茬，越说越刺儿，闪出锋芒。“我们这些人围着你转，转了一年，转了新三节：七一，八一，十一；又转了旧三节：端午节，中秋节，加上这个春节。我们走马灯似的围着你转，转，转，转个不停……我要问问你，你这盏灯究竟有多么亮？呸，你就是成了仙、成了佛——佛光普照，我们也不想借你一点儿萤火虫大小的光……你还叫我拿杀猪刀捅呢，你够个猪八戒吗？你呀，你不过是马蜂窝，我用手指头捅……”

“喂呀，你这个小娘儿们——小母虎，跟我伸爪子了……”

“我也不是虎。我也不属虎……”

“我早知道，你是属孙悟空他娘的——一肚子猴儿……”

“我是属穆桂英她娘的——一肚子将、一肚子帅、一肚子神枪手。随你摆什么阵：长蛇阵，八卦阵，天门阵，终归要破你一百单八阵……”她眉毛一皱，计上心头，“你呀，还诬赖我们糊弄你……我们怎么糊弄你了？”她转过身来，向屋内喊起：“大哥呀，老李大哥呀，该轮到你出头的时候了，出来吧，出来吧！”

管它闷葫芦究竟装的什么玩意儿，事到如今，我非出去不可了——投身雪海风波的旋涡。

“老大哥！”福德喊。

“老抗联！”得水喊。

金菜莪一听一瞥，发怔发痴，口呆目瞪——一双明晃晃的金刚式眼，连他肩上的苍鹰也挓挲了翅膀，伸出了钩嘴，睁大了鹞眼，做捕猎物状。

“你——老抗联？”菜莪猛问。

“我——老抗联！”我即答。

老抗联与老抗联，老战友与老战友，老兄弟与老兄弟，老同志与老同志，同举、同举一面红旗。

民众的旗，
血红的旗，
收殓着战士的尸体。
尸体还没有僵硬，
鲜血已染透了旗帜。

（抗联歌）

红旗艳艳，红旗翩翩，遮天盖地，黑水白山，前仆后继，有我无敌……同旗同旗，同气连枝，亲同骨与肉，行同身与影，同心同德，同甘共苦，同饱同饥，同仇敌忾……同旗同旗，超过手足兄弟，胜过妻室儿女，人不同姓而同志，职不同位而同壕，弹不同膛而同发，血不同型而同流，生不同时而同战，死不同时而同野，存不同地而同盼，胜不同役而同庆……同旗同旗，冒着硝烟炮火，喊着杀声不遏，我伤，你兼我的岗位，你残，我代你的职衔，我愿为你切肤而敷伤，你愿为我输血而复康；我愿护你为你以身筑肉垒，你愿替我为我以身拼肉搏；我说战功之勋归你，你道荣军之奖属我；我该向你壮烈……而脱帽致敬，你应对我英勇……而力争杀敌，一心把“武士道胆”戳破，一意把“大和族魂”戳丧……天网恢恢，地气凛凛，真理耿耿，正义昭昭，胜利赫赫，凯旋怡怡，萍水漾漾，风雪脉脉，谁知谁在天涯海角，谁知谁有奇缘巧会，懵懂相逢，迷梦邂逅，原是阎粆雄才大略设计安排，把这千里迢迢战友所系的一丝一缕牵连结起——长桥卧波，复道行空，浩气贯长虹，龙光射牛斗……

“你——老抗联？”

“我——老抗联！”

他“哇”的一声，憋住噎住。只见他成串的泪珠，簌簌落下，随着一跃，跳下车来，连他那肩上的苍鹰。他一个箭步，把它拴在路旁门前一棵老槐树上；他再一个箭步，奔到我面前，张开双臂把我抱住，越抱越紧，终于像是铁箍把我箍牢箍住似的了，动不了了；但他箍不住我的心灵情感，我也哭了。往事堪回首，但我预定的归程呢？他呢，跟我紧紧地脸贴脸，胡须和胡茬互交相错地贴在一起，像是和泥的麻刀似的。

“老战友……老战友……咱们相会在哪里？在地下？在天上？老战友……老战友。”

寒冬霹雳，我受到意外的震撼，激动，而身不由自主，无力酬之一姿一势；幸亏口舌尚且从容可动，而报天渊战友之会——天壤渊海同志的天作之合的天使媒妁之功（如冒风口浪尖之难、如履春冰秋汛之艰），以完成她最终的任务，实现她最高的理想，虽然我并不了解她所在的目的，和所作所为的意义。

“老战友，老战友，咱们进屋谈吧！”

于是，阁粉携四把尖刀带头冲锋，众人们把我和他、神不附体不服主的他一拥，拥到门口，拥进屋里，都鼓起掌来，大笑起来，简直是欢呼胜利，胜利，特别是阁粉，加上她带的四个啦啦队。可是，他一被拥过门槛，便醒过腔来——惭愧了，负心了，就跪在地，虔敬地拜叩，仨揖仨头。拜谁叩谁呢？天地吗？爹娘吗？……同时他低低作声，若断若继，听不清他叨咕的什么言语，但使人感受的是忏言悔语吧？

我们两个人和众人进了东屋，随后全村老辈人——老头们、老太太们也都赶到挤入，把个小屋快要撑破了，争抢说话，七嘴八舌，吵吵嚷嚷，搅成满屋糨糊。趁机，我带红秋溜到外屋，看到阁粉正指挥四个炊事员在提前准备晚饭。她心灵口快，就先开口了。

“大哥，车轱辘已经打饱了气，准备妥当了……可是，大哥看情况，能走吗？”

通过我的眼语，把她的话传递给了红秋。而红秋未经思索，就跟我说了话。

“能走，能走！刺儿楸料挡不住路，黑夜也隔不断路，能走，能走！可是，我看得清，阿姨心里明镜似的，明知道老伯伯今天是不能走的了……”

问者一语三关，一箭三雕，一举三美，聪慧机智，含蓄深沉；而答者年轻稚性，纯洁笃实，单打一，一是一，二是二，三是三。于是，让小桃领红秋代我到邮电所去，往回打个迟归退票的长途电话。

“大哥，你不走了，事情都好办了，光要我一根儿光杆牡丹哪行呢；你还不知道你大兄弟好人——好窝囊废，连帮我添枝加叶都不中用。”喜出望外，乘胜前进，阁粉要把自己的才华策略一贯到底。“大哥，你脑筋棒，酒量大，你想法子把那个老倔头灌醉，灌醉，叫他站不起，认不得东南西北！”

“何必叫他遭罪……”

“他大罪都遭了，再遭星点儿小罪还在乎！”

“你这是什么意思?”我真闷得慌。

“哎呀，我的大哥呀，事到如今，你怎么还没明白呢……”她放低声音，“他醉了，就走不了了呗!”

其实，我仍旧根本没有明白她的用意。不过，我相信她这位女菩萨的一片善心，没有一点儿歹意。当我和其他等人吃起酒来的时候，我尊重她的嘱托，发动福德、得水等人跟他碰杯，猜拳行令……

果然，他醉了，我也醉了；但不是我为首把他灌醉的，也不是他领头把我灌醉的，而是老战友与老战友畅饮而醉的、痛饮而醉的。何况是酒不醉人人自醉!

在头晕脑涨、眼花耳鸣之际，我恍惚听过红秋高声说，打过长途电话，我的日子改了，退票吧……模糊又听过小桃附耳低语，红秋托人传话，她的日子也改了，也退什么东西吧……我的“日子”明明白白；而她的“日子”包括什么含义，难道关系着楸木料吗……

六

一醉解千愁，千醉岂堪解一愁。醉吧，无非亮相献丑。孩小惯于光屁股，老大哪个爱穿开裆裤，除了疯狂患者、无赖无耻之徒。

人生在世，跑腿子在外，
人生在世，跑腿子在外，
他呀，他有四不归。
这，这一不归，
上有高堂母，在她膝前没有尽过孝心。
这，这二不归，
下有结发妻、在她身旁没有合过衾枕。
这，这三不归，
众乡亲面前没有问寒问暖，没有结过交情。
这，这四不归呀，四不归，
二烈士坟头，没有添过土、摆过供、焚过香、烧过纸，没有拜过叩过九泉之下忠魂。

到如今呀，到如今，

我有啥颜面再进蔡我村，再见我那远祖近宗，再见我那兄弟姊妹、左舍右邻；我有啥颜面呀，再见我那凤籼受苦人、我那凤籼受苦人！

（东北旧调改作）

这一夜，我们两个人醉中醒、醒中醉，他唱他谈，我听我思，谁也没有怎么睡。捆在地桌腿上的树杈巴、蹲着的苍鹰是不是睡过呢？

屋内电灯幽明，影影绰绰，前后左右，阴阳两面，而两种声音——谈话歌唱，交相接替，滔滔不绝。

他的歌、他的曲，出自肺腑，不胜感念母子之情、夫妻之爱、战友烈士之义、乡亲乡朋之德，耿耿正气，比白山高、比黑水深，天地万物，岂敢比伦。他的唱、他的吟，发自肝肠，其音其韵，千变万化，婉转而奔放，悲怆而愤激而豪壮，断断续续，娓娓不绝，喊喊吼吼的钢缆，颤颤巍巍的金缕，时而绕梁缠绵不已，时而破窗冲天不止……我听之，我受之，迷我心窍，勾我魂魄，血为之奔，泪为之流，湿我枕，洗我巾，有如一场至苦至情的梦魇难醒……他的《四不归》，足以剖白描绘他的为人——一个早年的半拉子、当今的老五保的人品，正派正道，正气正义，胸襟坦荡，坚贞不屈，刚直不阿，不亢不卑，不忮不求，可见他光明磊落之生的所作所为，始终无愧于自己的钢筋铁骨、赤胆忠心，无愧于自己的阶级、民族、人民；而他深深自感有愧于自己的战友、乡亲，有疚于自己的慈母、贤妻——已婚而又未婚的贤妻，说句不雅不恭的东北地区方言，不妨叫作“二尾子”贤妻……当叙述自己非凡的惊心动魄的生活往事、斗争历史之时，却近乎经过年久的冷藏冰冻，器械压缩那般冷冷静静、简简单单，像是已经说过的他人的平凡经历——嚼过的吐掉的甘蔗渣滓。

的确，他是抗联千千万万烈士中的一位幸存者、余生者，是抗联万万千千余生者、幸存者中的一位豪杰。的的确确，我们两个人是老抗联、老战友，但彼此大不相同的是，他真正名副其实，而我几乎徒有其名而已。他熟悉抗联透顶，了解各个方面军的情况；他听过见过有关陈翰章、李兆麟、赵尚志、赵一曼、周保中、冯仲云、传天飞等人事迹，而主要的是，他与杨靖宇的关系。

他——老倔头、老金菜莪、老共产党员、老抗联、老矿工、老五保，他与母，从小即是孤儿寡母，都为地主家佣工；他当半拉子干杂活，母亲做饭洗衣服带料理家务。姥姥生有三姊妹，母亲居长，二姨即倪福德母亲，三姨即萧凤籼母亲。母亲与三姨轧好，为自己的一儿一女订下了两姨娃娃亲。九一八事变那年，他十二岁；地主一看天下大乱，便带他讨债去，到了盘石县。我呢，在满洲省委指示下，跟随杨佐清同志组织抗日武装，也到了盘石县。在杨佐清领导下，发动贫雇农群众组织起来盘石游击队（内有满、回、蒙古、朝鲜等少数民族），与敌伪展开战斗。在一次交火中，他的头部受了伤。因此，满洲省委决定派去杨靖宇接替杨佐清（史实实录可见杨佐清遗著——《风起盘石》）。而金菜莪——小半拉子呢，由于地主阶级的压迫与民族大义的感召，愤然参军，正在此际。当时，他只听说“杨司令”，也不知道哪个是杨佐清哪个是杨靖宇。而我呢，只见过参军的两个小少年，却记不得他是哪一个。总之，我们两个人是见过面、握过手、谈过话的，一齐打过仗的真正的老战友。可是，为时不久，我等奉命护送杨佐清回到满洲省委所在地哈尔滨，医疗养伤。其后，我被调换工作岗位，再未返回盘石游击队。而他坚持到它发展壮大而改称东北抗日联军。一九三七年，杨靖宇试图从辽宁省打通热河省而与八路军取得联系，率军发动有名的西征，但这关系到抗联命运的英勇的连续作战、突破猛进，功亏一篑，未能最后突破敌人重兵封锁线，却以失败而告终，不得不走回头路，重新东进。一九三八年春节之前，杨靖宇指挥队伍，又进入老秃顶山地区，命令全军沿途宿营露营，驻军休整，秣马厉兵，运筹帷幄……同时准备欢度春节，组织娱乐。他带一队警卫队登上老秃顶山顶峰，检查抗联多年巩固据点，并打算就此安度节日。这时，金菜莪正是警卫队队长；杨靖宇老早知道他是本地人，指定他回家探亲，与寡母春节团聚。于是，他带上四个暗持短枪的战士，与他化装潜行。一路上，他想起多年仅有那由人代笔代捎的一封血泪家书。

一封血泪家书，
何日可能到？
山遥水远路几千，
一别几经年；

母子何年重相见，
夫妻何日能相怜。

（东北旧调改作）

谁承想相见在今夕，谁承想相怜竟有期。母亲与她的二妹三妹密谋商定，趁大年三十儿良辰吉日，办完十九岁莱莪与十五岁凤籼的花烛之喜。

“老战友啊，老战友啊，你看看地下摆着的楸木板……”他指着靠北地上垫着一摞子叠置整齐经心保存的早年良材——楸木板料，“就是她母亲——我三姨早准备好的……你知道它是做什么用的吗？”

“我知道，知道……”我的答话带着哭腔哀音。

“我何必问你这个呢……”他说着，叹息着，“唉，唉……”

唉，唉……岂知好事多磨，祸从天降，不意事前走漏了风声，县城敌伪骑兵冲进了村；在非常动乱的紧迫中，不得不改变原定的喜日提前两天，凤籼被从二姨家掖到大姨家——婆婆家、房门外天地爷神位之前，与莱莪双双匆匆懵懵惶惶下跪，拜三拜、叩仨头，拜了天地——从此她是他的妻，他是她的夫，名正言顺的夫妻。但夜色黝黑，无影无形，彼此未谋一面，互相未道一语，骤然山塌地裂，土崩瓦解，铁蹄嘚嘚，枪声交响，遽然嗒然而别，分道扬镳，谁知谁奔往何处，谁知谁何处是新婚的归宿。如果不说听任命运，那么说什么呢？在惊险的突围中，他且战且走，安全无恙，而四名护从战士，却牺牲了两位后卫英雄。因此，杨靖宇改变了原定计划，重新布置了据点的攻防，率警卫队下岭，命令大队人马连夜奋战——先头部队开拔行军，后卫部队抢险伏击截击冲击。在这次战斗中，莱莪与警卫队完成保卫杨靖宇的任务，自己却负了伤；这是他参军以来的第六次负伤——轻伤。但他第九次负伤，却是重伤——一九四〇年二月间，杨靖宇早已率领部队进入吉林省南端地区，化整为零，分散于十多县，坚持艰苦卓绝的游击战，自己带十多名英勇善战战士，连他在内，行至濛江东区，突与敌伪发生遭遇战；而在他被击被弃于野之后，经一个好心的猎人发觉他一息尚存，即刻背他回家藏起，并以土方疗之养之。数日后——二十三日，杨靖宇为党为民族为人民慷慨激昂地献出了自己最后的宝贵生命。敌人档案保留的有——他的三张照片：一、牺牲山上地点；二、驳壳枪、勃朗宁枪两支和子弹两粒；三、敌人为推行“怀柔政策”欺骗群众而于通化召开“杨靖宇慰灵祭”；他的书面材料之一，尸体解剖胃内所存尽是树皮草料和棉花；他的头被掷于酒精缸中示众，而保存至今，成为令人崇敬而有感召力的伟大英雄形象。

长白山白似银，
银山下边松树林；
一片青松数不尽，
杨靖宇是功臣。

（东北民歌）

当闻说这一噩耗之时，菜我通宵不眠，流泪不止……在猎户家疗养一年有余，身体痊愈之后，他寻山问水，浪迹江湖，到处探听抗联消息，却未取上联系；无着无落，无奈投身矿坑，当了矿工，每月收入寄给猎户家十元，至今未停，以报“一年之恩”。（他既未以自己的劳苦功高、出头露面、钻营巴结、攀龙附凤而爬上官禄尊优之位，又未以自己侥幸复活所处的温饱之境而忘恩负义，与自私自利的个人主义者同流合污。）当然，其间也曾中断多年——浩劫清队、监狱含冤十余载，被诬为抗联叛徒内奸，直到“四人帮”垮台三年后，经过反复审查，重新获得“政治无问题”而恢复党籍的结论。这时，他老了，以超龄的老矿工——老五保被欢送还乡；但他在离家十多里外二户屯侄女家，以老五保匿名隐居下来。后来，不知怎么的把他的真名实姓传到了蔡我村。于是，福德、得水三番五次前去劝他，骗他回家，与凤籼团聚。而他只有这么一个态度，一句话：“王八吃秤砣——铁了心——不归！”并且，他给他们唱起《四不归》。而这次的归，是为大家已知的，明了的，完全出于偶然的偶然、意外的意外、传奇式的传奇式，据他认为是烈士魂召的、战友情催的，不由自主归的，连他的苍鹰也是如此的。

它是他唯一的伴儿，同宿同出入、同猎同食雉兔，他让它尽量食肉，自己啃骨头饮酒——也愿它尝尝，怎么不会尝呢？人禽两种两类吗？是，是。然而，又不是，又不是。它是他精神寄托的享乐的化身——行猎的助手，他是它生活服役的忠诚的侍者——安居的主人。它离不开他，他也离不开它，它、他是相依为命的童话似的。昨夜他不住地眨着泪水汪汪的两眼，它也不停地闪着水晶似的双目，仿佛洋式钟表镶嵌某种禽兽形象、中西儿童种种动物玩具活动着的玻璃球的眼珠一样；而不一样的是，它的眼珠含着露着明显的水分呢；不，不，它一歪头，倒像泡在褐色的小酒盅儿里似的。

第二天，一大早，阁妆给菜莪送来一大盘子生牛肉。

“哪，够不够？你快喂饱它，这回该放它走了。”

“我怎么能放它走！”

“你有了凤籼，不就有伴儿了吗？还要那么一个玩意儿干吗，怪讨人嫌的！”

“……你又扯到凤籼、凤籼，你又要捣鬼？你捣的鬼，能蒙住我的眼？你打发那么两个笨蛋去捉摸我，让我一捅，就捅破了你给他俩糊的影儿窗……若不是我的老战友来，就是你巧嘴能把死人说活了，也说不动我的心……眼下，你又要搞啥邪门儿歪道？告诉你吧！”他拍了拍心口窝，“我心里明明白白，凤籼不会回来了，人家上了你一回当还不够吗？树怕剥皮，人怕丢脸，人家还肯再丢脸吗……好了，好了，一会儿，我送老战友走了，我也就走了……”

“大表兄，咱们说话，再不许斗口、说俏皮话。”她严肃起来，正正经经地说，“你是见过世面的人、通情达理的人。我呢，我是扎一锥子冒一股血的人，嘎巴溜丢脆的人，说一句话算一句话。我说你的老战友来了，来了吧！我上次说你凤籼来了，来了吧！可是你没来呀，你忘恩负义丧良心呀！……我今儿又说你凤籼来了，你不信，走，走，咱们马上到我家去看看呀……”

“你这个娘儿们，红口白牙，专会撒谎撂屁……”

她一怒，立刻打断他的话；瞪着眼睛，要让他看一看，她并不是好惹的呢。

“大表兄，我可有言在先，咱们说话，再不许斗口、说俏皮话！”

“……本来嘛，我心里有数，明明白白，凤籼是个要脸的人，她不会再来丢脸嘛……”

“好吧，你信不着我……”她进一步，逼到他的面前，庄严得很，“我再问你一句，你信得着信不着你的老战友？”

“我当然当然信得着我的老战友！”

“那你就问问你的老战友吧！昨天他到我家看没看见凤籼？凤籼在不在我家？”她转向我，盯住我，激动起来，放高了嗓门儿，“大哥，你实话实说，这是行善积德！”

菜莪精神为之一抖一变——质变，金刚眼睛，瞪得溜圆，要暴出来似的。

“老战友，是你昨天见过凤粈吗？是凤粈在她家吗？”

他指了指阁敉的鼻梁儿骨、鼻子尖儿。

水落石出，真相大白。她狡黠地抛出这个谜，一语二重，迫我伪造谜底。未承想问题集中到我的头上、心上；值此千钧一发之际，何去何从，由我抉择。其实，事实是她残酷无情地把我逼入死胡同、牛犄角尖儿——非被她胁之降之当骗子不可，不管逆水拉纤还是顺水推舟，还是飞舟横渡，搞我、将我，必须助她一臂之力，达到她的胜利目的——菜莪、凤粈曾经一度风雨同舟，而今理当再度同舟共济……天理、人心、党性不容我退避三舍，逃之夭夭。

“是的，是的……见过，见过……在她家，在她家……”

他一听我的答言，往后一仰，倒在炕上，晕了，醉了，甚过昨夜，口中不住自言自语，自个儿跟自个儿念着央儿。

“……不能走了，不能走了……不走了，不走了……从今以后，我有家了，我有家了……”

他稳住了神，安定了心。而她抿嘴笑着，眯眼瞟着，藐视着，嘲笑着；她要拿他做个玩意儿玩耍着，消遣着，开开心儿，解解闷儿。老鼠虽老，归终却斗不过小猫，让咱们领教领教猫戏鼠吧。

“大表兄呀，你不信我的话，你怎么信他的话呢？”

他恢复常态，坐起盘腿，正经起来，有问必答，一把死拿。

“当然相信！”

“为啥？”

“因为他是我的老战友嘛！”

“哎呀，我的大表兄呀，你呀你呀，你呀，傻心眼儿，死心眼儿，实心眼儿！我告诉你说吧，我跟你说的是假话，你的老战友跟你说的也是假话！你呀，你呀……”

“不，不，真话，真话，我的老战友说的是真话，你说的也是真话！”他认定了，认假为真，认假为真。

“不，不，你原来说的本是真话……”

“不，不，我原来说了假话、错话！”他认定了，认真为假，认真为假。

“你哪儿说了假话，哪儿说了错话？”

“弟妹呀，弟妹……”

“怎么不是小娘儿们了？孙悟空他娘了?”

“我错了，错了，大错特错了！我对不起弟妹，对不起凤籼，对不起全村人，对不起天下人……我再赔礼，我再赔礼……”

于是，他就炕跪下，连连地作起揖来，磕起头来。同时，他懊丧、悔恨，放声大哭起来。跟着，她也懊丧、悔恨，吧嗒吧嗒地掉下眼泪——千不该万不该最不该糟践一个老实人，拿一个老实人取乐，不亏心吗？亏，亏，亏……但她有招——眼观四路，耳听八方，心可二用，随用随成，成竹在胸，故意引他转了话题，慢慢地磨磨蹭蹭地拉扯着闲言淡语，用催眠术——催眠曲似的安眠药似的麻醉剂似的把他弄睡哄睡；不，不，用摇篮悠车把他摇睡悠睡，睡得像个娃娃那样地沉睡酣睡，淌着清清亮亮的黏黏糊糊的口水，响着无牵无挂、无忧无虑的，无邪天真、乐天听命的鼾声。

然后，她扯我到了得水、福德、红秋所在的西屋——候馆、听差室、司令部，布置工作，发出命令。

“你俩注意听着!”她指了指得水、福德的脑袋瓜子。

“你俩——两块大土垃坷，绊住他的脚！懂吗?”

“他已经说过他不走了……”福德的话没说完，被打断了。

“万一他醒了，串到咱们家，四个小哑巴怎么说，说啥？他扑个空……我和大哥白费了唇舌，不是前功尽弃了吗?”

“福德，咱们听着，你说吧，你说吧，妇女主任——二外甥媳妇！诸葛女——女诸葛!”得水怕福德惹祸，惹是生非，惹火烧身。

“你俩干别的不行，干力气活儿还行吧?”

“行！行！……”得水、福德异口同声地说。

“你俩先准备一根绳子，万不得已时，把他绑起来!”

她这一句话，把我们几个人都逗笑了，她呢，把眼睛一横楞，一撇嘴，不屑一瞥似的。而福德瞧着她，闲磕牙儿地问了句：

“你干啥呢?”

“我还能趴着养肥膘吗?”

碰个钉子，自找无趣，他蔫蔫地跟着乖乖的得水走出门，往东屋去了。

“大哥，你上年岁了，跟我这么蹦跶，哪是个儿，躺躺歇歇，眯个眼儿，打个盹儿。”她安抚过我，急忙又跟红秋搭起腔，“大妹子，你晚上睡足了没有？”

“睡足了，阿姨。”

“怎么还是阿姨长阿姨短的……跟你说真格的，你再这么叫，你大姐可生气了呢……我懂得大妹子通事理、通人情，一通百通，可不像你大姐在我大妹子这个年岁，一窍不通……”

“还有什么事说吧，阿姨。”

“我生气了，不说了……”

“说吧，说吧……”

“我也不懂得该怎么跟我大妹子说，反正你为你大姐还得辛苦一趟，去接我凤籼嫂子；把她接来了，这出戏才算唱完了……”她匆忙地不识闲儿地说得没完没了，嘴岔儿直冒吐沫星子、白沫沫。

“不客气，咱们走呗！”红秋爽快得很。

“哎呀，哎呀……我也不懂得该怎么给我大妹子道谢……祷告……我说……我祝你早生贵子……”

我从中拦住了她的话。

“人家还没结婚呢。”

她扑哧一笑，用手捂住了嘴。

“大妹子，你看你大姐，忙糊涂了，忙乱套了，连嘴都搬家了……忘问你了，汽油够不够？不够大队有……”

“够，够！”

七

雪止风停，晴空无垠；阳光照耀纸窗，把纸糊墙映得金碧辉煌。

昨夜我未眠好，睡意浓重，睡眼惺忪，务必打个瞌睡；阁敉坐车接凤籼去，至少要一个时辰。然而，我初初昏眩入睡之时，又被吉普车的笛声把我唤得极其清醒，睁开眼睛看见阁敉先闯入了屋，随后进来红秋。后者鹄立鹄望，闷闷不乐。前者已经瘫在我的头旁炕沿边，脸色惨白，神情懊恼，近于恼羞成怒，是她极为罕见的表情。我过去在这儿住过那么多年，似乎没有一次见过她这样异常的失望——她用车接凤籼，反倒落了空；凤籼受过她的骗，再不信任她了。而她发誓，一不做，二不休，抓不来凤籼嫂子，绝不放手。所以，她不得不第二次拿我作东风、当人证，以解其疑团而赚其信任。我呢，无可奈何……

“……我——东风？简直是阴风、妖风……”

“大哥，你在我们农村住久了，说话粗了——通俗化了。”她的心绪平复下来，来了风趣，“我给大哥转句文儿吧，我来请你去，这该说是抛砖引玉……”

“这是句文言成语，可你庄稼人——坐地炮说错了。”

“哎呀，那该怎么说？”

“本来该说‘抛玉引砖’。”

“哎呀，大哥，你拿我这个老文盲开起玩笑了。”

不，不……本来，她是玉，洁白无瑕的玉——纯正无私的心，一心自任导演、演员——红娘，而分派我给她担任一个配角，即使是任何一种道具——礼品，也是责无旁贷，理所当然。

由西而东的木鱼堡，十多里路，路面新雪已有车辙；我与阁籹乘小吉普车循轨快速前进，不到一刻钟，便到达目的地。

通过木栅栏扫开积雪道路的小院，我们三人走进屋。奇怪，奇怪，怎么只见一个人——一位妇女，怎么她不是我原先想象的年近六旬的老妪呢？看容貌，她也不过五十岁的少相人、清癯人。

在菜莪卧炕夜话与阁籹随处日语中的她，姓萧，名凤籼。这“凤籼”的“籼”与“凤仙”的“仙”同音，并与“阁籹”的“籹”又同“米”字旁，使我自然而然地意识到是不是出于同一的村学究的思路与手笔、同村邻村一带的人情与风俗?！与其说其字之冷之僻，毋宁说其字旁之珍之贵，岂不知人不可一日无米吗？岂不闻“巧妇难为无米之炊”吗？

她虽年近夕阳时光，但夕阳时光，却呈现一种无限美好的晚霞，色彩绚丽，光辉灿烂。她的精神劲儿，旺盛而强烈，有如正午骄阳。她的双目灼灼，明慧而清澈，有如镜面水面，映现碧海清波，波浪涌涌滚滚，涟漪粼粼漾漾依依、脉脉、眷眷。她的额头稍稍隆起，眼角略略垂下，隐现微微的横线式和辐射状的褶裥，形同细溜溜毫毛似的一出一入、一落一起、一有一无。她的两颊由消瘦而浅瘪，形成由天生而后生扩大的大大的笑靥，潜伏着她的人生观——静观，达观，乐观。至于，她那副面色，白皙细嫩，洁净光润，有如黎明晨曦之兆出现于东方的鱼白，敷有一层薄薄的茸茸的青辉，而它显露的神态心情，有如难测多变的阴晴晦明的相交相混、韶龄的贞洁的赧颜与老成的端庄的暮气的相反相映、相辅相成。甚至，她有满头密发，一根儿也未掉，一根儿也未白，却淡淡微黄，必是从小生来的发黄的发、金缕发；在头后梳起盘成一个光溜溜的饼儿，旧时老式的髻儿，俗称姑娘结婚之日所说的“上头”，相似古礼女子十五岁所行的“加笄”。她是从何年上的头呢？当然是在四十五年前、她十五岁那年在枪声中上了头，做了媳妇，留家守家，养鸡喂猪，下地干活，在家做饭，侍婆尊姨；并且，她想到生儿养女。怎么生儿养女呢？她还在牢记从小听得的妈妈令、口头禅、隐讳语——遮溜子：儿儿女女，都经送子娘娘送来的，送进烟筒，爬过炕洞，从灶坑爬出来的、掏出来的。然而，她天天守着灶坑口，烧火掏灰，怎么没有见到爬出来、掏出来一儿一女呢？她想问问人家，是她命中注定的缺儿少女吗？但她怎么好意思呢。后来，她渐渐长大了，成熟了，理解了母体受孕怀胎、婴儿诞生之理，而她只有媳妇的名义，怎么能够生儿育女呢？同时，她又沉迷于“一女不二嫁”的古训妇道、“一辈子不忘二烈士”的血迹斑斑教训；她甘愿为菜莪守寡、为烈士守节，乃是天经地义之行；以至慎终追远、葬婆守孝，礼成而毕之后，返回娘家，直到今日。这之间，她经历了日本的投降、国民党的垮台、新中国的成立，经历了“节烈妇道”“婚姻自由”之说，而她与艳阳媲美的青春的炽情、美感、蜜意所燃起的火棒、火把、火炬、火龙的火焰，已经燃到尽头，燃尽她情感的、精神的、生理的、理性的清泉与甘泉、温泉与汤泉、盐泉与硫泉、玉泉与金泉，余下的仅仅一具人干儿、一堆儿灰烬。纵然思想、意识、认识坚强凛然，而灰烬已不复燃；因之封建旧礼与革命新德，虽有迥然之别，而今于她究有何异？也许，也许恰恰相反，日益老迈，日益深刻感受着“未嫁”与“未愧”的崇高道义的安抚宽慰，胜于人生一切的花天酒地乐趣与情爱肉欲快感；并且一概无所畏惧，她认为自己已敢于赴战抗战，敢于赤膊赤脚、顶天立地、趴冰卧雪。可惜，可惜，为时已迟，往事已逝；不然，她不也参加了抗联吗？不也与他与他们、她们同行军同上火线吗？又何必搞这么多年天各一方的牵肠挂肚、藕断丝连，蛛丝似的，茧丝似的，日月同映黄金缕似的……

配夫妻呀，

配夫妻呀，
月下老儿瞎呀，
郎才女貌配不到一家呀哎呀。

（东北民歌）

不，不……月下老儿并不瞎，也并非郎才女貌配不到一家；岂不知世间好事不坚牢，彩云易散琉璃碎——日本帝国主义侵略军的暴力，把大鹏鸿雁打断行、把凤凰鹣鹣鸳鸯拆成单。到而今，经过了多少年的不幸岁月，熬煎了多少年的凄苦悲惨的磨难生活，而使可贵的情愫为之畸变——彼此各自自我残酷地复闹童年的捉迷藏、续演旧年的大悲剧。观者能不唉声叹气、一洒同情之泪吗？何况一厢情愿而满腔挚情的阁粒——红娘……我与红秋都看得清，她这第二次一下车、一迈门槛便禁不住闪开满眼泪水的浪花。

“大表嫂，我又来……”

“……又来了……又撒谎呗……”凤籼没有看一眼，连眼皮也没有抬一抬。

“我不怪大表嫂不信我，因为我是撒过谎的……”阁粒像害过人似的难为情，“今年中秋节，我见月圆人不圆，把你骗了回去……这回可不骗你。我今朝头一次来说的都是真话，没掺一星点儿假。可是，大表嫂你说我的话，不足为凭。我现今第二次来，给你请到了一位证人。”阁粒扳着凤籼的头，让她瞅我一眼，“这是老李大哥、老抗联，是大表兄的老战友……”

凤籼扬起面来，正视着我，庄严、慎重地在审查、在审查我这个不速之客。

“你见到了莱莪吗？”她安稳地问。

“见到了。”我平静地答。

“你是老抗联吗？”

“是的。”

“你是他的老战友吗？”

“是的，是的。”

“有何为凭？”

“……”我无言以对。

完了。她把我追问到了穷途末路、走投无路。

又是阁敉急中生智，急速投我一个救生圈，救我于海底捞针之险之窘，而自己投身下水，在所不计。

“大表嫂，别问老李大哥了……你睁眼瞧瞧这个给老李大哥开车的姑娘——女司机，都是老抗联的后代……”

“是吗？”凤籼用眼瞟着、打量着红秋，“怎么见得？”

“你瞧瞧她脚上穿的是啥玩意儿？”

凤籼转眼，盯住红秋、红秋的腿脚。

“噢，我怎么能不认识，是日本鬼子的骑兵靴子。”

“这不就结了，你别再追问老李大哥了……”

“可是……这靴子也并没有穿在老李大哥的脚上呀，到底能做啥凭证？”

阁敉与凤籼斗智。而凤籼也并不愚昧，这一简单之语，即截断了阁敉的移花接木之术。

“哎呀，大表嫂呀，你可真要把你这个老妹妹逼死！可我偏不死，一定要活活降住你，让你服服帖帖的、乖乖乖乖的，再无反口之力！”

于是，她大显身手、施展了第三次的绝技，让红秋再往返一趟，把我从岩石洞收拾的抗联残余的遗物和战利品——破损的照片、油印报纸传单等和腐蚀的日本旗“千人针”“武运长久”、钢盔、饭盒等，都一一地摆在凤籼的眼前；她让她全神贯注，看个仔仔细细。

“瞧吧，瞧吧！这都是老李大哥带来的，都是确确凿凿的物证！大表嫂，大表嫂，你、你还有啥说的呢？”

也不知怎么的，凤籼一触目、一挑眉、一仰脸、一凝眸，一抽搐一瘫痪、一怔一茶、一惊一悸、一喜一悲，便笑出了一声声，哭出了一滴滴泪，默默无言，就地跪炕，郑重地虔心地拜三拜，叩仨头。拜谁叩谁呢？叩拜天地吗？爹娘吗？公婆吗？二烈士吗？莱莪和阁敉吗？我和红秋吗？唯有天知地知、她知就是了。

也不知怎么的怎么的，骤然犹如信雁信鸽从天外传来骤变的信息，使她茫茫然、惶惶然，非常匆匆忙忙、紧紧张张——生来第一次要上吉普车；不，第一次要上火车；不，第一次要上飞机，去本溪、沈阳、北京，参观紫禁城天安门，准备什么带什么呢？时不容缓，时不容缓，不容梳洗打扮换装，只得用手拢拢鬓角，拢到耳后服帖下去；摩挲摩挲脸儿，把激情抹下去……又何必慌里慌张、大惊小怪呢，并不是生来第一次出门，第一次坐大胶皮轱辘车、坐长途公共汽车，去本县县城；不，用不着坐车，只去供销社；不，只去邻居家，串串门儿、消消愁、解解闷儿，不是闲着也是闲着没事儿吗？顺手从炕琴里拽出来两个包袱——今年中秋节携去又携回的两个包袱……忽地今儿怎么又要携起呢？管它的，管它的，尽管怎么寻思，反正就事论事吧，如此这般，这般如此，下地下地，还是穿上那双半旧的棉鞋，还是套上那件破绽的羊羔皮衣。往哪儿去？是主送客还是客送主呢？依稀依稀，恍惚恍惚，晕晕乎乎，糊里糊涂……魂不由主，魂不附体……

天上地下，蓝缎金镶，素绢银缉……途程远近，杳杳历历……云里雾里，雪里风里……断线的风筝，断枝的叶子，断念的遗言，断编的蜜语，断肠断桥的神往，断魂断绺的银丝颤颤情，金缕缥缥梦……

当我们帮她拎着包袱，伴她从空无一人的房间跨出房门槛儿的时候，屋里屋外，遍地骤呈春色，满处怒放心花——一群群一群群人，爆发出一阵阵一阵阵掌声，一阵阵一阵阵笑声，笑得无我无私，笑得天欢地喜，笑得人间红颜、山河白雪无比新鲜，新鲜，新鲜，有老农新鲜的笑语为证。

当初刘先生三请诸葛亮出茅庐卧龙岗上，世代名传；
现时诸葛女三请萧尼姑入红尘蔡我村中，今古奇观。

八

这两日，一阵风暴，一番浪涛，现在总算风平浪静，大局已定。但是，还有一个喜日的问题。原来，本村共有四家办喜事，限制每家自备一桌酒菜，招待娘家婆家嫡亲，都由大队统一主持举行集体婚礼，喜日订在大年三十儿；现今又添了金菜莪、萧风粈一家，他们的一桌酒菜，理当丰盛，由大队与他们所在的小队共同负责准备，自无问题。而问题在于为他们重办喜事的喜日，如何拟订具有纪念之期为宜？虽说他们四十五年前的喜日，也是订在大年三十儿，但事实却因突变提前两日举办的；同时，还要尽快照顾我的归期——无论如何都要让我返回北京与家人团聚（何况还有我小女儿的喜日所限呢）。怎么办？问倪福德，问于得水，都拿不定主意。结果，只得让朱阁敉做了结论，蔡我村今年春节，提前两日——三全其美：一、纪念菜莪、风粈结婚四十五周年；

二、无损于四家喜日的吉利；三、放我早日登上归程。于是，得水、福德拍手称快，既无碍于党中央的方针政策，又无妨于国家的宪法法令，仅仅往公社打个电话就生了效——通过广播喇叭向家家户户发了通知。因而，全村沸腾起来，马不停蹄，尥起蹶子；人不止步，打起趔趄，好不热闹人也。

今年过年不比往年，
提前两天人人多喜欢。
买上起火高升炮，
捎带一挂大镲鞭。
户户门口呀呀，
贴上大红新对联。

（东北民歌改作）

第二天，又个第二天——农历壬戌年十二月二十七日（公历一九八三年二月九日），一大清早，东山初现鱼肚白，刚刚开启朔夜黑暗的闸门，渐渐扩散蒙蒙亮，大队广播正式宣告：普天同庆蔡我村第一春，第一春……

家家里外，悬灯结彩，门口路边，鞭炮乒乓，锣鼓嘣嚓，喇叭嘀嘀嗒嗒，响彻云霄地壳。闹吧，闹吧，似要闹到天翻地覆吗？

扭秧歌，踩高跷，忸忸怩怩，耍耍搭搭，红绸金扇共舞，古今中外杂扮：工、农、兵、学、白蛇、青蛇、许仙，捎带一个逼肖逼真的战败投降的日本兵，头戴钢盔，手拎日本旗，颈围“千人针”，腰扎“武运长久”，特别出色显眼而有目共睹、刮目相看的是，红秋祖传的战利品——日本骑兵大毡靴，最有化装的价值。这个农民青年，或者说深受日本帝国主义之害的东北人及其后代，最善于表演这个角色——恶脸凶色，杀气冲天，败相丑态，魂飞胆丧……他表演的效果，非常成功，搞得观众止不住拍声跺声齐响，笑言怒语共鸣：“中国共产党万岁！”“东北抗联烈士永垂不朽！”“勿忘国耻家仇和日本侵略的罪行！”……不是日本文部已篡改了教科书吗？不是岸信介还要建立“满洲国之碑”吗？

下午，众人轮番纷至大队观览中心。一共六间大房，皆已腾出，五间摆五桌酒菜，菜莪、凤籼一桌设在中央，余下的一间作为礼堂。在礼堂里，拼长桌，蒙红布，摆五对大红花；四对是红纸铁丝拧的，中间一对较大的而以红绸金带扎的，无疑它是为菜莪、凤粈所特制，以示殊勋优惠的银婚金婚之意。一切准备已经就绪。阁敉总指挥——大菩萨，配上四尊小观世音、四张嘴、八只手、八条腿。

然而，然而，菜莪、凤粈寻不见了。菜莪屋里，只剩蹲踻枝杈的苍鹰，瞪着菜莪式的金刚眼，在站岗放哨。凤粈呢，昨天她一下吉普车便到阁敉家，再未出门。今天这一家人忙得四外蹦蹬奔命，总是扔下她一个人守空房，连秧歌高跷热闹也没捞着逛逛——心不在焉，视而不见，听而不闻，逛而不知其趣，有个什么意思呢？这会儿，她倒扔下空房走掉了。她从来未与菜莪见面，怎么两个人都同时失影失踪了呢？

撒开一批壮丁，四面八方散发口头寻人启事。有两个在河沟上打哧溜滑的孩子说，先见一男、后见一女的背影拿着竹扫帚、黍笤帚过河去了。阁敉断定他们两个不约而同地不谋而合地上了山。这山是河南的一座秃山，从山脚到山腰四围坡地，拿它响应号召兴建过大寨式的梯田，山顶顶就是那两座烈士墓；解放后，作为后人敬仰膜拜的英灵，村民移植了几株松柏，称之圣地——烈士陵园。我与红秋等人跟着阁敉，沿着他们两个刚刚踩出积雪没膝的脚窝，深一脚浅一脚地跟斗把式地登高往上爬。当还未爬到山顶的时候，我看清了两座坟堆和周围，已经把积雪打扫得干干净净，燃起一大圈茅草和枯枝的火焰——火的花环。

火是生命，
森林是家乡。

火烤胸前暖，
“烽”吹背后“焓”。

他们两个人，是各不相干的两个人，隔着坟，跪着地，谁也看不见谁面，谁也不跟谁说话，只是一同号啕大哭着，失声大叫着……悲痛，悲痛，悲痛已极……

村人愈来愈多，得水、福德等等，包括四对新人。大家都在劝慰这两位泪人，久久无效。这时候，又不得不迫使阁粒出头亮相，出谋划策了。

“今天我受大队的委托，担任总指挥，有权发号施令。现在，大家注意，听我口令——站好，下跪，磕头！”

居然，她利用连她带我的带头，利用所有人们下意识地木木然地听从口令而动作——“站好”“下跪”“磕头”，以及而后“起立”“向前转”“开步走”，把菜莪、凤籼挟带、带动起来，迷瞪地怅惘地若有所失地跟随集体行动而行动，走下了山，走入了礼堂。

“大家注意，听我口令——大笑特笑！”

真的，化悲为喜，她把大家逗笑，大笑特笑起来，连菜莪带凤籼也咧了咧嘴。于是，新郎新娘都戴上了红花，行了鞠躬礼，举行了结婚仪式，各归各桌，就座开饮。

我们这一桌，凤籼、菜莪居中，他的左侧依次坐的是我、红秋、得水、福德，她的右侧顺序坐的是兄、嫂、阁粒，空一个座，准备给临时道喜的敬酒的坐坐；同时，阁粒时坐时走，差不多等于空两个座，而时时也闲不着。

阁粒是个大忙人儿，负有重任，事务繁重，千头万绪，而不乱方寸，处理有方，有条不紊，东串西串，吆吆喝喝，指手画脚，支支使使四个小搭儿，必须照顾到每桌。

每桌向新人祝贺。四桌又共同分别轮番向我们这桌新人敬酒。菜莪、凤籼面前摆满几杯、酌满几种酒，二锅头清白明澈，如汗如泪？果子露紫红浓重，似心脏血？他俩只是摇头摆手，谁也没尝一口，谁也不知是什么滋味，是苦是辣？是酸是咸？他俩只是端端正正地坐着，坐着。一位套一身新军装，显出一副光彩的脸——理发刮掉两撇八字胡儿。一位亮着满头梳光的发髻，别上一根镀金簪，插上一朵绒花，罩一身华丝葛的粉红衣、嫩绿裤——四十五年前的物，而今依然崭新鲜艳。但二人心绪神态阴郁沉重，相异又相同；最相同的是，二人闭口无语，一声不吭。五桌喜酒，四桌热热闹闹，欢欢喜喜；唯有我们这一桌冷清，寂寞，暗淡……这俩人儿，谁是一块火石、谁是一根纸捻，谁是一根火柴、谁是一条松明，无论谁是谁，不分彼此，你点燃我、我点燃你，不管谁点燃谁，终归二者皆同，同时同化，化哀为乐，化为一个喜的喜的火媒儿，把我们在座的人儿，一个个地一个个地燃起火——烛火，灯火，野火，星火，照明满桌、满屋、满村——新春新婚，辉煌灿烂，璀璨斑斓……这俩人儿，始终不发一线之光，使我们在座的人儿一直黯然失色失意失措失之交臂……哪管有一点点磷光闪闪，哪管有一个萤火虫飞飞……没有，没有，妄想，妄想，妄自白日做梦……那么，各自醒醒、醒醒吧。娘家兄嫂，白须雪发——两块朽木，即便燃烧，可有火力？福德、得水根本就是一对木榾柮，只有火上房，才能因熏烤而冒出火苗。红秋确有火的潜力，而她属于陌生小辈——小劈柴柈儿，怎么引火自焚而焚着满枝树挂的荆棘？阁敉——天生火种，却不在座，各处都在需要她发光发热。目前，唯有我，我自告奋勇，以打火机自诩，试试如何。

“老战友……”

“噢，老战友……”

“你看见了吗？……”

“看见了啥？”

“你家旧‘双喜’下边，又贴上了新‘双喜’吗？”

“看见了……”

“新旧喜之间隔了多少年？”

“四十五年，四十五年！”

“在这中间，你看凤籼有了什么变化？”

这，书归正传——他没想到挨了一闷棍，一反他的常态，局促，尴尬，失去英雄本色，丢盔卸甲，甘拜下风……

“……她……她变了……”

“变了什么？”

“她变高了，高了！”显然，他心中有数。

全桌空气，由紧迫而松动。我又引颈伸向凤籼去。

“你听见了我老战友的回答吗？”

“听见，听见！”她痛快得很。

“那我也要问问你，在这四十五年间，你看我老战友有了什么变化？”

“……”她又窘住。蒙住。

“你看他变了什么？”

“变矮了，矮了！”她干脆脆快，淋漓尽致。

全桌哗然哄然，爆发烈火；并且焚及引火二者自身，满面发红，生辉。

这二者二答——一“高”、一“矮”，像说相声似的，不，像猜谜语似的；不，不，它简单的平凡的通俗的二字，含有人生观感的深奥的意义、妙谛——当代大众化哲理的对话的绝句。全桌有谁能够加以解说？说，说！娘家兄嫂，当然有资格，为什么不说呢？（我也当然有资格，不过说起来，还要单独另写一个话本，方可说得清、说得明。）

尊敬的离职退休的老同志、列位听众的长者，说，说，能够说得精辟透彻。

来了阁粎司令员，带着四位传令官。

“以我看，你俩都变了，变成了老来少……你们全桌注意，听我的口令——双手举双杯，一口干！”

除了两个老来少，全桌人都执行了命令。

“喂，我说你俩老来少，怎么违抗命令？”

在司令员与四位传令官的命令之下，加上全桌人的催促之中，他俩感到众情难却、众意难酬，于是用双手举双杯，一口而尽，让这一口饮尽生来的苦辣酸咸，饮尽今昔忧、岁月愁、日夜伤冬悲秋……再酌吧，再饮吧，慢慢饮，慢慢饮，用舌尖儿舔一舔、尝一尝——甜，甜，甜……甜遍肌肤肢体，甜透肺腑肝肠……是的，是人变了。一个酒性盎然，一个醉态嫣然；一个忘年的新郎，一个失龄的新娘；一对日久天长而日新月异的青少，一对忘我而忘乎所以的英容美面……是的，夫妻夫妻，真正夫妻，志同道合，和睦相处，白头偕老；一生一世，红枣黄连共食，甘汁苦液同饮；相敬如宾，相助如杖，相让如兄如妹如姊如弟，相亲如团如囫、如贴如鳔，如漆如胶、如并辔如并蒂、如合镜如合流、如连理连璧，如比目鱼、比翼鸟，你恩我爱，两好轧一好……夫妻夫妻，真正夫妻，不喜新而厌旧，不好俊而恶丑，不恋少而弃老，不贪野色而丢家花（家野明明暗暗，非法非礼、兼收并蓄二者者——无耻之徒之所为），不以势在人情在，不以势不在人情不在，不因享乐富贵而苟合，不因遭难贫贱而散伙，力戒偶尔灌米汤，切忌每每翻小肠，人有言兽有语，人兽岂堪伦比；时代淘汰了剃头挑子、拉风箱子——一头热、人工火不行了，你看看《马前泼水》，我观观《棒打薄情郎》，咱俩听听《牛郎织女》《鹊桥相会七月七》……夫妻夫妻，真正夫妻，你我久别远离，千里万里——寸口咫尺，你我模拟，你我幻现，异地相思，异床同梦，梦魂相交洛浦巫山、真伪实虚难解难分，分散团圆，团圆分散，在天勿忘青春之乐的骄阳似火，在地长记暮年之安的海晏河清，人生百年不过天地的一刹那，一刹那的海誓山盟胜似天长地久；莫道天长地久有时尽，但说人间、姻缘美德无尽期吧……是的，是的，再酌吧，再饮吧……变了，变了，人变了糖人，上下变了糖天糖地。是天地让人栽歪颠倒，还是人把天地旋转翻覆？果真，果真是天上神话下界、人间喜剧开锣，让广播喇叭向全村街上家里播送连续不断的人人唱的歌，喜歌。

“咱们这一桌注意，两个老来少注意，听我的口令——你俩新人带头唱起！”

“……”凤籼低下头，开不了口。

“咦，咦？”菜莪扬起脸，挺起硬脑壳，开言有语。

“……表弟媳妇……我想……先问你一句话……”

“一句？百儿八十句也不算多呀！”

“……我，我……怎么叫老来少？……”

“就是你年轻了呗！”

“……我，我……怎么年轻了……”

“靠我呗！”

“呸……靠你？靠你啥……”

“搭桥！搭桥！”人家劳苦功高的红娘理直气壮地喊起来。

“呸，呸……”菜莪醉醺醺地酒气喷人地不服气地喊道，“……桥？……我，我有桥……”

“你有啥桥？”

“……鹊桥，鹊桥……年年相会，年年相会……七月七，七月七……”醉汉怡然自得其乐地说着。

“……不！不！……你说错了……”醉眼笑眯，醉意抒情，醉女按捺不住酒兴激声，急忙改正道，反驳道，“天上——七月七……地下——腊月二十七……腊月二十七……”

“……七月七……七月七……”

“……不！不……腊月二十七……腊月二十七……”

“老来少注意，听我口令——禁止拌嘴撒娇耍酒疯，你俩新人带头唱起！”

人们证明，他俩确实不会唱歌，喜歌、新歌。于是，红秋出头，带上四个文工团团员合唱、教唱起来。

妈妈教我一支歌，
…………

可是，凤籼干吧嗒咔吧嘴儿，不出声、出声不出词儿，菜莪呢，有声不合词儿。

姑娘教我一支歌
…………

“姑娘”换“妈妈”，他把通房搞得轰轰哄哄满堂大笑，连他带她也禁不住捧腹大笑。他调笑，嬉笑，喜笑；她呢，慑笑，佯笑，涩笑，讪笑，狂笑。这对新人这一笑，笑价无比高，高，高，高到天，高过九重霄。

我们这一桌，一一唱过，最后轮到我；我说我五音不全，唱不成调，说说吧。

新郎未惜少年时、未惜九十春和秋、未惜血战苦斗到白头，
新娘未惜金缕衣、未惜万千夜和昼、未惜空房孤影把月守。
我用双手举起一杯酒，
敬新郎半口新娘半口。

两小无猜、两老何猜？何妨亲一亲、搂一搂，纵然雪人儿、冰手儿，心呀有血又有肉。

我愿为你俩诵一首文绉绉老菜籽儿歌谣、数来宝、莲花落、打油诗、顺口溜、让热情交流。

《贺新郎》《金缕词》《醉娘子》《金缕衣》《双鸳鸯》《滚绣球》《鱼游春水》《雁过南楼》《凯歌回》《金缕歌》《喜迁莺》《金缕曲》《愿成双》《普天乐》《灯月交辉》《菩萨梁州》。

我心里想，将在银幕上、荧光屏上、舞台上，完全可能再度出现《新知

音》《一代更风流》《菜莪与凤籼》，但不知还是不是李谷一让人欣赏享受她的美妙的歌声；甚至，以讹传讹的“蔡我村”，完全可能再度传为“菜莪村”或“菜我村”，但可知金菜莪本人一定不会同意，如他长生在世。

九

第二天，又个第二天——农历壬戌年十二月二十八日（公历一九八三年二月十日）。

昨夜，我与红秋是住在倪家的。今日侵晨起炕，吃罢早饭，准备登程。

得水等人赶来送行。菜莪、凤籼来得最早，一再道谢道别。其实，菜莪不仅要与我分道，而且也要与他的苍鹰分手。

“老鹰老友，我让我的老战友走，我也放你飞，放你自由去飞吧，飞吧!”

他站在院心，摘下鹰腿的链子，放它飞起；而它飞起，绕他头顶翾翾打个旋儿，结果又落在他的肩膀头。如是者三，他不得不跑出院外把它撒开哄开了。

而我一再辞行，却未成，只得让车在前慢进，我们随后缓行。当路过菜莪、凤籼之家，荣誉之家的时候，我只见门前路旁一棵老槐树上仍然蹲着他的苍鹰。菜莪与它双双相似的目光，相交相望，望眼欲穿，望洋兴叹。人禽两种两类，而能相处相投相好吗？人有感情，禽也有吗？人有理性，禽也有吗？……艰难此为别，惆怅一何深……我止住步，与送别的人们再次一一握手，毅然决然登车而去。我从车后窗望到菜莪、凤籼用袖头抹眼睛的同时，阎籹还穿着昨天参加婚礼的素色花衣服，撒腿追着，仿佛飞着的一只大花蝴蝶。(天若有情天亦老，人若无私人亦少。）她身后尾儿，紧跟着四只小花蝴蝶。我没有听清她喊了些什么，是不是有关楸木料的事呢?！而它给我带着的遗憾，重重地压在我的心头。

来来去去，原仅预定一日，一晃度过数天，却都依然感觉匆匆。来时下雪，雪花纷飞，漫天云霭；去时雪止，雪山漂白，晴空无际。沿村街边院墙豁口，每家每户都有人伫立招手示意，呼喊告别再见——“老抗联”，没有一人一声——“老反党”。自然，我轻松愉快宽畅兴奋，促成旧婚新婚复婚——银婚金婚，作为退职离休的老革命老干部，确确不虚此行。然而，我的心头仍是拳头石头，比拳头更紧更紧，比石头更重更重……纵然，红秋再三叮咛解劝安抚，而我难以自释。故而，我无意游山观景，一心向往终点——重心终局的同时，她开车滑行冰雪之路，赛过奥林匹克运动会滑冰滑雪之赛的飞快，飞空，凌空而降于招待所门前。小梁、小郑立刻闯开大玻璃门出来迎我——已候我多时；因为昨天打过长途电话，通知她们预购火车票，我今晚定要返回北京；所以，她俩都以此作为欢迎词的第一句。

“今天晚上火车票，已经买到手！”而后，她俩你一言我一语地向红秋下了贬义词、驱逐令，“你快回家吧，够你吃一顿儿的！你呀，你怎么又改了日子？”

我一听便感到诧异，在她俩的话中有话、话中有疑有异。

“改了什么日子？”

“她的喜日子！”

原先的半信半疑，而今必信无疑了，明明确确了，随之加重了楸木料的意义的压力，加之我的心事重重，重重重重。因此，我非要红秋下车休息一下不可。

“咱们进屋一叙，你走不迟！你别听她俩小鬼的鬼话！”

她是个注重文明礼貌而通情达理的女青年，当然会听我的话，跟我进了屋，连故作丑态的龇牙咧嘴的她俩。

咦，稀奇古怪，稀奇古怪，我一进屋第一眼发现的是，靠南地上垫着一摞子叠置整齐经心保存的早年良材——楸木板料，令人分外惊心动魄……小梁、小郑说，她俩昨天不在场，只是听说有一辆农村大汽车捎来的……

于是，本来准备的一叙作废了，干干脆脆，直截了当地解决问题。

“红秋，你的喜日子，不能更改！”

“不！”

“不能更改！”

“不，不！”

“不能更改！”

“不，不，不！”

“你不答应我，我能走吗？”我无可奈何地说。

烈士孤女的她，被善意厚意美意，盛情隆情恩情所冲动激动感动，潸然泪下，泪下……

“……老伯，老伯伯，我——遵命，遵命！……但……我有个请求……”

“你说吧！”

“我请老伯参加我的婚礼，主持我的婚礼；因为他也是老抗联的后代，又是国家抚养长大成人的孤儿——辽宁军区的中级军官……他到我家入赘……老伯，老伯伯，您能答应我吗？”

……品质党性，战友大义——义不容辞，义无反顾，舍己为人为公为国为党，理所当然，唯诺唯诺。

“答应，答应！”然后，我跟小梁、小郑说道，“麻烦科长，退票，退票！”

“老伯，老伯伯，您还要给北京家里拍个电报吧？”红秋提醒着我，“请您起个草，我开车去拍。”

……经过反复考虑，我写了“迟归一日，新节照办”这几个字。全家一见电报，一目了然，所谓“新节”，即为“新婚佳节”的双关语；而在红秋看来，它却是“新春佳节”的简化词。

一切落实。我睡了一夜，休息了一天。第二天，又个第二天——农历壬戌年十二月三十日（公历一九八三年二月十二日），即是大年三十儿，亦即我的心上久经神工鬼斧精雕细镂的镶满珠宝翠钻的喜日良辰……

而我一误再误地误留桃莲、梅兰的家，误入菊的家、母女的家、新婚新婿入赘的家——各式各样的“油漆未干”的楸木木器嫁妆的展览会。一寡二孤，以及诸位宾客，再三再四感谢我的光临。

在结婚的仪式上，寡母被迫地勉强地说了几句话。

“……他们俩儿，早该办喜事……归根结底晚办了三年，他误了一年，去军训；她误了一年，上党校；我给他俩儿误了一年，弄刺儿楸，今儿终究弄到家了……”

责有攸归，我必须讲话。

“……感谢诸位宾客，今天我为我小女儿主持婚礼……”众愕众哗，我又重复一句，但加了两个字——“似的”。

“我为我小女儿似的主持婚礼……”

礼毕，酒毕饭毕，我仿佛当年准备行军参加战斗而轻过装了似的。是的，我是如此地轻快地离开她的家，离开招待所，但又背上小梁、小郑两个小包袱——下班未走非送我上火车不可。

而且，而且，当登上门外久候的轿车的时候，从车内篷灯的朦胧的荧荧之光中，我发觉司机座位上坐的是，刚才“入赘”之婿的新娘——红秋，意外倍增我精神的重压——气压，液压。

“你为什么又‘是我自己要求去的’呢？”

“老伯，老伯伯，我一生还能有第二次这样的要求吗？”

“还有‘私心杂念’吗？”

“还有，还有‘私心杂念’——刺儿楸料怎么付款呢？感谢老伯、老伯伯！感谢……zhū gé nǚ，jīn cài é，xiāo fēng xiān的名字，是哪几个字？”

“……时间紧迫，赶快开车！”

她们仨儿送我到了火车站、到了站台、到了车厢，随后下了车；但仨儿对着我的车窗肃然伫立，显然是在候车开行。出于意识着红秋的新婚之夜之珍，我又下车辞行，催之速归；而仨儿摇头摆手，执意不肯。

“你们走吧，立刻走吧！”我借着站台灯光，看了看手表，“还有四分半钟……红秋今夜——一刻千金！”

“老伯伯，老同志，您说我的四分半钟——一刻千金，那么人家的四十五年呢？”

“……”我哑然失声。

“再说，您那么大的年岁，参加主持我的婚礼，我这小辈人还不欢送您吗？”

“那你、你们致欢送词吧！”

“我们也不会致欢送词呀！”

“那你们唱欢送歌吧！”

“我们也不会唱欢送歌呀！”

“好了，好了，那你们唱一个你们喜欢唱的歌吧！”

于是，在站外街头庆贺除夕的噼里啪啦的爆竹声中，在站台送客人们的影儿幢幢与攀谈振振之间，她们仨儿一起合唱起来。

妈妈教我一支歌，
没有共产党就没有新中国！
…………

话 尾

唱罢《贺新郎》《醉娘子》，再唱《鲍老儿》《古鲍老》。我老了，老了。近三年来，我却在唱《乡曲》（长篇小说）；病歪歪、病恹恹，时唱时辍，我唱到何时是了！暂刻莫如从中摭言，一不唱《金缕衣》，二不唱《金缕曲》，因有《中国话本书目》之著，兹仿《话本》传统，且编一卷《金缕传》。是否可听，听之任之……长歌破衣襟，短歌断白发；不得与之游，歌成鬓先改（李贺诗句）。

话本说彻，权当散场。

附记

此文将毕时，曾有两处索稿，却未允未遂；而今之所以刊于此者，乃感慈母之恩、并念挚友之情之故也。

《民族文学》1983年第5期

无神者的祈祷

马克思《资本论》：巴尔扎克曾经如此深湛地研究了吝啬贪欲的各种各样微妙变化，在他，情形是这样的：高利贷老头子高伯塞克，当他开始着手集敛货物成财之时，他已经痴迷不悟了。马克思致恩格斯书：说到巴尔扎克，我劝你读读他的《未被赏识的杰作》和《麦尔莫特重归于好》。这两部小杰作充满一种绝妙的讽刺。

恩格斯致哈克乃丝小姐书：巴尔扎克，我认为他是比所有过去、现在与未来的左拉要伟大不知多少倍的现实主义大师。

巴尔扎克《人间喜剧》序言：法国社会自身创造它的历史，而我只是记录这种历史的书记。

侵晨之前的四更时分，天空星月明明，与地面路灯煌煌相映相辉。空旷的宇宙，上半清亮而模糊，下半朦胧而光泽，上下参差交错地混淆着照耀着拥抱着这座著名的寂寥的城。

它，东濒渤海，西临北京，地处全国水陆交通枢纽之一，介于沙漠与海洋的气候之间，时而干燥，时而潮湿，不时挥发咸滋、涩味、沙土气；而此时正值初春之际，气流汇集交融，恰恰达到中和，极其宜人、醉人、逗人，令人觉得天地最新最爽、最纯最醇、最帅最美，仿佛随处都有纤柔的娇嫩的妙手，微微地温存地在抚摩着胸膛和心头，确有难以言喻的舒适轻松惬意的快感。

但独自有幸得天独厚而自得其乐的我、孤身深感飘飘然晕晕乎光浴般夜泳般的异乡奇游之兴的我，当然并非本市居民。我是从北京来的。

这几年来，作为将尽毕生之力从事美术工作的画家，应本市文艺单位之邀而作舞台人物速写，我每年至少要来一次，都几乎同一月日、同一列车到目的地，而昨天的列车却误点了，误了我的工作。趁此机会，早睡早起，以便今早享受这种难得的乐趣——漫步逍遥于寂无一声、空无一人的招待所院外之巷，并向往着去往着大街中央怀抱的一颗巨型的灿烂斑斓、光芒四射的夜明珠——这次外市以所谓承包名义临时组成的演出团体所租用的荣誉剧场；并且，我癖好地习惯地携带着自己的小小的破旧的画箱，相似天性地例行地偕同着自己的渺渺的伤损的魂魄一样。

可是，当我走进剧场广场进行巡礼的时候，只见一片混杂纷乱乌七八糟的景象，门前阶上阶下与两侧广告周围，尽是被揉成的纸团纸阄、被撕成的纸条纸屑——精印的演员相片与节目说明书、彩绘的桃花人面与五线谱图案；而今其上残余的可供察辨识别的片纸只字："纪念《在延安文艺座谈会上的讲话》发表四十一周年五月文艺晚会"，"主办单位：×××音乐家协会·延安文艺××编委会……"，"参加者：著名女独唱家×××获最佳女演员奖影星×××……"……

显而易见，昨晚首场演出的开幕式，已经失败，完全失败，彻底失败，而遭到观众们的反对、唾弃、怒骂、哄闹而哄作……

遽然，我不禁长叹一声，惶惶悟到此行的败兴、颓唐、丧气，悔之晚矣。

于是，我莫名其妙地神经质地感觉自己心灰意懒、年迈体弱——老了，老了。随着，我不由自主地走至广场边缘槐柳树丛的草坪，停下坐下，歇歇，思思，虽说也并不知所歇所思的价值，究竟所以然。

渐渐地，渐渐地，我听到一种由远而近的断断续续的轮转声、清道声、甲乙二女交谈声……她们是最早醒的人，最清醒的人，最意识着自己岗位责任的所在，而最惯于保持着自己的醒眼，醒悟而醒豁……

渐渐地，渐渐地，我见到从街头拐向广场的载有垃圾、竹扫帚和铁撮箕的铁皮胶轮车，与推车的甲乙二女。

甲女体型轻盈，癯容清秀、眉目明媚机灵。而乙女身材笨重，阔面厚实，神态憨直强横。乍乍单凭我的惯性敏感，前者给我留下的动态直观是，十足女性的挚情蜜意的印象，适用细线条淡色素所描绘；而后者让我余存的行影表象是，烈性姑娘的英气傲骨的观感，当以粗笔锋重彩调所勾画；简言之，二者各有各的鲜明对照的特点。

她们年龄相差无几，大约都不过二十岁，都穿上优先于海陆空军与武装警察改装的新式的米黄色劳动服，都戴上新型的护士式的圆顶小白帽，都围着供给的干净的白色长毛巾，显然她们都是隶属街道清洁队的清洁员——出身于待业青年。一般地说，凡属待业青年，绝大多数都不属于此项工作岗位，有如不齿于浴池理发馆等服务行业一样；而她们之所以肯于就此就业，不论她们是出自思想觉悟之高所致、由于家境清寒之苦所迫，还是二者兼有之故使然，总归都理当归于报刊所宣扬的光荣的社会主义新人之列吧。

在她们进入广场、拿起竹扫帚之后，她们举目一瞥，满目龌龊肮脏、妄动骚乱、狼狈不堪的遗迹。

“咦，咦……”惆然讶然，甲女轻悄悄地轻音乐地吁着娇滴滴的颤巍巍的音韵，瞪着眼睛。

“哎呀，哎呀……”愕然愤然，乙女震耳欲聋地打击乐器地爆发出嘎巴巴的轰隆隆的声音，张开大口。

“昨晚她们出丑，还让咱们吃苦头……”

“她们都是有名的人物不怕现大眼、丢大脸，还叫咱们小螺丝钉、小萝卜头跟她倒大霉、费大力！cāo（猥辞）……”

“你这个愣头儿青，别撒村野，多难听！”

“反正这儿一个人也没有，我怕谁听，怕谁把嘴封上缝上……”

她们扫着，谈着。

“从来多么干干净净的广场，竟搞成了垃圾场！”

“这不是大家起哄搞的嘛，你我都有份儿！”

“气人，白搭我一张票、一份说明书钱，骗去了我一天的工资……”

“你气炸肺又怎的？人家一人一晚劈一百多块，比旧社会让野汉子lā pù、zhù jú（猥辞）赚钱容易，还多得很呢！”

“赚得多，就赚得多吧——‘向钱看’嘛，钱迷住了她们的心窍，痴迷不悟了！本来，她们就是财神的徒子徒孙——拜金主义者！可是，唱的是什么玩意儿，像是《妈妈好糊涂》！”

“简直不如就叫她们唱《十八摸》《妓女悲秋》……”

“再说，她们光着肩膀，露着胸口。”甲女羞答答地用竹扫帚掩住面，“真像半裸体……”

“我说，她们还不如把衣服都剥掉！”乙女泼辣撒野地解着衣扣，做脱衣状，“干脆来个光秃噜、光赤溜——裸体！”

“你好不知羞……”

“反正这儿也没有一个人，羞什么！”

“那么，我给你学学那个穿衣裳最整齐的样儿。”甲女放肆地揪起胸前两个衣兜，拧成一对髻儿；拉起后裤裆，膨胀一个球儿似的，“这是我的两个坟堆儿和一座金字塔……我再给你学学那个唱得最好的歌：lá，la，lì；lá lalì，lá la lì；lá lálalì，lálá lalì；lalalálálálǐlì，lalalá lá lá lǐlì……”

“你看吧，我给你扮个相儿。”乙女夸张地分开两只手套，掖到衣内胸上，凸出一对大疙瘩；而把帽子和毛巾合在一起，塞到裤内的臀后尾骨之上，撅出一个大硕果，“这是我的两座地堡和一尊海防暗炮……我再给你唱那个歌儿：lá，la，lìlálalì，lálalì；lálálalì，lálálalì；lalalálálálǐlì，lalālálálálǐlì……”

她们在劳动中演唱，在演唱中劳动。甲女唱着，乙女扫着；乙女唱着，甲女扫着。或者各自独唱，或者二人合唱，同样同声同调，同心同感。

虽说，二女性格不同，互有拘紧忸怩与任性纵情之别；但是，她们彼此双方却完全一致同意竭力加以恶意的丑化——一边以低劣的卑贱的表情，飞着撒娇调情的眼神儿，丢着胭脂的妖媚的吻形嘴儿；一边以侮慢的猥亵的做作——前后左右地扭动起来，抡搭起来，甚至有过之而无不及的下流的色情的肉感的洋式摇摆舞……

她们扫着，舞着，唱着，说着。

“你看，我的坟里要闹鬼了！”甲女嬉戏着。

“你看，我的炮口要放炮了！”乙女耍泼着。

“你可别再污染空气了……”

“原来就臭名远扬、臭气熏天嘛！”

“……”

“……”

她们说着说着，说到书归正传，忆起去年与今年的对比，感慨千万，叹羡不已，真有天壤之别。

“去年……”甲女在回忆美梦一般，“去年纪念‘四十周年’文艺晚会，咱俩代表共青团登台演唱，受到全场的掌声，谢幕三次……”

“去年……”乙女重品美滋美味一般，“去年咱俩的名字，轰动全市，受到全市的赞扬!”

本来，我开始一听到她们的唱声，便察觉出她们的音律、音量、音质，亲切熟悉；特别加之她们的自我介绍，我立即记起了去年的晚会，曾经欣赏过她们的歌唱；的的确确，名副其实，有我在场为之证明；而且我亲眼所见，在散场之后，她们仍然受到观众们热爱的堵截、包围、夸口、喝彩。而她们所得到的报酬呢？不过一个面包的夜食、两角的车费而已。

“北京老画家还给咱俩画了像……”

“还上了报呢!”

“据说老画家在延安的时候，还听过毛主席《在延安文艺座谈会上的讲话》啊。”

“若不然老画家怎么能画得那么好！听说市委书记望画兴叹，叹为当代的杰作!”

“说起来，我还怀念起老画家了!”甲女是敬老的有革命道义的人。

“我也是。老画家，您还在北京吗?”乙女是尊长的有同志感情的人。

“北京老画家，您听我给您唱歌：豌豆开花花，山鸡叫妈妈；小豆开花花，拦羊娃娃打木瓜。小满小朵花，芒种乱开花……”甲女唱着，有着一股鄜鄠顺天游的地地道道的乡土音儿、黄土高原的金色小米的喷香味儿、陕北土生土长的妞儿娃儿的魅人劲儿，炽烈地感染了人，使人想起了当年陕甘宁边区的广大农村、为人所爱所敬而为革命献出一切力量的幼童叟妪，尤其是少青壮年男男女女。

“北京老画家!”乙女从前胸后臀掏出手套、毛巾和帽子，归还原处；但她肩上扛起了竹扫帚，或许扮起了《兄妹开荒》的角色。“您听我也给您唱歌：雄鸡，雄鸡，高呀么高声叫，叫得太阳红又红……”她用农民的姿态，配合自己口奏乐曲的节奏、秧歌的舞步。“山呀么山岗上，好呀么好风光；我站得高来，看得远……”她以手遮眼跷着脚，向前展望重叠山头的庄稼似的。这使人想起了当年的人民艺术家王大化……

“黄河之滨集合着一群中华民族优秀的子孙，人类解放救国的责任全靠我们自己来承担，同学们努力学习团结紧张严肃活泼我们的作风，同学们积极工作艰苦奋斗英勇牺牲我们的传统……”她们的豪壮的歌声，无愧于当年“抗大”男女同学成为八路军军政干部的英雄气概。

“迎着晨风，迎着阳光，跨山过水到边疆。伟大祖国天高地广，中华儿女志在四方……”她们的俨然的傲然的歌声，无愧于当代男女青年为振兴中华、建设四化而奔往五湖四海的夙愿蓄志。

她们扫着，唱着，表演着。

我……我观看着，倾听着，记留着……我感激着，考察着，冥想着……问题简单，而脑筋复杂……主要的是，摆在我脚下有两条路，一条退路，一条出路，走哪一条呢……不，不，都不走……我还是照样地顽固地按捺着激情的冲击，隐蔽身影，以窥人生最赤裸裸的心灵最底层……但我悄悄地哭了，唏嘘了……

她们唱着唱着，有着天生的金歌喉——金玉之声，锵锵锒锒，琤琤玲玲，圆润清亮，甘爽壮丽，柔若吐缕委婉缠绵，刚若临战冲锋陷阵；合声合音，纠结缱绻，难解难分，如龙吟虎啸、如鸿鹄鸾凤之鸣，低则贯穿渊海，高则响彻云霄，以至引起平常的灰淡的空际、在诗化幻化异化奇说奇迹奇观……是什么在翩翩飞舞、在闪闪盘旋、在飘飘翱翔？柳絮？早落地了。槐花？还未开开。莫不是闻声而来的、避世避祸隐身藏踪的、窃听暗赏的夜鹰夜莺的影、夜蛾夜光虫的形吗？难道禽性虫性与人性具有共鸣吗？莫不是知音而来的、自诩自炫出头露面的、聆听明教的朝露晨风、水星金星低沉下落为之录音录像、滋润传播于遍天遍地吗？难道露心风心星心与人心统统心心相印吗？是的，诚然她们是地方享有盛名的颇有号召力的久经锻炼的女歌手。尽管，她们所学所知有限，不谙《青阳》《朱明》《西皞》《玄明》，也未阅读《乐书》《啸旨》，甚而连“啸者”也不甚解其意；但是，我认为以她们所有的天赋之才，加之拜师苦练，必定有成，有如古之韩娥、秦青的“绕梁”“流云”之荣，今之李谷一、程琳的“环月”“飞魂”（以“绕梁”“流云”为典）之誉吧。

她们扫着扫着，把广场扫得干干净净。对于全市全国，都需要她们这样的净化。

她们唱着唱着，不该只给我一个蠢人唱，而理当向全市人全国人和党中央唱，向毛主席和他的战友烈士唱。因而，她们在窃窃私语，稚气地美意地聪明透顶而异想天开地嘀咕起来什么……

她们扫着扫着，扫成摊摊、堆堆，像地上的雪丘、水上的帆船似的。她们用火柴把它燃着，燃起火苗、火焰。火，是有消毒之力的。

这时候，她们预先约定，骤然突变，变为自然端庄、甜丝丝儿而令人赏心悦目式的报幕人似的，站在西边——火的后面，让火映面，满面通红发光；而面对我——槐柳树丛、现出一缕些微鱼肚白的东方，同声宣布。

“天上天下的人们、早醒的人们、亲爱的人们：‘纪念《在延安文艺座谈会上的讲话》发表四十一周年五月文艺早会’、最后的一个节目：《送瘟神》；朗诵者表演者：无名之辈、无神之徒。”

于是，她们同声朗诵起来。

绿水青山枉自多，

华佗无奈小虫何！

……

……

借问瘟君欲何往，

纸船明烛照天烧。

于是，她们同时表演起来。

……她们同姿同态跪地，而各自低低有声，振振有词，是虔语咒语、是命令禁令？还是预言誓言、讣告警告？……

烁烁红火，缕缕青烟，缭绕上升，缥缈地浮腾着一种阴森可怖而可鄙可憎的气氛。

仅仅暂短的时刻，我却赞赏了领教了多种剧种：歌剧，舞剧，哑剧，话剧，闹剧，秧歌剧，神话剧，讽刺剧，滑稽剧，庄谐剧，悲喜剧等等种种统一的综合剧……

当天晚饭、歇息之后，有位同志来招待所接我往剧场去——完成我应邀而来的任务。他说，小汽车在门口等着我，等着我……

然而，然而，我谢绝了，坚决地谢绝了。

因为一大早，我已经完成了我应该完成的任务——两幅女声独唱速写，两幅双女朗诵表演彩色画；并且，拟了四个题：一、《清洁工的净化》；二、《共青团员的洁治》；三、《革命派的啸咏》；四、《无神者的祈祷》。最终，我定了第四题。

这一题，大大有利于强化我的暮年的衰退的生命力、记忆力——长记伟大的现实主义作家巴尔扎克，长记伟大的共产主义导师马克思、恩格斯及其有关文学评论的主导思想。

《天津日报·文艺副刊》1983年9月15日

中南海的夜

——为纪念毛泽东同志诞辰九十周年而补

万马战犹酣……
快马加鞭未下鞍……

人生易老天难老……
天若有情天亦老……

中南海的夜——纪念第一届国庆之后的夜。

《中国名胜辞典》：中南海——著名“三海”的一部分。中海开辟于金元时，南海创建于明初，清代与北海统称为西海子，列为禁苑。园内美丽的湖面和殿阁楼台，错落其间，在建筑上具有特殊风格。前人赞美曰“翡翠层楼浮树杪，芙蓉小殿出波心”。此外，今代柳亚子却诗颂曰“火树银花不夜天，歌声唱彻月儿圆”。

仲秋时节，气爽宜人。响晴夜空，月光星光，与苑内灯光交融，闪闪烁烁、煌煌炤炤，无限幽辉充盈溢漫，漫漫无涯，敷出映现一寰素净银灰的天，一片光明如昼的地，一汪碧波荡漾的光耀的湖面；一围旷阔的古传赭色的墙壁，座座散落于树丛草坪之间的金屋庭院，尤其特有民族风格的朱红金黄交织涂饰的宫阙式建筑的怀仁堂。

其门富丽堂皇，大大开开，让四面八方影影绰绰地斑斑点点地汇聚着人流，秩序井然，缓缓涌入。场内座位，逐渐坐满；而前三排空着，只坐了寥寥可数的一些人，继之入座的是各位负责同志，各国外宾。

突然，在全场灯火辉煌、气氛肃静之中，舞台紫色丝绒幕帷之旁，雪白细纱字幕之上，映现出来："小谢，到前边来!"同时，两侧通道出现肃立的衣装整洁而态度端庄的人员；显然，她们是在准备迎接字幕所邀的人。不过，仅仅一个"小"谢，为什么值得这般的郑重款待呢？然而，她们久久的盼待，并未发现应邀而来的影儿。开幕时刻，临近紧迫，字幕再现："小谢者，马夫也。"咦，这种异常的老朽的文绉绉的话语，究竟出自何人之口呢？且"马夫"终归又系何人，而荣膺"干部晚会"的资格呢？因之引起观众自我抑制的轻微骚动，左顾右盼，窃窃私语……

但是，场内确有其人，从后排侧身挤出，沿着通道向前去，神色迷惑振奋，行走匆匆促促……看来，他的胡茬连鬓，约有四十上下岁，并不"小"，加以仪表堂堂，衣冠楚楚，岂是"马夫"。当他奔到前首的时候，被招待人员引入第二排指定的座位坐下；在注视她退走之后，转头属意右侧邻座，一瞄就看清那位体型魁伟，衣履整洁，满头披发，面容丰润，神采焕发的人，他便立刻起立，肃然起敬，恭谨举手行了最敬的军礼。

"毛主席!"

毛主席未言未语，安之若素，而用温暖的手，悄悄地紧紧地握住他挺直的手，拉他坐下来，坐下来，而他如坐针毡，惶惶不宁；如坐火山，任凭岩浆热化……不，不，如鱼得水，任凭漫游游兴；如饮醍醐，有幸聆取耳提面命的难得机缘……

……于是，他原先莫明其妙的茫无头绪的思绪，一扫无余，而意识到这是出于毛主席背后安排的一切一切。但令人难解的是，在方才入场的人流中，为了免掉搅扰，从他身旁尽快尽速避开溜入；而他若无所视的目力，怎么犹如当年的敏锐、犀利而依然独具强烈的摄取之能呢？

他们二人，相别至今十五年了，十五年了。

……那时，他领导秋收起义，被呼为毛委员……那时，各路工农兵起义队伍饱尝苦斗苦战之训而集中文家市，经三湾改编进军井冈山之际，原国民政府警卫团团长卢德铭见到毛委员赤脚穿双草鞋，长途奔走跋涉指挥战斗，血晕血泡血迹斑斑的双脚掌，为他从部下调出一匹战马，一名马夫。战马美号黄彪马，马夫简称小谢。他年岁很轻，很老实忠诚，本与彪马同姓，曾由农参军改了宗，而今又由战士改了马夫。其实，交他负责看管喂养的这匹马，一路之上，以及井冈山之后，毛委员也没有怎么骑过，几乎都给伤病员让了座，至毛泽潭负伤骑到死。毛委员对马夫好得很：同宿，里屋外屋，楼上楼下；同食，红薯糙米饭，辣椒末曲曲芽子。过了近两年时光，他又下特务第四连当战士，而后当了连长。这个连始终担任警卫毛委员的任务，他也始终没有离开毛委员的身边。毛委员对连队更好得很；同心同德同战斗，枪林弹雨，硝烟弥漫，战火纷飞，冲锋陷阵，喊杀之声震山山，不周山下红旗乱……雄关漫道真如铁，而今迈步从头越……经过长征，到达陕北，他竟改不了口，不叫他——毛主席，仍喊他——毛委员；直到他与他告别之时，口中才发出了“毛主席”的声音。从此，他这样称呼惯了；时至今晚，当然还是如此称呼。

然而，毛主席呢？当外宾与他握手，出于礼貌再与小谢握手的时候，却，却出乎意料，另眼相看，他突兀地破格地介绍出来。

“小谢，是我的老战友，井冈山的老战友。”

赧然，小谢忐忑不安，一个马夫，怎么配称“老战友”呢？虽然现在尊称饲养员……真的吗？他愈伟大愈有念旧之情吗？当代如此，而历史人物如何如何？

开幕愈近，时刻愈紧，全场愈静，而毛主席与小谢，私自轻轻耳语。

“小谢，你知道晚会节目吗？”

“毛主席，不知道。”

“《盗马》，也叫《盗御马》，你看过吗？”

“看过吧？！”

“今晚有裘盛戎这一折的拿手好戏……你要好好看看，好好看看……窦尔敦盗马有功，你护马有功，养马有功……你是革命的功臣啊……”

依然故我，他安详潇洒，从容余裕，若无其事，自得其乐，真是不管风吹浪打，胜以闲庭信步……依然故我，他大才大智，引经据典，脱口而出，舌若悬河，哲理幽默，革命诙谐，人情诗意风趣，纵论横生，喻语隐语，谚语成语，哏语笑语，的确数风流人物，还看今朝，欲与天公试比高……

开幕铃声响了。国庆余兴晚会之一，综合节目，种类繁多，音乐、歌唱、舞蹈、戏剧……应有尽有，但仅两小时演毕闭幕散场。

毛主席伫立，目送外宾一一走尽，才谦谨举步，从侧门退场，走出怀仁堂。小谢从他身后迎到他面前，还是肃然起敬，恭谨举手行了最敬的军礼。

“毛主席，再见！”

“走。”

小谢向后转，转身欲走……毛主席急切地放了高声。

“往哪儿走?”

“回去。”

“不，跟我走……”

“……”

“错吗?”

“没，没错。”

小谢答得对。是的，没错。他跟他走到井冈山，走到瑞金，走到延安，走到北京、中南海。是的，没错。那么，他还是跟着他走吧。

优美夜色笼罩着幽静的中南海，幽静的路径……

“小谢，你住沈阳吗?”

“是，毛主席。”

“你知道我住哪吗?”

“人人都知道，我怎么能不知道?”

“这两年，你来过北京吗?”

“来过，来过……”

“那为什么，你一次也没得看过我?”

“……”

“为什么?”

“……”

“为什么?”

“……毛主席……现在……因为……因为你已经是一国之……首了……”

“你也是一厅之长嘛!”

他关注他，了解他，心中了了，了如指掌。

“……毛主席……”

毛主席靠近小谢的身旁，肩并着肩，慢步走着。

“我还叫你——小谢——马夫，你还叫我——毛委员——车把式，车豁子，车老板，好吗?”

“我养马，养得不好，把马养死了；我……我不是好马夫。毛委员，你赶车，赶得好，从来没有出过车祸；你，你是好车把式！”

“小谢，你这话语之过早，过早……小谢今晚听你讲话，文化高了，必定懂得这句——‘盖棺论定’的意义！”

夹在随行人员之间，他们拽着推着伴着自己前后左右移动的行影，通过拐弯抹角相交的天光地光相铺的路面径面，进入花卉美化的静谧的庭院，幽雅的清洁的餐室，一桌二椅，桌上摆有四碟荤素菜。二椅分列左右两面。椅前桌边，中等酒杯，得满两杯。而桌面空余的两边，除了烟茶之外，尽是酒瓶，数类酒；想来，井冈山故人邂逅，激起宾主情愫酒兴勃勃，要放量畅饮一场吗？饮吧，饮吧，长期革命战斗的幸存者饮吧，饮尽桌上的茅台、竹叶青、葡萄酒，尽了还有，尽了还有，还有来自天上的酒——吴刚捧出桂花酒。

于是，于是，二人坐，二人饮，饮起来。你一杯，我一杯，我一杯，你一杯，杯杯相碰相饮，胜于觥筹交错。频频再斟，屡屡斟满；明灯明辉，杯中注光，酒上浮光，缕缕闪闪，闪开胸襟情怀酒意……酒至半酣，喜心悦目，优游晕乎，快哉快哉，推心置腹，肝胆相见，赤赤裸裸，每每侃侃而谈——叙旧忆旧，忆旧叙旧……

“……”

“……”

“小谢——马夫，井冈山马夫，你知道吗？我今夜特意为你过节！过去，在井冈山没得条件，没得给你过节……当然，今夜也为你过迟了，过迟了……你知道吗？”

“……”

“你为何不答话？”

“毛委员，怎么为马夫过节呢？”

“马夫，你知道世传的马神吗？”

“知道。”

“你知道世上有马节吗？”

“不知道。”

“你不知道？我告诉你——马夫，历来马有四节，名为‘马祖’‘先牧’‘马社’‘马步’。你呢，属于‘先牧’之位——‘夏祭先牧，始养马者’是也。”

酒罢开饭，故土便食——米粉面。但小谢闻到面上的肉味特殊——湘俗湘嗜，以此为贵而成惯癖的崇尚的酷爱的珍品美味。

“什么肉?”

“龙肉。”

“什么龙肉?”

“什么龙肉?”蓦然一顿，毛主席若有所思而后开言了，“你文化高了，读过李后主的词吗?”

“略略读过一点点。”

“……‘车如流水马如龙’嘛!”

小谢一听，心领神会这种潜意之义的所在，便不再开口直言不讳了。

酒足饭饱，茶余烟后，小谢想到毛主席长期惯于例行夜作之习——重担压肩、泰山压顶之劳，即时起身告辞。

毛主席送他，送出屋，送出院，送上车，随之登之同车而行了。

他，他是正大的人，尊大的人，伟大的人，而非神奇的人，神秘的人，神明的人。他与一般人同样，也有同样的同感同情，同样的思旧怀旧，莫非单单独独不许他同样叙旧欢饮，同样酒后抒情纵情而爆发激情狂喜吗?

但他这一行动，出之偶然骤然，震惊了在场的警卫人员；紧接着，他们与收发室负责同志通过了电话并采择了若干临时措施。

在车行至中南海大门的时候，门口出现增加的哨兵，敬礼，挡车，阻行。车停住了。

在车内，毛主席拍了拍小谢的肩膀头。

“我应该送你，送你送到十里长亭……但现在不是井冈山时代了，身不由自主了……”

“毛主席，因为你现在承担着全党、全国人民的命运啊!”

人们都说他名列尊位身居御苑的中南海，但谁知道豪放的他，纵情的他，却有“画地为牢”的苦衷呢?

小谢送他下车，也跟他下了车。

“毛主席，你怎么走……”

“我的马呢?”

“马?这里哪儿有马?”

“噢，不，我说错了……”他在自我享受酒兴美感，在自我抒发玩味衷曲，诗意，才思，文理……“我说的是，驹——安步当驹……噢，噢，不，不，我又说错了……我说的是，车——安步当车……”

“那就再让车送你回去……”

“不必，不必，大可不必……路近得很，平坦，熟悉，没得问题……但将来呢，路远了，地形复杂了，坎坷不平，曲折崎岖，那就难说了……说不定还要栽跟头，碰伤呢……”他顿一顿……思一思……望一望……从地望到天，望到悠久的旧岁吗？望到长远的未来、未知数吗？“……马夫，马夫跟车把式，分……分手吧……你走你的，我走我的……常言说道：来日方长……”

马夫还说什么呢？还说什么呢？上车吧……上车吧……走吧……走吧。

…………

中南海的夜，深了，深了。

从这一夜起，他们二人又相别到第二个十五年，又加上一年——“文化大革命”开始的一年，滚滚辚辚的忘情忘旧的铁轮、铁轮的压力之下，他作为副省长，在周桓之后，在刘少奇、邓小平、彭德怀、杨尚昆之间，在为数众多的等等老战友之中，同遭“车祸”，九死一生，奄奄一息；而他呢，也将“栽跟头”了，也将“碰伤”了……

诚然，大哲学家乃是大预言家。然而，大预言家为什么不是大预防家呢？

马蹄声碎……
残阳如血……

一唱雄鸡天下白……
芙蓉国里尽朝晖……

《新观察》1983年第23期

谁说是梦

不到长城非好汉，屈指行程二万

……谁，谁说是梦？不，不是梦，不是一枕黄粱再现。

一九三五年十月十九日，以毛主席兼政治委员，彭德怀任司令员的中国工农红军陕甘支队，胜利完成艰苦罕见、英勇卓绝、举世闻名的长征任务，最先抵达盼望已久、望眼欲穿的长城、长城之下的陕北苏区吴起镇。

噫，曾几何时，去年往日，豁出了破釜沉舟、背水一战，历经了千辛万苦、九死一生，永诀了千古英灵、万代烈士，而奠定了为民族解放、为人民翻身而发号施令的革命根据地——区区之隅。

山乡，山镇，一片荒凉。地处陕北的黄土高原，峰峦重叠，沟壑间隔，塬梁峁谷，溜溜平川，现出特殊地势的奇形怪貌。处处层层的颓垣断壁，斑斑屑屑的残砖碎瓦，尽是历史的废址遗迹。镇民，农民，多居沿山周围窑洞；而其附近一带，多属凸凹田垄、上下梯田，断续零散，交错间杂，像是大地许许多多、条条块块的补丁似的。时属深秋，气候干燥，温度无常，已由午热渐入夜冷；而展望土色秋色，黄上加黄，黄中透黄，真是满目不胜的无限的黄金美景。

此镇，俗称吴起镇。吴起者，乃战国时代著名兵家，与孙膑之祖孙武并称，曾任魏文侯，拜西河守。西河，即榆林河，又名清水河，位于古代重镇榆林府之西，自北而南，横断长城，注入无定河。当年，他守西河，辖有陕北的大片辽阔区域，当因著名战功，以其名而名其地，其地则为古战场无疑。他著有《吴子兵法》。《史记》传有“吴起列传”。《东周列国志》有“吴起杀妻救将”。这一故事，历来流传于民间口头与书馆说唱之间；妇孺多知其详，并各有其评议。而太史公曰“以刻暴少恩亡其身，悲夫”。俱往矣，数风流人物，还看今朝。

毛主席，一世兵家，一代伟人，誉满中外，名垂青史，何须细腻工笔楷体、名贵墨宝丹青书绘。他自少只知以身许党许共产主义、许国许人民大众，为之深究哲理兵法，降龙伏虎，破旧创新，不惜忘寝废食，涉水跋山，呕心沥血，鞠躬尽瘁，荣辱生死，置之度外；尤其是置身遵义会议，他倾以全力，负起全党重任，挽狂澜于既倒、化险为夷，统三军于将覆、转危为安；亘古空前、当代绝世之功，敢与天公试比高。

彭司令员，按毛主席所言，则称之为彭大将军。他出身贫寒，当过窑工，入过讲武堂，从小磨炼出对旧社会、旧时代叛逆性格。历年来，他指挥红军，戎马倥偬，或和衣而卧、枕戈待旦，或不眠临阵、通宵夜战，纵横驰骋于巍峨井冈山与苍茫赣水之间，撼山山后退，挡水水倒流；特别率军长征，频频冲锋陷阵，出生入死，苦战奋战惊险不已，而屡屡传布战报、战况消息，战绩战功赫赫无止。且说，他的为人，质朴无华，一如普通一兵，生活节俭艰苦；他惯于不亢不卑，不阿不欺，光明磊落，耿直刚正，胸襟坦荡，铁面无私，号令大公，赏罚分明，令行禁止，执法如山；但一旦他出之正义，进言上书，纵然有所抗礼冒犯，而使佼佼傲骨，耿耿忠心，招致杀身之祸，亦无所惧——宁为玉碎，莫为瓦全；大革命家，当如是也。

他们二位支队首长，早已决定即将挥师南下，进入甘泉地区，同鄂豫皖徐海东红二十五军与陕北刘志丹红二十六军、红二十七军合编的红十五军团会师。在这之前，他们向全军发出命令，就地暂定休整七日：调整连队，训练新兵；修理武器，查点弹药；清理内务，补充草鞋衣服；检查清洁卫生，注重洗衣洗澡刮脸剃头……

全军奉命，皆大狂喜；自一九三四年十月二十一日，从瑞金等地突围长征，沿途鏖战，战至今日，全体老战士从未有过这般的狂喜。他们卸尽了全副武装，连皮带绑腿在内。吃罢晚饭，他们一头栽到炕上，摊开整个身体，四肢拉叉，脚指头都分开叉儿，个个挖掌起来。多么舒心惬意，多么心安理得，多么任性任情，任眠任寐，一眨眼儿，他们便睡着了，打起了酣甜的“呼噜呼噜”的鼾声。谁愿睡便睡，谁愿入梦便入梦吧。梦啊，梦啊，《希夷梦》《红楼梦》《维新梦》《故都春梦》……

……谁，谁说是梦？不，不是梦，不是梦，不是一枕黄粱再现。

左云龙，终归实现了他的梦，他的梦。梦啊，梦啊，《柳树下之梦》《老槲树之梦》《仲夏夜之梦》……

他一人一马，在风尘甫定而余晖盎然的路上，挑起缕缕沙土飞扬，由东而西、由镇外奔向街心。人强马壮，同在妙龄。人二十五岁，身着东北军军装，意念方炽，酒兴勃勃，纵目飞光，扬眉吐气，显出不可一世气概。马三岁口，一抹雪青，纵鬃扬尾，口嘶目瞪，实有骏马超群的烈性。快马加鞭，敏捷急速，风驰电掣，人似飞人乘风驾云，马如天马四蹄凌空，只听得“嘚嘚嘚嘚”、“嗒嗒嗒嗒”之声，声助马兴而震人威，双双风姿，嫣然媲美；加之迎面夕阳，洒辉饰金，无异于金面金身的骑士英雄、千里驹神骢。

他是东北流亡学生，从中学到大学一向左倾。去年，通过同乡上层关系，他投身东北军，任了上尉军需官，隐伏至今，乘机潜逃，追踪红军，出入白苏两区而通行无阻——一路敌对双方都以为他是自己人，因为他跨过交界线，摘掉了帽上的青天白日帽徽——红军中也少有像他一样的尚未改装的反正投诚、被俘参军的东北军官兵。顺利，幸运，他现已安然地到达目的地，下马步行……

哪儿往？哪儿去？他牵着马，时行时止，盘桓着，寻思着毛主席的所在……他所设想之难，在于严加保密，警戒森然，谁肯直言不讳呢？迟疑着，踌躇着，他仔细地端详着路遇的稀有的红军行影……

果然，有志者事竟成。他何尝想过那么轻而易举的一语、一询便知——有位欣赏好马的马夫模样的人，用手给他一指南山坡的一孔窑洞。于是，喜出望外，雀跃作态，他把马拴在路边树上，径直爬坡，快步急去拜见久已慕名而未谋面的红军领袖。

领袖重地，为何未设门岗把守？只在侧面的前边，有个松散的流动哨，也未加过问，便擅自放行。既然，无须通禀回报，他干脆直接入窑，于昏暗的光线里，会见两位就地对坐矮凳交谈的红军打扮的彪形大汉；他凭聪慧、机智的一瞥，疾步趋身，随口冒认。

竟不出所料，那鬓角角尚未落尽征尘的长发者——毛主席，那浑身仍存残余硝烟味儿的光头人——彭司令员。二人对照，各有不同的特征，一者呈现一副笑容，温文尔雅，妙趣横生；一者摆出一尊塑面，强悍粗犷，木无异变；但他们同声让座，同是出自至亲至诚。他呢，对之报以有过之而无不及的致谢致敬之情之后，爽直痛快，遵命坐于他们之侧的另一矮凳之上，立刻推心置腹倾诉衷肠——自己的身世、志愿，决心……

“用一句话说，我是来投红军的、来参加共产党的……”

“我们欢迎你、欢迎你！”毛主席激动而从容地发出朗朗之声，“你，你言犹未尽，说下去！”

“我所在的东北军，白凤翔骑兵师，我知道他在环县等地重整旗鼓，正准备开拔，向此地进攻！”左云龙把“进攻”二字说得格外清晰、响亮。

“噢！”彭司令员眼睛一瞪，圆溜溜，溜溜圆，大喝一声。这一声喝，滚雷般轰隆隆、轰隆隆，震耳欲聋，简直要喝倒敌军千万万千，竖立白旗，束身就虏，“娘妈bī，娘妈bī，老子严阵以待！老子杀他的头，杀他的头！”猛然间，他用掌击桌，“咔嚓”一响，酷似手起刀落，人头滚地，真乃堂堂丈夫、正气冲冲，赳赳武夫、杀气腾腾，好不仗义人、威风人也。

“左云龙同志……”毛主席若有所感，却无动于衷，依然自若，自持，自信，“你为人正大光明，为革命赤胆忠心，不言而喻，有目共睹……你言犹未尽，说下去！”

而左云龙默默地悄悄地从自己挎包里掏出三个红布包扎的沉甸甸的卷儿，诚意地郑重地搁到他们之间、地面放置的小炕桌上，有如毅然地决然地从自己的心窝里掏山一颗心，虔诚地虔诚地献于圣灵的小供桌上似的。

“我临逃以前，有过反复考虑，充分准备——私自携出军款三百银圆，特向红军慰问、献礼！”

“左云龙同志……”毛主席怔着，怔着。本来，他久经人世沧桑，凡事冷静果决，无误军机；但蓦然，他被此时此事的革命大义之举所触动，而显露着矛盾的神态、忐忑的激情，迫于面临二者之间，难于任择其一：不收不行，少收也不行……终于断然表示了违心之论，“为了不违君命，不损君德，收就收了吧……你言犹未尽，说下去，说下去！”

“再说下去？”

“说嘛，说嘛！知无不言，言无不尽；言者无罪，闻者足戒！”

“再说下去，就是门禁的问题，也就是安全的问题，必须多加小心，加强严防！”

“噢，我理解你的善意，忠告……但是，但是，我们要与广大干群保持联系，还要招贤纳士，首先就要为之大开方便之门！如果实行严格门禁措施，万一有谁被挡驾，被拒之门外，其罪岂不在我？”

“可是，以我之见，你作为中共领导人，必须谨防宵小之徒！”左云龙顽强，固执，硬钻牛犄角尖儿。

“要得，要得！我也要请你恕我直言，直言……我的头，不值钱，连三百张钞票也不值！”毛主席哂笑调笑，笑语幽默而意味深长，“今有历史明文鉴戒，举事实作证，以黄巢为例。《旧唐书》说‘林言斩巢’，《新唐书》又说‘太原博野杀言，与巢首俱上溥（时溥为武宁节度使）’。看来，林言拿黄巢的头请赏，连个铜钱也没得搞到手，反而赔上了自己的头，岂不哀哉？所以我不怕哪个壮士把我斩首！”他转睛注视到彭司令员，话锋也为之一转，“倘若说到彭大将军，那又当别论……他的头，倒值一笔大财，三百个袁世凯的脑袋，还买不到他的一只耳朵；蒋委员长早把他的头，标出悬赏价格——十万元！”

“我的头，如果值得十万元，三百个袁世凯的脑袋，还买不到我的一只耳朵……那么三百个袁世凯的脑袋，还买不到主席的一根毛发，主席的头，是无价之宝！”彭司令员与左云龙虽在征途初识，萍水相逢，而一见如故，肝胆相照，“小左，你的意见，完全正确。我们共产党人，宁肯牲牺千百条命，包括我这条命在内，也一定要保住他的头、全党的头！”

“你这番狂言大话，岂非小题大做？”毛主席为了收拢交谈话锋，尽快阐明了结论的所在，“当然，归根结底，门禁不禁——门开不开，是个各有利弊而互相矛盾的问题，随着形势的发展，将会日益尖锐突出的问题；而当务之急的问题，是迎战白凤翔！”

于是，在第三日，彭大将军，横刀立马，一声令下，以部分有限兵力，一举击溃敢于进犯之敌白凤翔骑兵师，使其遗尸遍野，残余兵马落荒而逃。

随着，他集中全军，随毛主席抵达甘泉地区……后经瓦窑堡西征而回师，而进驻保安、延安……八路军奔赴抗日前线，平型关首战大捷……

这些年来，左云龙先随军担任文化教员，入了党，搜集了党史资料；后入抗日军政大学、中央党校学习工作，工作学习。其间，他与彭司令员未曾交往，而与毛主席却保持着联系。不过，从一九四二年开始整风直到一九四三年发展为抢救运动——审查历史，以及其后甄别之间，除了梦中邂逅、叙旧、交欢之外，他没有去过枣园看过他，虽说他时时刻刻都在冥想着思忆着他、冥想着思忆着他……

一万年太久，只争朝夕

一九四五年的“八一五”，近乎黄昏时刻，一片苍茫暮色，渐渐弥漫笼罩延安。而突如其来，日本天皇裕仁宣布无条件投降诏书电讯，传遍处处：南市场，凤凰山，宝塔山，清凉山，桥儿沟，柳树甸，王家坪，兰家坪，小砭沟，杨家岭，枣园等地。各地山麓、谷口、河畔、溪边、平川、小街、集市、酒店、合作社，渐渐出现壮观奇迹——军民千群，蜂拥云集，沸腾起来。锣鼓震天，火把冲霄，形成巨大火龙火海，跃进飞奔，汹涌澎湃。人人放达放荡，疯姿疯态，狂歌狂呼胜利、胜利、胜利……其气其势，其情其景，胜于任何革命节日的最高潮。

然而，左云龙却与众不同，甘居仅有的化外者……归心归心，归心似箭，时不容缓，时不我待，争取分分秒秒、霎霎眨眨……他尽快急出校门，到合作社买了四两酒，咕嘟一饮而尽，但他按价付款而被谢绝，反倒被送了一捧红枣。营业员说：“今天延长了营业时间，就为的是庆祝胜利，一概免费奉赠!”然后，他又尽快返校，到饲养班央求借用牲口；出乎意料，竟然借到一匹准备应急、备有鞍镫齐全的骏马。班长说：“迩刻庆祝胜利，借马破例，免收借条!”他立即一跃，上马而去。快马加鞭，敏捷急速，风驰电掣，人似飞人乘风驾云，马如天马四蹄凌空；马不啻当年千里驹神骢，人无愧当年骑士英雄。而这之间，白驹过隙一般，恰恰度过了整整十年。十年，其意其味，却是各不相同，同一季节——两般秋、《秋宵吟》，两种迷、《迷神引》，两个醉、《醉中归》……十年，十年革命洗礼，甘苦备尝，心绪繁准，向谁倾诉……马，马可通人性？它全力拼命大大缩短了一路时速行程，提前到达目的——淡薄夜幕徐徐乍降的枣园，枣园一所刚刚掌灯初明的院落。

但是，门口的卫兵，却义正词严地下了逐客令。

“主席正在会客……”

客？他想必定是中央负责同志与之交谈胜利之后的战局问题。

“我有要事求见……”

“主席还要开会去……”

开会？他想可能是中央政治局会议，讨论日本投降之后的国内国际的形势问题。

“我只说三五句话……”

“一半句话也不行……”

他们二人发生了互不相让的争吵，不得开交。……吉人天相，适逢其会，毛主席陪同朱总司令，随同马灯的引路，前往会议地址去；但一迈门槛，他被门口执意的纠葛绊住脚，便让朱总司令暂且先行，而自己停顿下来。他近前一步，借着警卫员举起的马灯，看清了两年未见的不速之客之容，并听清了他与卫兵的口角之由，而后优抚地趣味地引人深思地开口了。

“老朋友——左云龙同志，秀才遇见了兵吗？”

“……”

“有理说不清吗？”

“……”

“你实施了你的主张——作茧自缚，现在悔了吧?!”

“不，不！”

毛主席重新返回，引左云龙走入了灯火半明半暗的窑。

闲言少叙。归心归心，归心似箭，时不容缓，时不我待，争取分分秒秒、霎霎眨眨……开门见山，简明扼要，左云龙面陈了一场抢救运动之害，被诬为“双料特务”，时至今日，尚未甄别，而日本已经投降，岂不贻误了迫不及待马不停蹄地重返老家吗?

足矣，足矣，足以说明问题。毛主席心明、明灯盏盏，普天同照；眼慧、慧光烁烁，洞若观火，何须锦心绣口？他受全党的重托，重任在肩，义不容辞，何况一挥指一举手之劳？当机立断——操纸提笔，笔意纵横，横风斜雨，奔放含蓄，流利洒脱，纤巧之功婉娩而缱绻，刚劲之力挺拔而无止，具有鱼游蛙泳龙飞凤舞之势、蜂腰鹤膝虎头燕颔之形，仅仅一语，寥寥数字，胜似金石所镌书丹真迹。

左云龙同志历史无政治问题。

毛泽东

于是，左云龙参加了以李寿轩为团长、张秀山为政委的东北干部团，于九月二日急奔故土故地去了。

已是悬崖百丈冰，犹有花枝俏

一九五〇年初签订《中苏友好同盟互助条约》之后，毛主席与周总理由莫斯科归国，路经沈阳暂停，进行某些工厂的调查研究工作。第二夜，东北局在他们下榻的交际处——原日本大和宾馆，为之举办盛大的欢迎晚会。

在东北局负责同志们的陪行之下，他们迎着轰然爆发的掌声，步入灯火辉煌而充满喜悦气氛的大厅，沿着四围与新老战友们一一亲切地握手，间或忆旧叙新，言简意赅，语重情长。环行致意完了，他们落座贵宾席，毛主席被让于正中的长沙发，周总理自选了侧面的小沙发。

毛主席首先注目的是，服务人员陆续送来的献于他面前茶几的一束束鲜花纸花，其上标有的字样：本市居民，兵工厂工人，太原街商店，抗联后代……他一一过目，不禁为之一动……

而乐队交替地演奏着华尔兹……圆舞曲……幽幽绵绵……缱缱绻绻……毛主席、周总理场场接受邀请，不停地下场跳着，跳着。

而毛主席比不得周总理通晓社交，往往失神而偏离音乐的节奏，以致常常迈出失措的步法。于是，他乘隙避至门外的休息厅，稍缓，小憩……

然而，事与愿违，他不可避免地继之劳神的是，服务人员继续送来的献于他面前茶几的一束束鲜花纸花，其上标有的字样：郊区农民，工学院学生，和平里大院，烈属之家……他一一过目，深深为之所感，情不自禁，情不自禁……

于是，他索性索得皮衣皮帽，穿上戴上，纵步走出大门外，站在门台之上，引颈举目远眺……

夜，寒夜，冰天的夜，雪地的夜，《夜深沉》《沉醉东风》《风光好》……借着台下广场的一片明灯明辉，他明晰地看明了半环警戒线，以及警戒线之外的密密的人群、人群，簇簇的花丛，花丛。

为此，他拔步下了一级一级的台阶，奔至警戒线——一色日本军式的棉大衣、狗皮帽、毡筒靴的岗哨面前，他认得出他们并非一般的战士们；而是老解放区的老干部们。当然，他便要逐一地加以查询。

“你是什么任务?”

“保卫毛主席!”

“你在哪个单位?”

“东北局。”

“从哪儿来的?”

“延安。”

“……”

“你在哪个单位?”

“省委。”

“从哪儿来的?”

“冀热辽。”

“……”

“你在哪个单位?”

“市委。”

“从哪儿来的?”

“三师。”

“……”

慨然愤然，他使命身边随行人员，通知他们的领导人到场，面授机宜。而这位被唤者——本市临时组成的保卫机构的负责人，一直跟随在他的身后，奉命立时到达他的面前：一片短髭，几缕皱纹，日益显著，已非昔日少相；而纵目飞光，扬眉吐气，犹不减当年之概。凭着超人的记忆力，他一眼便辨认了他……虽说阔别已久，光阴荏苒，经历了多少淅沥春雨、瑟瑟秋风，多少人人离合、家家悲欢，多少战场胜败、世间沧桑。

“你——老朋友，左云龙同志!”

“是！毛主席!”

“你终归回到了老家，掌了权！你怎么可以劳师动众，迁我长城？你怎么可以画地为牢，把我关了禁闭?”

“……”

“撤掉！统统撤掉!”

撤掉警戒线以后，花神花魂，飞舞升华；人海人涛，泛滥冲激，“倏地”

把毛主席围紧箍住，严丝合缝，水泄不通。结局，好不容易，左云龙带领随行人员为毛主席前导开道，才挤回了交际处。

毛主席眈眈地注视着左云龙。

“怎么挤热了？冒了一头热汗？”

“不，冷汗！”

“哎，没得胡言……你看，都是好人嘛！”

千秋功罪，谁人曾与评说

一九六六年秋日，“文化大革命”初期，左云龙作为一市市委书记，与其他地方直到中央大批负责干部一样而被打倒，被诬为“内奸”“叛徒”“反革命”“资产阶级当权派”之类，被批斗、打砸抢，轮番不断。此时，他早已成家，有了一家人，而家无宁日，连妻子儿女，也与之受累遭殃。最后他，无时无刻，无地可容，走投无路；出之无可奈何，他私奔北京，潜宿友家，但愿妄想一见毛主席，以使不白之冤，从速昭雪。

然而，中南海墙高门禁，岗哨肃立，警戒森严；造反派、红卫兵成群结伙，横行无忌，巡查搜捕，为所欲为……

日日夜夜，他望墙望门，望洋兴叹，始终无法入内，而又不甘于失机而归……

……忽于一夜，久不成寐，想入非非……他又去中南海，沿墙徘徊、面门踯躅之间，意外偶遇行影老化、步履蹒跚而来的彭司令员：一身清风飒飒，一脸坚冰凛凛，满腔铁石铮铮、琅琅铿铿……谨以烽火当年吴起镇风云之会的同志情谊、革命道义，他上前施礼恳求引之入内。但是，彭德怀摇头摆手，报以无能为力的赧然愧然。

“而今，今非昔比，人事全非……主席禁苑府邸……岂容你我……风雨故人……立锥之地……”

今非昔比，是良药苦口、忠言逆耳吗？是师心自用、三缄其口吗？是风雨同舟易、盛世联袂难吗？是同心同德始、离心离德终吗？

恍然，彭司令员搓掌捶胸，昂首拂袖，背道而逝。但左云龙坚守原地，寸步未移，死心塌地，就地生根，誓守本土成木成材；否则，引火焚身而化为灰烬于此为止。

……吉人天相，适逢其会，毛主席送客出门，与左云龙巧遇相见，一如往日——往日吴起镇、延安、沈阳故人。

“哎，你——老朋友、左云龙同志，为什么不进去见我呢?”

“……”

“……日月如梭，你如愿以偿?”

“……”

“天长地久，我心何甘……”

他与他，恍如新中国成立初期，并肩偕行，步入丰泽园、菊香书屋——浩瀚书海、拔海书岛。这非凡的无限的珍藏所在——天穹？人寰?

毛主席不待他诉苦申冤，似有先见之明，了如指掌——操纸提笔，笔意纵横，横风斜雨，奔放含蓄，流利洒脱，纤巧之功婉娩而缱绻，刚劲之力挺拔而无止，具有鱼游蛙泳龙飞凤舞之势、蜂腰鹤膝虎头燕颔之形，仅仅一语，寥寥数字，胜似金石所镌的书丹真迹。

左云龙同志历史无政治问题。

毛泽东

左云龙如获至宝，握之在手，紧紧地，紧紧地……恍惚，恍惚……骤然一惊，醒来是梦。梦啊，梦啊，《钱塘梦》《南柯梦》《黄粱梦》……

……谁，谁说是梦？不，不是梦，不是一枕黄粱再现。

不是一枕黄粱再现——一九七七年开始，在党中央领导下，全国范围落实政策中，毛主席早年遗墨的铁证，昭雪了左云龙长期申诉的冤案。

论曰：革命复杂曲折，艰苦而酷烈；历史笔直严明，无情而无私。

《人民文学》1984年第8期

诞

——庆祝建国三十五周年

老同志们都知道，位于河北省石家庄市西北约七十公里的平山县西柏坡村（仅有八十三户、不足八百人口），从一九四八年五月到一九四九年三月，曾是党中央所在地；就在这区区之隅，毛主席领导召开过具有伟大历史意义的党的七届二中全会，进行过全国解放区轰轰烈烈的土地改革运动，部署过指挥过震撼世界而决定中国人民命运的辽沈、平津、淮海三大战役。但是，你知道西柏坡村老支部书记的小女儿吗？

她叫小樱（后来称她樱嫂、樱娘）。当初，当她出生之顷，父一见她——紧缩的拘挛的小凹脸儿、小眉毛小眼儿、小鼻子小嘴儿，好似一朵未绽的花苞，便给她起了这个合乎本乡本土风俗的名儿；其时，是他不知怎么地联想到后院的一棵樱桃树，虽说还有两棵枣树。昨天——十二月二十五日（阴历十一月十五日），她过的生日，整十二岁。这朵小花苞，乍乍微微绽开，恍然显现一副少年的舞台容貌：长长而黑黑的睫毛，长到黑到遮暗了熏乌了上半围围近似墨菊色的眼圈；美妙而艳丽的笑靥，美得艳得胜过红牵牛花和它的粉花心儿；而名副其实的是她的小嘴，真正樱桃色樱桃形，不过一枚裂开上下两瓣，中间露出一丝丝白白的核儿。如此说来，她的名儿，除了“小樱”之外，不是还可以叫“小瑛”或“小媖”吗？

她撅着两根短辫辫，扎着一条褪色的绿头巾，穿着一身大得不合体的花色各异的绸缎袄裤——分得地主的浮财，嫣然再现了农村土改斗争的印象。

她奉父命，兴趣冲冲，冲出门外，冲淡了农家传统习惯的冬闲状态，冲破了外界历年历季如是的冬眠气氛，冷冷清清的寂静景象……

晨。昨晨，她还看过晴空一缕初现的发亮的霞色、一钩临近朔日的发白的月牙，而今朝却只见寒天寒地之间、模糊蒙蒙之中飞着雪，小雪，瑞雪——“瑞雪兆丰年”。这句农民谚语，她会说，也理解。

南侧山峦覆着雪，北面滹沱河结着冰，她冒着寒气，沿着雪径，由西向东小跑追着、追着，肘窝挎着一只藤篮，古色古香的藤篮。

藤篮，下有底座，上有盖有提梁，可置可悬，可提可挎；优种紫藤细条所编，编织透笼，油漆涂彩，式样古典，花纹朴素，工艺细腻，精巧美观；但它并非来自农村任何能工巧匠的技艺，而是全然出于她幼年的纤纤的灵巧之手，且蕴蓄着她的乡井田园的魅力风趣、她的髫龄稚气的聪慧才华；因之它引人注目，观赏，美化，被村学究誉为各位神仙的花篮、桃篮、鱼篮……但按：《维摩诘经》，天女有花而无“花篮”；《穆天子传》，西王母有桃而无“桃篮”；《西游记》，观音菩萨确有“鱼篮”，却注明“紫竹”为料。总之，结论一个，姑且名曰：“樱篮”。

她肘窝挎着它、挎着它，由西往东小跑追着、追着——一位在前漫步的雪中人、雪中人。

他，高大魁梧，气质轩昂，戴着一顶略小的棉军帽，露出鬓角的长发梢，随着风雪飘飘，风雅潇洒，德高质洁——赤子之心未泯，诗人之兴未减；穿着一套棉军装，披上一件不相调协的狐皮大衣——小同窗老战友萧三于延安五年前今日，恰恰今日所赠之礼，全新如昔；戴着一副新疆式的长筒厚实的羊毛大手套——盛世才在反共之前所馈送的物品之一，至今未破。但他的面容清瘦，憔悴，比起当年反“围剿”、二万五千里长征、转战陕北的年月尤甚。昨夜，通宵达旦，他为新华社起草一九四九年新年献词——《将革命进行到底》。而今日长缨在手，各个战场俱在他的掌握中，辽沈战役，完全结束；淮海、平津两役，正在进行总攻，一者围歼了黄百韬兵团于碾庄、黄维兵团于双堆集，并发出了《敦促杜聿明等投降书》，一者攻克了新保安、张家口等重镇，加紧包围北平、天津，迫使傅作义、陈长捷放下武器，接受和平改编。至此，解放战争形势，胜利在望；党中央已在准备迁往故都——北京，当然他在其内的首位。

她肘窝挎着篮，由西往东小跑追着，追上了在前漫步的雪中人。这时，她把篮从肘窝移到手中提着。

“大首长，大首长!”

她明明知道他——毛主席，但为了保密而杜撰了这个“大首长”的别称，正像明明知道先于党中央到达的工委书记刘少奇，而称其代号“劳动大学”的“校长”相似；对于工委其他成员，如董必武等，她如鹦哥学舌似的声言“教员”；而在朱德例外，给人一眼便认出他的本来面目，她也跟着众口一声地直言不讳地喊他——“总司令”。至于，说到徐、谢二老，她在当面则统统尊称“爷爷”；而在背后就分别叫某“老头”或某“大胡子”了。

他被唤止步，屈身俯视，从裹在绿头巾里的小脸儿，认出了她——本村村头经常站岗放哨查路条的儿童团副团长、老支书的小女儿——小樱。他与老支书，每逢新旧节日，或同桌共饮，或交往互访，相知较深，感情较笃。因此，他的西邻——周恩来、任弼时互相说：“他们二人是党员、干群的模范关系。”这种“模范关系”，偶然也把她夹带在内，而使她与他亲近起来。

“樱娃，什么事？”

她自豪地把篮举起，举到他的眼前。

“看，我爸爸送给你的礼……”

“为什么要送礼？”

“……我爸爸不让说！保密！”

“你说吧！若是你泄了密，由我担待！”

雪花渐息渐稀，悄悄落地，寂寂无音；而老少忘年之情，连连绵绵，方炽正浓，侃侃而谈，振振有词，有色有声，声声嘤嘤呖呖。

“他说‘今天’……‘今天’是你的好日子……”

“为什么今天是我的好日子？难道昨日不是、明日不是吗？”

“因为我爸爸说，今天你整五十五岁！”

“噢，如此说来，感谢你父亲的厚意，我得收下这份礼……”

他伸出手，也握到篮的提梁；但她要收拢，不肯放手。

“送礼，不送篮！”

“……今日晚饭，我要请你父亲到我家吃酒；吃罢酒，他带回去也不迟嘛……”

“我爸爸说，今天你家大干部多，他不能来……”

“那么你来……”

“这不是折杀我了……”

“那么你舍得篮……”

他在儿戏，而她在认真——怎么舍得了掌中的明珠呢？

“不，我还要用呢！”

“还要用它干吗？”

“还要用它干吗？……干吗？……干吗？……明年今天，我再给你送礼呗！”

“明年今日，我不在西柏坡了。”

“在哪儿？”

“北京城。”

他预言由村入城，久已成竹在胸，今始捷足先登、指日可待罢了。但她骤然一听，大眼儿一愣、小嘴儿一张，像是飞了魂儿的模样。

“北京城？好大好大呀……好远好远呀……我这一辈子也去不成了，去不成了……”

然而，她说错了，错了。

时至今日，今日何日？萧瑟秋风今又是，换了人间。

在午饭之后，在举行开国大典——宣告伟大的中华人民共和国成立、悬起崭新的第一面五星红旗高高飘扬之前，暂闲片刻，毛主席置身书房小憩，浏览《唐诗别裁》《文苑英华》诗文之际，警卫员引收发室工作人员走了进来。

“有人给您送来的东西。”他只见工作人员置于他面前一只藤篮。

……揭开篮盖，他望见的是，依然照旧——满篮红枣。情不自禁，他为之心驰神往，本能的心驰神往……

“领她进来见我！”

在工作人员去后，他转来转去转念、想来想去想到找来自己小女儿的彩绸辫带、新式玩具——电动小汽车……但工作人员返回来，仍然单身一人。

“他不肯来打搅您……说是腾出藤篮给他就走了……”

凭着同志友爱、革命道义，他动身出去，去，显然是他亲自去迎……去迎……但他到收发室发现的却是老支书——出席国庆观礼的代表。于是，他挽住了他的手，终使他屈从于他的邀约了。在金风拂遍、金光普照的中南海，他们二人相偕相欢而行。

“你不该又给我送礼……”

“这次送的，不是我，是小樱、是她叫我带来的。”

“该叫她跟你同来……”

“她怎么有资格来呢?”

“她没得资格观礼，我怎么有资格受礼呢？这份礼……理当送到党中央、人民英雄纪念碑……”

“……毛主席想见她……等到十二月二十六那天……”

“我说的是今天——十月一日。”

果然，她就在当日来了。是的，她就在国庆举行开国大典之后来了，带来了童心痴心，与之慧心诗心、心心相印的一脉相承，一往情深……在他们二人于天安门城楼参加庆祝晚会二座之间空着一个座位的时候，她入了场，坐了上去。恍惚，失神，忘形，她沉浸于幸福的梦境了。任凭什么欢笑狂呼，锣鼓喧天，任凭什么灯笼火把、彩焰满天，她低着头，一动不动，一看不看，像个木雕妞儿、泥塑妮儿，木然地悄没声儿地呓语似的念着央儿……“大首长”……而毛主席亲昵地握着她的手腕，犹如当年握着她的藤篮的提梁似的。老支书多次更正她说——“毛主席”，而始终改不过她的口，只好让她迷着她的心窍吧。

“……大首长……大首长……要不是今天国庆……大首长叫人把我接来……我这一辈子也来不了北京城……今天国庆我来了北京城……这一辈子也只有这一回……这一回……这一回……”

然而，她又说错了，错了。

时至一九六〇年、从“共产风”“大跃进”进入大饥之年，她被迫嫁到远处——北京市辖县的公社，又被迫卖鸡蛋，进了市区以内，就是当初第一次进入过的北京城。而且，她盛鸡蛋用的器具，也就是当初主要的嫁妆品——两番盛过红枣的藤篮，破旧的藤篮。

经过十年的动乱，往事成灰，儿女成人，而她半老了。老健春寒秋后热，近几年，根据农村进行改革，她承包养鸡场，勤劳致富，科学致富，并为全县所知的模范人物了。人们歌颂她“老来富”“老来红”“老运亨通”……

今年春天，她听说重新修饰天安门城楼、观礼台、广场，准备热烈隆重迎接新中国成立三十五周年……入夏以后，有一天，人们哄传，她有可能被推选为国庆观礼的代表之一……

晴天霹雳，惊心动魄，在不知所措中，她本能地寻出那只盛过童心痴心、慧心诗心，盛过历史命运的藤篮，废置的遗弃的藤篮。尽管废置、遗弃为时已久，但久经沧海难忘水啊！……

当夜，整夜未眠，她摆弄着它，翻来翻去，该接的接，该补的补，该刷新的换新的刷新换新，尽可能地、尽可能地使之完美如初，如意，如名——“樱篮”。

然而，然而，它将盛什么呢？又送到哪儿呢？

《新观察》1984年第18期

胜似春光

一九三七年，七七事变，爆发抗日战争，平型关大捷之后，殳寯（shū qún）参军，从沪到达山西八路军总司令部换上军装，戴上臂章——“8（初期非“八”）路”。他是青年作家，暂任随军记者。

从秋至翌年之春，由五台山抵万安镇，除了报道前方战况和沿途见闻之外，并在被日本空军狂轰滥炸的废墟之中，他拾得莎士比亚名著《哈姆雷特》《奥赛罗》《李尔王》《仲夏夜之梦》共四册，《石索》《三希堂》残帖各两卷，如获至宝。虽经朱总司令多次通令轻装，但他始终爱不释手。最后，他奉命去延安，终于任劳负重而达到目的。

延安，陕北黄土高原山城，古代兵家争战重镇。他一到，首先到中宣部，面见凯丰。

凯丰，原名何克全，江西人，曾是参加遵义会议的二十位负责者之一，现任中宣部副部长，为人沉默寡言，若缄其口，但有问必答，答必从简，且仅限于公事公办，从不涉及私事私语。

殳寯向他呈了任弼时的介绍信，汇报个人的工作、史沫特莱的行踪、丁玲与西战团的情况，以及大后方某一剧团演出不适于前方的剧目，受到彭德怀狠狠地批评，甚至于骂娘……当时，在座的还有朱光。

朱光，仪表堂堂正正，容貌端方英俊，神采潇洒炽热，谈吐风趣盎然嫣然，素有苏区、“长征的才子”之一之称，故与毛主席交好相知。他生自桂省博白县，县邻粤界，语有较重粤音，往往一音一声地说出，有如牙咬的“咬”出。他三十二岁，比殳寯年长七龄。二人初识，但皆曾是陈凝秋（塞克）的老友——一者于上海南国社，一者在哈尔滨《晨报》，因而彼此一见如故。

于是，凯丰委派朱光招待殳寯于城内饭馆。此刻，古城尚未遭到敌机轰炸，一切仍如往常，条条里巷，居民众多，通衢市街，商店密集，繁华兴盛，熙熙攘攘，饭馆尤甚，食客满座，挤挤插插，多为大后方投奔革命圣地而来的、抗日救亡的男女青年们，高谈阔论，说长道短，气氛蓬勃而热烈，思想活跃而积极；但他们二人较之沉着，老练，成熟，凑搭旮旯桌角，匆匆少顷，酒足饭饱。时近黄昏，塬峁上空，城山重围，暮色渐染。殳窘背起挎包，该去招待所了。而朱光酒意方兴，临时建议改变了他的主意。

坐落于城外西南，延河之侧、凤凰山之麓，有一所小小的、普普通通的院落，朱光引殳窘通过支离的角门走了进去，经过狭窄的凸凹的院地，走进了陈旧的简陋的房间，会见了毛主席。

毛主席精研哲理兵法，博览群书，久经战变沧桑，阅历深广，惯于谦恭，善于团结为友。他与殳窘的意外会见，本属萍水相逢，却相似故人邂逅，竭诚欢迎，殷勤款待……

殳窘富于感情、冲动性，一瞬之间，为之所感所动，不禁爆发激情，倾尽挎包珍藏名著、法帖，慨然献之为报——恰恰正好，投其所好，喜不胜喜。

但因朱光又恰恰正好与其共有同好，发生问题了。

“见面分一半……”

“岂有此理!”

“王羲之父子草隶，在你的笔下已经生花升华……”

“颜柳欧赵书法，你早有临摹的根基……”

“可是莎士比亚的问题呢?”

“莎士比亚是一代戏剧大师。马克思最喜爱莎士比亚。他的二女婿拉发格《忆马克思》说：‘在马克思家中，有一种真正的莎士比亚崇拜热。’他的小女儿阿弗苓《回忆》说：‘莎士比亚是家中的《圣经》’。我不做教徒，莫非我不能阅读《圣经》吗？……固然，也有人反对，《拿破仑日记》说：‘莎士比亚是不可读的，是可怜的。’当然，这是出于拿破仑大法兰西民族的意识，更加被囚英国圣赫勒拿的仇恨……至于我，我主张公道：马克思正确！……我是马克思主义的党徒，对于莎士比亚作品的所有权问题，怎么能与你朱光善罢甘休?”

“我是南国元老，有权决定剧本属谁……”

结局，以平分秋色告终，朱光强行索取了《奥赛罗》《李尔王》，以及《石索》碑帖。

“这样分配合理吧?!”

毛主席与朱光的关系，倘论彼此同志友谊、革命道义，悠久良深；若谈双方所处地位、职责，上下有别，所以毛主席只能礼让割爱，而不能强词争辩。

“权既在你，我只得服从。但我要问你，你虽是南国社元老，而今你还能演莎士比亚剧目吗?”

“你听我背诵独白：‘且慢，在你们未去以前，再听我说一两句话。我对于国家曾经立过相当的功绩，这是执政诸公所知道的…’”

“你的口音不够国语化……”

“我的表演，超群出众，精彩绝伦……”

“如此说来，你演出《奥赛罗》，我必到场欣赏，领教……”

“岂敢岂敢!”

“岂敢戏言！杜甫《观公孙大娘弟子舞剑器行》并序云：‘吴人张旭，善草书书帖，见公孙大娘舞西河剑器，自此草书长进，豪荡感激……’不是至理名言吗?”

殳窖在旁，洗耳恭听，从未发言，最后倒说了一句话。

“剑舞、戏剧与书法，既然通神，我也要跟毛主席同去观看朱光同志演出的《奥赛罗》!”

天地——万物逆旅，光阴——百代过客。

一九四六年，日本帝国主义无条件投降的第二年，由于蒋介石悍然撕毁停战协定，大举进攻解放区，东北国共两军频频接触，节节交锋，战线逐渐由南而北，终至对峙于德惠长春之间的外围；东北局亦据形势变化，从沈阳、本溪、抚顺、梅河口迁至哈尔滨。凯丰现任东北局宣传部部长，殳窖亦在该部工作，犹同朱光当年在中宣部工作相仿。本来，他初任东北文工团团长，而后被调至此。该团曾成立于延安，全部团员皆属文音戏美干部，例如沙蒙、田方、雷加、张松如、严文井、谢挺宇、天兰、华君武、王家乙、张平、于蓝、欧阳儒秋、刘炽等等。其中，作为戏剧工作者、《在延安文艺座谈会上的讲话》发表之后而贡献卓著的誉满陕甘宁边区的《兄妹开荒》主演之一的王大化，最为人所瞩目。但最不幸的是，他于黑龙江省讷河地区，竟遭车祸夭逝，造成全团极其严重的损失，以致引起全国各个解放区的震动，悲痛，哀悼。为了纪念这位贯彻实现毛泽东思想的革命文艺方向的著名功臣，凯丰决定于齐齐哈尔公园立碑建墓，邀请省主席阎宝航亲拟碑文；且经毛主席批示，首次正式授以最高的荣誉称号——“人民艺术家”，并指定朱光书写而镌刻于石。

此时，朱光冲越战火纷飞、硝烟弥漫的前线，征途疲顿，风尘仆仆，甫至南岗招待所登记、东组部报到而拟任他为齐齐哈尔市委书记之际，废寝忘食，呕心沥血，抢先从命执行书写任务；并约殳窘协力以助，通宵方毕。论其所书，概属魏碑郑道昭体，结构严整，笔力强劲，骨铁铮铮，筋剑挥锋，穷灵尽思，入能入妙，承古启今，神笔天姿，独具魅力，赏之兴叹……

“老弟，你跟我受累了！我将何以为报?”

“老兄，有朝一日，你报我以条幅可也。”

“诺，诺，我绝不食言！但待几年，待我书法有所长进之日……”

“现在，你的书法，已经自成一家。”

“是吗?”

“真的!”

“那么，我要感谢毛主席……”

“为什么?”

“因为我看王大化演的《兄妹开荒》，他的歌舞之妙，深有感受，心领神会，潜移默化，贯通书法意境。果然，张旭之例，教我茅塞顿开！呜呼哀哉，永逝我师……”

“可是你，你还未为毛主席演出《奥赛罗》呢……”

“那是毛主席的诗人诗话、妙人妙语——诗余之兴、幽默之才。”

“不，不尽然。”

“老弟，我哪会演戏呢。只不过是以我之小才对大才，以我之小诙谐对大幽默，以我之要贫嘴对大理论家、大雄辩家而已……果真如你所说，那我将在适合的干部晚会上，倒可以给毛主席客串一番《奥赛罗》最后的、最重要的、也就是我最喜欢的一段独白。”随着，他情不自禁地背诵起来，并加以表演。“……这是执政诸公所知道的。那些话现在也用不着说了。当你们把这种不幸的事实报告他们的时候，请你们在公文上老老实实照我本来的样子叙述，不要徇情回护，也不要恶意构陷……”

朗朗之声，生动深奥，感人肺腑；语言节奏的快慢急缓，句句字字的抑扬顿挫，以及表演的神态，完全恰到好处，而唯一不足之处，即是他的个别的粤音——隔生。

看来听来，他戏剧修养的功力，并不亚于他书法素质的才华。

殳窘为之鼓掌叫绝。

“研究表演，你比之郑君里所演的《罗密欧与朱丽叶》并不逊色；若是讨论台词标准化，你就望尘莫及了……”

“老弟，你见过世面，研究过学问，说句公正话吧！如果讨论有关《字林音义》《音韵阐微》《音学五书》等音训、音义的正音之学，你的结论如何？难道朱光的台词还不比马师曾、红线女的道白好得多得多吗？”

中华人民共和国开国大典前夕，朱光作为市委书记，由长春被调往广州。趁此中途中转机会，他暂停北京，准备欢度国庆节日，并拜会话别诸多老战友们、老首长们。首先，他到中南海，拜别朱总司令。但一入室，他便见到毛主席在座，不觉一怔。尚未待憨态呆口的主人说话，毛主席即兴故作矫情之态，大发幽默之语。

“你，你是哪个？”

“我——朱光是也。”

“好，好你个朱光……你还认识我吗？”

“哪个不认识你——中外皆知的伟大人物……”

“那么，你为何看总司令而不看我？”

“因为我与总司令同姓、同宗，宗派山头！”

“你既然把我化外，难道你不怕我见外，把你忘记了吗？”

“你忘记不了我——朱光！”

“为何忘记不了？”

“因为我——朱光还没有给你演出《奥赛罗》呢。”

“是的，我还要领教你的表演提高我的书法嘛！”

“……”

“……”

闲言少叙，书归正文。

在朱总司令应许朱光的恳求，缮写一幅《赠友人》诗，落款“送别存念”……然后，毛主席偕同朱光返回自家书房，受其所请，草书一帧《长征》诗，附款“书赠征人”……

而在这之间，朱光乘兴之所至，拟首诗稿，以为酬劳殳窘的赠品。

四载风云塞北行
肩钜跋涉愧才成
如今身是南归客
回首山川觉有情

其上款为“殳宥同志教正”，下款署“朱光于一九四九年建国前夕古都中南海书法家之府”。

在他面呈审阅之时，毛主席做了个别单字的更改：更“法”作“癖”，改“府”为“家”。

“何必如此……明天开始，你就是一国之主了。我尚且姑隐其讳。否则，我不该写‘主席府”了吗？……”

“你，你——朱光上皇……你要给我加封加冕而称为王霸吗？朱光，我们出身草莽，不可忘本！明天也罢，明年也罢，千秋万代也罢，你我始终如一——祸福与共，甘苦同尝，同称同志，同叫背枪的、当兵的。多少年来，我们当兵的，来无踪，去无影，行无定所；时至今日，我们人民、我们党胜利了，有了‘家’。我指的不是什么书法家之类的‘家’——这个‘家’、那个‘家’，只是说以‘府’称‘家’的‘家’……人生一世，保全一‘家’，足矣，足矣……”

毛主席说着，说着，百感交集，声色俱厉；显然，这是他特意在表示他的义正词严。

朱光听着，听着，为之动容，慨然长叹。而对毛主席的意见，他拒绝了前者，接受了后者——“家”。

天地——万物逆旅，光阴——百代过客。

在“文化大革命”的凶焰燃遍全国之期，安徽省副省长朱光，不免也在被烧之列，遭到批斗、打砸抢、游街示众、抄家封家——家，完蛋了。

在平息十年动乱以后，《人民日报》以《朱光同志骨灰安放仪式在广州隆重举行》为题，发表长文报道，当中说到他“受林彪、‘四人帮’反革命路线的摧残、迫害，于一九六九年三月九日在安徽省合肥市不幸逝世，终年六十三岁”等语。

可以理解，作为报纸不必宣传他致死的具体情况；但写小说，全然不然，理当尽可能地写到他临终的详情细节，以便满足文学读者的渴望。

据说，仅仅据说（如有不实之处，当予更正）……他被绑架拘押于偏僻的独院、茅屋的独间……他，独自一人，他，独自一人，四周连个影儿也无……夜色浓黑，黑云沉重，凄风怒吼，苦雨泣诉……这风风雨雨的交响之声，使他有感于处境——囹圄禁隅冥顽懵懂，邪气妖气勃勃冲气，最是有动于衷——往昔不惜流血牺牲之念，当今何惧粉身碎骨之情，于是下定决心实现他的诺言——把立锥之地当作舞台，演出《奥赛罗》的独白——慷慨激昂，悲壮愤恨，声色表演，细腻入微，淋漓尽致，惟妙惟肖，以至夺人魂魄。但观者呢？特别是有意识有志于提高书法的观者呢？

“……不要徇情回护，也不要恶意构陷……一个不惯于流妇人之泪的人，可是当他被感情征服的时候，也会像涌流着胶液的阿拉伯胶树一般两眼泛滥……在阿勒坡地方，曾经有一个裹着头巾的敌意的土耳其人殴打一个威尼斯人，诽谤我们的国家，那时候我就一把抓住这受割礼的狗子的咽喉，像这样把他杀了。”（“以剑自刺”改为“以火自焚”。）

茧蛹为食，而丝不断不绝；义士成灰，而灰复燃复兴……

他所演的《奥赛罗》，已经过去许久了，许久许久了。现在到了一九八四年，适值他演出莎士比亚名剧十五周年、中华人民共和国成立三十五周年。

曾与他同遭厄运的殳宭还活着，还活着；落实政策，返回北京，携带着、保存着他的唯一的念品是，一帧珍贵的条幅，曾受火灾而被抢救的、烟熏火燎的、破碎不堪的条幅。

为了纪念十五周年、三十五周年，殳宭把它捧到裱糊店，断然付出重价，请加精工重新裱糊，而使其珠联璧合、天衣无缝吧。

但，但其结果，条幅下款依旧残缺不全了。“朱光”只剩下了“光”。“建国前夕”仅余下了“建国”。而以“府”称“家”的“家”呢，单单存留着字头的“宝盖”了。

“光”，显着欧体体美，发着徽墨墨香；“光”，胜似春光；那么，让它美化着、香熏着、照耀着“宝盖”，美化着、香熏着、照耀着“建国”，天长地久地，天长地久地……

《新观察》1984年第16期

在天安门前

——恭贺建国三十五周年

《北京旅游手册》：唐、北宋都在皇宫前辟有空场和开出一条大御路。明代建承天门，清顺治八年（一六五一年）改建，称天安门，作为皇城的正门。

《明史》：崇祯十七年（一六四四年）三月十九日，自成毡笠缥衣，乘乌驳马，入承天门。

《中共党史大事年表》：一九四九年十月一日，首都北京三十万军民在天安门广场集会，隆重举行开国大典，毛泽东宣读中央人民政府公告，宣告伟大的中华人民共和国成立。

一九八四年仲夏之间——中华人民共和国成立三十五周年之前之日黄昏。

疏麋投身，在天安门前。

他是作家，作品无多，唯持续执笔，且挥创见新风；五官端庄，面色黧黑，全身穿戴，却略显邋遢；特性直率，正义感强。耿耿之心，一贯敢于肝胆相照；体魄欠佳，久患失眠症、冠心病；年长近七十岁，入党逾五十龄，饱经人生坎坷、跌撞之途，风雨、沧桑之世，阅历体察广博而深邃。

这几天，司机开车进出东华门、西华门中间，都是此时停车于此地——午门侧面的停车场；接着，车门一开，疏麋便下了车。然后，他步出正在修饰的准备隆重举行国庆典礼的天安门，置身门前观礼台周边，或走，或站，或坐，扫视四面景象，拟以映起早年观礼的观感，而写成一篇热烈的抒情的散文《急就章》，作为今年十月一日的贺仪献礼之作。糟糕，时至而今，他所见所闻，不过一般泛泛的车流人潮、道听途说的印象而已，渺无成果。

但与他本意本作无关的，倒有一桩特殊稀罕的巧遇、奇遇，甚至于天缘幸会——每当他下车的同时，或前或后的几几乎的同时，有位自乘自驶的六旬上下的老军人也下了车。他的驾驶技术，非常娴熟，急转弯、急刹车麻溜利索——帅，十拿十稳，十全十美，一霎时引人注目。乍一看，他当然是一老练的老司机。而稍加窥测他的军装的严整，洁净，他的极为安详沉着而富有修养锻炼的神态，却显然是一高级领导的军事干部。

据说，他是位领有国徽的“中华人民共和国·老干部离休荣誉证”的、某军后勤部部长；他之所以往往出现于此时此地，无非为了觅一良辰美景、赏心悦目的憩息之所吧？……

此刻依然如故，如此这般，他们二人，仍然陌路相逢，彼此打个照面，互相投之一瞥，进退两难，莫衷一是；于是，他们犹豫、尴尬、缄默，木然相伴而行，出天安门分了手。部长照样留在这边门前，来回漫步。作家照样去往那边金水河畔、汉白玉桥头、观礼台外围，不遗余力，瞻前顾后——长安街、广场、国旗、人民英雄纪念碑、观礼台、天安门、门洞、门前漫步的人，一直惯于那般警卫式的，流动哨似的……

这之间，他听见有人喊他的名字，随之扫视，定睛，而他蒙住，全然认不出那个人究竟是谁。

“怎么，认不得我了吗?”

“我的眼睛花了……”

“我也老了……”

“我更老了!”

当那个人走近他的时候，他辨识了他——huà。几多春夏秋冬，几度风尘、风波、风雨、风云。六旬开外的huà，仍是那么仪容俊秀、风度翩翩的huà。

huà立刻引起他想到cài、zhāng、zhāng。正是他们四位漫画家，与毛主席有过一场关于漫画重要理论研究的、理当载入美术史书的、占有光辉篇章的会见。而他呢，他搭了其间的桥。

一九四二年，疏麋于延安《解放日报》负责副刊期间，由于适值党报改版，文艺座谈会、全党整风之年，而乘毛主席亲自过问、指导、决定该刊重大编辑问题之际，躬逢优遇，频频聆听他推心置腹的耳提面命，遂发生了亲密的关系。迨至《在延安文艺座谈会上的讲话》之后，因其中未有具体涉及到美术，特别是漫画问题，故四位漫画家乞求通过疏麋一见毛主席面陈请教。

于是，经毛主席应允，按照他指定的时日——大约仲夏之季的一日下午，疏麋陪同他们到了枣园毛主席的住所。主人敬客，习以为常，斟茶递烟，见面礼毕；而后，凡关漫画问题，首先要请客人们提出意见。而他们初次乍见，自然感到生疏、拘泥，以致互相推让而默不作声。出于无奈，疏麋被动开口。介绍他们的本意，与他来延安之前、早年于东北所阅《抗联报》的漫画，近年于桂林所识的漫画宣传队特伟、张乐平、廖冰兄等，和徐特立在该队的漫谈，以及两江师范丰子恺的近况；他们接续提供一些苏联《鳄鱼》与其他外国漫画杂志的资料。这样大家才开始了交谈，讨论漫画的实质问题，众口众声，嚣嚣然，纷纷然。但概括起来，毛主席的言论大略如下：

“关于漫画，我不懂，外国的不懂，中国的也不懂……我不及徐老学问的渊博，见解的精辟……”他惯于谦虚，而扬人抑己。“《抗联报》，我没得见过；《红色中华》报，我阅过，现在姑且不提……不过，我所目睹的中国现代漫画，大都接受外国的影响多。继承自家的传统少，具有绝对的片面性，夸张的手法，尖锐的讽刺性为其特点，内容主要的是，针对反对时事政治性的问题，或可谓之为主流派吧?！你们都是属于这一派的吧?！……中国漫画，根深蒂固，源远流长，它的起源，究竟起自何时？……我想，是不是要追溯至：山东武梁祠石刻的羽人羽兽?！敦煌壁画的飞天?！《公私画史》的变相?！例如：《维摩诘经变相》《法华变相》《杂物变相》……”他博览群书，记性超人。“《太平广记》说：‘昔吴道子所画一钟馗，衣蓝衫，鞟一足，眇一目，腰一笏，裹巾而蓬发垂鬓，左手捉一鬼，以右手第二指剜鬼眼睛……’我认为这是漫画，至少是漫画的一种。比方，刘半农重印《何典》附有自绘的插图‘鬼脸一斑’，也是漫画的一种；鲁迅于《朝花夕拾》后记中所补自绘的插图‘哪怕你，铜墙铁壁！’的‘活无常’，也是漫画的一种。当然，他们都是业余漫画家……至于丰子恺，是职业漫画家，他所画的人生人世乐趣、哀思、雅兴的种种，也是漫画的一种——一种非主流派的一大流派……因此，漫画可有狭义广义之说，单一多样之论……而我呢，我落后，我主张后者，其归总的共同之点是，艺术性。丰子恺的画笔自然简要，富有风趣魅力；而鲁迅的笔迹遒劲，实有唐代之神妙……从此，他强调了学习。学习业务，写生，画人体、速写素描，掌握专业的基本技术。学习马列主义，提高政治觉悟、思想认识。因为你们不能悬在半空，总要有个立足点。比方，你们从大后方上海、重庆来到抗日根据地的陕甘宁边区——解放区延安，这便有地域之别、你我之分……延安，是我的延安，是我们的延安！”他说起延安，显出声浪高昂，激情的爆发——热爱延安。他深知从秋收起义到井冈山，从井冈山到瑞金，从瑞金到延安的创业艰难——开辟建设延安的艰难，困苦辛酸同尝，流血牺牲备受……延安，有玉液琼浆之水，翡翠宝石之山，光明辉煌的灯塔之乡；凭它，仅仅凭它照耀全国人民希望。不许给它抹黑，不许给它涂三花脸。如果有人有意，运用漫画而与它反目以讥——乱用“攻错”，攻其一点，不计其余，无疑等于伤他的心，心是他的生命，是他以身许的新民主主义、社会主义、共产主义的生命……但他是唯物主义、马列主义的大师，切忌主观主义，切忌有违漫画的特点，而误致否认漫画的继承与发展……“我提个建议，供你们参考。是不是可以创作这样的漫画，不妨暂叫它‘全面性’漫画，也是漫画的一种；注意，仅仅也是漫画的一种，而不是以此类推……比如你们谁的一幅漫画，题为《延安的植树》，画面只见一棵光秃秃的树苗，显然在讽刺延安的植树，是劳而无功的。但事实非也。延河一带植的树死了，而南门外附近植的树活起来……你们是不是可以实事求是地、有正侧之异轻重之差地画一幅‘死’‘活’的对照——‘全面性’漫画呢？其目的在于教育，在于批评与表扬相结合的教育……结论，我不做，由你们去做，你们试一试吧……”

日近西山。他招待客人们吃晚饭。饭桌移至窑外露天。院内有个警觉目光闪闪、尚武英气勃勃的流动哨，来回漫步。他喊了一句。

“小鬼，过来!”

“是!”

据说，他原是一个东北军驻军辖县的小衙役，听说红军进驻延安，他偷了县长的大皮袄，投奔了延安参军，当过毛主席的小勤务员，又当了兵；所以时至此刻，毛主席还喊他——“小鬼”。

“去告诉司机，准备车!”

他所指的车，是延安唯一的那辆救护车，绿色车厢涂漆大红十字，下有“野战病院”和“纽约中国洗衣同盟赠”的字样。

“报告，他昨天病了!”

“噢……听说你学会开车，是真的吗?”

“是真的!”

“有把握吗？”

“有把握！”

“那你去准备车！”

“报告，我还没到换岗的钟点呢。”

“你去报告连长，他自有安排。”

流动哨去了，又个流动哨来了。院外马达声止，临时司机进了院门候命，正好客人们也吃罢饭准备走了。

然而，huà站起身来，酒兴冲冲，停滞不前。

“毛主席，我还有一句话……可以问吗？”

“有话问，问嘛。”

“我想到前方去……好吗？”

“要得，要得。好，好。”.

“可是……我怕……”

“怕负伤吗？”

“不！”

“怕牺牲吗？”

“不，不！”

“那你怕什么？”

“我怕被俘……受刑……”

“我告诉你，一旦被俘受刑，你心中想着人民，人民……当你心中唯有人民的时候，不管敌人任何严惩酷刑，你就有了无畏无敌的抵抗力，你将是不屈的战士，钢铁的战士，常胜的战士，长生的战士……”

huà跟他们走了。但是，刚刚走出院门，在树下的朦胧的气氛中，他们一起指手画脚地批评了huà。

“你临行不该问毛主席这句话，简直是给我们大家丢脸！”

“你真软骨头！”“孬种！”

huà后悔了，用双拳头，不住地敲自己的脑壳。

临时司机、疏麇站在一旁听着、看着。临时司机无话好说，疏麇插了话。

“你们何必责备人家呢？多亏人家这一问，倒问出了一个思想的法宝、斗争的法宝；对于我们每个人说，包括临时司机同志在内，不是都有教益吗？”

这个法宝，究竟对于谁有所教益呢？至少对于疏麋，的确如此。

凭着它，凭着它，这些年，他不仅越过了被俘的苦海，而且熬过了“抢救”“肃反”“反右”的难关；直到“文化大革命”，他被打倒在地了，渐渐地陷到危亡的绝境了。

那时候，为着继续深入新的生活，学习体验社会主义建设的新课题，他已由中国人民志愿军来到东北工业城市，下到工厂，安家落户。他写毕《当代人》长篇小说之后，适逢“文化大革命”“反动路线”兴亡不久，发动了“造反派”，这个派、那个派，蜂起群立，天下大乱。不管他们哪个派，都没饶过他。最初，他们拿他打响全市的第一炮，举行万人大会批斗，押解游街示众，头戴高帽子，胸挂大牌子——“资产阶级作家·老反党分子·右派漏（伪满协和语“国兵漏”的继承与创造）!”紧接着，轮番着，不断封家抄家，不断打砸抢，他们把他打伤，打掉牙。但他因有心中法宝，镇定自如；而且，他每每利用被揪之间的空隙，偷偷继续坚持写作《毛泽东轶事》短篇小说专集。其实，三十几篇原稿，早被抄得无踪无影了；而今他身边所藏的，不过是搜集数十年残余的若干可供写作之用的资料而已。

这一日，打手砸手抢手一群，手持皮鞭、铁棍、匕首，闯了进来，十目所视，十手所指，煞气凶兆十全十足。

“你在干啥?”

“我在写作……”

“你，你还配写伟大领袖毛主席!”

“这，这是最后的一点……”

他一见要夺资料，便把它一搂，搂抱在怀，牢牢地搂抱在怀。

“交出来!”

“不!”

“交出来!”

“不，不!”

“你敢抗拒?”头头发了话，下了令，“动手，动手!”

于是，他们动起手，连皮鞭、铁棍、匕首乱飞乱舞一顿，把资料夺到手，撕碎了；把他打趴在地，流血了，连桌椅也散架了，七零八落。东西事小，小小不言。人呢?

“呀，断气了!”

“拖到车上，扔郊外去!”

把尸首拖出屋外，拖上卡车，他们随着上了车。但车行到半道上，突然下起大暴雨。敞车无法避雨，怎么办呢？头头坐在驾驶篷，指挥司机停车。他下车通告他们避雨——一个个落汤鸡似的作鸟兽散。他也跟着逃之夭夭。不过，他在逃前给司机留下一道命令。

“你把尸首扔到乱坟岗子，才算完成任务!”

司机，老司机，军人司机，思索着，眯缝着眼睛。今日非昔日，何人敢正看？

据说，在抗美援朝时期，他曾任一个后勤分部汽车团团长，而因“抗拒命令”被撤职，降为司机；他开车开到停战协定以后，归国申诉，经过纠偏复职——调任坦克团团长。在“文化大革命”的“支左”期间，而因“抵制大方向”被撤职，又降为司机；他开车，一直开到今日。

他下决心开动车，但掉过车头，开到市立医院门前，一跃下车，一冲进院，高声喊叫起来。

“喂，喂……误伤，误伤……抢救，抢救……”

于是，医院大为震动。院长发话，不容分说；卫生员们、护士们拿担架、塑料布，冒雨奔出来……

生死知多少，回顾一瞬间。

“我幸而捡了一条命、一条命……在天安门前还见到你、见到你——当年曾经一起见过毛主席的老同志、老朋友……”

“我的处境，一向顺利，法宝没有用得上……可是，‘全面性’倒用着了……经过努力实践，示范推广，早已普及到全国漫画界……现在临到三十五周年，我想给《讽刺与幽默》再画一幅这样的、有历史性的、有纪念意义的漫画……没想到，我来观察天安门的时候，碰见你，有幸请教你……我的构思，是这样的：全幅画面主体是这座巍然的天安门，上有兴起的电脑，墙角下有鼠……题为《天安门·电脑·鼠》，或是《鼠闹天安门》……”

“几只鼠？”

“七只——四死三活，也不妨叫作另一种‘死’‘活’的对照吧……但我声明，绝无任何讽刺的潜意识……你看如何？有错误吗？……咦，你怎么不回答我呢？……”

“……我到此，为的是写文章，结果受到你的启发，不写散文，写小说吧……我走神了，走神了……你是大漫画家，自有自知之明，何必问我这个外行人呢……”

“……”

“……”

暮色渐渐苍茫，迷惘，恍然梦乡幻境，神游，意会。

他们二人从观礼台围栏起身，握手告别。漫画家去往人民大会堂那边的停车处，作家走向午门这里的停车场。

当穿过天安门的时候，他依稀辨出部长在门前的身影，来回漫步，那般警卫似的，流动哨似的……

难道……难道还不到换岗的钟点吗？

《天津日报》1984年9月26日

黄河女

《人民日报》（一九八四年六月二十七日）第五版：今年四月十三日上午，江苏省东台县头灶乡陈港村的青年农民陈军斌，路经头灶乡农贸市场时，发现一位老人捕了一只白天鹅抓在手上，嘴里高喊着：卖鹅啊，卖鹅。见此情景，陈军斌心想，白天鹅属珍稀动物啊！应该保护。于是，他毫不犹豫地掏出六元钱，把那只白天鹅买了下来，并迅速解开捆绑在它双脚上的绳子，当众放它飞上了蓝天。

这几天，国民党飞机于此一带开始侦察，间或无目标地盲目扫射，溅起河水泡沫，迸发山石火星，出出没没，明明灭灭；徒自惊扰，虚张声势，难道只为返航谎报战功而弹无虚发吗？今日一早也是。

是民国三十七年阴历二月十二日——阳历一九四八年三月二十三日，党中央毛泽东、周恩来、任弼时等，与直属机关以“第三支队”为行军代号，从陕甘宁边区吴堡县川口村园则塔渡，前往晋绥边区临县碛口渡，由西而东，横渡黄河。两岸设了防空警戒哨。

一年来，他们转战陕北并领导全党全军，决定中央工委刘少奇、朱德、董必武等，先期到达晋察冀边区平山县西柏坡村；命令全军扭转战局，由防御进入反攻。为了迎接全国人民的伟大胜利，他们采取了这一具有历史意义的水上之行。

天际开阔空旷，流云浮荡渐淡渐稀，朝晖闪烁愈旺愈煦，春风含有微薄寒峭、少许飞沙，拂面而敷面。

渡口，山围，一面山远，一面山近，同是山山重重叠叠，而大水穿山越谷从中曲折迂回流过，像一条从烽烟云雾氤氲中幻化而现形的、翻腾吟吼而跃然挺进的巨型黄龙似的。

黄河西来决昆仑，咆哮万里融龙门。壮哉壮哉，黄河黄河，汩汩泱泱河面，浩浩荡荡急流，汹涌澎湃、滚滚滔滔波涛的声势之大，惊天动地，摄人魂魄；纵横东西南北，流长五千里，决堤改道，天下沉浸，有史水患四千年，当今遍地犹存禹迹、禹门、禹碑、禹陵、禹王台……但其两岸区域，乃昔日沃饶的黄土地带，最适宜农植和畜牧，便于原始居民的生息延续、生产繁衍，形成我国古代经济政治文化发展的中心地——河滨故土、洛阳古城，人为东周东汉等九个朝代的京城，与西周西汉等八个朝代的陪都或行都，富有珍奇名贵的文物古迹，确属中华民族光辉历史的见证。

今日，我解放区据有部分河套及其下流，沿河渡口，设置河防，保护交通；各地军旅调集，商贾贸易，航行自由，往来便利。特别是时值初春，水浅流缓，风微浪小，水势较为平稳，利于安全行船。

昨日，园则塔渡从附近集中了十多只船。每船船夫，早已准备妥当，随时可以解缆启碇。他们之中，年纪最大的数吴老汉，五十多岁了。但他有一个最年轻而最得力的助手——黄河之女。他与她，老少两辈，堪称一世媲美艄公。

她，头顶上扎着一条陕北民间风习的白羊肚手巾，巾围下展着一副典型中国型女娃的瓜子儿脸：水儿鬓，柳叶儿眉，杏核儿眼，樱桃儿嘴，玉粳儿牙，加之脸蛋儿酒窝儿，珠儿坠儿，狐儿神儿，机灵，飒爽，韶秀，英俊，而面呈菜色，木无表情，近似略有锈痕的青铜铸像。她，介于髫年妙龄之间，整一十五岁，但身高一米七以上，体型修长修长，有长颈鹿形颈，鹤状腿，而四肢类乎熊罴类的胼胝的掌，松树皮、核桃壳、石榴籽儿混合式的皲裂皴破的掌，掌背到腕胫，布满棱棱突暴的青筋……她这个人，就是这么不怎么匀整适称的人，甚至多少有点儿近乎畸形的人。不过，她有力，臂力、腕力、握力、腿力、足力，膂力过人，抵过任何壮丁船工。

她生在滩上茅棚的土炕，长在船上席篷的浮家泛宅，受尽苦，遭尽罪……父母双双以水为生，直至殉水而终……父辈同行挚友吴老汉——老鳏夫收养了她，把她养大将近成人。虽然她无知无识，但是她熟识熟知水性，深识深知，最识最知感恩感德。而她对他，却无以为报，只有报之以终身之劳，毕生之力。力，力属于她仅有的唯一的财富。除此，她还有什么呢？

她与他，瞥见船客们陆续到来，按船分批，逐一登船；而其中一个高个儿老八路——长发人、吸烟人，止步面前，不禁发问。

“小鬼，小艄娃，半劳动力?!”

“整劳动力……”吴老汉代她答话。

“好把式……她是你的什么人?”

“干女儿……”

他答着，与她解着船缆。而长发人、吸烟人投着目光，注视着她。

“老人家是你的干大?”

“是干大……也是亲大，亲亲大……”

尽管低头侧面，目不正视，但她却推心置腹，实话实说；借之抒之，绵绵眷眷衷情衷曲。

“你姓什么?”

“姓龙。”

“名字?”

“水婴。”

在扫视观察中，他发现她卷起裤脚的膝盖以下，有一条从伤口流出已经凝固的血迹，一直延伸到足背。

“怎么伤的?”

“国民党飞机打的。”

“重吗?”

“不……只要腿不断就不碍事!”

“硬骨头!”

“托毛主席的福!”

“他，他有那么大的福音?”

“大家都唱‘他是人民大救星’嘛!”

有个小卫生员奉命给她包扎伤口。他的眉梢黑记显著，气质沉静高尚，憨态可掬可感，操作敏捷熟练而认真。

“你也唱吗?”

“唱，唱呀!”

“唱得饱肚子吗?”

“唱不饱……”

在她这一向坦然直言不讳而凛然无动于衷的神情中，隐约有着一种惯性的小小不然的愤世仇世的笑，冷笑，苦笑，嘲笑……

“果真唱不饱吗?”

“唱不饱，唱不饱!”

“这不结了……”

索然，索性，他上了船。而小卫生员包扎完毕，兴致勃勃，纵身一跳也跳上船。

爷儿俩艄公，他启铁锚，她收缆绳，投置船上，推船入于潺潺流动的水面，飞脚踏到浮荡的船上，开始重活，重劳动。

她与他，二人对立，面面相觑，各把各橹，通力合作，合二为一，一心一德，一不做二不休……

她每当此时此刻，尽快一甩，甩掉脚下一双趿趿拉拉的烂草鞋、一件肩上缝缝补补的破棉衣，闪开一套陈旧褴褛的挽袖的袄、卷腿的裤，显出一身是胆是力、无畏无敌勇士气势，颇有草莽巾帼英雄、水伯土嫚天骄顿然出场亮相之概。她每当此时此刻，一双赤脚，一脚板上钉钉、一脚船底扎根，一腿弓紧、一腿撑定，始终是不倒翁；操起橹、摇起橹，摇起拨浪鼓，双手双把把住孤注、双腕双扭扭匀相助、双臂双肘双伸双曲伸齐曲齐互济——准备、准备与急骤狂飙对阵对抗、抗暴抗击，与激烈狂澜较量比试、比强弱试成败，与大自然魍魉斗力斗智斗志斗勇气，仿佛往昔擂台打擂角逐、校场比武逐鹿，胜似拟古式拳棒武打功锤炼、战水降水术表演，其姿其态，决然傲然，悍然森然，俨然嫣然。她每当此时此刻，先逆流上行，后顺流而下，先后同样贯注全神倾全力以拼搏而冲刺，让恶浪汹涛驯服橹下，化为连续隐现的水旋涡一个个又一个个，不断出没的水泡泡水纹纹水沫沫一串串又一串串，一圈圈又一圈圈，一溜溜又一溜溜，化危为安，化凶为吉，化水域天险为航线坦途。她每当此时此刻，满脸涌出汗粒。池塘喷泉，与河面溅上的水星水箭飞瀑汇合合流，漫溢而成江湖河海——海水浴扎猛子，湿淋淋水汪汪浸透衣裳，凉飕飕冷冰冰渗入皮肉筋骨——骨殖骨化石……其中滋滋味味，一言难尽……她唯有任凭她黄花年的体温火性、青春期的活力韧度烘烤松解吧。她每当此时此刻，长吁屏息，屏息长吁，放声吆喝，吆喝号子：咳哟，咳哟，咳哟哟……咳哟，咳哟，咳哟哟……吆啊，喝啊，一声声，一声声……吆只吆，吆不尽老辈的苦，喝只喝，喝不尽少辈的愁……吆只吆，吆不清水中的血、水间的泪的恨重重，喝只喝、喝不起河下的游魂、河底的枯骨的冤沉沉……吆啊，喝啊，一声声，一声声……吆只吆、只靠自，不上供、不烧香，不叩地、不祭天，不拜菩萨、不念阿弥陀佛；吆只吆、只靠自，自力自助、助威助兴，自生自强自奋、奋勉奋勇奋进……喝只喝、只靠自，舒舒筋、活活血，定定神、缓缓气；喝只喝、只靠自，挺挺脊梁、撑撑胸脯，咬咬牙关、绷绷脑筋，下狠心、下狠心，加把力、加把力，把力加足加到底、拼到底拼到底——拼呀拼呀、拼个你死我活……吆吧、喝吧，吆吧、喝吧，磅磅礴礴，铮铮铿铿，气贯天地，声撼山河，风起云涌，石鸣水啸……至于自己的祸福、生死，她全然抛之度外。

泱泱河面，茫茫航程；寥寥船只，散落漂行；号子声浪，远近起伏，混杂。伙伙船客，个个振奋，闻声有感，见景生情，情不自禁，抒发了歌声。有人唱《黄河大合唱》。有人哼“黄河笑”“黄河尚有澄清日”“道光二十三，黄河涨上天，冲走太阳渡，捎走万锦滩”。那个吸烟人朗诵《将进酒》。

君不见黄河之水天上来，
奔流到海不复回？
君不见高堂明镜悲白发，
朝如青丝暮成雪？
…………

船近彼岸。艄公爷儿俩，停橹撑篙，把船头撑到滩头；随着，他拿铁锚抛到岸上下碇，她跳下船去拴缆绳。然后，他与她关照船客们一一下船，完成一次安全横渡。

这之间，有个眉目英俊、神态精明的小勤务员，遵嘱从干粮袋里掏出十个馍馍，郑重地送到她从袖口伸出的颤颤的双掌里。当然，这是船费之外的馈赠。

她盯着他、他们急迫匆忙离去的背影，激情冲动，热泪盈眶，不禁模仿朗诵之声放起声来。

君不见黄河之人天上来，
奔流渡河不复回？
…………

在那些前行的踪迹中，停下那个吸烟人的影儿，传来回响的声音。

“小艄娃，小才女……养好腿伤，胜利在望……养好腿伤，后会有期……”

是佳音喜讯的先声吗？是重逢邂逅的预约吗？她对着他的面影，垂下头弯下腰，深深地行了一个鞠躬礼。

是一九五〇年冬末春始之际，沈阳的风，依然凛冽；但冽而含温，温解霜天雪地。近日来，主要交通道路，设有岗哨戒严；最后缩至交际处广场外围，围起一圈警戒线。

因为交际处，昨日住了非比往昔任何贵宾的领导人物——毛主席、周总理。他们签订了《中苏友好同盟互助条约》，从莫斯科归国，路经此地，顺便略予视察大城市的解放与重工业的管理等问题。这不正是进行社会主义建设的重大基础吗？

交际处，旧称大和宾馆，亦即当年日本帝国主义逐步侵占而统治东北之际的高等军政大员的官邸。它，与大连的同名宝号同样，同是出自同一图纸的建筑。同是精美的白砂砖所砌的设有地下室的三层楼房。大门外，下有数级石阶，两侧下坡，便于汽车上下；上置绿色塑料的防雨遮阳篷，与其广场周围松柏相衬相配，夏阳绿化成荫，冬雪异化透白；总之，一年四季，随时变化，各有各实用的价值、观感的兴味。当时，凡属沈阳所有的贵宾招待所，这可谓独一无二的富丽堂皇的天国天宫。

毛主席与周总理同在二楼，各自宿于相似的三套间，单独工作与饮食……

临到晚饭时，毛主席注目送饭的还是她，专职负责招待他的她。她的任务，是光荣的任务。不然，那么多那么多的服务员，怎么轮到了她呢？这证明：一、领导对她的信任；二、众人对她的推服；三、她对自己的自信胜任、自愿任劳任怨。她的工作，非常繁重，每日除了清理房间，洗涤器皿、卫生设备，擦拭地板、窗台、桌几、椅榻、沙发、床铺，以及送饭——午、晚、夜（因他晚睡晚起）三餐之外，经过处长（当年延安交际处的干部）叮嘱，为他备齐烟酒茶；茶要浓，酒要烈性，而皆有限；唯有烟，一支接着一支，一支连着一支，吸之无量无度。因之，她忙于倒烟灰碟、烟灰缸、烟灰罐儿，一日无数次……他呢，他自己也知道，这个由来已久的恶习，难以戒除。历经多年的革命战争，度过长期的艰苦生活，从井冈山到长征，往往缺烟无烟，他竟不得不以茶叶、树叶、草叶代之，以致牙齿熏黄，食中二指指缝熏赭熏黑熏焦。后来，从延安至北京，从莫斯科至此，他才能充分满足了他的烟瘾。对于他，虽说，烟，是日常生活的必需品，是疲惫憩息的享乐素，是行军战斗的调剂术，是会议写作的思想活动的催化剂；一句话说，是本人的本相本色不可缺少的重要组成部分之一。但是，他拒受解放前剩余的舶来品——“三炮台”等名烟，而偏爱本市烟厂产品——“古瓷”牌、“大生产”牌……她呢，她亲自目睹他的烟癖之甚，日夜供应，富富有余……总而言之，一切一切，她一概听命从命，忠诚于命。当初，交际处本是为了采取保安措施，而根据她的档案，才把她分配到这个最为重要的岗位。她是新从老解放区妇女队伍中调来的一批同志之一，一个修长的健壮的俊秀的少女。

她穿一套半旧而整洁的军装，外罩一件新的白罩衣。她有一副典型的中国式美女图似的脸儿。她从提盒端出酒菜，置于桌上，并暂停于侧，垂手竖立，恭候吩咐。

酒，只是一瓶汾酒；菜，有两小盘，一荤一素——酱爆肉丁、辣子酸菜。这类酒菜，是本人所约定的还是他人所预计的呢？不管怎么的，反正酒为名牌，久享盛誉，纯正浓厚而性烈，一旦饮之，酒性勃然而生情，不是尚可忆及其产地曾属老革命根据地的凯旋踪迹吗？至于两菜，前者一向为他所嗜好，而后者呢，或由于他自愿初尝东北地方习俗风味，或出自厨师敬重湘人而调以辣子吧?!

他正在吸着烟，不，正在吞食着烟；他宁愿舍开酒菜，而不肯灭掉所余无多的烟蒂。

“坐，坐……”他指着桌子对面的椅子。

“不，不……”她摇摆一下长长身躯的宽宽肩膀。

“怎么不？……”

“处长的命令。”

“噢，你戴上了紧箍……我把你的紧箍暂时取下来，坐吧！”他笑起来。

“……”她踌躇着，不知如何是好。

“难道你只听处长的话、不听我的话吗?”他从椅上立起，又坐下去。

“听!”她像战士回答首长似的应了一声，那么干脆，那么响亮。然而，她缩手缩脚地慢慢腾腾地移步过来，坐到椅上。

“你还记得我吗?”他亲切而认真地问。

“……”她摇头又点头，点头又摇头。显然，她在思忆中，恍惚，犹疑，模棱两可，莫衷一是。

“我可记得你——姓龙名水婴!”他的语言，明确果断，斩钉截铁，这证明了他具有高度强大的超人的记忆力与同情心。

“……”一霎时，她恍然大悟，但不知所措。本来，在昨日，她一见他，立刻想到是不是见过面呢?!肯定又否定，否定又肯定。想来想去，她未敢上前问一声声，一声声……现在，真相大白，她不禁蓦地激起意之拳拳、情之切切的一怔一忆：此刻的他，凛凛正气的气宇轩昂的他，即是当年的他、满脸征尘的一身硝烟味的“君不见黄河之水天上来”的他；虽说他的长发依旧、依旧长发，吸烟依旧、依旧吸烟，今昔同是一位长发人、吸烟人；但她与他，却怎么能有两次会面、再度聚首、重复相逢——意外邂逅?人缘?天缘?总之一语，纯正的一语：良缘、革命良缘……

趁此革命良缘之机，她向他倾诉衷情。当年，在一次黄河横渡中，突遭狂风恶浪的袭击，翻了船，她父女俩落了水，顺流而下……他的下落，至今不明。她受到八路军的搭救，上了岸，加入了妇女担架队，辗转行军参战，经常抢救伤员；及至沈阳解放，到此当了服务员。

她讲毕之后，立即站起身来，先拟举手行军礼，而后改为中式的常规礼，就像当年对着他的面影，低下头弯下腰地深深地行了一个鞠躬礼一样；虽说那时她并不认识他究竟是谁——什么人、什么干部。

随着，他也站起身来……

“我该给你还礼，加倍还礼，不是还欠你一笔旧账吗?那么，就让它账上加账吧……”他一转念，便转了话锋（显有寻机还账之意），“晚上有舞会吗?”

“有，有。”她极为热情地答，“是欢迎舞会，欢迎主席、总理。”

“你会跳舞吗?”

“不会。”

“那么，我教你！”他说老实话，“不过，要先声明，我是个最蹩脚、最不及格的教师——连我自己还不怎么会跳呢。”

于是，欢迎舞会，准备就绪，随时待命，宣布开始。

广大华丽之厅，灯火煌煌烁烁，通明如昼，彩辉如霞如虹，红橙黄绿蓝靛紫；投身于内，如入梦乡幻境、地宫天堂，如失心灵、魂魄，唯有听之任之是了，是了。

乐队整装就位，手持乐器，近似掌握弓器，箭在弦上。服务人员摆开阵势，各负其责，招待陆续入场，宾客落座，恭候随时莅临的毛主席、周总理。

周总理善于适应任何交际场合，随便交谈、跳舞，随便恰空、波尔卡、华尔兹、小步舞曲、探戈……就像任凭晤面、宴会，任凭亚非欧美、大小国家、社会主义资本主义国家，一概处之泰然，操之自如一样。

毛主席呢？他少情寡兴，却不缩足怯场；既不带头提倡，也不从中阻挠。他在这之前，在革命节日、庆祝胜利联欢会，在延安、西柏坡、北京跳过，在莫斯科也跳过；其实，并非出之自愿自动，而是由之服从屈从。但他随机应变，变消极为积极，变休息娱乐、恣意纵情，为联系干群、广识深知、扩大团结面；尤其注重对于青少年，他宠爱、忘年交啊。

在东北局负责同志们陪着毛主席、周总理入门，经过屡屡握手应酬之后，水婴出现于毛主席面前，她负责专职招待他。

“茶。”她斟满一杯一级茉莉花茶，送到他眼下的几边。

“好！”他点点头，伸伸手，表示谢意。

“烟。”她递给他一支沈阳烟厂的纸烟。

“不！”他摆头摆手，执意谢绝。

“……”她这是第一次听到他拒烟说的“不”的声音，但为什么，为什么呢？难道这不是一反常态有违于他久已成性的烟癖吗？她怔了，痴了。真个是他首创先例而使她先睹为快吗？真个是她亲眼所见的优昙、铁树开花，亲眼所见而不得见的戈壁荫、黄河清吗？

“我教你……”他是言而有信的，是认真的。

“不！”她断然抵拒，转身走开；但她带着周身燃起的火热、全心激起的感谢与不安之情，回到曾被指定的站立的原位——在靠近门口迎接后到宾客的处长之侧。而他一直目送她到达归处的所在。

乐队演奏伊始，周总理应邀下场。多多仕女同志，多欲与毛主席一跳一舞为快为荣，纷纷动身，趋向前去；争先恐后行中，赧然、有些知难而退，决然、有些既始即终。但他有难言之隐，怎么向她们解释呢？他只能一一应允，婉商暂息，时间稍稍推后而辞。

当探戈舞曲奏起的时候，在众人目光集中之下，毛主席起身走到水婴面前，微微倾身，伸出臂掌，做出的姿势是邀请式。

“我教你！”他庄重而诚恳地唤着。

“不，不！”她依旧那么干脆，那么拒抗；而且，她重叠的一声，更重，更决绝。但是，她摆摆手，把手置于胸腹之间，用力按住脏腑之一的那个过分怦怦跳动的器官——扪心自问自省：抱憾负疚，认错请罪……

“是处长的命令吗？”他的脑力，时刻如此敏感确切。

“……”她不知道该怎么答，是？否？

而处长在旁听得清、看得明，反倒默许地怂恿地推了一把，推出了她的职守岗位。

于是，邀请者在前侧，被邀请者在后侧，他拉着她的手走了。她与他在一起，她可不敢与他相比，一比天高、沧海浩大、年长位尊，安详如故，胜似闲庭信步；一比地低、沧海一粟、年少职微，惶惶然六神无主，惴惴然四肢无措，如履春冰，如临深渊；她对他尴尬，疏远，而他对她友善，亲昵，莫非天地乾坤浑然一体吗？他拉着她的手走，近乎携着一具活动而滞着的器械，总算拖拖拉拉地入了场。

在声声、声声乐曲旋律悠扬节奏明确中，在双双、双双舞伴步法谐美身影轻盈间，显得特别个别，别是另种形象，进进退退，进退两难，扯扯挣挣，两股劲儿使不到一起，形似早年民间表演的“二人搬”（旧日卖艺人的一种技艺，他一人与一假人牵捆一起，表演二人似的声嘶力竭似的较力、摔跤，而双方力量相等，难分胜负）。

“一，二，三，四……”他按照音乐拍节，一声声地数着，迈着步法。

“一，二，三，四……”她附和着他的声，同样一声声地数着，配合着他的步法。

在他与她、教与学之间，他数着教着，专心致力，脑聪体壮，一直保持持续平衡、清醒明达的状态……她呢，数着学着，学着数着……渐渐地，渐渐地，由拘谨而松散，由通情达理而发蒙沉迷、走神失魂、入幻入梦……跳呀跳呀，舞呀舞呀，舞海舞波，随波逐流，她随他、随波逐流，流，流，流，流入了天河，流入了天河。

天河，天河，壮丽的天河。两岸玉山与玉山对峙，处处翠树与翠树成林。天河，天河，美妙的天河。无风无险，无浪无涛，平静如镜；不浊不染，不污不垢，洁白如汞；本来，天河乃称银河。银河航具，具名金船，金灿灿，金煌煌。她同他同在其上，她为旅客稳坐，游兴勃勃；而他当艄公摇橹，奋力摆渡；横渡？远渡？渡往何方何处？听他，任他，反正随时随地尽是游乐园，尽是幸福感：与天河同流，与天马并辔，与天花齐放，与日月星辰共光辉。她同他同享同志之谊，同感天国天理天伦之乐。此时此刻，一刻千金；虽有无数金银财宝，但也难以对等交换；因其千年不遇，万载难逢。人生一世，纵生百岁以上，也不过是漫长的历史的一瞬，而她这一生的价值之贵，贵在这一瞬——使她长生不老，永生不死……她要用手握着它，拿心贮住它，让它的魅力、活力、动力，从此醇化、美化、强化她的生命力、理解力、奋斗力，无限无止……

“龙水婴，乐停了……”他呼唤入睡者似的说。

“咦……”她诧异地乍醒，不由得惊了一声。

他退场了，逍逍遥遥，轻轻松松。她于迷迷糊糊——似幻非幻、似梦非梦中，归了原位。随着，突然有人上前触了她一下，才使她彻底清醒过来。

“你还记得我这个小鬼吗?”

“小鬼怎么不记得小鬼呢!”

“真的吗?”

“真的！你还给过我馍馍呢!”

她说的实话。这两日，她时时见过他这般的衣冠楚楚、仪容堂堂，见过他在毛主席身边出现，或在门外伫立警戒，或在走廊徘徊巡视；当然，她可以想到他在担任警卫保安工作，故未主动开口。他惯于职责所限，缄口寡言，遵命保密，以免泄露军机国计。但他们俩儿一旦接谈，立时解除了各自的审慎、防范，互相便以赤裸裸的赤子之心，开诚布公，肝胆相照起来。嘻。曾几何时，黄河渡口，一度相识，历史性一晤，彼此终成一往情深的旅伴，仍为知心知己之友。

“你知道我叫什么名字吗?”

“不知道。”

“我叫唐绍凯。”

“那个给我包扎伤口的小卫生员呢?”

“他叫何其诚。主席叫他到沈阳医科大学学习去了。昨天他来看过主席，还跟我谈过话……他是个好人。你跟他联系联系，说不定对你还有用呢……”

“你看，我身体多么健康!”

“我说的不是这个意思，我是说我在北京，对你没有用！不过，现在我倒可以给你进一言：借此机会，机不可失，你请主席说句话，送你上学去。你上学去好！好!”

于是，她告别交际处，蹦着，跳着，跳着舞步，数着“一，二，三，四……”进了校园。她勤学苦学，学品兼优，由工农学习班而沈市中学、人民大学，直至毕业，调到公安厅。在公安厅，她工作积极，成绩显著，由干部而副科长、科长、副处长、处长，待遇逐步擢升，定为十三级，荣称模范党员。这期间，日复一日，月复一月，年复一年，她年已三十三岁而未婚，时至“文化大革命”而不从、不依、不齿、不苟、不欺、不幸，不期然而然。她的耳目头脑，敏锐聪颖，明辨是非；她岂忍大好山河、混混沌沌？反对打砸抢，拒抗“砸烂公检法”，由偷偷贴标语而公开散传单。因此，她被捕了，被划了“现行反革命分子”，被打断了小腿，被判了死刑。

这之后，有位“文革”高级大员，莅临视察，检阅法院卷宗，在不意中，阅及龙水婴的判决书；而于其上草书批示：“缓期执行，首先就医为要。”签署的名是“唐绍凯”。

从此，水婴转入了医院。她年在四十二岁，时在一九七五年四月四日，即与其同命运的被长期关押的优秀共产党员张志新惨遭杀害的当日，将载于伟大党史传之千秋万代而不朽的当日。

医院情况，简单加以介绍。党委书记、副书记、副院长、内科外科主任等，一概靠边站，或下放劳动改造。唯有院长，仅仅经过一场形式主义的批斗，仍留原有岗位，主持工作；究其原因有三：第一，“医务人员，脱离政治，走白专道路，多是‘逍遥派’‘观潮派’，故其造反派，基本有名无实，当众乱哄哄、乱蹦蹦，随声附和，虚张声势，走走过场；第二，尽人皆知，院长——“资产阶级权威”有其响当当、硬邦邦的撑腰柱、铁后台——伟大领袖毛主席，惹不了，碰不了；第三，论其人，德才兼备，论其技能，出类拔萃，当称著名的骨科专家，而时值打砸抢与武斗热、狂，骨伤最多，最需要他演独角戏——自动手术。总之，他的态度是，不管风吹浪打，我自岿然不动；笑骂毁誉由他，我自悠然自得，尽职尽责，鞠躬尽瘁，死而后已。

那么她呢，正是他手下病人之一——一个骨折的患者，一个反抗“文化大革命”而被判死刑的“现行反革命分子”。

他耳闻目睹过全市有关她的一张张大标语大字报、许多多街头巷尾窃窃私语；他早已知道她的姓名、她的病历，以及她的出身与身后——从黄河一步一步走过来的历程与最终的命运归宿。但她完全不知道他。如果说她知道他什么，那么她只知道他是院长、骨科专家、并未打倒也未停职的独一无二的“资产阶级权威”，加以涉及他的只言片语的窃窃私语的奇闻怪论，其中主要的是，颂词赞歌。两天来，他给她的印象，甚过护士长给她的好感。遗憾，遗憾，她不便直言不讳，请问他的尊姓大名。不过，她不妨随便地问问护士长；因为这问，既无违于病房规章、造反派禁令，而对护士长也毫无非分非法的渎职之嫌。

“听说院长，是骨科专家吗?”她明知故问，故意由浅入深。

“是呀，谁不知道呢!”近四十岁的护士长，容貌身段优美端庄，犹如年轻女性那么心直口快，爽爽朗朗。

“他贵姓?”

“姓何。”

“名呢?”

“其诚。”

“hé、qí、chéng?”

“何人何事的‘何’，何乐而不为的‘何’；其他其他的‘其’，其奈我何的‘其’；诚心诚意的‘诚’，开诚布公的‘诚’……”

足了，足了，足以达到了字义字诂的完整无缺，完成了所问所答的尽善尽美之功。

黄河故人，沈水再会，巧会，奇会，神会。她像他一样，互相心心相印，心向往之，而彼此心余力绌，心照不宣；此时此刻，谁敢谁愿助人为乐、株连无辜呢？从此，她每每注意到他眉梢的黑记，而他早已观察到她骨折处的早年的伤疤……这是他们二人共有的类似的新旧观、今昔感，百感交集，叹观难止……胜与败，功与罪……峥嵘岁月与冥顽时令，群龙有首与头雁失群……金无足金，人无完人……那么道无常道、理无至理吗？那么屈死之鬼、冤狱之徒永无昭雪平反之日吗？不，不，天网恢恢，真理昭昭……他们二人忆之忆之，思之思之，各有所忆，各有所思，有同有不同……

她养伤安卧独房单间，静时多多，多溺浸于抚今追昔……幻入非非，入梦沉沉……曾几何时，曾几何时，五光十彩，流金溢银；轻音柔律，环空绕梁；导声频频，舞步曼曼，玉洁冰清之态，髫龄赤子之心为之夺——错了，错把一瞬当永恒；错了，错把黄河当天河；错了，错把艄公当天公；错了，错了，错、错把刑场当舞场；错了，错了，错、错把人间当天上、幻想当现实……而今风云突变，盛世顿然改观，壮观巨丽化为海市蜃楼、过眼云烟，天下大乱，乱打，乱砸，乱抢，乱抓，乱罚，乱杀，谁不知道张志新一场义正词严的宣讲而被杀戮吗？谁不知道彭德怀一份意见而遭奇冤吗？谁不知道刘少奇一句插话而受大辱吗？何况她——一条小小的蚁命、短短一生的蜉蝣寿……

他忙于领导工作、医学科学研究，全神贯注于她的闭合性骨折的治疗，观察X光片，手法整复，打上石膏绷带……对于她，与一般病人不同，大大不同，除了工作责任之外，他且联想到她的种种，关系到她的功罪、荣辱、安危、生死，尤其是她生前的结局、死后的结论……本来，作为医生，凡属医生，同是本能地单一地意识着自己劳作的目的，在于病人尽早康复出院而已。但这对她说，又意味着什么价值、什么意义呢？因而，对于她，他的心理，异常复杂，多虑多忧而多矛盾；简言之，最主要的问题是，关于她的医疗过程，是加速还是延缓呢？他就是这样地矛盾着，劳碌着，折磨着精力，煎熬着时光，从一九七五年熬到一九七六年。

同年六月二十二日，他给她拆掉了石膏绷带。

“你痊愈了……”护士长跟她说了悄悄的知心话，但一转脸偷偷落泪了。

“那么好，好……我可以下地走了，可以出院了……”她还未说完话，竟被护士长堵住了嘴。

依然依然，默默地默默地，她照样地照样地躺着躺着，哼着哼着，哼着哼着唐诗，排除预感的自己的哀行壮行，自己的悲歌凯歌、悼词誓词。当她诵到李贺《宫娃歌》的时候，不断反复着其中的一段。

梦入家门上沙渚，
天河落处长州路。
愿君光明如太阳，
放妾骑鱼撇波去。

（青年读者，你懂得这个意思吗？如不太懂，那你何妨请教于人，品品它的诗情韵味呢……）

她诵着，她诵着，由默诵到声诵到朗诵；诵啊，诵啊，她诵到忘情忘我，诵到心绪纷乱、神魂颠倒、精神癫狂魔怔——悠悠然，荡荡然，晕晕乎，郁郁乎，恍然骤然顿悟，确乎然乎乍见——她走回她的家，沙渚之上的茅棚的家。

恰恰巧，她赶上她的干大正在门前眺望；她迫不及待地一头栽到干大的怀里，温温暖暖的亲亲昵昵的怀里。

“干大，亲大，亲亲大……”

“干女儿，亲女儿，亲亲女儿……”

“您在望啥？”

“我在望黄河。”

“您在望黄河？”

“不，我在望你！”

“您在望我？”

“不，我在等你！”

“您在等我？”

“是在等你！”

“这刻，您到底把我等回来了。走，进屋吧！”

“不，再等等……”

“再等啥？”

“等黄河清！”

“等黄河清？亲大，亲亲大，您要等多少年呢？”

“一千年，一千年……”

“是的，书上也是这样说的，‘黄河千年一清’！”

“常言道：黄河尚有澄清日，岂可人无得运时！”

“是的，这是乡音俚语……《文选》李康《命运论》上说‘黄河清而圣人出’……”

“……”

“……”

黄河流长，父女情深；涛声语声间杂，同时滔滔不绝……

好景不长，风云不测，晴天霹雳——“砰”的一声，门开了，在她面前出现了怒容满面的院长、骨科专家、主治大夫，她的命运的主宰者。

“你……龙水婴……你怎么搞的下了地？”

“感谢院长……我的腿好了……好了……”

“你怎么知道的？”

“人家告诉了我……”

“告诉你的是谁？简直混蛋！”

“院长息怒……没谁告诉我……是我自己感觉好了……您看我能走了……”

“你能走了？你能走到哪儿去？”

“能走到舞场……我跳舞去……一，二，三，四……”

她一瘸一拐地一跛一踮地尽可能地模拟着探戈舞曲的节奏、步法、姿态，跳呀跳，跳呀跳……舞呀舞，舞呀舞……

“……你疯了……”

“我没疯……我没辜负我舞师的教导，学会了跳舞……我要跳舞跳到刑场、舞到刑场……我要追赶我的同行人，我是黄河之女……君不见黄河之女天上来，奔流到海不复回……”

无奈无奈，院长喊来护士长。

“谁告诉她的，她的腿好了？”

“我……不知道……”

“你是这样认为的吗？”

“不、不！我认为她的腿没有好，没有好，还要长期休养下去呢……”

“从今以后，只有我在她的病历上签字证明‘痊愈’，方为有效；否则，不许她下地，严禁她走动！你听明白了吗？”

“明白，明白！”

这时候，她也完全明白了，也完全理解了他们作为某种剧中人的台词与潜台词。

秉承院长、护士长的意旨，她一如既往地躺到床上去，躺到床上去，但躺到何时为止呢？

同年九月九日毛泽东主席逝世，全国震动，悲悼，悲叹，悲愤，悲哭……

同年十月六日，“四人帮”垮台，全国亿万人民衷心欢呼，举行盛大集会游行，热烈庆祝十年浩劫至此结束。

“龙水婴同志，你的腿好了，好了……”

“龙水婴同志，你的腿好了，好了……”

院长、护士长同来，给她宣告了最后的诊断书。

“……”

她呢，她反倒霍然失措——表现若有所失与若有所得的混合交融的复杂之情，不知道说什么话、表什么态……黄河横渡?！……华厅伴舞?！……镣铐交加?！……肉绽骨折?！……死刑判决?！……幸免于难?！……感谢院长、护士长！……感谢革命同志、战士、烈士！……永垂不朽张志新、张志新！……张志新子女后代勿忘母志！……

“真的，你下床吧，走吧！”

“真的，你下床吧，走吧！”

于是，她下床了，走了……她走到这儿工作，走到那儿工作……她走了一年又一年、一年又一年……她走到她五十一岁的一九八四年，走到北京庆祝新中国成立三十五周年的观礼台，在光天化日下，观看阅兵式、游行行列……在天安门灯光广场上，参加群众性的跳舞……她跳的不是探戈舞曲……她不时地遥遥地瞟瞟、瞥瞥天安门城楼悬的巨幅画像；同时不断地倾注地意识、记挂自己胸前项链坠儿装的微型照片，同是他、他一个人，他一个人……忆着忆着，悟着悟着……

附记

本文原名《黄河之女》，属于《毛泽东故事》短篇小说专集之一。抄书则近几年来，追忆补佚，所得若干篇，唯此一篇，最为特殊；因病因故，时辍时作，甚而争取朝夕，昼夜兼程，时逾年余（一九八四年七月至一九八五年八月），四稿始成。

《中国》1985年第6期